CELUI QUI MENT LE PREMIER

"Actes noirs"

DU MÊME AUTEUR

10 GARÇONS SUR MA LISTE, Albin Michel, 2021.

Titre original :
First Lie Wins
Éditeur original :
Pamela Dorman Books/Viking
publié en accord avec Sterling Lord Literistic, Inc.
et l'Agence Eliane Benisti

ISBN 978-2-330-20880-6

ASHLEY ELSTON

Celui qui ment le premier

roman traduit de l'anglais (États-Unis)
par Laure Manceau

ACTES SUD

pour Miller, Ross et Archer

1

Ça commence par des détails qu'on remarque à peine : une deuxième brosse à dents dans le verre à côté du lavabo, quelques vêtements dans le plus petit tiroir, des chargeurs de téléphone des deux côtés du lit. Puis ces choses commencent à prendre un peu de place : les rasoirs, le bain de bouche et les plaquettes de pilules contraceptives se disputent l'espace dans l'armoire à pharmacie ; on ne demande plus à l'autre "Est-ce que tu passes ce soir ?" mais "Qu'est-ce qu'on prépare pour le dîner ?"

Et malgré mes craintes, cette étape était inévitable.

C'est peut-être la première fois que je rencontre les personnes réunies autour de la table, des gens que Ryan connaît depuis qu'il est gamin, mais le fait que je fasse partie intégrante de sa vie n'a échappé à personne. Ceci grâce aux petites touches qu'une femme apporte à un intérieur, comme les coussins assortis sur le canapé ou cette subtile odeur de jasmin qui émane du diffuseur posé sur l'étagère, que toute femme remarque à la minute où elle entre dans une pièce.

Une voix flotte au-dessus de la table éclairée aux bougies, évite le centre de table dont le fleuriste m'a assuré qu'il était "délicat mais audacieux" et plane devant moi.

— Evie, en voilà un prénom inhabituel.

Je me tourne vers Beth en me demandant si je dois répondre à cette question qui n'en est pas une.

— C'est le diminutif d'Evelyn. C'était le prénom de ma grand-mère.

Les femmes échangent des regards, communiquant entre elles en silence. Chacune de mes réponses est soupesée et enregistrée en vue d'une discussion ultérieure.

— Oh, mais j'adore ! couine Allison. Moi aussi, je porte le prénom de ma grand-mère. Tu as dit que tu venais d'où, déjà ?

Je ne l'ai pas dit, et elles le savent parfaitement. Comme des rapaces, elles vont passer la soirée à donner des coups de bec jusqu'à obtenir des réponses.

— D'une petite ville en Alabama, je réponds.

Avant qu'on ne me demande de quelle ville il s'agit, Ryan change de sujet.

— D'ailleurs Allison, j'ai croisé ta grand-mère au supermarché la semaine dernière. Elle tient le coup ?

Grâce à Ryan, je profite de quelques précieux instants de répit pendant qu'Allison explique comment sa grand-mère s'en sort depuis la mort de son grand-père. Mais je ne vais pas tarder à redevenir le point de mire.

Pas besoin de connaître ces gens pour tout savoir sur eux. Ils se sont rencontrés à l'école maternelle et ils sont restés entre eux, en cercle restreint, jusqu'à la fin du lycée. Ils ont fui leur ville natale par groupes de deux ou trois vers une poignée d'universités à une distance raisonnable. Ils sont tous devenus membres de sororités et de fraternités accueillant d'autres groupes de deux ou trois personnes comme les leurs, tout ça pour revenir dans cette petite ville de Louisiane, fermant leur cercle à nouveau. Ils ont troqué les associations étudiantes contre une adhésion à la Junior League locale, les dîners, et le golf le samedi après-midi, tant que ça n'empiète pas sur les matchs de foot américain de la Southeastern Conference.

Je ne leur reproche pas leur façon d'être, au contraire. J'envie l'aisance qu'ils affichent dans ces situations, leur capacité à savoir exactement à quoi s'attendre et ce qu'on attend d'eux. L'élégance que leur confère le fait que tout le monde dans cette ville les a vus sous leurs pires aspects et les accepte malgré tout.

— Et comment vous vous êtes rencontrés, tous les deux ? demande Sara, redirigeant l'attention sur moi.

Malgré son innocence, la question me désarçonne.

Je comprends à son sourire que Ryan sait ce que je ressens et qu'il est prêt à intervenir une nouvelle fois en ma faveur, mais je le devance.

En m'essuyant la bouche délicatement à l'aide d'une des serviettes blanches en tissu que j'ai achetées exprès pour ce dîner, je réponds :

— Il m'a aidée à changer ma roue de voiture.

Ryan leur en aurait raconté plus qu'ils ne le méritent, et c'est pour ça que je l'en ai empêché. Je ne précise pas que c'était au relais routier de banlieue où je travaillais, m'assurant de remplir les verres avant qu'ils ne se vident au comptoir du petit bar-restaurant. Je ne parle pas non plus du fait que s'ils ont décroché toutes sortes de diplômes universitaires, de mon côté j'ai décroché tout court après le lycée.

Sans le vouloir, ces personnes, les amis de Ryan, pourraient m'en tenir rigueur. Ils ne s'en rendraient même pas compte.

J'ai dit à Ryan que je craignais qu'ils ne me jugent quand ils découvriraient le fossé qui séparait mon milieu du leur. Il m'a garanti qu'il se moquait de ce qu'ils pouvaient bien penser, mais c'est faux. Le fait qu'il ait cédé, les ait tous invités chez lui et qu'il m'ait aidée à concocter le menu parfait m'en dit plus long que ses murmures dans le noir, quand il affirme aimer ma différence, le changement que je représente par rapport aux filles avec lesquelles il a grandi.

Allison se tourne vers Ryan.

— C'est bien commode de t'avoir sous la main, toi.

J'observe Ryan. J'ai réduit toute notre rencontre à une simple phrase, et pour l'heure, il me laisse m'en tirer à bon compte.

De son côté, le petit sourire qui s'invite sur son visage m'indique que c'est ma soirée – pour l'instant – et que ça lui convient comme ça.

Cole, le mari d'Allison, ajoute :

— Je ne serais pas surpris qu'il ait lui-même crevé ton pneu rien que pour t'aider à le réparer.

Des rires fusent autour de la table et Cole a dû se prendre un coup de coude de la part de sa femme car il se tient les côtes. Ryan secoue la tête sans me quitter des yeux.

Je souris et m'esclaffe, avec discrétion, pour montrer que moi aussi, l'idée que Ryan ait eu recours à un tel stratagème pour faire ma connaissance m'amuse.

L'idée que n'importe qui, d'ailleurs, ait observé quelqu'un assez longtemps pour savoir qu'il faisait toujours le plein dans cette station le jeudi soir après avoir passé la journée dans son bureau de l'Est du Texas. Que cette personne ait su qu'il préférait les pompes du côté ouest du bâtiment et que son regard avait tendance à s'attarder sur toute femme croisant son chemin, en particulier celles en jupe courte. Que cette même personne ait relevé tous les détails, comme la casquette de la Louisiana State University posée sur la banquette arrière, ou le tee-shirt de sa fraternité étudiante dépassant de sous sa chemise blanche habillée, ou encore l'autocollant du country club affiché sur le coin inférieur gauche de son parebrise, pour faire en sorte que quand ils se rencontreraient bel et bien, il y aurait matière à discussion. Que cette personne ait inséré un clou juste ce qu'il fallait dans une valve pour que l'air s'en échappe en sifflant.

Parce que franchement, c'est drôle de croire qu'une personne pourrait se donner autant de mal dans le simple but d'en rencontrer une autre.

*

— J'ai carrément assuré ! dis-je en plongeant la dernière assiette dans l'eau savonneuse de l'évier.

Ryan se colle derrière moi, ses bras frôlant mes hanches pour s'enrouler autour de ma taille. Le menton calé sur mon épaule, il presse savamment ses lèvres contre mon cou, pile à l'endroit qui me fait craquer.

— Ils t'ont adorée, murmure-t-il.

J'en doute fort. Au mieux, j'ai satisfait la première vague de curiosité. Et j'imagine qu'avant même qu'une seule voiture ait quitté l'allée, chaque femme sur son siège passager jonglait déjà sur son téléphone entre les messages groupés pour critiquer le moindre aspect de cette soirée et la barre de recherche de tous les sites de réseaux sociaux pour essayer de déterminer qui je suis vraiment et de quelle petite ville d'Alabama je viens.

— Ray vient de m'envoyer un texto. Sara réclame ton numéro pour t'inviter à déjeuner la semaine prochaine.

Plus rapide que je ne pensais. Je suppose que la deuxième vague de curiosité déferle déjà dans ma direction, provoquée par le peu d'informations qu'elles ont récoltées sur moi, et que la faim les tenaille.

— Je le lui ai envoyé. J'espère que tu ne m'en veux pas.

Je me retourne pour lui faire face, et mes mains remontent le long de son torse pour venir encadrer son visage.

— Bien sûr que non. Ce sont tes amis. Et j'espère bien que ce seront les miens aussi.

Je vais donc avoir droit à un déjeuner où les questions seront plus directes, parce que Ryan ne sera pas là pour s'assurer du contraire.

Je me hisse sur la pointe des pieds et l'attire contre moi, de sorte que ma bouche se retrouve à quelques centimètres de la sienne. On adore tous les deux ce moment suspendu, quand nos souffles se mélangent et que mes yeux marron plongent dans ses yeux bleus. On est proches, mais pas assez. Ses mains se glissent sous ma chemise, ses doigts s'enfoncent dans la chair moelleuse de ma taille tandis que les miens glissent vers sa nuque et s'enroulent dans ses cheveux bruns. Il a les cheveux plus longs que lors de notre rencontre, que lorsque j'ai commencé à le surveiller. Je lui ai dit que je l'aimais mieux comme ça. Que j'aimais avoir de la matière à laquelle me cramponner, alors il a arrêté de les couper. J'ai vu que ses amis ont été surpris de le voir avec cette tête, parce que d'après mes propres recherches sur les réseaux, ses cheveux n'ont jamais touché son col. Alors ils se sont tournés vers moi, et j'ai vu les questions dans leurs regards. Pourquoi Ryan a-t-il changé ? C'est à cause de cette fille ?

Ses mains descendent, saisissent mes cuisses sous ma jupe courte et me soulèvent, de sorte que mes jambes s'enroulent autour de lui.

— Tu veux bien rester ? murmure-t-il, bien qu'il n'y ait que nous dans la maison.

Il me pose la même question tous les soirs.

— Oui, je murmure à voix basse.

Ma réponse est toujours la même aussi.

Sa bouche frôle presque la mienne mais un mince espace persiste entre nous. Je n'arrive plus à faire le point sur son visage. Je souffre le martyre mais j'attends que ce soit lui qui réduise la distance.

— Je ne veux plus te poser la question. Je veux être certain que tu seras là tous les soirs parce que c'est chez toi. Tu veux bien ? Que ça devienne ta maison ?

J'enfonce mes doigts plus profondément dans ses cheveux et resserre mes jambes autour de lui.

— J'ai cru que tu ne me le proposerais jamais.

Je sens son sourire contre mes lèvres quand il m'embrasse, puis il me porte à travers la cuisine, en direction du couloir qui mène à sa chambre.

Notre chambre.

2

Depuis que j'ai accepté d'emménager chez lui il y a cinq jours, Ryan est impatient que ça se fasse. Quand je me suis réveillée le lendemain du dîner, il était déjà au téléphone avec une entreprise de déménagement et réservait une équipe pour la fin de la journée grâce à une annulation de dernière minute.

Je l'ai convaincu d'attendre, pour avoir la certitude que c'était vraiment ce qu'il voulait, et pas seulement des paroles lancées en l'air après tout ce vin onéreux et un filet de bœuf cuit à la perfection. Et puis je lui ai fait remarquer qu'il s'emballait un peu en appelant des déménageurs alors que je n'avais fait aucun carton.

— Si tu n'avais pas vraiment envie de venir vivre avec moi, tu me le dirais, pas vrai ? demande-t-il en faisant comme si c'était une question sans importance.

Planté devant le miroir de la salle de bains, occupé à nouer sa cravate bleu marine et gris à rayures, il fait la tête. Un air que je lui ai déjà vu quand les choses ne vont pas dans son sens.

Je me hisse sur le plan de toilette et glisse sur le marbre blanc pour me retrouver assise pile face à lui. Il regarde par-dessus mon épaule comme s'il pouvait toujours voir ce qu'il fait dans le miroir. Quel bébé, ce matin.

J'ai mémorisé son visage, mais je continue à le scruter dès que l'occasion se présente, en quête d'un détail qui m'aurait échappé. Il possède une beauté classique. Cheveux bruns épais qui ont tendance à rebiquer quand ils sont trop longs, comme maintenant. Des yeux bleus saisissants. Et bien qu'il vienne de se raser, je sais que quand je le verrai ce soir, ses joues seront ombrées d'une barbe qui me donnera des frissons quand elle effleurera mon cou.

Je pousse ses mains et je finis son nœud de cravate à sa place.

— Évidemment que j'ai envie d'emménager ici. Qu'est-ce qui te prend ?

Ryan baisse les yeux sur sa cravate et la rajuste bien que le nœud soit impeccable, simplement pour occuper ses mains. Il ne m'a pas touchée ce matin, et c'est à peine s'il m'a regardée. Ouais, un vrai bébé.

Comme il ne répond pas, je poursuis.

— Est-ce que toi tu as changé d'avis sur le fait que je vienne habiter ici ? Je sais que tu as l'impression que je repousse sans cesse la question des cartons, mais j'ai pris ma journée pour m'en occuper, et des gens de Goodwill passent aussi aujourd'hui pour récupérer ce dont je n'aurai plus besoin. Mais je peux les appeler pour annuler…

Enfin, son regard et ses mains se posent sur moi.

— Je veux toujours que tu viennes vivre ici. Je ne savais pas que tu avais prévu tout ça aujourd'hui. Mais c'est *le* jour où je ne peux pas t'aider. Je vais crouler sous le boulot.

Nous sommes jeudi, il sera donc à quatre-vingts kilomètres d'ici dans son bureau de l'Est du Texas pour la journée. Comme tous les jeudis.

— Je sais, ça tombe mal. Mais c'est la seule journée que je pouvais poser au boulot et le seul après-midi où Goodwill pouvait envoyer un camion. Je n'ai pas grand-chose, alors même toute seule, je ne devrais pas en avoir pour très longtemps.

Ses mains se posent sur ma taille pendant qu'il se penche et m'embrasse. Il ne boude plus. Je crochète mes pieds derrière ses jambes et l'attire contre moi.

— Je peux peut-être me faire porter pâle. Je suis le chef, après tout, et il est grand temps que j'abuse de mon pouvoir, dit-il dans un éclat de rire.

Je glousse entre deux baisers.

— Garde tes congés pour une meilleure occasion que des cartons à remplir. Et puis franchement, il n'y aura pas tant de choses que ça à emballer puisque je donne presque tout, j'ajoute en coulant un regard vers la chambre. Mes affaires sont loin d'être aussi belles que les tiennes, donc je n'ai aucune raison de les garder.

Il prend mon visage entre ses mains.

— Je te l'ai dit, quoi que tu veuilles apporter ici, on fera de la place. Tu n'as pas à te débarrasser de tout ce que tu possèdes.

— Je te garantis que mon canapé d'occasion tout moche ferait tache dans ton salon, dis-je en me mordant la lèvre.

— Et qu'est-ce qui te dit que je ne le trouverais pas à mon goût ? Tu ne m'as jamais autorisé à le voir.

Je détourne les yeux pour éviter le champ miné de cette conversation, mais il redresse mon menton pour que je le regarde en face.

— Inutile d'avoir honte.

— Si, j'ai honte.

Je l'embrasse vite avant qu'il n'ait le temps de se remettre à bouder.

— Tu le verras samedi, mon canapé, quand on retrouvera les déménageurs chez moi. Je les ai appelés hier. Et dimanche, on passera la journée à trouver de la place pour mes affaires ici. Garde ton jour de congé pour lundi. On sera épuisés, et je suis certaine qu'on aura besoin d'une journée pyjama. Avec ou sans pyjama, d'ailleurs.

Il pose son front contre le mien, avec un sourire contagieux.

— Compte sur moi.

Après un dernier baiser furtif, il se dégage de notre étreinte et sort de la salle de bains.

Vingt minutes après que Ryan a quitté l'allée à bord de son Tahoe, j'en fais de même dans mon 4Runner vieux de dix ans. Lake Forbing est une ville de taille moyenne du Nord de la Louisiane, célèbre pour ses terres agricoles fertiles et ses nappes profondes de gaz naturel. Il y a beaucoup d'argent dans la région, mais ça reste discret. Il me faut un quart d'heure pour arriver à la résidence Lake View, qui ne semble pourtant pas du tout construite au bord du lac auquel la ville doit son nom.

Je me gare sur l'emplacement réservé à l'appartement 203, juste à côté d'un camion Goodwill dont le moteur tourne.

— Vous êtes en avance, Pat, dis-je au conducteur une fois que nous sommes tous les deux sortis de nos véhicules.

Il acquiesce.

— Notre premier arrêt n'a pas pris autant de temps que je le pensais. C'est quel bâtiment ?

Il me suit dans l'escalier tandis que son assistant ouvre l'arrière du grand fourgon. Je m'arrête devant la porte et sors une clé de mon sac.

— On y est.

Un nouveau hochement de tête et il redescend. Je m'y reprends à deux fois avant de réussir à ouvrir le verrou, récalcitrant à force de ne pas servir. Au moment où j'actionne la poignée, j'entends le bruit sourd du diable métallique qui résonne dans l'escalier.

Je tiens la porte ouverte pendant que Pat et son assistant, tant bien que mal, font entrer le diable chargé dans l'appartement.

— Où est-ce qu'on vous les met ? demande-t-il.

Mon regard balaie l'espace vide.

— Posez-les au milieu de la pièce, ça ira.

Je contemple la première pile de cartons qu'ils déposent, qui contiennent les articles que j'ai passé les quatre derniers jours à sélectionner. Des objets que Pat a stockés dans ce fourgon en attendant que je sois prête à les réceptionner ici. Des objets que j'emporterai chez Ryan samedi. En disant que je les ai depuis des années, et non quelques jours.

En deux voyages, tous les cartons sont là. Je sors cinq billets de vingt de ma poche arrière et les tends à Pat. Normalement, ce n'est pas un service inclus dans les prestations de Goodwill, mais en échange d'un peu de cash, il était ravi de me rendre service.

Ils sont presque partis quand ça me revient :

— Ah, vous avez apporté les cartons supplémentaires ?

Pat hausse les épaules et se tourne vers son assistant.

— Oui, ils sont au fond du camion, répond ce dernier. Vous voulez que je les monte ?

Si l'un ou l'autre trouve tout ça bizarre, ils n'en montrent rien.

— Non, vous pouvez les laisser sur le trottoir devant ma voiture.

Je les suis à l'extérieur. Tandis qu'ils déchargent le tas de cartons aplatis, je récupère un petit sac noir dans mon coffre. Je les remercie à nouveau lorsqu'ils grimpent à bord du fourgon. Il ne me reste plus que quelques détails à régler.

L'agencement de l'appartement est simple. La porte d'entrée s'ouvre sur un petit salon avec une cuisine au fond. Un couloir étroit mène à la salle de bains et à la chambre. Toute une continuité de moquette beige, de lino beige et de murs beiges.

Dans la cuisine, j'ouvre le sac noir et en sors quatre menus de divers restaurants du voisinage et trois photos de Ryan et moi que j'ai imprimées à une borne libre-service, ainsi que sept aimants pour faire tenir le tout sur la porte du frigo. Ensuite, j'attrape les sauces diverses et déverse la moitié de leur contenu dans l'évier avant de les ranger dans la porte du réfrigérateur. Direction la salle de bains, toujours avec mon sac noir, où je vide la moitié des flacons de shampooing et d'après-shampooing pour ensuite les déposer sur le bord de la baignoire. Je sors un savon de son emballage, le pose sur la bonde du lavabo et fais couler l'eau dessus, en prenant soin de le bouger toutes les deux ou trois minutes, jusqu'à ce que la marque soit illisible et les bords arrondis. Je le pose alors dans la petite niche prévue à cet effet dans le mur de la douche. Pour finir, le dentifrice. En commençant par le fond du tube, j'en fais sortir un paquet mais j'en laisse une ou deux grosses traces sur le bord du lavabo, comme je fais chez Ryan, bien que ça le mette en rogne. Je ne rebouche pas le tube et le pose à côté du robinet.

Dernier arrêt, la chambre. Je sors les derniers objets du sac, un assortiment de cintres en fil de fer et en plastique, et les espace sur la barre en métal de la penderie. De retour dans le salon, j'éparpille la pile de cartons jusqu'à ce qu'ils recouvrent le sol. J'en choisis deux, un rempli de livres et l'autre d'un assortiment de flacons de parfum et les ouvre. Celui de livres étant facile à vider, je ne mets qu'environ une minute à disposer plusieurs petites piles à côté du carton, comme si je n'avais pas encore trouvé le temps de les emballer.

Les flacons de parfum me prennent un peu plus de temps. Je pose le carton sur le petit plan de travail de la cuisine et déballe les quatre premiers pour les poser sur la surface en Formica. La lumière qui filtre par la fenêtre les traverse selon un angle parfait et le verre coloré réagit comme un prisme, projetant des rayons bleus, violets, roses et verts dans l'appartement terne.

De tous les achats que j'ai effectués cette semaine, les flacons de parfum ont été les plus compliqués et, étonnamment, les plus marrants à dénicher. C'est grâce à un coup de chance extraordinaire que j'ai su qu'il m'en fallait : en tombant sur un post Facebook dans lequel Ryan était identifié, j'ai compris que c'était le genre d'objets que je devais "collectionner". Il en a offert un à sa mère pour son anniversaire l'an dernier. Un spécimen Art déco, une sphère en verre ciselé enveloppée d'argent et décorée de miroirs carrés miniatures – exactement le genre de cadeau que Jay Gatsby aurait fait à Daisy. Il était magnifique, et à en croire le sourire sur le visage de sa mère, elle l'adorait.

Et si j'étais du genre à collectionner des trucs, ce serait tout à fait mon type d'objets.

Je jette un dernier coup d'œil à la pièce. Tout est exactement comme je le souhaitais : on voit que j'ai fait mes cartons, mais il reste encore quelques bricoles qui traînent, quelques objets aléatoires à emballer.

— Toc, toc, fait une voix dans l'entrée et je fais volte-face.

C'est la femme qui travaille au bureau de cette résidence, et à qui j'ai loué cet appartement lundi après-midi.

Elle entre et contemple le désordre qui règne.

— Je m'inquiétais de n'avoir vu personne depuis lundi.

J'enfonce mes mains dans mes poches et m'adosse contre le mur à côté du plan de travail, les jambes croisées au niveau des chevilles. Mes gestes sont lents et calculés. Ça m'inquiète qu'elle vienne mettre le nez dans mes affaires, et je crains qu'elle n'en éprouve encore le besoin samedi, quand Ryan sera là pour m'aider à déménager. J'ai choisi un endroit où les voisins ne s'embêtent pas à faire connaissance et où le loyer s'entend charges comprises puisqu'on peut louer des appartements à la semaine. Et une semaine, c'est tout ce dont j'avais besoin.

J'ai dû piquer sa curiosité en me décidant pour un des rares appartements non meublés. En général, si on prend la peine d'emménager avec ses meubles, c'est qu'on prévoit de rester plus de sept jours, mais je ne voulais pas que Ryan me croie sans attaches au point de ne même pas avoir mon propre canapé, alors un meublé, c'était hors de question. Nous voici au quatrième jour, et les seules traces de mon séjour sont ces huit cartons stratégiquement positionnés à travers la pièce.

Elle fait glisser sa main sur le carton le plus proche et examine les flacons de parfum posés sur le plan de travail. Je connais les femmes comme elle. Plâtrée de maquillage, moulée dans ses vêtements... à une époque, on l'aurait trouvée jolie, mais les années n'ont pas été tendres avec elle. Ses yeux absorbent tout ce qui se passe autour d'elle. C'est le genre de location destinée à des activités illégales, et elle règne sur toute la résidence, constamment à l'affût de la moindre situation pouvant tourner à son avantage. Et donc elle a traversé le parking pour monter directement chez moi car elle a compris qu'il se trame quelque chose mais elle n'a pas encore trouvé comment s'en servir contre moi.

— Je voulais simplement m'assurer que vous étiez bien installée, dit-elle.

— Je le suis, réponds-je en jetant un œil au badge piqué sur son chemisier décolleté. Shawna, votre attention n'est vraiment pas nécessaire. Elle est même indésirable.

Son dos se raidit. Le ton brusque de ma voix est en contradiction avec ma posture décontractée. Elle est entrée ici en pensant maîtriser la situation, l'a comprise en partie, mais je l'ai désarçonnée.

— Dois-je toujours m'attendre à ce que les lieux soient vides et que vous m'ayez rendu votre clé pour 17 heures ce dimanche ?

— Tout comme je m'attends à ce qu'il n'y ait plus de visites, dis-je en hochant la tête vers la porte avec un petit sourire.

Elle fait claquer sa langue et finit par s'en aller. J'ai toutes les peines du monde à ne pas me ruer sur le verrou pour le fermer. Mais j'ai presque fini, et il me reste des choses à accomplir avant que Ryan traverse la frontière de l'État de Louisiane pour me rejoindre à cinq heures et demie cet après-midi.

3

Le grand-père de Ryan est décédé il y a trois ans, un an seulement après sa femme, et il a légué sa maison à son petit-fils, avec tous les meubles, toute la vaisselle, tous les tableaux. Sans oublier un sacré paquet d'argent.

À en croire Ryan, un jour il est passé voir comment allait son grand-père, et il a découvert qu'il était mort paisiblement dans son sommeil. Une semaine plus tard, il emménageait. Les seules choses qu'il ait apportées sont ses vêtements, ses affaires de toilette, et un matelas neuf pour la chambre. Il aurait sûrement fait un peu de place pour un canapé tout moche… si j'en avais eu un.

Sa rue est bordée de chênes immenses, dont les branches abritent totalement les trottoirs du soleil. Les voisins sont tous plus âgés, plus installés, et adorent me raconter qu'ils ont vu "ce gentil petit gars" grandir depuis qu'il est bébé. C'est le genre de maison dans laquelle on habite quand on a réussi dans la vie. Quand on a deux enfants, quand la peur panique de ne pas pouvoir payer les factures s'amoindrit et ne vous étouffe plus.

Mais elle est trop grande pour Ryan. Deux niveaux, une vaste galerie en façade, un jardin immense, murs blancs et volets vert foncé, parterres de fleurs impeccables, une allée de brique qui mène à la porte d'entrée.

Il faudrait plusieurs minutes pour la traverser si on devait jeter un œil dans chaque pièce ; elle est si grande que quelqu'un pourrait entrer par la porte du carport sans qu'on l'entende depuis la chambre principale.

Je prends l'allée en marche arrière pour raccourcir la distance sur laquelle je devrai porter les cartons. Ce n'est qu'en ouvrant mon coffre que je remarque que les voisins de gauche, Ben et Maggie Rogers, m'observent depuis la galerie de leur maison. Pile à l'heure. Leur promenade matinale coïncide avec le moment où l'on part travailler, et ils ont déjà entamé leur cocktail du soir devant leur maison quand on rentre à la fin de la journée. C'est l'ambiance globale de cette rue puisque tout le monde est à la retraite, ou presque.

Mme Rogers me suit des yeux pendant que je sors le premier carton de mon 4Runner. Ce signe qui lui annonce que je ne suis plus une simple invitée de passage sera colporté jusqu'au bout de la rue quand elle fera le tour du voisinage demain matin. Les Rogers prennent le concept de Voisins vigilants très au sérieux.

Ils m'observent en silence tandis que je décharge carton après carton. Ryan se gare dans l'allée au moment où j'attrape le dernier. Il trottine dès qu'il sort de la voiture pour me le prendre des mains.

— Attends, je m'en occupe, dit-il.

Je me hisse sur la pointe des pieds pour l'embrasser, le carton empêchant tout autre contact entre nous que celui de nos lèvres.

Avant de rentrer, il salue les Rogers.

— Bonsoir !

Mme Rogers se lève et s'avance aussi loin que possible sur sa galerie sans tomber dans ses buissons d'azalées.

— Vous m'avez l'air bien occupés par ici ! lance-t-elle.

Les bras chargés, Ryan ne peut que me montrer du menton.

— Evie emménage, dit-il.

Son grand sourire me fait beaucoup d'effet et je ne peux m'empêcher de sourire à mon tour.

Voyant ses soupçons confirmés, Mme Rogers lance un regard à son mari, comme pour lui signifier "Je te l'avais dit".

— Bah, j'imagine que les jeunes d'aujourd'hui brûlent des étapes importantes.

Elle adoucit son coup de canif d'un petit rire contrit, mais Ryan ne se laisse pas démonter.

— Nos étapes sont peut-être dans un ordre différent, mais nous n'en manquerons aucune.

Un murmure de surprise m'échappe malgré moi, et je m'exhorte à ne tirer aucune conclusion de ces plaisanteries entre voisins.

M. Rogers rejoint sa femme.

— Mais il faut que nous accueillions Evie parmi nous comme il se doit ! Venez donc bientôt à la maison prendre un cocktail en fin d'après-midi.

Si la nouvelle dérange M. Rogers, il cache bien son jeu.

— On serait ravis. Peut-être la semaine prochaine ? répond Ryan pour nous deux.

— Je viens de m'acheter un fumoir à whisky et ça me démange de l'utiliser, renchérit M. Roger avec un sourire sincère.

Ryan s'esclaffe.

— Ça fait longtemps que je n'ai pas bu un de vos Old Fashioned. J'ai hâte.

Après quoi il me donne un léger coup d'épaule pour me diriger vers la maison.

— J'ai pris les devants et j'ai apporté mes vêtements et mes chaussures. Comment s'est passée ta journée ?

Il hausse les épaules.

— C'était long. J'aurais préféré la passer à faire des cartons avec toi.

Ryan n'est jamais très bavard sur ses activités du jeudi. Bien qu'il ait plaisanté sur le fait de se faire porter pâle aujourd'hui, on sait lui comme moi qu'il ne ferait jamais une chose pareille.

Ce qu'il fait le jeudi est trop important.

Il regarde ce que j'ai rapporté. Les cartons vides que j'ai récupérés ce matin sont maintenant remplis par les seules affaires que je possède vraiment et que je vais garder ici. Il enroule autour de son doigt une mèche qui s'est échappée de mon chignon décoiffé.

— Tu as bien avancé chez toi ?

Je lui adresse un grand sourire.

— Carrément ! Je suis prête pour samedi, mais franchement, on pourrait se passer du camion de déménagement. Nos deux voitures suffiront. J'ai fini par donner tous mes meubles. Il ne reste plus qu'une dizaine de cartons, dis-je en en poussant un du bout du pied.

Un mélange de perplexité et de tristesse voile son visage.

— Evie, dit-il avec douceur. Tu as tout donné ?

Du bout du pouce, j'efface les rides qui strient son front.

— Tu vis dans une maison où chaque meuble recèle de l'importance pour toi. Ou un souvenir. Tu as grandi parmi tous ces objets, ils font partie de toi. On ne peut vraiment pas en dire autant de mes affaires. C'étaient des choses achetées pour leur utilité. Pour avoir un endroit où m'asseoir sans être par terre, et rien de plus. Ça ne m'a rien fait de les donner.

Si les meubles dont je parle n'ont pas été donnés aujourd'hui, mes sentiments n'en restent pas moins sincères.

Ryan sort son téléphone de sa poche et passe un appel. Je me demande ce qu'il prépare.

— Bonjour, Ryan Sumner à l'appareil. Evie Porter a réservé un camion pour samedi mais nous devons annuler.

De sa main libre, il m'attire à lui, me cale contre sa hanche. Il écoute, remercie son interlocuteur puis raccroche.

— Viens, on va chercher ce qui reste. Tout de suite. C'est moi qui m'occupe de tout, je suis sûr que t'es crevée. Donne-moi cinq minutes pour me changer.

Je fais mine de protester mais il me fait taire d'un baiser. Ce baiser s'éternise au point que l'on envisage de changer de programme, mais il se détache de moi et file se changer.

— Cinq minutes ! crie-t-il en disparaissant dans la maison.

Je m'adosse au mur et regarde ma montre. Il est six heures et demie. Le bureau de la résidence Lake View est fermé à double tour et la femme de l'agence ne reviendra pas avant demain.

Ryan me suit dans son Tahoe. Je suis contente à l'idée de ne pas être à côté de lui quand il comprendra où nous allons, mais au moins, ma honte de cet endroit sonne juste.

Il gare sa voiture à côté de la mienne et sort aussitôt. Il est à ma portière avant même que je l'ouvre.

— Tu aurais dû me dire que tu vivais ici.

Il scanne le parking comme pour estimer d'où surgira le danger qu'il sait tout proche. Je m'accroche aux passants de sa ceinture et l'attire contre moi.

— C'est précisément pour ça que je ne t'ai rien dit.

Je glisse ma main droite dans sa main gauche et il la serre fort tandis que je le tire en direction de l'escalier. Il remarque toutes les ampoules cassées en chemin.

Le verrou est moins capricieux cette fois et dès que la porte s'ouvre, Ryan nous pousse tous les deux à l'intérieur et la referme derrière nous. Il arpente l'appartement les mains sur les hanches, et je dois admettre que j'aime bien cette façon de patrouiller en ronchonnant ; cet instinct protecteur qui s'exprime est pour moi aussi étranger que bienvenu.

Je m'agenouille à côté des piles de livres et me mets à les ranger dans le carton que j'ai laissé à côté.

— J'ai oublié qu'il restait quelques trucs à emballer.

Ryan se dirige vers le plan de travail et s'empare du premier flacon de parfum. Il le tient à la lumière, l'inspecte sous tous les angles, puis fait de même avec les trois autres.

— Tu les collectionnes ?

— Oui ! je fais avec un grand sourire.

Je m'apprête à lui expliquer que c'est parce que ça me rappelle ma grand-mère, mais le mensonge fait long feu.

— J'ai vu une photo un jour, dis-je à la place, et je ne me rendais pas compte à quel point ils pouvaient être splendides… et différents. Ça m'a marquée. Et je me suis mise à les collectionner. Le violet est mon préféré.

Il vaut toujours mieux inventer des mensonges au plus près de la vérité et en dire le moins possible, mais il n'y a pas que ça. Je n'ai pas envie de lui mentir si ce n'est pas nécessaire.

Il n'évoque pas le fait que sa mère aussi collectionne les flacons de parfum, ni que j'ai un point en commun avec elle, et je refuse d'analyser ce que je ressens face à cette absence de commentaire. Il repose le flacon et commence à ouvrir les tiroirs de la cuisine. Il se retrouve devant le réfrigérateur. Il détache une des photos de nous et l'examine. C'est un selfie qu'on a pris peu après notre rencontre. Il faisait froid, et on est tous les deux emmitouflés devant le petit brasero dans son jardin. J'avais apporté les ingrédients pour faire des chamallows grillés au chocolat et on en avait partout sur la figure. Sur la photo, je suis assise sur ses genoux et on sourit de toutes nos dents, joue contre joue.

— C'était une bonne soirée, dit-il.

— Je suis d'accord.

C'est la première nuit que j'ai passée chez lui. La première fois que j'ai dormi dans son lit. Il garde les yeux rivés à ce cliché et je ne peux m'empêcher de me demander ce qui se passe dans sa tête pendant qu'il repense à ce soir-là.

Enfin, il retire toutes les photos, les menus, et empile le tout sur le plan de travail.

— Il te reste quelques trucs là-dedans, lance-t-il.

— Ah mince ! Je croyais avoir tout vidé. Tu peux jeter ce qui reste à la poubelle ?

Je l'entends se saisir des sauces et condiments et ouvrir le placard sous l'évier qui abrite la poubelle. Il les jette parmi des boîtes de nourriture à emporter et d'autres trucs que j'ai trouvés dans une des poubelles extérieures.

— Il y a autre chose à jeter avant que je descende à la benne ? demande-t-il en tirant la poubelle de sous l'évier.

Je fronce les sourcils et réfléchis.

— Ouais, il reste peut-être des trucs dans la salle de bains.

Il me suit au bout du couloir. Je prends le savon fondu dans la douche et le jette à la poubelle. J'attrape ensuite le shampooing et l'après-shampooing et les soupèse pour savoir si je les garde ou non, puis les jette également.

Ryan inspecte tous les tiroirs et les placards, vérifiant le moindre recoin. Il est plus minutieux que je ne l'aurais cru.

Une fois de retour dans la pièce principale, il se penche sur quelques cartons que j'ai remplis plus tôt dans la journée. Et puis il ne jette plus simplement un œil, j'ai presque l'impression qu'il fouille dans un but précis.

— Tu cherches quelque chose ? je demande une fois qu'il a écumé le contenu de trois cartons.

Il lève la tête et me regarde dans les yeux. Un petit sourire force ses fossettes à se montrer.

— J'essaie juste d'en apprendre autant que possible sur toi.

N'importe quelle fille aimerait entendre ces mots, mais je les trouve chargés. Lourds. Et je me demande s'il les choisit aussi prudemment que je sélectionne les miens.

4

Il y a tout un tas de raisons pour lesquelles je ne suis pas venue ici depuis une semaine – les courses, les cartons, le déménagement –, mais j'ai attendu aussi longtemps que possible. L'endroit ferme dans un quart d'heure, et même si j'ai la possibilité de m'identifier et d'entrer en dehors des horaires d'ouverture, je ne veux pas laisser ce genre de traces.

Comme une femme sur trois que je croise, je suis en legging noir, tee-shirt et chaussures de course. Mes longs cheveux bruns sont attachés en chignon bas qui dépasse de ma casquette. J'oriente mon visage vers le bas et la gauche pour m'assurer que la caméra dans le coin de la pièce n'aura pas d'image évidente de moi. Plusieurs personnes font la queue en attendant qu'un employé s'occupe d'eux, dont une femme qui se débat avec une pile de petits cartons qui vacille d'un côté et de l'autre, jusqu'à ce qu'ils tombent tous par terre. Les deux personnes devant elle s'accroupissent pour l'aider à ramasser ses colis tout en essayant de ne pas faire tomber les leurs. Je contourne tout ce désordre et me dirige vers le mur de boîtes aux lettres au fond du magasin.

En bas à gauche. Boîte 1428.

Ces boîtes s'ouvrent à l'aide d'un code et non d'une clé, alors je me sers de la phalange de mon index pour entrer le code à six chiffres. La porte se déverrouille et s'écarte légèrement. Du revers de la main droite, je l'ouvre en grand.

Je sors la petite enveloppe coincée dans la ceinture de mon legging et la glisse dans la boîte vide après une seconde d'hésitation.

Je claque la porte et compose à nouveau le code pour la verrouiller, puis je pars aussi vite que je suis arrivée.

5

Je suis en retard pour le déjeuner avec les filles. Sara et moi avons échangé des messages ces derniers jours pour essayer de trouver une date qui conviendrait à tout le monde ; on aurait gagné beaucoup de temps si elle m'avait ajoutée à leur groupe de discussion mais il faudra plus qu'un dîner avant que j'obtienne cette invitation.

Elles voulaient qu'on se retrouve dans un petit salon de thé au fond d'une boutique cadeaux qui vend de tout, des bijoux de fabrication artisanale aux vêtements de bébé à smocks en passant par des cosmétiques haut de gamme. Un endroit où elles connaîtraient toutes les clientes du magasin ainsi que toutes celles assises à table.

Bien que je consente à me faire interroger par les femmes que Ryan considère comme ses amies, je ne suis pas d'accord pour me confier à qui que ce soit d'autre. Pas encore. Pas avant d'être certaine d'en savoir plus long sur elles qu'elles n'en sauront jamais sur moi.

C'est donc pour cela qu'on se retrouve dans un petit restaurant à côté de l'endroit où je travaille. Il n'a pas fallu beaucoup plus d'une semaine après notre rencontre pour que Ryan me pousse à quitter mon ancien boulot pour un poste qui ne le mettrait pas mal à l'aise quand ses amis lui demanderaient où je travaillais. Je suis assistante dans le service événementiel d'une petite galerie du centre-ville. Le boulot n'est pas compliqué, et comme le directeur, M. Walker, est un client de Ryan, on a sauté l'étape où je devais fournir trois lettres de recommandation et le détail de mon expérience professionnelle.

Beth, Allison et Sara sont déjà installées, avec une autre femme qui n'était pas présente au dîner, mais que j'identifie comme une de leurs amies intimes pour l'avoir vue sur des photos.

Je les observe par la vitrine à mesure que j'approche. C'est une sorte de *diner*, et la plupart des clients sont en costume ou en tailleur, ou bien en uniforme – celui que tous les employés du tribunal ont l'obligation de porter. Elles ne sont pas à l'aise, et je comprends à leur façon de regarder l'espace réduit qu'elles se demandent comment elles ont pu atterrir dans un endroit où l'odeur de graillon imprégnera leurs cheveux et leurs vêtements, s'accrochant à elles jusqu'à la fin de la journée. Un endroit où elles ne feront pas de vieux os une fois le repas terminé.

Sara se lève quand elle me voit et me fait signe de les rejoindre. Toutes les quatre profitent du temps que je mets à traverser la salle pour examiner ma tenue. Leurs regards se posent sur la fente audacieuse de ma longue jupe bleu vif, le tee-shirt blanc très fin qui ne cache pas grand-chose de mon soutien-gorge bleu pastel, les tas de bracelets qui tintent en rythme avec mes pas. J'ai mis un certain temps à choisir le look que je voulais afficher – celle qui veut s'intégrer ou celle qui veut se démarquer.

Disons que je ne passe pas incognito.

— Salut Evie, je suis tellement contente de te revoir, dit Sara avant de se rasseoir. Tu te souviens de Beth et Allison, ajoute-t-elle en désignant la table d'un geste.

— Bien sûr, réponds-je avec un hochement de tête aux intéressées.

— Et voici Rachel Murray. Rachel, je te présente Evie Porter.

Rachel m'adresse un coucou de la main.

— Salut, ravie de te rencontrer, Evie. J'ai beaucoup entendu parler de toi.

Pas de doute là-dessus.

— Ravie de te rencontrer également.

La situation est un peu gênante : si on ne s'est jamais rencontrées, c'est parce qu'elle n'était pas invitée au dîner chez Ryan, mais c'est lui qui a pris cette décision. Il a évoqué l'idée de lui proposer, mais il l'a finalement exclue car, selon ses propres termes, il arrive qu'elle soit "prodigieusement chiante". Et puis, elle est célibataire, alors ça compliquait le plan de table.

Au moment où je pose mon sac au pied de ma chaise, le vibreur de mon téléphone annonce un message. Un rapide coup d'œil m'indique que c'est Ryan :

Bon déjeuner mais te laisse pas faire ! Appelle-moi quand tu as terminé.

Je me mords la lèvre pour cacher mon sourire.

— Merci d'être venues à ma rencontre. Ma pause déjeuner n'est pas très longue, dis-je en prenant le menu plastifié calé entre la boîte de sachets de sucre et une bouteille de ketchup.

Sara en attrape un aussi.

— De rien. On ne vient jamais dans le centre, donc c'est sympa.

Les trois autres ont probablement eu un mal fou à ne pas lever les yeux au ciel. Elles ne sont tellement pas dans leur élément.

— Donc, cocktails chez nous samedi avant la fête du derby, annonce Beth.

Ça fait deux semaines que je zieute cette invitation collée sur le frigo de Ryan. Bien qu'on soit loin du Kentucky, la fête en question promet des *mint juleps* et des *hot browns* dans un élevage équestre aux abords de la ville. Et l'invitation nous encourage à venir avec un chapeau – *N'ayez pas peur de voir grand !*

Le petit groupe essaie de m'inclure dans ses bavardages, mais il est évident que je ne connais pas les gens, les lieux, ni les événements dont elles parlent, alors au lieu de participer, je les regarde. J'étudie leur façon d'interagir, leurs manies, leurs choix de mots. Elles pensent que ce déjeuner a pour but d'apprendre à me connaître, mais j'en aurai retiré bien plus d'informations qu'elles quand on aura terminé.

Une fois la commande passée – eau et salade pour tout le monde –, les quatre femmes se penchent vers l'avant. Je me tiens prête. Sans surprise, c'est Rachel qui se lance.

— Bon, comme j'ai manqué le dîner l'autre soir, je dois rattraper mon retard. Raconte-moi tout, ta vie, ton œuvre.

Je m'adosse contre ma chaise pour mettre autant de distance que possible entre elles et moi.

— Franchement, il n'y a pas grand-chose à dire.

Elles s'attendent à ce que je poursuive, au moins à ce que je fournisse quelques détails, mais il va falloir qu'elles fassent plus d'efforts que ça. Sara tripote son verre, sa serviette, son téléphone.

— Elle est originaire d'Alabama, dit-elle en regardant Rachel.

Sara, c'est la fille qui a envie que tout le monde s'entende bien. Pour son mariage, elle a sûrement commandé des roses pastel et choisi exprès le même motif de porcelaine que le service de sa belle-mère.

— Où en Alabama ? demande Beth.

— Tout près de Tuscaloosa, je réponds.

— Tu es allée à Bama ? s'enquiert Allison au moment où Rachel décide d'être plus directe.

— Comment s'appelle la ville d'où tu viens ?

Je me tourne vers Allison, choisissant de répondre à la question la moins agressive.

— Oui, j'y suis allée quelque temps.

Les regards blasés autour de la table m'indiquent leur niveau de frustration.

Il y a un vieux dicton qui dit : *Celui qui ment le premier l'emporte.* Mais il ne s'agit pas d'un petit mensonge sans conséquence qu'on lâche sans y penser, il s'agit d'un gros mensonge. Celui qui change la donne. Qu'on a mûrement réfléchi. Le mensonge qui plante le décor pour tout ce qui suit. Une fois que ce mensonge est énoncé, la plupart des gens le tiennent pour vrai. Ce premier mensonge doit être le plus fort. Le plus important. Celui sur lequel il ne faut pas se rater.

— Je viens de Brookwood, qui est à vrai dire une banlieue de Tuscaloosa. J'ai étudié deux ans à Bama mais je ne suis pas allée jusqu'au diplôme. Mes parents et moi avons eu un grave accident de voiture il y a quelques années. Je suis la seule à avoir survécu. À ma sortie de l'hôpital, je me suis rendu compte que j'avais besoin de nouveauté, et depuis ce jour je bouge à droite, à gauche.

Le changement sur leur visage est immédiat. Voilà qui devrait mettre fin aux questions, parce qu'elles auront vraiment l'air de garces si elles continuent à fouiner.

— Navrée pour tes parents, dit Sara, avec une sincérité évidente.

J'acquiesce en mordant ma lèvre inférieure et sans croiser leur regard, autant de signaux censés leur indiquer que je vais craquer si elles continuent à parler de ça.

Rachel m'adresse un petit sourire, comme si elle comprenait ma tristesse, tandis que les autres se tortillent sur leur chaise, clairement mal à l'aise. Elles s'attendaient à des ragots, peut-être à un détail qui leur permettrait de fouiller de leur côté, voire exhumer des saloperies qui pourraient être utilisées contre moi au besoin. Mais elles sont en train de comprendre qu'elles vont devoir composer avec moi, parce que bon, qui peut avoir le culot de faire fuir la pauvre petite orpheline ?

Le silence tombe sur notre table, puis Rachel reprend la parole en dépit du malaise ambiant.

— Comment tu as atterri à Lake Forbing ?

Je commence à entrevoir ce que Ryan entend par "prodigieusement chiante". C'est une question à laquelle je réponds avec la plus grande prudence. Lake Forbing n'est pas une grande ville, et ce n'est pas un endroit où on choisirait de s'installer si on n'y avait pas déjà des amis ou de la famille.

— Je suis tombée sur une annonce en ligne pour un travail. J'ai candidaté, j'ai eu le poste, alors j'ai déménagé. Le boulot est tombé à l'eau, mais comme j'étais là, je me suis débrouillée.

— C'était quoi le poste en question ?

— À l'hôpital.

— Ah, fait Rachel. Quel service ?

Chiante. Le mot est faible. Les filles se poussent du coude, chacune incitant les autres à mettre un terme à ce désastre.

— À la facturation, je réponds.

Sara, manifestement exaspérée par ce ping-pong, intervient.

— Je n'imagine même pas combien ça a dû être dur pour toi. Mais je suis heureuse que Ryan et toi vous soyez trouvés.

On nous apporte les plats, et le début du repas m'offre un peu de répit. Rachel continue à couler des regards dans ma direction, cherchant à me percer à jour. Bonne chance.

Au bout de quelques minutes, elle embroche une tomate au bout de sa fourchette et la pointe vers moi.

— C'est étonnant de voir Ryan s'engager aussi vite. Beth dit que tu as déjà emménagé chez lui. Tu le connais depuis quoi, deux mois ?

Bon, j'arrête de faire semblant.

— Rachel... chuchote Allison.

Je tends une main devant moi pour lui faire savoir que je vais bien.

— Je comprends, je vous assure. Vous connaissez Ryan depuis toujours et moi je débarque de nulle part.

Un sourire éclaire mon visage.

— Il a de la chance d'avoir des amies comme vous, qui tiennent autant à lui.

Je me tourne vers Rachel.

— Alors vas-y, demande-moi ce que tu veux vraiment savoir. Est-ce que j'en ai après son fric ? Parce que bon, c'est ça qui t'inquiète, pas vrai ? Que je me serve de lui ?

— Non, non, non... bégaie Sara.

— Ce qui m'inquiète, c'est qu'il pense avec sa bite au lieu de ses méninges, répond Rachel.

Allison laisse tomber sa tête entre ses mains, clairement gênée, et Beth lève les yeux au ciel.

— Rachel, ça suffit, lâche-t-elle.

Finalement, elles sont sûrement bien contentes de ne connaître personne dans ce restaurant.

Pour être honnête, si Rachel me tape sur le système, c'est elle que j'admire le plus.

Je me penche en avant et pousse mon assiette pour poser les bras sur la table. Machinalement, elles se penchent aussi.

— Vous n'avez aucune raison de me faire confiance. Aucune raison de me croire animée de bonnes intentions. Mais faites confiance à votre ami. Je suis peut-être gênée de vous dire tout ce que vous voulez savoir, mais à lui je lui ai tout raconté. Et c'est tout ce que je peux vous donner aujourd'hui.

Il n'y a pas grand-chose à ajouter. Si je les ai bien cernées, Beth, Sara et Allison raconteront à leur mec à quel point elles ont trouvé le comportement de Rachel odieux et non à quel point elles s'inquiètent de mes intentions envers Ryan. Et comme Rachel n'est pas dans les petits papiers de Ryan, je ne m'en fais pas trop pour l'influence qu'elle peut avoir sur lui. Mais le plus important, c'est que personne ne remet en question qui je suis ni d'où je viens.

C'est le premier mensonge qui l'emporte.

On finit nos assiettes en vitesse, presque sans un mot – on dirait une course à qui partira d'ici la première. Plantée sur le trottoir, je les regarde s'éloigner chacune vers son parking d'un pas décidé.

Ce sont toujours les amis qui requièrent le plus de travail. Je sors mon téléphone et tape "Evie Porter" et "Brookwood, Alabama" dans la barre de recherche de Google, comme elles vont le faire à coup sûr une fois dans l'intimité de leur véhicule. La première page aboutit à des articles vagues mentionnant l'accident, un accident dont les vrais habitants de Brookwood auraient du mal à se souvenir, ce qu'ils n'admettraient jamais – car qui peut bien oublier la mort tragique de deux membres de sa communauté ? Des articles datant de plusieurs années mais qui n'existaient pas il y a deux mois. Des articles créés pour me donner de la crédibilité et une raison de ne pas aimer évoquer mon passé.

J'éteins mon téléphone, le range dans mon sac et marche jusqu'à mon travail à deux rues d'ici.

6

Ryan est adossé contre la porte ouverte du petit atelier au sous-sol de la galerie. Le déjeuner s'étant terminé il y a moins de deux heures, je suis stupéfaite de la rapidité avec laquelle il a eu vent de toute l'histoire.

— Il paraît que c'était un déjeuner super, dit-il avec un sourire familier mais un regard que je ne connais pas.

Il porte une tenue décontractée aujourd'hui, un jean qu'il doit avoir depuis l'université et une chemise toute douce au toucher. Ça lui va bien, ça le fait paraître plus insouciant et plus jeune qu'il ne l'est.

Je n'ai pas demandé pourquoi il ne mettait ni costume, ni cravate, ni gel dans ses cheveux pendant qu'on s'habillait ce matin, et il ne m'a proposé aucune explication.

— Tu l'as dit, réponds-je en souriant aussi.

J'ai soixante-quinze marque-places étalés sur la table devant moi, en attente de la création d'un code couleur devant correspondre aux choix gastronomiques des participants au déjeuner de demain. Ryan se laisse tomber sur la chaise à côté de la mienne, son pied se glissant contre le mien lorsqu'il s'empare de deux marque-places.

— Ces deux-là doivent être placées aussi loin que possible l'une de l'autre.

Je jette un œil aux noms. On m'a déjà informée que leur présence à la même table risquait de poser un problème, mais j'ai décidé de tenter le coup malgré tout. Franchement, dans un déjeuner sur le thème "Introduction à la collection d'art pour les débutants", on ne se plaindra pas s'il y a un peu d'animation.

— Je le note.

Il repose les marque-places sur la table.

— Ça m'étonne que tu ne m'aies pas appelé après.

Je pivote sur ma chaise pour lui faire face.

— Ce n'était rien d'insurmontable.

— Mais tu n'aurais pas dû affronter ça.

Sa main prend la mienne et il me fait asseoir sur ses genoux. Je jette un œil vers la porte ouverte, en espérant que personne ne nous surprenne dans cette posture. Je ne travaille ici que depuis quelques semaines, et tout le monde sait qu'on m'a embauchée simplement pour rendre service à Ryan.

— Ça ne va pas arranger ma crédibilité dans les parages, dis-je en me rapprochant quand même de lui.

Il passe un bras autour de moi et me colle contre lui. Son doigt suit le contour de mon tee-shirt transparent.

— Pour ton information, c'est un réel supplice ce tee-shirt.

Je m'abandonne à ses caresses et il regarde en direction du couloir pour s'assurer que nous sommes toujours seuls au sous-sol, mais je change de sujet avant que ne lui prenne l'envie de s'encanailler sur mon lieu de travail.

— Je me doute que tu es trop occupé pour venir jusqu'ici prendre de mes nouvelles.

J'entremêle mes doigts aux siens pour qu'ils cessent leur exploration.

— Alors, laquelle t'a appelé ?

Je parie que c'est Sara.

— Sara. Elle craint que tu les détestes, maintenant.

Il rit tout bas puis son visage change. Prend un air grave.

— Tu veux qu'on en parle ?

Je secoue la tête.

— Non. Je me fiche de ce qu'elles pensent.

Je pivote pour mieux le voir.

— Mais pas de ce que tu penses toi.

Il passe une main dans mes cheveux, enroule une mèche autour de son poing. Tient mon visage tout près du sien.

— Moi je pense que tu es merveilleuse.

— Eh bien j'en ai autant à ton service.

Pour la première fois, je ne prononce pas ces mots pour faire avancer ma cause. Pour la première fois, je pense vraiment ce que je dis.

Dans ces moments-là, j'aimerais que la situation soit différente. Que ce que je vis soit authentique, et que ma plus grosse inquiétude soit ce drame insignifiant entre ses amies d'enfance et moi. J'aimerais être la fille qui avait un pneu à plat et que lui soit le type qui se trouvait là par hasard et m'a dépannée. Je voudrais que l'avenir nous réserve une vie à deux.

Il y a tant de choses qu'il ignore. Tant de choses que je ne peux lui dire. Et tant de choses qu'il ne saura jamais.

Ryan contemple les marque-places en désordre sur la table.

— Je suppose que tu ne peux pas finir plus tôt.

— Non. Je dois avoir terminé ça pour demain et m'assurer que toutes les nappes soient installées avant de partir.

Je m'arrache à son étreinte et me glisse sur ma chaise. Il se penche vers moi, comme s'il refusait que trop d'espace nous sépare.

— Viens travailler pour moi. Comme ça on finira tôt aussi souvent qu'on voudra.

C'est une proposition qu'il m'a déjà faite, mais c'est la première fois qu'il a l'air sincère. Je me mets à classer les marque-places par groupes.

— Travailler ensemble nuirait trop à la concentration. Pour toi comme pour moi, dis-je en riant tout bas, le regard délibérément fixé sur mes petits papiers.

Son pied vient s'emmêler aux miens.

— Tu as raison. Je n'arriverais à rien. Je te suivrais à longueur de journée, négligeant tous mes devoirs.

Le son étouffé de son téléphone qui vibre dans sa poche le pousse à regarder sa montre pour voir qui l'appelle. Il se lève en râlant et sort son portable de sa poche arrière.

— J'en ai pour une seconde, dit-il en sortant dans le couloir pour répondre.

Le calme qui règne au sous-sol me permet d'entendre ce qu'il dit sans faire beaucoup d'efforts.

— Confirmation ? demande-t-il. Un jour devrait largement suffire, ajoute-t-il un peu après. Envoie-leur le coût estimé et prépare la réception pour 11 heures ce jeudi.

Jeudi.

— Du nouveau, à part ça ? demande-t-il.

Ses épaules se raidissent pendant qu'il écoute son interlocuteur. M'attendant à ce qu'il regarde par-dessus son épaule dans ma direction, j'affiche un air totalement absorbé par le plan de table posé devant moi. Il s'éloigne d'un pas et sa voix baisse d'un ton. Je ne comprends pas ce qu'il dit mais de toute évidence, il n'est pas content et ne s'en cache pas. Il est presque en train de grogner dans son téléphone. C'est un aspect de sa personnalité que je n'ai encore jamais vu.

— Retrouve-le, lâche-t-il d'une voix sonore avant de raccrocher.

Et voilà, j'ai envie de savoir ce qu'il a perdu.

— Tout va bien ? je demande pendant qu'il range son téléphone dans sa poche et revient vers moi.

Il se ressaisit et m'adresse même ce fameux sourire qui révèle sa fossette.

— Ouais, un problème au boulot, c'est tout.

Il se laisse tomber sur la même chaise. Je fais pivoter la mienne pour lui faire face.

— J'imagine que si je travaillais pour toi, je pourrais t'aider à résoudre ces problèmes.

Sauf que je ne connaîtrais même pas l'existence du problème qu'il rencontre actuellement si j'acceptais la place qu'il me propose. Je le sens tendu, mais il réussit à se pencher vers moi et à glisser sa main dans la mienne.

— Mais tu m'as envoyé balader, alors je suis tout seul.

On tourne tous les deux autour de choses qu'on ne peut pas avouer.

Les sentiments que j'éprouve pour lui me poussent sur un chemin que je ne peux pas emprunter, alors ce petit rappel de tout ce qu'il me cache et de tout ce que je lui cache aussi est bienvenu.

— Tu penses que tu en as pour combien de temps ? me demande-t-il en m'embrassant tendrement.

Je m'écarte juste assez pour pouvoir lui répondre.

— Peut-être une heure ? Et toi, tu penses avoir fini quand ?

— Je dirais pareil.

Il m'embrasse une dernière fois et se lève.

— Tu sais que tu peux tout me dire, hein ? ajoute-t-il quand il arrive à la porte.

— Je sais.

Il me fixe quelques secondes, au point qu'une peur panique me saisit : et s'il pouvait voir à travers la façade vernie que je me suis donné tant de mal à créer ?

— Même quand mes amis se comportent comme des enfoirés, ajoute-t-il.

— Je sais. Ne t'en fais pas, il en faut plus pour me faire peur. Je te retrouve à la maison tout à l'heure.

Un coup d'œil à son téléphone puis il me regarde.

— Voilà une phrase douce à mes oreilles.

Je le regarde s'éloigner et disparaître dans le couloir.

*

J'ai terminé mon plan. Table 1, Mme Roberts et Mme Sullivan se regarderont en chiens de faïence tandis que les autres convives, j'en suis certaine, auront les yeux rivés sur elles. J'ai accompli toutes mes autres tâches, mais avant de partir, j'ai besoin de passer un coup de fil.

Elle répond à la deuxième sonnerie.

— Salut Rachel. C'est Evie. Tu as un petit moment ?

Un silence. Puis :

— Bien sûr. Qu'est-ce que je peux faire pour toi ?

Je m'adosse contre ma chaise et m'assure d'un coup d'œil qu'il n'y a personne dans les parages.

— On est parties du mauvais pied.

Je laisse ces mots en suspens quelques secondes avant de poursuivre.

— J'aimerais beaucoup qu'on se donne une autre chance.

Elle se tait, puis laisse échapper un petit rire.

— Je dois dire qu'après tous les coups de fil que j'ai reçus à propos de ce déjeuner, je ne m'attendais pas à celui-ci.

Ryan a dû l'appeler mais ça n'a pas dû la surprendre. Et j'aimerais bien savoir ce qu'il lui a dit.

— C'est aussi ma faute si ça s'est mal passé, dis-je. J'ai beaucoup de difficulté à parler de mon passé.

— Non, je n'aurais pas dû insister comme je l'ai fait. C'était un réel *manque de tact*.

Elle prononce ces derniers mots comme si c'était la principale critique qu'elle avait dû affronter au cours de l'après-midi.

— Trêve ? je demande.

— Oui, bien sûr, dit-elle sèchement.

Je pousse un soupir sonore en faisant en sorte qu'elle l'entende.

— Super ! Bon, on se voit samedi à la fête du derby, dis-je.

— J'ai hâte, répond-elle avant de raccrocher.

Je range mon téléphone dans mon sac avec le sourire.

Rachel doit être en train de se repasser notre conversation en regardant par la fenêtre de son petit espace de travail, loin du bureau d'angle qu'elle a dû convoiter à la minute où elle est entrée dans ce cabinet d'avocats, le plus prestigieux de la ville – celui réservé aux associés. C'est dans ce même cabinet qu'elle a effectué des stages pendant ses vacances lorsqu'elle était à la fac de droit et qu'elle baisait avec un associé secondaire. Ce même cabinet qui gère tout ce dont Ryan a besoin.

Elle est en train de décortiquer mon histoire, de se demander quelle part de vérité elle contient. Et d'après mes recherches, elle est douée dans sa branche. Quelque chose la dérange, et elle essaie de trancher : fouiller dans mon passé vaut-il la peine de perdre l'amitié de Ryan ?

Il va falloir que je la surveille de près.

7

— C'est ridicule, je souffle en me regardant dans le minuscule miroir du pare-soleil pour ajuster comme je peux le ruban de tissu rose qui froufroute sur le rebord de mon chapeau. *Je* suis ridicule.

Ryan engage le SUV sur une longue allée de gravier après avoir franchi une grille ouvragée au-dessus de laquelle trônent les mots HIDDEN HILLS FARM en lettres métalliques. Il coule un regard vers moi.

— Ton chapeau ne sera même pas le plus gros.

— Tu es sûr ? Parce que moi je crois qu'elles m'ont tendu un piège.

J'ai accepté d'aller faire du shopping avec Sara et Beth pour cette fête et elles m'ont garanti que ce chapeau était exactement ce qu'il me fallait.

— Et c'est injuste que je doive me trimbaler ce truc sur la tête toute la journée alors que tu es en pantalon en toile et en chemise.

— Tu es superbe. Comme toujours.

Il prend la main que je passe et repasse dans ce tissu et l'attire contre ses lèvres pour déposer un tendre baiser sur chacun de mes doigts.

Depuis que j'ai emménagé chez lui, Ryan a développé son jeu de séduction : proximité, mots doux, gestes tendres… il se plie en quatre pour me faire plaisir. Quand il n'est pas au travail, on est ensemble. Je sais d'après ses conversations téléphoniques que ses amis n'apprécient pas que je monopolise son temps. Une gentille petite amie insisterait pour qu'il voie ses amis, ferait en sorte qu'il reste en contact avec les personnes qui lui sont chères – mais je ne suis pas une gentille petite amie.

— Est-ce que tes potes vont nous en vouloir d'avoir fait l'impasse sur la fête d'avant-fête ? je demande tandis qu'on s'approche de notre destination.

On a esquivé les cocktails chez Beth et Paul non parce que l'idée de revoir Rachel me hérissait mais parce qu'elle horripilait Ryan. Il ne s'est toujours pas remis de son comportement envers moi au déjeuner, même si je trouve que ça prend des proportions grotesques. Elle m'a posé des questions de façon insistante, elle ne m'a pas non plus démoli la face, mais dans une petite ville, parmi un petit groupe d'amis, il n'y a pas grande différence. Et Ryan est du genre rancunier.

— Je suis persuadé que je vais en entendre parler, mais ne t'en fais pas.

On sera probablement arrivés avant ses amis, ce sera donc intéressant de voir vers qui il se dirige, puisqu'il se retrouve rarement dans ce genre de situation sans son cercle rapproché. En tout cas, quand on se gare devant le voiturier, je constate avec plaisir que Ryan disait vrai : mon chapeau n'est ni le plus grand ni le plus affreux, même si cela signifie seulement que nous avons toutes l'air ridicules.

Premier arrêt : le bar.

— Bienvenue à Hidden Hills Farm, lance la femme derrière le comptoir en bois brut. Puis-je avoir vos prénoms avant de vous donner vos cocktails ?

Je trouve la demande inhabituelle, mais Ryan n'hésite pas.

— Ryan et Evie.

La barmaid acquiesce et s'accroupit derrière le bar. J'en profite pour observer la femme qui fait la queue derrière nous, et pour moi il ne fait aucun doute que le cheval en plastique fixé sur son chapeau est le même que j'ai eu pour un Noël quand j'étais petite – un cheval de Barbie, avec sa selle rose et un nœud dans la crinière. La barmaid refait surface et commence à nous préparer des *mint juleps*. Je me demande s'il est possible d'avoir un autre cocktail comme nous n'avons pas passé commande, mais vu la dose généreuse de Woodford qu'elle verse dans nos verres, je ne vais pas me plaindre. Quand elle a terminé, elle nous tend à chacun un gobelet en argent. La lettre R est gravée sur celui de Ryan et la lettre E sur le mien.

Je continue à fixer mon gobelet pendant qu'on s'éloigne.

— Franchement, ils en font des tonnes. Si j'avais dit que je m'appelais Quinn, elle en aurait dégainé un avec la lettre Q ?

— Quand j'ai répondu à l'invitation, je leur ai donné nos prénoms. J'en ai toute une collection à la maison. Ça doit être mon sixième.

— Ridicule, je marmonne pendant qu'il rit.

Nous naviguons parmi la foule et Ryan discute avec presque toutes les personnes sur notre chemin, me présentant comme sa petite amie, un bras passé autour de ma taille.

— Hé, bonjour vous deux !

Nous nous retournons pour apercevoir sa voisine, Mme Rogers, se dirigeant droit vers nous. Elle me tapote l'épaule et Ryan a droit à une embrassade. Je suis stupéfaite par sa capacité à le serrer de si près sans nuire à l'équilibre précaire du chapeau perché sur sa tête.

— Qu'est-ce qu'on s'amuse, n'est-ce pas ?

— Assurément, réponds-je.

Elle ne tarde pas à repartir pour distribuer d'autres accolades, et tandis que Ryan se lance dans une conversation sérieuse avec un juge à propos d'une élection prochaine, je regarde autour de moi. C'est un endroit magnifique. L'allée sinueuse est si longue qu'on ne voit pas la route, pas plus qu'on n'entend la circulation ; on a l'impression que la fête se déroule à l'écart du monde, tout comme le nom du domaine le suggère. Une grange rouge en bois trône au sommet d'une colline dont les coteaux luxuriants forment un océan de vert bordé de clôtures blanches. Un écran digne d'une salle de cinéma est fixé sur un mur de la grange, et d'autres plus petits sont disséminés entre les tables aux nappes blanches pour que personne ne rate une miette de la course. Des serveurs circulent parmi la foule avec des plateaux argentés remplis de *hot browns* en bouchées, de *grits* au formage, et de sandwiches triangle.

Le juge s'éloigne et Ryan sursaute lorsqu'un couple s'approche.

— Ryan ! s'exclame l'homme en passant un bras autour de son cou pour le serrer contre lui.

Tandis que leur accolade s'éternise, je scrute la femme qui l'accompagne. Elle est grande, presque autant que moi, avec des cheveux châtain clair. Elle est mince et musclée, et je ne peux m'empêcher de remarquer à quel point on se ressemble. Quand Ryan s'écarte de son ami, ce dernier me tend une main.

— Alors c'est vous qui avez mis Ryan à genoux, dit-il avec un grand sourire.

— Evie, je te présente un vieil ami, James Bernard, dit Ryan en se tournant vers moi. James, voici ma petite amie Evie Porter.

James me donne une poignée de main enthousiaste. Grand et maigre, il a l'air de quelqu'un qui se débat avec ses addictions. Je le vois à ses joues creuses et à ses cernes sombres. Au tremblement de ses mains et à ses vêtements un brin trop grands. De beaux habits qu'il a sûrement exhumés du fond d'une penderie pour l'occasion. Sa compagne a meilleure allure, tant du point de vue de la tenue que de la santé. Elle porte une minirobe sans manches couleur crème, des chaussures italiennes onéreuses et des bijoux aussi classe que sobres. Ils forment un couple mal assorti.

— Je ne suis pas certaine de l'avoir mis à genoux, réponds-je d'un air moqueur, mais j'y travaille.

James se tourne vers Ryan.

— Mec, je suis tellement heureux pour toi.

Ryan et moi échangeons un regard. Ce n'est pas comme si on était fiancés… ces félicitations cordiales semblent un peu exagérées.

— Merci, répond Ryan en passant un bras autour de moi avant de hocher la tête en direction de la femme qui accompagne James. Tu nous présentes ton amie ?

James se retourne subitement, gêné d'avoir oublié qu'il n'était pas seul.

— Ryan, Evie, je vous présente Lucca Marino.

Le nom me fait l'effet d'une décharge électrique.

— Lucca, dis-je à voix basse, en articulant distinctement. En voilà un prénom inhabituel.

Je me rends compte que je parle comme Beth le soir du dîner chez Ryan. La jeune femme sourit et écarquille les yeux.

— Je sais. C'est le nom de la ville italienne où sont nés mes grands-parents. Lucca avec deux *c*. Personne ne l'écrit jamais comme il faut.

Mes yeux se posent sur le gobelet d'argent qu'elle tient à la main ; la lettre L apparaît entre ses doigts.

James et Ryan commencent à parler de leurs paris sur la course à venir mais je reste hypnotisée par la femme.

— Et tu es du coin ? je demande.

Soudain, j'ai la bouche toute sèche. J'avale une gorgée de *mint julep*, mais rien qu'une petite.

— Non, je viens d'une toute petite ville de Caroline du Nord, juste au-dessus de Greensboro. Je suis certaine que tu n'en as jamais entendu parler.

— Eden, je lâche malgré moi.

Elle cille.

— Euh, en effet… Eden. Comment tu…

— J'ai eu de la chance. Une de mes amies de fac était de cette région.

Il faut que je me ressaisisse. J'inspire profondément, retiens l'oxygène puis expire longuement et en douceur. Encore deux fois, jusqu'à ce que mes battements de cœur ralentissent.

— Tu as toujours de la famille là-bas ? je demande une fois plus tranquille.

— Non, répond-elle, assombrie. Je n'avais que ma mère, mais elle est morte quand j'étais au lycée. Cancer du sein.

J'ai remarqué au premier coup d'œil qu'on se ressemblait, mais maintenant, je la scrute des pieds à la tête pour comparer son physique et le mien. On a toutes les deux les cheveux jusqu'au milieu du dos, légèrement ondulés, mais les siens sont plus clairs que les miens. Je les aurais de la même couleur qu'elle si je ne les avais pas teints quand j'ai emménagé ici. Couleur des yeux : identique. Couleur de peau : identique.

Elle remarque que je l'examine et en fait de même. Je sens son regard remonter de mes pieds jusqu'à mon chapeau ridicule. Est-ce que notre ressemblance la surprend ?

— Tu es déjà allée à Eden ? me demande-t-elle.

— Oui. L'amie dont j'ai parlé nous a emmenées dans un festival, on était un groupe de copines. Je crois que ça s'appelait… Springfest ? C'est possible ?

Je la teste. Et j'ai besoin qu'elle échoue. Mais un sourire éclaire son visage et elle arque les sourcils.

— Ah, vous êtes venues au Fall Riverfest. Ça tombe en septembre autour de mon anniversaire. J'adore ce festival !

Non. Non, non, non.

Je lui adresse un hochement de tête et me tourne vers Ryan. Il est en pleine conversation avec James, mais je l'interromps quand même.

— Je vais chercher les toilettes. Je reviens tout de suite.

Avant qu'il ait le temps de réagir ou de m'indiquer mon chemin, je disparais. Je marche vite dans ma robe noire moulante et mes talons de dix centimètres, et mon gobelet gravé de la lettre E, tout moite de condensation, manque m'échapper. En approchant des toilettes extérieures installées spécialement pour l'occasion, d'un luxe ridicule, je tombe presque sur une femme.

— Ça va, vous n'avez rien ? me demande-t-elle, une main posée sur mon bras tandis que je retrouve mon équilibre.

Je secoue la tête, incapable de dire un mot. Elle échange un regard inquiet avec son mari puis tous deux m'observent tandis que je poursuis mon chemin.

J'ai un mal fou à me maîtriser jusqu'à ce que j'aie gagné l'intimité d'une des cabines, parce que je suis complètement flippée.

Dès que je suis à l'intérieur et que j'ai mis le verrou, je m'écroule dos à la porte. Je pousse un cri silencieux et ferme les yeux de toutes mes forces.

Ça craint. Ça craint. Ça craint.

Cette fille ne vient pas d'Eden, en Caroline du Nord – c'est moi.

Sa mère n'est pas morte d'un cancer du sein – c'est la mienne.

Et son nom n'est pas Lucca Marino – c'est le mien.

Lucca Marino – Dix ans plus tôt

J'ouvre la fenêtre tout doucement. Quand je l'ai testée cet après-midi, elle grinçait à mi-chemin, alors j'essaie de l'arrêter juste avant. Lorsque l'espace est juste assez grand pour que je m'y glisse, j'y vais.

Cette montée d'adrénaline. On ne s'en lasse pas.

Je laisse tomber mon sac à dos sur le sol de la chambre d'amis, j'enlève en vitesse mon legging noir et mon sweat à capuche, en faisant attention à laisser mon filet sous-perruque en place et à ne pas toucher à mon maquillage. J'ouvre le sac et j'enfile la robe noire à paillettes que j'ai apportée. Elle me va comme un gant et est assez courte pour qu'on voie mes sous-vêtements si je me penche, c'est donc la tenue parfaite pour ce soir.

C'est ensuite au tour de la perruque de longs cheveux auburn. Je mets quelques minutes à l'ajuster parfaitement. Je me suis suffisamment entraînée dans le noir pour y arriver. Des talons vertigineux et une petite pochette noire complètent mon look.

Je fourre mes affaires sous le lit et sors de la pièce sans faire de bruit.

La fête bat son plein. Depuis la chambre d'amis, il ne me faut pas longtemps pour gagner le cœur de la maison.

Il y a un groupe de musique installé dehors et un buffet dressé dans la salle à manger, en plus des plateaux qui circulent, garnis d'huîtres gratinées et de petits pains au homard que j'ai vus en cours de préparation dans la cuisine plus tôt dans la journée. Mon ventre grogne, mais je ne prends rien dans le plateau qui passe sous mon nez. Je mangerai plus tard.

Une femme trébuche devant moi et je l'attrape avant qu'elle nous fasse tomber.

— Oh, désolée mon chou ! bredouille-t-elle en s'agrippant à mon bras.

C'est Mme Whittington. La seconde Mme Whittington, actuelle épouse de M. Whittington, à ne pas confondre avec la première Mme Whittington, qui adore dire du mal de la seconde dès que l'occasion se présente.

— Ce n'est rien.

Elle me toise de haut en bas.

— J'adore votre robe ! Où l'avez-vous achetée ?

— Oh, dans une petite boutique trouvée par hasard pendant nos vacances à Virginia Beach, réponds-je, sans la moindre trace de mon accent habituel – ce qui a demandé plus d'entraînement que la perruque.

Je m'attends à ce qu'elle me reconnaisse, mais habillée comme ça, avec la perruque, le maquillage ombré et les yeux charbonneux, je suis méconnaissable. Sans compter que personne ne s'attend à ce que la pauvre petite qui travaille dans l'arrière-boutique du fleuriste du coin vienne se frotter à la haute société dans une fête en grande pompe célébrant les fiançailles d'un couple dont le mariage ne durera pas deux ans. Honnêtement, ils auront de la chance s'ils arrivent jusqu'à l'autel.

Une fois que Mme Whittington tient sur ses pieds – ou du moins autant que possible vu son état –, je poursuis mon chemin. J'aurais eu du mal à entrer par la porte principale puisque les parents des futurs époux accueillent personnellement tous les invités, mais personne ne remettra en cause ma présence maintenant que je suis au cœur de la fête.

Je me faufile à travers le rez-de-chaussée jusqu'à un couloir de l'autre côté de l'immense salon. En général, je ne me fais pas voir, mais l'agencement de cette maison ne me laisse pas le choix. Les musiciens étant installés à l'extérieur, devant les fenêtres de la chambre des propriétaires, je dois y accéder par l'intérieur.

Je m'attarde devant le couloir qui me mènera à la suite parentale des Albritton. Avec mon téléphone à la main, j'ai l'air de chercher un endroit tranquille pour passer un coup de fil. Faisant mine de regarder mon écran, je guette en réalité l'intérêt que me portent les invités. Mon autre main est glissée dans ma pochette, enserrant un appareil caché à l'intérieur. Je prends une profonde inspiration et appuie sur le petit bouton.

Un énorme vacarme détourne l'attention de tout le monde vers la cuisine, et j'en profite pour longer le couloir et me glisser dans la chambre incognito. Ils auront beau chercher la source de ce fracas, ils ne trouveront rien.

Malgré l'obscurité ambiante, je suis dans la salle de bains en un rien de temps. J'enfile la paire de gants noirs logée dans ma pochette puis j'ouvre le tiroir de la coiffeuse encastrée, en quête de la boîte en forme de cœur cachée à l'intérieur. Je la trouve. Je passe en revue son contenu et en extrais la bague en saphir, les boucles d'oreilles en émeraude et un collier avec une améthyste de belle taille sertie de diamants. J'aurais voulu y trouver les boucles d'oreilles et le pendentif en diamant que Mme Albritton portait au magasin l'autre jour, mais je suis certaine qu'elle les a sur elle en ce moment.

Je glisse les trésors ainsi que les gants dans mon sac puis rebrousse chemin. C'est le moment où la peur de me faire prendre la main dans le sac menace de m'asphyxier, mais je la surmonte et je débarque dans la pièce principale le plus naturellement du monde.

Heureusement, personne ne fait attention à moi. Je retourne vers la chambre d'amis en prenant mon temps ; je m'arrête même pour attraper au vol un de ces petits pains au homard. Aussi délicieux que je l'espérais.

J'enlève ma robe tout en attrapant le sac à dos caché sous le lit, retire mes talons d'un coup sec. En quelques secondes, je suis en legging et sweat à capuche et je file par la fenêtre.

*

— Maman, je suis rentrée ! je lance en arrivant dans notre mobile home.

Mon accent traînant du Sud refait surface à la minute où je franchis le seuil.

— Coucou chérie ! Alors, qui a gagné le match ? me demande maman depuis sa chambre.

Mes cheveux châtain clair sont libérés de la perruque et il n'y a plus une trace de maquillage sur mon visage. Le sweat à capuche a cédé la place à un autre, à l'effigie de la mascotte de mon lycée.

Sac en papier kraft à la main, je traverse la courte distance qui sépare la pièce de vie de la chambre de maman. Je le pose sur le plateau télé au bord de son lit et me glisse sous les couvertures à côté d'elle.

— On a perdu. Mais pas de beaucoup.

Maman plonge une main dans le sac et un sourire éclaire son visage.

— Oh, chérie, il ne fallait pas.

Une odeur de cannelle envahit la pièce, et mon cœur fond d'assister à ce petit moment de bonheur provoqué par une simple friandise.

— Il faut que tu manges plus, maman. Tu maigris trop.

Elle sort de son emballage le gros roulé à la cannelle, dont l'apparence bien dodue est aussi appétissante que son odeur.

— Ma viennoiserie préférée, murmure-t-elle.

— Je sais, je murmure à mon tour.

Tandis qu'elle le déguste à petites bouchées, je prends une des petites feuilles de papier carrées posées sur la table de chevet et me mets à la plier comme elle me l'a appris. Elle m'observe, sans me corriger quand je me trompe, me laissant au contraire me rendre compte de mes erreurs par moi-même.

Au bout de quelques minutes, un petit cygne en origami a pris forme au creux de ma main.

— Oh, très joli, dit-elle en le cueillant dans ma paume pour l'ajouter à sa collection, sur l'étagère encastrée dans la tête de lit.

Il y a là toute une armée d'animaux en papier de toutes les couleurs et de toutes les tailles qui veillent sur elle. Maman a toujours été habile de ses mains, mais elle a beau essayer de m'apprendre, le cygne est le seul que je réussis à faire.

Elle a mangé environ la moitié du roulé à la cannelle lorsqu'elle l'emballe et le met de côté.

— Je le finirai demain, dit-elle, bien qu'on sache toutes les deux qu'elle n'en fera rien.

C'est déjà étonnant qu'elle en ait mangé autant.

— Qu'est-ce que tu as prévu pour le reste du week-end ? demande-t-elle en s'emmitouflant dans les couvertures.

— Je travaille chez le fleuriste. Grand mariage demain soir.

Elle se tourne vers moi, pose une main frêle sur mon visage.

— Tu travailles trop. C'est ta dernière année de lycée, tu devrais sortir avec tes amis, t'amuser.

Je secoue la tête et ravale la grosse boule que j'ai dans la gorge.

— Je peux faire les deux, dis-je alors que c'est faux.

Mais on ferme toutes les deux les yeux sur mon mensonge.

— Tu as eu des nouvelles des universités auxquelles tu as postulé ?

Je secoue la tête.

— Pas encore, mais ça ne devrait plus tarder.

Je ne lui dis pas que je n'ai pas envoyé de formulaire car on n'avait pas les moyens de payer les frais d'inscription, et même si je refuse catégoriquement de l'admettre, elle ne sera probablement plus là pour voir que je serai encore coincée dans cette petite ville à l'automne.

— Je sais qu'elles vont toutes te vouloir. Tu n'auras qu'à faire ton choix.

Je hoche la tête sans rien dire. Soudain elle se penche plus près de moi et me serre la main.

— Bientôt, tu seras adulte.

Un éclat de rire lui échappe et elle reprend.

— Qu'est-ce que je raconte, tu l'es déjà. C'est toi qui t'occupes de moi et de tout le reste. J'ai de grands espoirs pour toi, Lucca. Je veux que tu aies un foyer et une famille. Je veux que tu aies cette maison dont on a toujours rêvé. Tu pourras peut-être la faire construire dans ce nouveau quartier chic près du lac.

— Et je ferai une chambre rien que pour toi, j'ajoute, jouant le jeu. On la peindra en vert comme c'est ta couleur préférée et tu auras même un ciel de lit. Et on aura un coin potager dans le jardin.

Elle dégage une mèche de cheveux de mon visage et la coince derrière mon oreille.

— On fera pousser des tomates et des concombres, dit-elle.

— Et des carottes.

Ses paupières sont lourdes. Elle est à deux doigts de s'abandonner au sommeil, bien qu'elle ait probablement dormi toute la journée.

— Des carottes, évidemment. Ton légume préféré. Et je te ferai un carrot cake.

Elle s'endort et je l'embrasse sur la joue, essayant de ne pas céder à la panique au contact de sa peau glacée. J'ajoute une couverture à la montagne sous laquelle elle est déjà engloutie et m'échappe de son lit.

Je me dirige droit vers la pièce minuscule à l'avant de notre mobile home qui n'est rien de plus qu'un grand placard, mais chaque fois que j'y entre, j'ai l'impression d'arriver dans un autre monde. Avant que le cancer ne ravage son corps, maman passait toutes ses journées ici, derrière sa machine à coudre, avec tout son matériel. Des mères venaient de toute la Caroline du Nord pour lui faire faire des robes en vue d'un concours de beauté, d'un bal de promo… on lui a même commandé des robes de mariage. Quand j'étais petite, je m'asseyais à ses pieds et je regardais ces filles ordinaires se transformer quand maman posait les mains sur elle. C'est dans ces moments-là que j'ai découvert qu'on pouvait devenir quelqu'un d'autre avec les bons cheveux, la bonne tenue, les bons accessoires.

Des rouleaux de tissu et de ruban sont empilés contre un mur, tandis que les étagères en contreplaqué derrière la machine à coudre regorgent de bocaux pleins de plumes, de strass et toutes sortes d'ornements imaginables.

Quand maman est tombée malade, j'ai pris le relais pour réaliser ses commandes. Je l'aidais depuis toujours, alors j'étais préparée. Mais les robes pour les concours de beauté et les bijoux fantaisie fabriqués à la demande ne rapportaient pas assez pour payer les traitements et les médicaments dont elle avait besoin. Alors il a fallu que je me diversifie.

Le poste vacant chez le fleuriste de Greensboro est tombé à pic. Les femmes adorent y venir parées de leurs plus beaux bijoux, parler des grandes fêtes qu'elles organisent et des impressionnantes listes d'invités. Et bien sûr, elles ont besoin de nous pour livrer les compositions florales et s'assurer que tout soit parfait.

Pendant l'agitation des préparatifs, rien de plus facile que de se glisser dans une chambre pour ouvrir une fenêtre. Le plus important, c'est de ne rien dérober quand je livre les fleurs. Ça ferait peser trop de doutes sur les personnes présentes tôt le matin. Il vaut mieux laisser le temps à la maîtresse de maison de s'habiller pour la fête, de choisir les bijoux qui iront le mieux avec sa tenue. S'assurer qu'elle se rappelle bien ce qu'il y avait dans son coffre à bijoux avant le début de la soirée.

Alors, quand la maison est pleine à craquer d'invités, de voituriers, de personnel de service et de barmans, la petite fleuriste oubliée tient l'occasion de se glisser parmi eux et de mettre la main sur les bijoux qui n'ont pas été choisis pour la fête. Inévitablement, la police demandera à Mme Albritton quand elle a vu ces bijoux pour la dernière fois, et elle dira que c'était juste avant le début de la soirée, éliminant ainsi les personnes ayant livré les fleurs de la liste des suspects.

J'ai également appris qu'il valait mieux séparer la petite employée du fleuriste du vrai moi. Lucca Marino est une lycéenne de dix-sept ans qui crée des robes et des bijoux fantaisie pour aider sa mère à payer les factures. La fille qui travaille chez le fleuriste se coiffe et se maquille différemment, et elle n'a pas le même nom.

Je mets un certain temps à retirer les pierres de leur monture pour pouvoir faire fondre l'or dans un petit creuset. La semaine prochaine, je roulerai jusqu'en Virginie pour me débarrasser de cet or et de ces pierres. Personne ne reconnaît ses pierres précieuses une fois qu'elles ne sont plus serties.

C'est beaucoup de risques pour deux ou trois cents dollars, mais on a besoin du moindre penny qu'on peut récupérer. J'ai appris qu'il faut bien cibler sa victime : elle est assez riche pour confier la décoration de sa maison à un fleuriste professionnel et posséder quelques beaux bijoux qu'elle n'a pas peur de cacher dans un tiroir de salle de bains, mais pas riche au point de mettre sur mon chemin une combinaison de coffre-fort ou un système d'alarme à désarmer.

Je travaille avec soin. À l'aide d'une lampe-loupe à LED, lentement je détache chaque griffe métallique sans endommager la pierre. Maman aurait fini en quelques minutes. Enfin, pas vraiment. Elle me botterait les fesses si elle savait ce que je fais avec son matériel. Mais j'ai décidé il y a longtemps que ce qu'elle ne sait pas ne peut pas lui faire de mal.

Je termine juste avant minuit. Il me reste un devoir à écrire et une dose de médicaments à donner à maman avant de pouvoir me mettre au lit. Je range le matériel et j'éteins la lumière, les idées déjà accaparées par le mariage de demain soir.

8

De nos jours

Je mets dix minutes à reprendre possession de mes moyens. J'ai été bête de céder à la panique, et j'espère que je n'aurai pas à le regretter.

Je n'aurais pas dû la fuir comme ça.

J'aurais dû essayer de découvrir si ses connaissances se limitaient à Eden et aux événements principaux de ma vie, ou si elle était au courant de détails plus intimes, que seule une poignée de gens aurait pu lui révéler.

J'aurais dû la pousser dans ses retranchements, trouver l'accroc dans son histoire et la déchirer de part en part.

J'aurais dû être prête.

Ça fait longtemps qu'on m'a prise en traître.

Ryan scrute la foule à ma recherche quand je sors des toilettes. Il est resté à l'endroit où je l'avais laissé, se disant probablement que ça me faciliterait les choses.

Mais James et la femme qui l'accompagnait ne sont plus là.

Ryan m'attire contre lui à la seconde où je le rejoins, passe un bras autour de ma taille.

— Tout va bien ? Tu es toute pâle.

La présence de cette femme ici est inquiétante, mais j'ignore encore à quel point. Je suis tentée d'en tirer la conclusion que c'est en rapport avec ma dernière mission, mais ce serait une erreur de ne pas envisager toutes les autres options. Je me suis fait beaucoup d'ennemis ces dix dernières années, mais les gens en qui l'on a confiance peuvent s'en prendre à vous tout aussi facilement.

Pense-bête : ne s'intéresser qu'aux faits.

J'acquiesce et m'éclaircis la voix.

— Oui, tout va bien. Ce cocktail m'est directement monté à la tête.

Soulagé que mon problème ait un remède à portée de main, il me guide jusqu'au buffet et me remplit une assiette. Il nous trouve une place à table et pose l'assiette entre nous.

— Si tu ne te sens pas mieux après avoir mangé un peu, on peut s'en aller.

Mais il est hors de question qu'on parte avant que j'aie retenté ma chance auprès de cette femme. Je picore un peu, grignote un sandwich triangle tandis que Ryan fait signe à un serveur de nous donner une bouteille d'eau.

Inspiration. Expiration. Il faut que je me remette en selle.

— On dirait que ça fait longtemps que tu n'avais pas vu ton ami James, dis-je.

— Ouais, la vache, deux ans, quelque chose comme ça. On était proches étant gamins. Mais il n'est pas revenu vivre ici après la fac.

Il fronce les sourcils.

— Il n'a pas eu la vie facile. Apparemment, il est revenu parce que son père s'est cassé la jambe en tombant. Il risque de rester un moment, pour aider sa mère à s'occuper de lui.

— On pourrait peut-être les inviter à dîner pendant qu'il est dans le coin. Pour vous permettre de rattraper le temps perdu.

Il hausse les épaules.

— Ouais, peut-être.

J'ai envie de l'interroger sur la fille. De lui demander ce qu'il sait sur elle. À compter qu'il sache quelque chose. S'il a découvert quoi que ce soit quand je suis allée aux toilettes. Mais ça ne me ressemble pas du tout. La version de moi que j'ai créée ne fouine pas. Ne pose pas de questions inutiles. N'insiste pas pour avoir des renseignements sur ses amis ou leurs conjoints. Je dois faire en sorte que les instants incluant James et sa copine se fondent dans les événements de cette journée, qu'ils ne sortent surtout pas du lot pour devenir un souvenir particulier.

Parce qu'il n'en faudrait pas plus. Il paraît que si on veut qu'un moment se distingue des autres, qu'il soit clair comme de l'eau de roche dans notre esprit, il suffit d'introduire une petite différence dans la routine ordinaire. Par exemple, si on est du genre à oublier si on a bien fermé sa maison à clé au moment de partir en vacances, il faut isoler ce moment de toutes les autres fois où on l'a fait sans y penser. Il suffit de quelque chose de très simple : faire un tour sur soi-même avant de glisser la clé dans la serrure, par exemple. Rien qu'un geste anodin, et ce souvenir restera à jamais gravé dans votre mémoire. Il acquiert assez de clarté pour que vous vous le repassiez encore et encore. Vous voyez la porte, la clé qui tourne, la poignée que vous actionnez pour vérifier que vous avez bien fermé, et cela coupe court aux hésitations parce que vous savez que vous l'avez fait.

Je ne veux pas que Ryan analyse ce moment plus tard, qu'il se demande pourquoi j'ai manifesté un intérêt soudain pour son vieil ami et cette femme de Caroline du Nord. Pourquoi j'ai voulu à tout prix qu'on les retrouve pour passer plus de temps avec eux. Je ne veux pas que ces questions agissent comme un petit tour sur soi-même avant de fermer la porte à clé.

Il y a beaucoup de monde à cette fête, mais il reste possible qu'on retombe par hasard sur eux avant la fin. Pour l'heure, je vais ronger mon frein et passer en revue tous les scénarios pouvant expliquer cette histoire rationnellement.

— Ce chapeau te va à merveille ! couine Sara en approchant de notre table.

Je dodeline de la tête pour agiter mon couvre-chef.

— Le tien aussi ! réponds-je avec enthousiasme.

Le reste du groupe ne tarde pas à arriver, et entre les regards vitreux et les joues rosies, je dirais que les cocktails d'avant-derby ont remporté un franc succès.

Ryan se lève et salue ses amis d'une poignée de mains en leur agrippant fermement l'épaule. Si le fait qu'on ait fait l'impasse sur leur petite fête ne leur plaît pas, ils n'en montrent rien. Les mecs forment un cercle fermé à quelques pas de nous et Sara en profite pour s'asseoir sur la chaise de Ryan. Beth et Allison prennent des chaises à la table d'à côté mais Rachel reste debout, un peu à l'écart.

Allison glisse au bord de sa chaise et fait signe à Rachel de la rejoindre.

— Viens, pose une fesse ici, on va partager.

Peut-être que Rachel se tient à distance par manque de chaises libres, mais je crois plutôt qu'elle préférerait faire partie du groupe des garçons.

— Je serais furax si je m'étais pointée ici avec le même chapeau que trois autres nanas, dit Beth une fois que tout le monde est installé.

Elle doit faire référence au modèle orné de plumes de paon qui cascadent vers l'arrière en rideau et touchent presque par terre. J'en ai déjà croisé trois. Sara avale une gorgée de cocktail.

— C'est pour ça qu'il faut faire ses achats chez Martha, dit-elle. Elle note chaque chapeau vendu et n'a pas de doublon. Et elle ne propose jamais les chapeaux de l'année passée à la vente au cas où quelqu'un piocherait dans ses archives.

Elle fait un signe de tête vers Allison.

— Ou alors il faut demander au fleuriste.

Le chapeau d'Allison ressemble davantage à un petit tapis de roses rouges, apparemment vraies, à l'image de la couverture de roses que revêtira le cheval gagnant.

Je pouffe de rire malgré moi. Ces histoires de chapeaux, ça ne rigole pas. Rachel lève les yeux au ciel et secoue la tête : apparemment, elle est la seule, avec moi, à trouver tout ce décorum ridicule.

Le groupe continue de passer toutes les personnes présentes à la moulinette, et je me rends compte que je peux profiter de cette situation. Si James Bernard est un vieil ami de Ryan, c'est aussi leur vieil ami à elles.

Il me faut juste une brèche.

— Oh ! s'écrie Allison. Vous n'allez pas me croire, mais Jeana Kilburn a eu le culot de se pointer ici.

— Où est-elle ? demande Beth.

Allison montre une petite blonde rondouillarde qui porte beaucoup trop de bijoux, apparemment bourrée. Je l'ai remarquée tout à l'heure quand elle quittait le buffet, toute vacillante sur ses talons aiguilles, elle a failli s'étaler.

— Je jure que je ne comprendrai jamais les hommes, dit Sara. S'ils veulent être infidèles, pourquoi tromper leur femme avec cette catastrophe ambulante ?

J'attends qu'elles aient fini de spéculer sur la prochaine victime potentielle de Jeana pour intervenir.

— Ryan est tombé sur un vieil ami qu'il n'avait pas vu depuis des années… James Bernard. Il avait l'air content de le voir.

Les quatre femmes tournent aussitôt la tête dans ma direction.

— Il est ici ? demande Beth, comme si elle n'en revenait pas.

J'acquiesce et m'aperçois qu'elles affichent divers degrés d'étonnement et de perplexité. Sauf Rachel. Rachel est au courant.

— Il est avec une femme.

Dont je tais le nom. Je ne peux pas me résoudre à le prononcer. Mon nom.

Allison, Beth et Sara se retournent et scrutent la foule dans l'espoir d'apercevoir le couple, mais c'est moi que Rachel regarde. Beth se tourne vers nous.

— Je n'arrive pas à croire qu'il se pointe ici, dit-elle. Il doit avoir besoin d'argent.

J'avale lentement une gorgée de mon gobelet comme si j'étais parfaitement détendue puis demande :

— Pourquoi tu dis ça ?

D'ordinaire inamovible, ma façade calme et maîtrisée tremblote et menace de s'effondrer.

— Ce mec, c'est une cata, ajoute Allison. Il a failli mettre ses parents sur la paille avec ses dettes de jeu. Ils l'ont tiré d'affaire plus souvent qu'ils n'auraient dû. On ne sait même pas où il était pendant toutes ces années.

— Il t'a semblé comment ? Mal en point ? demande Beth. Je suis sûre que oui. Et franchement, ça m'étonne qu'il ait trouvé une nana. Elle aussi ça doit être une cata.

Je ne précise pas que c'est loin d'être le cas.

— Ça m'étonne qu'il ait le courage de parler avec Ryan, dit Sara.

— Pourquoi ça ? je demande, aussi détachée que possible.

C'est Allison qui me répond.

— Ryan a essayé de lui filer un coup de main il y a un an. Il lui a donné un travail, fourni un endroit où habiter, la totale. Et James l'a entubé en beauté. Il lui a volé du fric, un truc comme ça. Ryan était hors de lui.

— Ouais, mais on sait toutes ici que si quelqu'un peut lui pardonner, c'est bien Ryan, commente Sara. Je me demande qui est cette fille.

Elle fait tinter les glaçons au fond de son gobelet vide. Encore quelques-uns et il faudra que Ray la porte pour partir.

Mon inquiétude est montée d'un cran. Le retour de James est mal perçu, et le fait qu'il surgisse ici, avec elle, me fait redouter le pire. Il faut que j'envisage la possibilité que cette femme qui a usurpé mon vrai nom et mon passé se sert de James pour m'atteindre.

Rachel ne dit rien. Je suis pourtant certaine qu'elle pourrait répondre à toutes leurs questions.

*

One for the Honey, qui avait peu de chances de gagner, a remporté la course il y a une heure et Ryan est sur un petit nuage grâce au pactole que l'outsider lui a fait empocher.

On a circulé longuement parmi la foule, mais on n'a pas revu James, ni la femme. D'après ce que disent les filles, elles non plus. Le fait que j'aie parlé de James et de sa compagne a aiguisé leur appétit, elles étaient avides de les apercevoir.

Ryan se penche pour chuchoter au creux de mon oreille.

— Tu sais, la meilleure façon de dépenser cette somme serait de filer droit à l'aéroport et de ne pas s'arrêter avant de nous retrouver sur une plage au Mexique.

Je me tourne vers lui et enroule sa cravate autour de ma main droite pour le rapprocher de moi.

— Ça me plaît, comme programme, je susurre en faisant un pas vers lui, de sorte que nos deux corps se touchent tout du long.

Evie Porter possède pas mal de choses, mais il lui manque un passeport. Ryan a rempli son gobelet monogrammé à plusieurs reprises, et je ne crois pas que ce projet mexicain ait des chances d'aboutir – et puis il ne partirait jamais sans prendre ses dispositions au boulot. Mais ça m'amuse de jouer le jeu. Et surtout, une petite amie comme moi n'hésiterait pas une seconde à partir au Mexique sur un coup de tête.

— Je rêve de te voir dans ce bikini rose que tu as rapporté dans tes cartons la semaine dernière.

Il penche la tête et m'embrasse dans le cou. On est à deux doigts de provoquer un scandale, car ce n'est pas le genre d'endroit où se bécoter comme on le fait passe inaperçu.

C'est la première fois que je le vois boire autant. Il a l'alcool joyeux. Amoureux. Ses sentiments pour moi se lisent sur son beau visage comme dans un livre ouvert, ce que tout le monde remarque.

— Pas besoin d'être sur une plage pour que je te montre mon bikini rose.

Un rapide coup d'œil autour de nous m'indique qu'on fait déjà l'objet de quelques conversations à voix basse. Notre câlin dure encore un peu, car mon objectif aujourd'hui était d'asseoir mon statut de petite amie de Ryan, et tout le monde dira qu'il était collé à moi toute la journée.

Mais maintenant que James et la femme sont apparemment partis, je suis prête à y aller aussi. Plus tôt je peux m'échapper de cet endroit, plus tôt je comprendrai ce qui se passe.

— Demande au voiturier de nous apporter ta voiture et je nous ramène à la maison, dis-je en relâchant sa cravate et en reculant d'un pas.

Il se penche pour m'embrasser et je ne lui oppose aucune résistance. C'est un baiser langoureux, le genre de baiser qui en appelle d'autres.

Et en vouloir d'autres est dangereux.

Je m'accorde trente secondes pour vivre cet instant comme s'il était authentique. Comme si mon petit ami me prouvait son attachement devant tous ces gens et que rien ne pouvait empêcher notre relation de durer pour toujours. Comme si mon identité et mes motivations étaient au-dessus de tout soupçon.

Le rêve s'achève, trop tôt.

— Tout le monde nous dévisage, je murmure contre ses lèvres.

Il ne me quitte pas des yeux.

— Tant mieux.

Puis il me guide vers le voiturier en plongeant une main dans sa poche en quête de son ticket et d'un pourboire. Tout son groupe d'amis est éparpillé dans la fête, et aucun de nous ne fait l'effort d'aller dire au revoir.

Je lance mes talons et mon chapeau sur la banquette arrière sitôt au volant et remonte le siège conducteur. Ryan abaisse un peu son dossier. Il ferme les yeux et fredonne l'air de la chanson qui passe à la radio.

J'aime le voir comme ça. En temps normal, il peut être très nerveux, voire grincheux s'il a un problème au travail, mais là, il est détendu. Relâché. Il y a cette partie de moi que je déteste, qui se demande ce que je peux lui soutirer comme informations quand il baisse la garde. Combien de secrets puis-je arracher à cette bouche ?

Sa main franchit l'espace qui nous sépare et il entremêle ses doigts aux miens.

— Lucca, dit-il.

Le mot me perfore les poumons, j'arrive à peine à respirer. Ma main cramponne le volant, et c'est la seule chose qui empêche cette voiture de quitter la route pour finir dans le fossé.

Avant que mon cerveau trouve quelque chose à dire, il poursuit :

— La fille qui était avec James.

Il a toujours les yeux fermés et n'assiste donc pas à mon hystérie muette.

— Elle a dit un truc bizarre quand tu étais aux toilettes.

Merde.

Merde, merde, merde.

Inspire profondément par le nez. Expire longuement par la bouche. Encore deux fois.

— Ah, et qu'est-ce qu'elle a dit ? je demande sur un ton que j'espère blasé.

— Juste avant qu'ils s'éloignent, elle a dit que James espérait renouer avec moi, mais elle a fait en sorte qu'il ne l'entende pas. Et elle a ajouté qu'elle adorerait faire ta connaissance.

La garce.

— Han, je fais. Et qu'est-ce que ça a de bizarre ?

— La dernière fois que j'ai vu James, c'était disons… tendu. J'ai appris à être sur mes gardes avec lui, dit-il en ronchonnant. Mais elle, elle a l'air plutôt sympa. Trop bien pour lui.

Je bous. Tout est possible, mais je ne vois pas comment il pourrait s'agir d'une extraordinaire coïncidence.

Ryan se tourne sur le côté, la joue contre son siège, les yeux posés sur moi.

— Moi en tout cas, je ne le tire plus d'affaire. C'est fini. C'est son problème à elle, maintenant.

J'attire nos deux mains entremêlées sur mes genoux en serrant la sienne doucement. Il sourit d'un air béat et j'espère que toute cette conversation sera brumeuse pour lui demain.

— Alors comme ça… tu aimes ce bikini ? dis-je en gardant sa main posée sur ma cuisse.

Il se redresse, son regard glissant le long de mon corps. Je passe sa main sous ma robe jusqu'à ce que ses doigts effleurent l'ourlet en dentelle de mes bas. Il écarquille les yeux, surpris par ce que je cache là-dessous, mais il ne perd pas de temps à jeter son dévolu sur les attaches élastiques.

Les femmes ne portent plus beaucoup de bas, et c'est vrai que c'est une invention du diable, mais je n'ai jamais rencontré un homme capable de résister à un porte-jarretelles, et on ne sait jamais à quel moment on aura besoin d'une distraction cent pour cent efficace.

Et ce dont j'ai besoin à tout prix maintenant, c'est qu'au moment où Ryan repensera à ce trajet en voiture, le souvenir qui se matérialisera avec le plus de clarté n'inclura pas Lucca Marino.

9

De nos jours

Je déteste venir ici en dehors des heures d'ouverture, mais après l'événement d'hier, je ne pouvais pas attendre. Le magasin UPS est fermé au public le dimanche matin, donc je compose mon code sur le clavier pour pouvoir entrer puis me dirige vers le fond aussi vite que possible.

J'ai beau essayer de prévoir les faits et gestes des personnes qui m'entourent, la chose qui reste totalement imprévisible est celle que je trouverai dans la boîte postale.

Chaque mission est différente, et la seule façon dont mon boss peut garder le contrôle de la situation – et de moi-même – est de me tenir dans l'ignorance le plus longtemps possible. Il me donne juste de quoi progresser mais s'assure que je ne puisse pas avoir un temps d'avance ou inverser la tendance.

Et bien sûr, on ne me révèle jamais l'identité du client, toujours pour cette question de contrôle.

La première information que j'obtiens en général concerne le lieu. J'apprends tout ce qu'il y a à savoir sur la ville où on m'envoie.

Ensuite on me donne le nom de la cible.

J'ai la chance de pouvoir garder à jamais enregistré dans un coin de mon cerveau tout ce que je lis. Grâce à cette faculté, je n'ai aucun mal à me rappeler la feuille de papier par laquelle j'ai fait la connaissance de Ryan.

Sujet : Ryan Sumner

Ryan est un homme blanc célibataire de 30 ans, qui habite au 378 Birch Drive, à Lake Forbing, en Louisiane. À 22 ans, il sort de LSU avec un diplôme de commerce, option finance. Six mois plus tard, il passe avec succès l'examen de la Série 7 et travaille actuellement en tant que gestionnaire de fonds.

Enfance : Ryan a une sœur, Natalie, de trois ans son aînée. Le père, Scott Sumner, est mort de blessures consécutives à un accident de voiture quand Ryan avait dix ans. La mère, Meredith Sumner (actuellement Meredith Donaldson), s'est remariée moins d'un an plus tard. À l'âge de 12 ans, en raison de son incapacité à s'entendre avec son beau-père, Ryan a emménagé chez ses grands-parents paternels, Ingrid et William Sumner. Ingrid est décédée il y a six ans après une brève lutte contre le cancer. William est mort un an plus tard d'une rupture d'anévrisme chez lui, dans son sommeil. C'est Ryan qui l'a découvert. Les grands-parents lui ont légué la maison et les meubles, et les actifs financiers ont été partagés entre Ryan et Natalie.

Ryan habite actuellement la maison de ses grands-parents. Cette maison était un sanctuaire pour lui donc il faut y aller doucement. S'il se sent en sécurité et t'ouvre les portes, c'est gagné.

Son historique amoureux suggère qu'il est hétérosexuel. Il a vécu sa plus longue relation avec une certaine Courtney Banning, pendant ses deuxième et troisième années à LSU. Leur histoire a pris fin quand Courtney est partie faire sa dernière année d'études en Italie. Quand Ryan est revenu à Lake Forbing, il a renoué avec son béguin du lycée, Amelia Rodriguez, mais la relation n'a duré que cinq mois. Depuis, il fréquente des filles de façon occasionnelle, lorsqu'il a besoin d'être accompagné pour une sortie dans le cadre amical ou professionnel. Certaines de ses amitiés résultent de rencontres fortuites dans un bar ou un club mais elles ne débouchent sur rien de sérieux. *IL EST DONC FORTEMENT DÉCONSEILLÉ D'ENTRER EN CONTACT AVEC LUI DANS CE GENRE D'ENVIRONNEMENT.* Ryan fait partie d'un groupe d'amis très proches et il se pliera en quatre pour les aider. Pour eux c'est un ami digne de confiance et sur lequel on peut toujours compter. La "demoiselle en détresse" semble être la meilleure approche.

Dans les semaines qui ont précédé notre rencontre, j'ai mangé, dormi et respiré en ne pensant qu'à lui. J'ai visionné ses hauts faits dans l'équipe de football du lycée, suivi les comptes de sa famille sur les réseaux sociaux, passé des heures et des heures à observer ses allées et venues quotidiennes en personne et sur des images de vidéosurveillance. Et en effet, l'approche de la Demoiselle en Détresse s'est révélée la meilleure.

Après le lieu et la cible, on me fournit l'identité dont je me servirai sur la mission. Un nom. Un passé. Le tout soigneusement pensé, avec les documents indispensables dont j'aurai besoin pour vendre mon histoire. J'ai méticuleusement examiné les photos de Courtney et Amelia incluses dans le rapport. Elles ont toutes les deux de longs cheveux bruns, donc sur cette mission, Evie Porter aurait les mêmes, mais les similitudes s'arrêteraient là. Parce que Ryan a beau être attiré par un certain type de femmes, ces deux relations n'ont pas duré. Evie s'habillerait pour être vue, marquer les esprits. Son style serait un peu bohème, un peu hippie. Maquillage discret mais beaucoup de colliers et de bracelets. Pile ce qu'il faut à un golden boy BCBG pour bousculer un peu son image.

La dernière pièce du puzzle qu'on m'envoie est la mission en elle-même.

Il arrive que ce soit bref, de quelques jours à une semaine. On arrive et on repart. Parfois, c'est beaucoup plus long. Deux, trois mois. Voire plus.

On m'a dit que celle-ci pourrait durer un certain temps. Le travail de Ryan dans l'Est du Texas joue un rôle crucial dans cette mission, et obtenir les informations dont j'ai besoin ne sera pas facile.

Vu que mon patron n'a pas du tout aimé comment s'est terminée ma dernière mission, je suis sur la corde raide. Il y a six mois, on m'a envoyée récupérer des données ultrasensibles utilisées pour faire chanter un des clients de longue date de mon patron. Et quand le client en question est Victor Connolly, chef d'une des plus grandes familles du crime organisé du Nord-Est, l'échec est impossible. Et pourtant j'ai échoué.

Cette fois, la perfection est capitale. Les deuxièmes chances sont extrêmement rares dans cette branche. Je savais que mon boss me testerait sur cette mission. Il a besoin de savoir si je suis toujours l'un de ses meilleurs éléments ou si je suis devenue son plus gros boulet. Je m'attendais à des difficultés, mais *elle*, je ne l'ai pas vue venir.

Lucca.

Sa présence chamboule tout, c'est pour ça que je passe relever le courrier un dimanche.

Par chance, il pleut, donc je garde mon imper noir noué et la capuche sur ma tête. Des gouttes ruissellent jusqu'au sol à chacun de mes pas, qui me mènent devant la boîte 1428.

Une profonde inspiration et je saisis le code. Ouvre la porte.

Je fixe l'espace vide tandis que l'eau imbibe la moquette à mes pieds.

Je ferme la porte, compose le code pour la verrouiller. De retour dans ma voiture, je réfléchis à la marche à suivre.

On m'a appris qu'il était imprudent de ne pas prendre en compte toutes les possibilités en mission, mais mon instinct me dit que cette femme a été envoyée ici par la même personne qui m'y a envoyée moi. Et comme disait maman, *Mieux vaut un ennemi qu'on connaît.*

Il existe un numéro que je peux appeler pour relater ce dernier incident, mais on m'a dit et répété de ne m'en servir qu'en dernier recours. C'est vraiment la dernière étape avant de se faire extraire d'une mission, ou au cas où on n'a plus de couverture. C'est s'avouer vaincu, ou pire : admettre qu'on s'est fait pincer.

Mais mon boss a oublié de me préciser quel était le protocole en cas de confrontation avec un imposteur qui utilise votre vraie identité.

Je suis en territoire inconnu.

Lucca Marino – Huit ans plus tôt

Les enchères pour le voyage au Mexique en sont à douze mille dollars. Je sais ce qu'on dit, "C'est pour la bonne cause !" mais il faut vraiment planer à quinze mille pour payer plus de dix mille dollars pour un voyage qui en vaut deux mille max.

Enfin, je suis contente que tout le monde ici ait les moyens d'être aussi généreux.

Mon plateau vide en équilibre au-dessus de mon épaule, je circule dans la salle de bal. Encore un samedi soir à Raleigh, encore une vente aux enchères de centaines d'articles pour récolter des fonds. Aujourd'hui, tout ce petit monde en smoking et robe du soir est venu témoigner son soutien à la guilde de l'opéra de la ville.

Un homme d'une cinquantaine d'années surgit devant moi et lorgne ma poitrine bien plus longtemps que nécessaire si son but est de déchiffrer le nom écrit sur mon badge.

— Susan, pourrais-je avoir un Macallan avec des glaçons, à tout hasard ?

— Bien sûr, monsieur Fuller. Quel est votre numéro de membre ?

Il n'est pas étonné que je sache son nom, et me récite sa série de cinq chiffres, bien que je la connaisse déjà.

Je prends deux autres commandes avant d'aller au bar, puis je passe dix minutes à traquer chaque invité pour lui donner son verre. Je reconnais certaines personnes, qui sont des habituées. Elles sont ici pour un rôle bien défini tous les week-ends. Mais il y a beaucoup de nouvelles têtes.

Je fais ce petit boulot depuis quelques mois, et il se révèle plus lucratif que je ne le pensais. Plus tôt dans la journée, une fois que tout était installé pour la soirée, j'ai ajouté un scanner à l'un des terminaux de paiement. Quand les invités paieront leurs articles achetés à un prix exorbitant, j'obtiendrai une copie de toutes les infos figurant sur leur carte bancaire : nom, numéro, date d'expiration.

Le scanner m'a coûté un certain prix, et j'espère qu'à la fin de la soirée j'aurai de quoi m'en payer un autre.

L'astuce, c'est de ne rien faire de ces données pendant un temps. Je risque gros si des membres se plaignent auprès du club que leurs données bancaires ont été volées ce soir et qu'ils mettent le nez dans la liste des employés. Comme disait maman, *Gare à toi si tu as les yeux plus gros que le ventre.* Je me servirai donc de ces cartes par-ci par-là, en augmentant les montants au fur et à mesure, d'ici quelques semaines. Pas de quoi les alerter, ni même les pousser à s'interroger sur la transaction dès qu'ils la verront. Avec tant de chiffres à ma disposition, ces sommes insignifiantes finissent par faire un joli pactole.

— Le voyage tout compris à Cabo pour quatre personnes est adjugé à Mme Rollins pour treize mille cinq cents dollars ! lance le maître de cérémonie au micro en donnant un coup de marteau sur son pupitre.

Des cris de joie parcourent la salle. Elle, elle ne me fera pas de peine.

L'orchestre démarre dès que la dernière enchère est terminée. La file d'attente pour régler sa note s'étire le long du mur du fond et le personnel entre en action pour s'assurer que les membres qui patientent ne manquent de rien. Je garde même la place de certains qui s'excusent pour aller aux toilettes.

Tandis que la soirée s'achève, je gravite plus près de la table des organisateurs pour récupérer le scanner.

— Je peux me rendre utile ? je demande à la responsable tandis que son équipe démonte le matériel.

— Bien sûr ! Toute aide est la bienvenue ! dit-elle, avec un peu trop d'enthousiasme.

Elle me serre le bras comme pour dire *C'est si gentil à vous*, mais un pincement au creux de mon ventre me pousse à me tenir soudain bien droite et à observer ce qui se passe autour de moi d'un œil critique. Quelque chose ne tourne pas rond. Je commence à ranger les programmes restants dans des cartons, que j'empile sur le chariot dont ils se serviront pour transporter tout le matériel jusqu'au parking, tout en surveillant étroitement chaque personne. Tout a l'air d'être comme la semaine dernière, et je ravale mon appréhension. J'attends que tout le monde soit occupé, me rapproche du terminal de paiement et m'en empare pour retirer le scanner d'un geste vif.

— Qu'est-ce qu'il y a dans ta main ? demande une voix dans mon dos qui me glace le sang.

Je fais volte-face, les mains tendues devant moi, d'un côté la machine à carte, de l'autre le petit scanner.

— Je suis désolée. Vous pouvez retirer le montant de ma paie. Je ne pensais pas que c'était aussi fragile quand je l'ai pris.

Je tends les deux objets au manager en le regardant dans les yeux. Je vois qu'il est un peu déstabilisé l'espace d'une ou deux secondes, mais il se ressaisit.

— Tu peux arrêter ton numéro avec tes grands yeux innocents. On sait ce que tu as fait. Tu voles nos membres et leurs invités.

M. Sullivan m'arrache le matériel des mains et le tend au couple d'agents en uniforme qui vient d'apparaître à côté de lui. Mais aucun des deux ne prend l'appareil. Celui qui est le plus proche de M. Sullivan lui tend un grand sachet en plastique pour qu'il y dépose la preuve.

Je fais celle qui ne comprend pas. Je fronce les sourcils et entrouvre la bouche juste ce qu'il faut.

Il reste quelques membres dans la salle ; attirés par mon échange avec les policiers, ils se rapprochent. J'ai le cerveau en ébullition. Je pense à mon ordinateur portable et à mon modem, cachés sous le chariot des desserts à quelques mètres de nous. Dans une poignée de minutes, l'équipe de nettoyage retirera la nappe et dévoilera ma combine.

Je lève les mains en l'air, paumes tendues vers M. Sullivan.

— Attendez. Vous croyez que je vole les gens ? Avec ce petit boîtier noir ?

Ma voix est empreinte de douceur, se brise sur certains mots, comme si j'avais la gorge trop nouée pour articuler. Je me rue vers les policiers et lis leur nom en vitesse.

— Agent Ford, je voulais seulement les aider à ranger !

Les larmes me montent aux yeux jusqu'à ce qu'une grosse goutte déborde. J'ai juste besoin d'un moment pour récupérer mes affaires et me tirer d'ici. Je ne peux pas les laisser m'emmener au poste. Je suis employée sous un faux nom, avec un faux numéro de sécurité sociale, qui ne berneront pas la police. Il faut que je disparaisse.

M. Sullivan s'adresse à l'agent Williams, puisque l'agent Ford semble prêt à me croire.

— Emmenez-la. Tout de suite.

Williams acquiesce mais sort un calepin de sa poche arrière.

— Bien sûr, mais je vais avoir besoin de quelques informations avant qu'on y aille.

Il désigne une chaise à côté du chariot et me fait signe de m'y asseoir. L'espace de trois secondes, j'envisage de prendre mes jambes à mon cou, mais sans mon ordinateur je n'irai pas bien loin.

Je m'assois et scrute la salle, enregistrant tous les visages encore présents, tandis que Williams s'entretient avec les organisateurs, flanqué de Ford.

— Pouvez-vous me dire comment vous avez compris qu'il y avait un problème avec l'une des machines ? demande Williams à la femme qui m'a serré le bras tout à l'heure.

— Bien sûr, répond-elle tout sourire. Nous avons passé une carte bancaire au cours de la soirée et quand nous l'avons sortie, il y avait aussi ce petit boîtier noir. Après avoir inspecté les autres terminaux, nous nous sommes rendu compte que seule cette machine était concernée, ce qui nous a étonnés. Nous en avons alors parlé à M. Sullivan, et nous avons compris qu'il s'agissait d'un de ces scanners, là. Et nous avons arrêté d'utiliser ce terminal.

Il note tout.

— Pouvez-vous me dire quelle personne gérait le terminal en question ?

Une petite blonde lève la main.

— C'était moi, dit-elle avant de me lancer un regard désolé, comme si elle s'en voulait de jouer un rôle dans mon arrestation.

Williams note son nom et lui pose d'autres questions. M. Sullivan finit par l'interrompre dans son interrogatoire.

— Vous devriez savoir tout ça. La police vous a envoyés ici pour que vous puissiez attendre et surprendre la coupable au moment où elle essaierait de récupérer son appareil.

Ça fait environ une demi-heure qu'il m'a prise la main dans le sac et les membres encore présents se rapprochent toujours plus ; de toute évidence, il me veut hors d'ici avant qu'ils ne se mettent à poser des questions.

— Nous souhaitons porter plainte et je voudrais qu'elle quitte les lieux immédiatement.

— Excusez-moi, quelqu'un a laissé son matériel sous le chariot, dit un membre de l'équipe de nettoyage, nappe relevée dans une main, désignant mon ordinateur de l'autre.

Ça y est, c'est fini. Mon ordinateur est protégé par un mot de passe, mais s'ils me l'extorquent, je perds tout.

La responsable se rapproche pour l'examiner puis se tourne vers les policiers.

— Ce n'est pas à nous.

Ford se dirige vers le chariot et s'empare de l'ordinateur et du modem en prenant garde de se servir de serviettes en papier. Il me regarde.

— Je suppose que c'est à toi ?

Je l'ignore. Il dépose le tout dans un carton fourni par un des organisateurs. Ils prennent aussi mon sac à dos, récupéré dans la salle de pause.

— Emmenez-la, répète M. Sullivan d'un air écœuré.

Williams me met debout et me fait pivoter.

— Donne-moi tes mains.

Il me passe les menottes en me récitant mes droits. La tête basse, je sors escortée de Williams, Ford nous suit avec mes affaires. Je m'en veux tellement. De m'être fait pincer. De ne pas avoir écouté mon instinct qui me disait que quelque chose ne tournait pas rond.

Nous sommes dehors sur le parking à côté de la voiture de police ; Ford pose le carton par terre pour trouver ses clés. Sitôt la voiture déverrouillée, Williams ouvre la portière arrière et me fait signe de monter.

— Je suppose que vous êtes obligés de m'embarquer, dis-je, sans que ce soit vraiment une question.

Au moins, le ton de sa réponse est loin d'être enthousiaste.

— Ouais, il le faut. Mais s'il s'agit de ton premier délit, il y a des chances pour qu'ils y aillent mollo.

Ford s'apprête à mettre le carton qui contient mes affaires dans le coffre lorsqu'un homme d'un certain âge en pantalon habillé et veste marron bon marché s'approche de nous.

— Williams, lance-t-il, et l'agent se tourne vers lui alors qu'il était prêt à me faire monter dans la voiture.

— Inspecteur Sander, répond l'agent Williams d'un air surpris. Ils vous ont fait venir pour ça ?

L'inspecteur me scrute avant de reporter son attention sur Williams.

— Ouais, une huile locale qui s'inquiète pour ses données bancaires blablabla a appelé le chef. Il m'a dit de me ramener ici pour m'en occuper, histoire qu'on n'en entende plus parler.

Il tend les bras, attendant clairement que Ford lui remette le carton contenant mon ordinateur, mon modem et mon sac à dos, et ce dernier s'exécute sans broncher.

L'agent Williams hoche la tête vers moi.

— Vous voulez que je l'amène au poste, ou elle part avec vous ?

— Avec moi, répond-il. Ôtez-lui les menottes. Je lui passerai les miennes.

Me voilà libre, pour me retrouver à la merci de ce nouveau venu, qui me domine de toute sa hauteur.

— Tu peux marcher jusqu'à ma voiture sans me créer de problèmes ou il faut que je te remette des menottes tout de suite ?

— Non, je vais coopérer.

Les agents de police montent dans la voiture de patrouille et s'éloignent tandis que nous arrivons à un véhicule banalisé. Il pose le carton sur la banquette arrière puis se tourne vers moi, un téléphone à la main et mon sac à dos dans l'autre.

— Appelle le numéro enregistré dans ce téléphone, fais ce qu'on te dit, et tu récupéreras tes affaires.

Comme je ne bouge pas, il agite le téléphone sous mon nez.

— À ta place, je ne refuserais pas la proposition. Il n'y en aura pas d'autre.

J'attrape les deux objets.

— Vous me laissez partir ?

Il se dirige vers la portière côté conducteur sans un mot. Je reste figée sur place jusqu'à ce que ses feux arrière se fondent dans l'obscurité.

Du bruit en provenance de la porte principale du club me décide à bouger ; la foule se disperse maintenant que l'agitation est retombée. Je cours vers ma voiture, sors les clés de mon sac. Le téléphone est posé sur le siège passager mais je n'y touche pas avant de m'être garée devant l'appartement que je loue au-dessus d'un garage.

Je me réfugie à l'intérieur, lance mon sac à dos sur la petite table de cuisine et emporte le téléphone jusqu'à mon lit. Il n'y a qu'un contact enregistré : M. Smith.

J'appuie sur le nom puis sur Appeler.

— On m'a dit d'appeler ce numéro, dis-je dès qu'on décroche à l'autre bout du fil.

— Ça fait un moment que nous t'observons.

La voix mécanique me prend de court et je manque faire tomber le téléphone. Il utilise un de ces appareils qui modifient la voix.

— D'abord à Greensboro, maintenant à Raleigh. Navré pour le décès de ta mère.

C'est la douche froide. Il est impossible que quiconque soit en mesure de faire le lien entre la fille qui habite ici et celle qui vivait dans un mobile home à Eden. Je m'en suis assurée.

Ou du moins je le croyais.

— Pourquoi vous m'observez ?

— Tu as réussi à prendre une chose à laquelle tu n'aurais pas dû avoir accès. Il nous a fallu un certain temps et pas mal de moyens pour découvrir que c'était toi. Ce n'est pas facile de m'impressionner, mais étonnamment, tu y es parvenue.

Oh merde.

Je suis totalement flippée, mais j'essaie de me calmer en respirant profondément. Je n'ai pas mis longtemps à monter en grade au niveau de mes larcins : d'abord les bijoux, puis les tableaux, l'argenterie, les antiquités… tous les objets qui me tombaient sous la main, tant que leur taille me permettait de les emporter. Et quand on cherche bien sur internet, on peut trouver un acheteur pour tout et n'importe quoi.

— Et vous voulez récupérer cet objet ? je demande.

— C'est déjà fait.

Je ne sais pas pourquoi, mais cette réponse m'inquiète encore plus.

— Mais on dirait que tu viens d'avoir des ennuis. Pas de bol que ton matériel t'ait trahie. Je n'aurais peut-être pas pu te tirer d'affaire s'ils t'avaient embarquée au poste.

Je m'allonge sur mon lit et fixe le plafond. Tout ceci me semble irréel, je ne sais pas comment réagir. Personne n'a fait attention à moi depuis la maladie de maman, mais je ne pensais pas que mon ange gardien aurait une voix de robot.

— Je vous dois des remerciements, j'imagine. Comment vous avez fait ?

— On me devait un service, dit-il. J'ai ton ordinateur, je suppose que tu aimerais le récupérer. J'ai une mission pour toi, et si tu veux bien m'écouter, je te rendrai ce qui t'appartient.

— Même si je refuse la mission ?

— Tu ne la refuseras pas. Tu fouilles entre les coussins de ton canapé en quête de petite monnaie, et moi je te propose une somme d'argent comme tu n'en as jamais vu, plus le soutien qui t'évitera de te faire pincer comme ce soir.

Je ne réponds pas, on sait tous les deux qu'il a gagné.

— Je t'envoie l'adresse par texto. Viens lundi matin à 9 heures.

Et il raccroche.

*

J'aimerais pouvoir dire que je n'étais pas curieuse et que j'avais l'intention de refuser cette mission, peu importe en quoi elle consistait, mais ce serait un mensonge.

Lundi arrive, et j'attends au bout de la rue, hors de vue, avant que le soleil soit levé. L'adresse m'a amenée à une agence de prêt pour cautions judiciaires, et dès 8 heures, il y a du passage, ce qui doit être la norme pour ce genre d'établissement après le week-end.

Je n'aime pas entrer dans l'inconnu, et j'espère voir un visage familier avant l'heure de mon rendez-vous. La voix au téléphone ne m'a donné aucun indice sur lequel me baser. Je ne pense pas qu'un accent s'entendrait en dépit du changeur de voix, mais quelque chose me dit que si M. Smith en avait un, il a fait comme moi – passé des années à effacer toute trace de qui il était et d'où il vient. Peu de temps après avoir commencé à travailler chez le fleuriste, je me suis rendu compte que mon accent nasillard créait un fossé bien plus flagrant entre les clientes du magasin et moi que ne le feraient nos comptes en banque. Notre façon de marcher, de parler et de bouger en dit plus long sur nous que toute autre chose.

M. Smith et moi avons dû nous croiser par le passé si j'ai réussi à lui dérober quelque chose. Visages, noms, lieux, événements et chiffres se fixent dans ma mémoire à l'instant où je les entends ou les vois. Mais à mesure que l'heure du rendez-vous approche, je me résigne à y aller à l'aveugle, puisque tous les passants dans la rue me sont inconnus.

Le bâtiment ramassé en brique brune trône au milieu de la rue, flanqué de deux autres aussi déprimants. Je tire la porte sous l'enseigne bleue qui indique AAA ENQUÊTES ET PRÊTS POUR CAUTIONS JUDICIAIRES, et en dessous, en plus petits caractères : ENCAISSEMENT DE CHÈQUES ET PRÊTS À COURT TERME.

Un mélange de chaleur et d'odeur de transpiration m'assaille quand j'entre. La réceptionniste m'oriente vers la salle d'attente quand je lui donne mon nom, puis elle prend son téléphone pour annoncer mon arrivée. Des chaises dépareillées longent les murs couverts d'affiches où s'étalent des citations inspirantes sur fond de faune et flore sauvages, comme si le pyrargue à tête blanche s'y connaissait en leadership. Je me laisse tomber sur une chaise entre deux plantes quasi mortes. Les seules autres personnes présentes sont un couple qui se dispute à voix basse dans un coin, et un vieil homme assis à ma droite, tout courbé, aux ronflements sonores.

Au bout de quelques minutes, la réceptionniste m'appelle et m'indique le couloir derrière son bureau.

— Dernière porte à droite.

Je passe devant trois portes fermées dans le couloir étroit et m'arrête devant celle indiquée. Je prends une seconde ou deux pour me concentrer, et je toque.

— Entrez ! lance une voix étouffée.

Je pousse la porte et l'homme assis derrière le bureau me surprend. Dans ma tête, j'imaginais le mec louche habituel : petit, chauve, sourire lubrique, cigarette se consumant dans un cendrier. Mais cet homme est tout le contraire. Il est blond. Canon. Il se lève à mon entrée, se penche par-dessus le bureau et m'offre une poignée de mains enthousiaste. Sa chemise bleu clair s'accorde à merveille avec la couleur de ses yeux, et l'effet produit est si éblouissant que je sais aussitôt qu'il en a une pleine penderie de la même teinte.

— Lucca ! Ravi de te voir. Je suis Matt Rowen.

Je n'ai aucun moyen de savoir s'il s'agit de la personne à qui j'ai parlé hier soir, mais je parie que non.

J'acquiesce.

— Monsieur Rowen.

Il m'adresse un sourire étincelant.

— Appelle-moi Matt. Je t'en prie, assieds-toi.

Perchée au bord de ma chaise, je repère mon ordinateur portable posé sur un coin de son bureau. Il remarque mon regard.

— Vas-y. Tu es venue jusqu'ici, il est à toi.

Je m'en empare et le pose sur mes genoux, résistant à l'envie de le serrer contre moi. Matt fait tournoyer un stylo sur son pouce et l'arrête, recommence indéfiniment tout en m'examinant.

— Je dois dire que les situations desquelles tu t'es tirée nous ont impressionnés.

— Qui ça, nous ? Vous êtes combien de mecs louches dans votre petit gang ?

Un rictus fend son visage, comme s'il me trouvait mignonne. Son portable sonne et ses doigts glissent à une vitesse incroyable sur son écran, qui l'accapare complètement.

— C'est M. Smith ?

Il m'ignore.

Très bien. J'ai tout mon temps.

Il finit par lever le nez de son écran.

— Nous avons une mission pour toi. Une occasion de gagner une belle somme.

— Ça consiste en quoi ?

Matt pose les bras sur les accoudoirs de son fauteuil et les pieds sur son bureau, se désintéressant de son téléphone.

— À faire ce pour quoi tu es douée. On te lâche dans un endroit et tu nous rapportes ce dont on a besoin. Sans que personne ne se doute de quoi que ce soit. Tu n'imagines pas à quel point ça te changera d'avoir une équipe derrière toi. Je te donne les détails dès que tu acceptes.

Une route qui se sépare en deux se dessine dans mon esprit, je suis clairement à un carrefour de ma vie. Accepter la mission de Matt m'entraîne plus loin dans ce monde mais avec le soutien qui transformera la morsure des menottes sur mes poignets en lointain souvenir. L'autre chemin exige que je file droit. Que je sorte d'ici avant de me retrouver dans un sacré pétrin. Parce que samedi soir me l'a prouvé, ce n'est qu'une question de temps avant que les choses dérapent à nouveau.

Maman a toujours dit que pour s'en sortir dans la vie, il faut faire trois choses : apprendre tout ce qu'on peut, faire de son mieux, et être le meilleur dans ce qu'on fait.

Samedi soir, j'ai appris que j'avais encore beaucoup à apprendre.

Le simple fait de penser à elle me serre le cœur. Mais je ravale la douleur. Elle n'est plus là, et mon ancienne vie n'a rien à m'offrir. Un jour, je redeviendrai Lucca Marino, la fille originaire de la petite ville d'Eden, en Caroline du Nord, je vivrai dans cette maison de rêve avec ce jardin de rêve, mais pas aujourd'hui. Aujourd'hui, j'apprends à gagner l'argent dont j'ai besoin pour faire de ce rêve une réalité.

— C'est bon, j'en suis. En quoi ça consiste ?

10

De nos jours

Trois jours se sont écoulés depuis le derby, et toujours rien dans la boîte postale. Je n'ai pas progressé d'un pouce dans la découverte de la véritable identité de cette femme ou de l'endroit d'où elle vient. Et jusqu'à ce que je connaisse son vrai nom, elle ne sera rien de plus que *cette femme*.

Si je ne l'ai pas revue en ville, elle ne se cache pas pour autant. Où que je me tourne, le nom de Lucca Marino franchit les lèvres d'une personne qui raconte sa rencontre avec elle.

J'ai enfin été ajoutée au groupe de discussion après le derby, et j'ai donc vu en temps réel que Sara était tombée sur elle au salon de thé qui avait été suggéré pour notre premier déjeuner, et que Beth l'avait croisée chez sa manucure. Et malgré tout le mal qu'Allison a dit de James à la fête du derby, Cole et elle sont sortis dîner avec eux hier soir. Elle a tout raconté en détail ce matin.

James et elle étaient même en photo dans la section Événements du journal local ; son chapeau avait l'air encore plus délicat qu'en vrai.

Alors que j'ai pris tout mon temps pour m'intégrer dans cette communauté, elle a débarqué comme un ouragan.

Toute l'audace dont elle est capable ne m'est apparue qu'au moment où je suis tombée sur le post Facebook de la mère de James s'extasiant sur cette femme et la soupe qu'elle avait préparée pour le père de James. Il y avait déjà 128 commentaires (et ce n'était pas fini) sur la bénédiction qu'était cette femme pour les Bernard. Comme la mère de James l'a identifiée dans son post, je n'étais qu'à un clic de sa page.

Son compte a été créé depuis peu. L'activité la plus ancienne est une photo de profil avec la légende : *Rha, ancien compte piraté, donc je vous attends ici !* environ une semaine après mon arrivée à Lake Forbing.

C'est le deuxième post qui m'a confirmé que sa venue dans cette ville n'était pas une coïncidence, avec ses détails issus de ma propre histoire.

Quand j'étais en sixième, ma classe est allée dans une ferme locale où, pour la journée, nous avons joué aux petits fermiers, accompli des tâches comme traire les vaches et nourrir les poules. J'ignore comment, cette femme a trouvé la photo de groupe prise ce jour-là et l'a publiée avec la légende : *Regardez ce que j'ai trouvé en triant le contenu de vieux cartons ! On s'était tellement amusés ! Identifiez-vous si je vous ai oublié.*

Sur cette photo, je suis assise en tailleur au premier rang, la deuxième en partant de la gauche ; je porte un jean et mon pull rouge préféré, que maman avait galonné de ruban vichy bleu marine au niveau du col et des manches.

Plusieurs personnes avec qui je suis allée à l'école – des camarades de classe à qui je n'ai pas pensé depuis des années – se sont identifiées sur ce post. C'était une véritable réunion d'anciens élèves dans les commentaires, la plupart des gens lui disant à quel point ils étaient contents de renouer le contact, et la prenant donc pour moi.

Je suis retournée à sa photo de profil et je l'ai scrutée jusqu'à ce que ma vue se trouble. Elle tourne la tête, ses cheveux longs cachent la majeure partie de son visage, et elle rit. C'est une belle photo prise sur le vif. La dernière fois que ces anciens camarades m'ont vue, j'étais ado et j'avais encore de bonnes joues. On voit très bien pourquoi ils la prennent pour moi.

Si c'était une mission comme une autre, j'aurais pris mes cliques et mes claques et me serais barrée de cette ville à la seconde où on me l'a présentée, mais tout ce qu'implique un abandon en l'occurrence m'en empêche. Je ne peux pas m'enfuir. Pas tout de suite. Pas après la dernière mission.

J'ai fait tout mon possible pour rester la petite amie joyeuse et insouciante que j'étais avant le derby, afin que Ryan ne se doute de rien.

Je jette un œil à la pendule et m'active. Je rince ma tasse à café dans l'évier et j'attrape mon sac avant de me diriger vers le garage.

Après y avoir longuement réfléchi, il est temps de passer l'appel que je repousse sans cesse, mais pas avant d'être dans l'intimité de ma voiture. Il reste une infime chance pour que cette usurpatrice ait été envoyée par une autre personne que mon boss, mais c'est hautement improbable. Si quelqu'un d'autre que moi devait lui apprendre l'existence de cette femme, il y aurait sans aucun doute de graves conséquences. Signaler cet incident est ce qu'on attend de moi, et là, il faut que je sois cent pour cent prévisible.

À l'abri dans le garage de Ryan, je prends le téléphone prépayé dans la boîte à gants et le sors de son emballage. Il me servira une fois et sera détruit.

Je l'allume et compose le numéro que j'ai mémorisé au début de cette mission. On décroche et la voix de robot retentit.

— Il y a un problème ?

Malgré tous les logiciels de reconnaissance vocale existants, le véritable timbre de voix de M. Smith est un secret aussi bien gardé que son vrai nom.

— Un incident qui rend cet appel nécessaire. J'ai été abordée par une femme qui se fait passer pour moi. Elle a décliné mon nom, ma ville d'origine, des détails de mon passé qu'elle s'est appropriés. Besoin de conseils.

Le silence se fait pesant.

— Vous avez pourtant attendu trois jours avant de rapporter l'incident.

Merde.

— Je voulais être sûre et certaine qu'il ne s'agissait pas d'une coïncidence avant de…

Il m'interrompt.

— Je me suis dit que vous aviez besoin qu'on vous rappelle que vous n'êtes pas irremplaçable. Prenez l'irruption de cette femme comme une incitation à mener à bien cette mission, par opposition à votre échec total de la dernière fois. Une fois que ce sera le cas, vous redeviendrez la seule et unique Lucca Marino d'Eden, en Caroline de Nord, sous mes ordres.

Il marque une pause puis reprend :

— Je sais à quel point ça vous tient à cœur.

Si les informations que j'étais censée lui remettre lors de ma dernière mission n'étaient pas aussi sensibles, je ne pense pas que M. Smith éprouverait le besoin de me menacer ainsi. Je ne sais pas vraiment dans quelle mesure la femme qui a usurpé mon identité peut me nuire, mais ça ne veut pas dire qu'elle en est incapable. M. Smith n'agit jamais sans avoir une bonne raison.

Dans cette branche, être remplacé ne signifie pas qu'on se passe de vos services sans vous écrire une lettre de recommandation. Même si je ne connais pas le vrai nom de M. Smith, j'en sais assez sur lui pour savoir qu'il ne me laissera pas partir comme ça.

Ma main libre agrippe le volant et je ravale mon envie de crier. J'attends d'être sûre de ma voix avant de reprendre la parole.

— Je n'aime pas franchement me sentir menacée, surtout après toutes les missions que j'ai brillamment accomplies.

— Ce sont tous ces succès qui font que j'ai eu tant de mal avec votre dernier échec. Mais c'est aussi grâce à eux que vous avez droit à une seconde chance. Ne perdez pas ça de vue quand vous mangez chinois tranquillement installée sur la terrasse du jardin.

Chinois. Soit ce que j'ai mangé hier soir.

— Rien ne me ferait plus plaisir que de mener cette mission à bien, dis-je. Pour quand puis-je espérer mes prochaines instructions ?

— Je n'ai pas de date précise, mais d'ici quinze jours. Et pour que les choses soient claires, il s'agit d'un rappel, non d'une menace. Si je vous menaçais, vous vous en rendriez compte.

Il raccroche.

Je n'ai pas obtenu toutes les informations que je voulais, mais j'en ai découvert assez. J'ai la confirmation que c'est Smith qui m'a mis cette femme dans les pattes, et je sais au moins dans quelle fenêtre de temps me parviendront les prochaines instructions.

Mais le principal enseignement de ce coup de fil, c'est que même si sa confiance en moi s'est affaiblie, je ne l'ai pas complètement perdue.

J'ai beau me sentir comme une cible très exposée, il faut que je termine ce que j'ai commencé.

Il est temps de dévier du plan.

Je démarre, sors de l'allée en direction de mon travail. Quand j'arrive dans une des rues les plus passantes, je donne un coup de volant de sorte que mon pneu heurte violemment le trottoir. Un crissement retentit, puis un éclatement sonore. La voiture roule cahin-caha jusqu'au garage au bout de la rue. Un des techniciens me fait signe de m'engager dans un des ateliers et vient examiner mon pneu de plus près.

— Vous avez de la chance qu'on soit juste à côté. Vous n'auriez pas pu rouler longtemps comme ça, dit-il comme je sors de ma voiture.

— Beaucoup de chance, dis-je.

J'attrape mon sac à main et me dirige vers le bureau.

— Que puis-je faire pour vous ? me demande l'homme qui tient le guichet.

— Je suis rentrée dans un trottoir et j'ai un pneu à plat, dis-je en levant les yeux au ciel.

Je désigne ma voiture à travers la vitre qui donne sur l'atelier de réparation.

Il me demande mon nom et diverses informations qu'il note sur son bon de commande.

— Elle sera prête dans deux ou trois heures. On a quelques clients avant vous.

— Impeccable, dis-je avant de me diriger vers l'espace d'attente.

Je sors mon téléphone de mon sac et j'appelle Ryan, qui répond à la deuxième sonnerie.

— Allô, ça va ?

— Salut, dis-je d'un air exaspéré. Je suis au garage de Jackson Street. Je n'ai pas fait gaffe en roulant et je me suis pris un trottoir. J'ai un pneu crevé. Heureusement, j'étais tout près quand c'est arrivé.

— Toi et les pneus, c'est une longue histoire, fait-il en riant.

— Tu l'as dit.

— Tu as besoin de te faire déposer ? Je peux appeler Cole, il passera te prendre et te laissera à la maison ou au boulot.

Il n'y a en général que le jeudi que Ryan n'est pas en ville, mais aujourd'hui il a rendez-vous avec des clients potentiels au sud de Lake Forbing, et il n'est donc pas disponible.

— Non, je vais attendre qu'ils aient fini. Apparemment ça ne devrait pas prendre trop de temps. Je vais appeler la galerie. Je pense qu'ils ne m'en voudront pas d'arriver en retard comme je suis restée tard la semaine dernière pour le vernissage.

— D'accord, tiens-moi au courant.

— Ça marche. À ce soir.

Je raccroche puis envoie un texto à mon chef pour lui faire savoir que je serai en retard. Je me rapproche du guichet et demande à l'employé qui s'est occupé de moi de m'envoyer un message quand la voiture sera prête.

— Ce sera fait, madame, répond-il en hochant la tête.

Je sors du garage et marche jusqu'à l'agence de location de voitures à quelques pas de là. La toute jeune fille à l'accueil est bien trop guillerette pour cette heure si matinale.

— Je peux vous aider ? demande-t-elle d'une voix trop sonore.

— Oui, j'ai réservé une voiture. Au nom d'Annie Michaels.

Elle tapote sur son clavier puis m'adresse un large sourire.

— Oui ! Tout est prêt !

Je signe les papiers et prends les clés de la berline noire garée devant l'agence. En dix minutes, je suis sur la route.

Ryan a pris l'habitude de passer me voir à la galerie, alors j'ai dû profiter de son rendez-vous hors de la ville. Mais il fallait aussi que je rende des comptes à mon chef. Et puisque tout le monde se connaît dans cette ville, mes histoires doivent concorder.

En m'engageant sur l'autoroute en direction de l'ouest, je me vide la tête et me concentre uniquement sur ce qui m'attend. J'ai passé des semaines à surveiller ce que Ryan trafique dans l'Est du Texas quand je suis arrivée ici. Quand j'ai enfin reçu ma première série d'instructions, je me suis rendu compte à quel point ce qu'il fait ici était important pour cette mission. La fouille de son bureau de Glenview m'a fourni des infos, mais pas suffisamment pour estimer la mission terminée. L'arrivée de cette femme à Lake Forbing m'a rendue fébrile : je me suis dit qu'il fallait que j'y retourne pour m'assurer de n'avoir rien raté, alors j'ai monté ce plan pour pouvoir me rendre ici lorsque Ryan serait absent pour la journée.

Depuis mon coup de fil avec M. Smith, cette mission a pris un tour urgent totalement inhabituel pour moi. Il a voulu me monter que je n'étais pas irremplaçable. Mais aussi qu'entre ma dernière mission et celle-ci, il s'est donné beaucoup de mal pour former quelqu'un à être moi. De toute évidence, je suis passée à côté d'un truc énorme, et il est crucial que je reprenne tout depuis le début, avec un regard neuf.

La donne a changé.

11

De nos jours

À Lake Forbing, Ryan gère l'agence locale d'une grande maison de courtage. Elle se situe dans un de ces nouveaux centres d'affaires où les rangées de bâtiments identiques ressemblent à des cottages. La plupart de ses clients sont des petites vieilles qui ont besoin d'aide pour investir les royalties qu'elles touchent grâce au pétrole et au gaz. C'est le golden boy du cru en qui elles ont une confiance aveugle. Je pourrais probablement retrouver le nom de chacun de ses clients parmi les signatures du livre d'or de l'enterrement de son grand-père.

À Glenview, au Texas, Ryan gère une affaire de transport routier située dans l'entrepôt d'une zone industrielle aux abords de la ville. L'unique enseigne sur toute la propriété est un panneau blanc métallique rectangulaire avec les mots TRANSPORTS GLENVIEW réalisés au pochoir en lettres noires. Le numéro de téléphone vous envoie directement sur une boîte vocale et il n'existe aucun site internet ni compte de réseaux sociaux rattaché à la compagnie. Il ne parle jamais des Transports Glenview, et je crois que très peu de gens en connaissent l'existence.

Au moment où j'entre au Texas, la frontière étant à mi-chemin entre Lake Forbing et Glenview, je me repasse en tête les informations que l'on m'a fournies à propos de Ryan et de son affaire ici.

Les Transports Glenview ont été créés par le grand-père de Ryan, William Sumner, en 1985. Le fils de William, Scott, a rejoint l'entreprise à son retour de l'université en 1989. Au départ, il s'agissait d'une entreprise légale desservant l'Est du Texas et le Nord de la Louisiane.

Elle assure toujours ses fonctions originelles, mais à la fin des années 1990, son modèle économique s'est agrandi pour intégrer un service de courtage pour objets volés. Il semblerait qu'à l'heure actuelle, deux camions sur trois arrivant là transportent de la marchandise destinée au marché noir. Si l'aspect illégal de ce commerce est largement plus lucratif, les Transports Glenview sont une façade inestimable qu'il faut préserver.

Ryan a repris les affaires lorsqu'on a diagnostiqué un cancer à sa grand-mère, Ingrid Sumner, et que son grand-père s'est occupé d'elle à temps complet, limitant son temps passé dans l'entreprise à un jour par semaine – le jeudi. Ryan a extrêmement bien cloisonné ses activités, séparant sa vie à Lake Forbing de l'entreprise texane, comme son grand-père et son père avant lui.

* Opinion se basant sur des recherches mais aucune preuve tangible : Ryan semble se plier en quatre pour maintenir à flot l'entreprise créée par son grand-père, et dans laquelle son père a travaillé jusqu'à sa mort en 2004, à Glenview. Je pense que cette affaire est on ne peut plus importante à ses yeux et qu'il la protégera quoi qu'il en coûte.

Ma dernière mission était inhabituelle dans la mesure où j'ai su dès le début qu'on m'envoyait récupérer des données sensibles sur Victor Connolly ; en temps normal, il y a un certain laps de temps entre le moment où l'on me donne le nom de la cible et celui où j'obtiens les premières instructions. Ce temps, je le mets à profit pour sonder en profondeur tous les aspects de la vie de ma cible, afin d'être prête quand vient le moment d'entrer en scène. En attendant de connaître les détails de la mission, j'essaie de deviner pourquoi le client a fait appel à nous, bien que je ne sache jamais qui est le client.

C'est donc ce que j'ai fait quand on m'a donné le nom de Ryan Sumner.

Au premier coup d'œil, son agence de services financiers, avec sa clientèle de vieilles dames pleines aux as, m'a semblé être la réponse évidente. Mais plus j'en apprenais de ce côté-là, moins ça me semblait probable. Personne sur sa longue liste de clients ne m'est apparu comme la raison de ma venue ici.

Il est toujours possible que la cible ne soit que le moyen d'atteindre une personne de son entourage, mais il ne m'a pas fallu longtemps pour éliminer cette éventualité également. Les amis de Ryan peuvent être du genre à tromper leur femme, à tricher au golf ou sur leur feuille d'impôts, mais leurs méfaits s'arrêtent là.

Quand j'ai mis le nez dans l'entreprise de transport routier, j'ai compris que c'était la raison de ma présence ici. Ce que Ryan a réussi à faire en six ans est très impressionnant. Il a transformé une affaire basique en entreprise très lucrative, réputée pour ses services haut de gamme, qui compte des clients à travers tout le pays. Il y a toujours quelques cargaisons de Xbox et de PlayStation volées qui transitent par son entrepôt, mais il a opéré une transition vers des produits plus luxueux et l'approvisionnement en marchandises spécialisées à la demande. C'est devenu le concierge du marché noir.

En gros, Ryan est un voleur, au même titre que moi.

Mes premières instructions ont confirmé mes soupçons quand j'ai découvert que son entreprise de transport dégageait de tels bénéfices qu'elle était la cible d'une reprise sauvage – ce n'est pas la première fois que j'étais missionnée dans un tel cadre.

Aider le client à mettre la main sur le business de Ryan est peut-être ce qui m'a amenée ici, mais mon objectif à moi a changé depuis que M. Smith m'a mis cette usurpatrice dans les pattes. Les besoins de ce client inconnu n'ont plus aucune importance pour moi. Je reprends tout depuis le début pour découvrir pourquoi M. Smith a choisi Ryan Sumner et cette mission pour me tester.

Juste avant d'arriver à destination, je fais halte dans une vieille station-service et me gare derrière, tout au bout du parking, pour pouvoir me changer. Si la voiture de location est un peu déplacée dans cette zone industrielle, le déguisement, lui, est parfait. Je troque ma jupe-crayon et mon chemisier ample pour un Levi's large, une chemise en toile et un gilet de sécurité. Mes cheveux sont cachés sous une perruque courte et une casquette tandis que les prothèses faciales en silicone sur mesure me font un visage plus masculin. Je pourrais passer pour un homme qui va au travail.

Je me gare sur le parking de l'entreprise voisine des Transports Glenview et je marche jusqu'au grillage qui sépare les deux propriétés. C'est seulement la deuxième fois que je viens sur les lieux, mais j'ai regardé d'innombrables vidéos de Ryan pendant qu'il travaillait ici. L'enquête que je mène avant d'entrer en contact avec la cible est toujours complète, donc j'ai bien vu que le manteau, le pantalon habillé et les chaussures de ville qu'il portait en partant de chez lui le jeudi étaient vite remplacés par un jean usé, un tee-shirt et des boots éraflées.

Sur ces vidéos, il sort du bâtiment par la porte du bureau situé dans le coin de l'entrepôt et marche jusqu'à la portière du conducteur de chaque camion qui arrive. Le chauffeur baisse sa vitre et il semble y avoir un échange de propos aimables avant que Ryan ne sorte une télécommande de sa poche pour ouvrir la porte du quai de livraison.

La structure est assez large pour laisser passer un camion de dix-huit roues sous l'une des trois portes roulantes qui longent sa façade de tôle ondulée et pour le contenir entièrement, de sorte que le déchargement puisse avoir lieu à l'abri des regards, avant que le véhicule ne sorte par l'arrière. Mon plan est de pénétrer dans cet immense bâtiment de la même façon que la dernière fois.

Il n'y a pas beaucoup d'action aujourd'hui. D'après ce que je sais, la marchandise illégale n'arrive que le jeudi, lorsque Ryan est présent en personne pour l'inspecter. À en juger par l'augmentation du volume ces deux dernières années, il va bientôt devoir ajouter un second jour de présence pour satisfaire la demande. Les opérations légitimes, elles, engendrent bien moins de passage. Ryan a également très bien cloisonné ces deux secteurs d'activité, ce qui inclut les employés. L'entreprise tourne avec une équipe réduite aujourd'hui, et aucun de ces employés n'est présent le jeudi. Je devrais pouvoir m'introduire dans le bâtiment sans qu'on me remarque : ils seront moins vigilants que les gars qui travaillent avec Ryan le jeudi.

J'attends non loin de l'endroit où se garent les employés jusqu'à ce qu'un camion arrive, puis je pratique une ouverture dans le grillage à l'aide de la pince coupante de mon ceinturon. Au moment où un homme sort pour saluer le chauffeur, j'entre et me faufile à l'arrière du bâtiment, comme n'importe quel employé le ferait. Je crochète la serrure rapidement et ouvre la porte métallique sans bruit.

Il n'y a qu'un type à l'intérieur, en train d'empiler des cartons tout au fond à droite. Je profite de sa concentration sur sa tâche pour traverser l'entrepôt en direction du bureau qui se situe à l'avant, dans le coin gauche. Je jette un œil par la vitre de la porte pour m'assurer qu'il n'y a personne, puis me glisse à l'intérieur pile au moment où une porte commence à s'enrouler pour faire entrer le camion.

La pièce est dans un désordre incroyable. Des piles de papiers recouvrent la surface des trois bureaux, sans parler des tasses à café vides et des cartons de pizza. Je crois que je perdrais moins mon temps à passer en revue les classeurs à tiroir qu'à fouiller parmi les détritus.

J'ai déjà fourni des informations sur cette entreprise à M. Smith deux fois. La première concernait le tout-venant : une description de l'activité journalière et des principaux membres du personnel, que j'ai obtenue à partir de certains dossiers rangés ici.

Ces renseignements se sont révélés utiles, mais ce n'était pas ce dont j'avais besoin pour mener à bien cette mission. Ce qui n'a rien de surprenant puisqu'il y a plusieurs employés qui utilisent cet espace pour faire tourner l'entreprise lorsque Ryan n'est pas là. Il ne serait pas aussi négligent avec des infos sensibles. La seconde livraison incluait des données capitales pour la reprise de l'affaire – les bilans comptables, l'endroit où se trouve l'argent, qui sont les clients. Des listes de ses fournisseurs de marchandises volées, le nom de ses contacts dans la police locale et dans les équipes de patrouille aux frontières qui ferment les yeux sur ses activités. Ce trésor, je l'ai trouvé dans l'ordinateur portable de Ryan. Celui qu'il garde avec lui tout le temps. J'ai attendu des semaines avant de trouver le bon moment pour y avoir accès.

J'avais déniché tout ce dont M. Smith avait besoin pour s'emparer de ce que Ryan avait mis des années à construire, et le regret qui m'a serré le cœur quand j'ai pensé à l'ampleur de ce qu'il perdrait m'a étonnée. C'était la première fois que je m'en voulais de faire mon boulot.

La première fois que je voulais donner à ma cible une chance de garder ce qui lui appartenait.

J'ai également essayé de ne pas chercher à comprendre pourquoi j'éprouvais ça, surtout parce que cette mission était cruciale pour ma propre survie.

Donc, bien que je sois revenue fouiller dans des dossiers que j'ai déjà écumés, je ne m'attends pas vraiment à trouver quelque chose d'utile. Je veux juste les survoler une dernière fois, au cas où quelque chose de nouveau me sauterait aux yeux, étant donné que ma perspective a changé.

Le moteur du camion qui tourne au ralenti dans l'entrepôt fait un tel vacarme que je n'entends pas les voix qui approchent avant que la porte soit sur le point de s'ouvrir. La petite salle d'eau est ma seule solution de repli. Je m'engouffre dans la cabine de douche dont je tire le rideau blanc au moment où deux hommes entrent dans le bureau.

Je m'accroupis, adossée contre la paroi de la douche, et approche ma tête du rideau autant que je l'ose.

L'interstice entre le mur et le rideau de douche m'offre une vue tronquée sur le bureau, par l'embrasure de la porte. La chaise de bureau la plus proche de moi est occupée, mais je ne vois que l'épaule d'un homme.

— Va le chercher et ramène-le ici.

Sa voix me fait l'effet d'un coup de poing dans le ventre. C'est Ryan. Ryan est ici. Il n'est pas en rendez-vous avec des clients en Louisiane mais assis à deux mètres de moi.

Une porte s'ouvre, se referme, et il n'y a plus que nous deux. Je m'éloigne du rideau au cas où il viendrait utiliser les toilettes.

J'ai manqué de vigilance, et je ne suis jamais aussi négligente d'habitude, quoi que dise M. Smith de ma dernière mission. Mais s'il me voyait dans cette posture, je ne lui en voudrais pas d'avoir des doutes sur ma capacité à mener ce travail à bien.

Un bruissement de papier est le seul indice de sa présence à son bureau puisque j'ai perdu tout contact visuel.

Quelques minutes plus tard, j'entends la porte s'ouvrir à nouveau, et deux paires de boots traînent leurs semelles sur le sol en béton.

— Hé, salut, qu'est-ce que tu fais là aujourd'hui ? fait une voix d'homme sur un ton aigu, comme s'il était surpris – mais un tremblotement nerveux trahit sa peur.

N'obtenant pas de réponse, l'homme continue à parler, comme si les mots étaient moins dangereux que le silence qui envahit la pièce.

— Je sais que je ne suis censé bosser que le jeudi, mais j'avais besoin de quelques heures supplémentaires cette semaine. Mon ex me tanne encore pour avoir du fric. Elle compte envoyer les mômes dans une foutue colonie de vacances en Arkansas. Merde alors, comme s'ils avaient besoin d'aller jusqu'aux monts Ozark pour jouer au loup et je sais pas quelles conneries.

Silence.

— Désolé, Ryan. Je sais que je ne suis pas censé être ici aujourd'hui.

Sa voix se brise quand il prononce le nom de Ryan, et c'est le détail qui m'intrigue le plus. Ryan n'a toujours pas dit un seul mot, et cet homme est terrifié. Tout ce que je connais de Ryan c'est sa douceur, son côté romantique, son humour.

Qu'il terrorise quelqu'un à ce point m'intrigue.

— Allons, Freddie. Tu croyais vraiment que tu pouvais me doubler et faire venir mes camions quand je ne suis pas là ?

— Non. J'ai été bête. J'ai même été vraiment con, répond Freddie d'une voix plus grave.

La troisième personne présente n'a pas encore parlé. On entend un grincement, comme si Ryan se renfonçait contre sa chaise et que les ressorts avaient besoin d'être graissés. J'arrive presque à le voir. Je l'imagine les mains croisées derrière la tête, les pieds posés sur le bureau. L'air calme, presque détaché, mais sa voix vous détromperait aussitôt.

— Seth, attrape la pince coupante sur le bureau de Benny, dit Ryan d'une voix faussement tranquille.

On entend un bruit de papier.

— Je l'ai, dit Seth.

Ryan parle ensuite sur un ton tranchant que je ne lui connais pas.

— Tu vas me dire qui d'autre est impliqué, sinon Seth va se faire un plaisir d'utiliser cette pince sur tes doigts.

La chaise couine à nouveau puis Ryan reprend.

— Qu'est-ce que tu en dis, Seth, un doigt pour chaque minute où on perd notre temps à attendre ?

— Ça me va, patron. Mais cette pince a plus beaucoup de mordant, alors il me faudra peut-être plus d'une minute par doigt.

Seth n'a pas fini sa phrase que Freddie se met à vider son sac. Il balance des noms, des projets et des dates à une telle vitesse qu'il vaudrait mieux que Seth ait laissé tomber la pince coupante pour un papier et un stylo.

— Tu ne me dis pas tout, commente Ryan. Toi et ces abrutis, vous êtes trop cons pour avoir monté tout ça tout seuls. Dis-moi qui d'autre est impliqué.

Le type répond, la voix fêlée :

— C'est juste nous, je le jure !

J'entends les roulettes de la chaise, et j'imagine à présent Ryan penché en avant, les coudes sur le bureau, les mains jointes devant lui. J'entends comme une pile de papiers qui tomberait par terre.

— Tu crois que quelqu'un peut fouiller dans mes affaires sans que je m'en rende compte !

Oh merde. Ce pauvre gars est peut-être en train de trinquer pour ce que j'ai fait.

— Seth, prends ce téléphone, puis installe Freddie bien confortablement dans l'entrepôt. Fais venir les autres. Je vais dire à Robert qu'ils sont prêts.

— Attends ! Attends ! Aucune raison d'appeler Robert ! crie le type, encore plus terrifié.

D'après les infos que j'ai déjà trouvées, le Robert en question doit être Robert Davidson, un de ses plus gros clients. Et d'après mes recherches, Freddie et ses complices ont bien raison de craindre qu'il intervienne. Ryan le fait poireauter au point que ça en devient insupportable.

— Tu crois que la cargaison que tu pensais me piquer aujourd'hui allait apparaître comme par magie ? Que Robert n'allait pas s'apercevoir que sa marchandise n'était pas arrivée à bon port ?

Sa voix se fait plus sonore à chaque phrase, plus tranchante à chaque mot.

— Toi et tes abrutis de copains, vous avez mis en danger toute mon affaire pour quelques milliers de dollars. Vous ne saviez même pas pour combien il y en avait dans ce camion. Vous vous prenez pour des génies parce que vous avez prévu un acheteur en amont, mais en fait vous êtes trop cons parce que vous avez passé un marché avec un de mes gars. J'ai su ce que tu complotais trente secondes après ton coup de fil avec lui.

— Merde, Ryan, je suis désolé. Je voulais pas faire ça. C'est les autres qui m'ont convaincu.

— Tais-toi avant que je m'énerve pour de bon.

Ryan parle si fort que je tressaute.

— Tu n'es plus mon problème. T'as choisi le mauvais camion, mon pote. Robert a un mot à vous dire, à toi et tes copains. Seth, vire-le de mon bureau.

Le silence détone après ces dernières minutes. Je n'ai jamais entendu Ryan s'adresser à quelqu'un avec autant de brutalité. J'ai du mal à faire coïncider l'homme que j'ai appris à connaître avec celui qui se trouve dans la pièce d'à côté.

Il travaille à son bureau pendant que je reste accroupie dans la douche. Seth ne tarde pas à revenir, s'installant apparemment sur l'une des autres chaises. J'entends des fragments de leur conversation, mais c'est un échange banal entre deux types qui se connaissent depuis longtemps. Ils évoquent les chances des Texas Rangers de se qualifier pour les play-offs, et Ryan charrie Seth à propos d'une fille avec qui il sort depuis peu. S'ensuit une longue discussion sur la bière artisanale qui me donne envie de me taper la tête contre le mur, si je le pouvais sans trahir ma présence.

Tandis que j'attends le bon moment pour m'échapper, un nouveau Ryan se dessine dans mon esprit. Il faut être impitoyable en affaires, surtout quand on travaille du mauvais côté de la loi. Je savais qu'il ne pouvait avoir réussi dans cette branche sans se salir un peu les mains. Mais si je ne l'avais pas entendu de mes oreilles, je ne l'aurais jamais cru capable de menacer de couper les doigts de quelqu'un un par un. Ses méthodes sont peut-être un peu barbares, mais elles semblent aussi efficaces, vu que Freddie a balancé ses copains en une poignée de secondes. Je suis contente de connaître cet aspect de sa personnalité. J'ai besoin de savoir à quoi m'en tenir avec lui.

Ils quittent enfin le bureau, et j'attends quelques minutes avant de tirer tout doucement le rideau. Je les remarque à travers la vitre en pleine conversation avec un routier qui vient d'arriver, et j'en profite pour m'éclipser par le même chemin qu'à mon arrivée, revenant sur mes pas jusqu'à ma voiture de location sur le parking d'à côté.

En regardant mon téléphone, je vois un message du garage m'informant que ma voiture est prête, et un autre de Ryan qu'il a laissé il y a un quart d'heure pour me dire que son rendez-vous était presque terminé et qu'il allait bientôt se mettre en route. Tout en l'observant, je lui fais un texto pour lui dire que je prendrai de quoi dîner en rentrant du travail. Moins d'une minute plus tard, il sort son téléphone de sa poche arrière. Il s'éloigne des types à qui il parle, leur tourne le dos, ce qui signifie qu'il me fait face. Je ne l'ai pas vu aujourd'hui, et je suis surprise de constater qu'il a les traits aussi tirés. Il a l'air épuisé. Ses pouces s'agitent sur son écran et quelques secondes plus tard je sens mon téléphone vibrer dans ma main.

Ryan : Journée chiante. Hâte de te voir

J'essaie de ne pas tenir compte de l'effet que me font ces deux phrases en me rappelant que quand il rentrera ce soir, vêtu du costume dans lequel il est parti ce matin, Ryan me mentira sur ses raisons d'avoir trouvé cette journée chiante. Puis je lui montrerai la note du garage et me plaindrai qu'ils m'ont surfacturée.

Bien que je m'attende à ses mensonges, s'attend-il aux miens ?

12

De nos jours

Je prends ma tasse de thé et m'assois sur les marches qui mènent au jardin. C'est une de ces journées où le ciel est si immense et si bleu qu'on ne résiste pas à l'envie d'être dehors. Ryan retourne une tondeuse à gazon qui a l'air plus vieille que lui, comme s'il allait pratiquer une opération à cœur ouvert.

— Alors docteur, c'est grave ? je demande.

Il lève la tête, le visage barré d'une grande trace de cambouis.

— Pire, dit-il en regardant sa montre. Heure du décès : 10 h 45.

Je m'esclaffe et il étend un chiffon sur l'engin, comme s'il couvrait un corps.

— Je suis bon pour aller à Home Depot.

— Tu veux que je t'accompagne ?

Ce sourire.

— Toujours, répond-il. Donne-moi cinq minutes pour me laver.

Il s'éclipse à l'intérieur et je regarde le ciel. Ça fait plusieurs jours que je l'ai espionné à l'entrepôt et la boîte postale est toujours vide. James et cette femme ont fait une autre apparition en public hier soir. Selon les réseaux sociaux, ils assistaient à un concert dans une brasserie artisanale locale. Ils n'ont raté aucun des endroits en vue de la ville.

La mangeoire à colibri suspendue à une branche près de la terrasse attire mon attention, et je regarde les oiseaux battre des ailes tandis qu'ils entrent et sortent pour s'abreuver. Tous les matins, Ryan remplit cette mangeoire, probablement comme le faisait sa grand-mère avant lui.

Maman aurait adoré cet endroit.

On a passé de nombreuses soirées à imaginer la maison qu'on ferait construire un jour. Avant, je pensais qu'elle détestait ce mobile home. Ou qu'elle en avait honte. Ce n'est qu'en grandissant que j'ai compris : elle voulait davantage qu'un plus grand toit au-dessus de nos têtes. Elle voulait un mode de vie différent. Une vie où on ne s'inquiétait pas d'avoir assez d'argent pour les courses. Une vie où elle ne se serait pas souciée de ce que j'allais devenir quand elle ne serait plus là.

— On y va ? me lance Ryan depuis la porte du patio.

— Ouaip.

Je jette un dernier coup d'œil aux oiseaux puis me lève d'un bond pour le suivre à l'intérieur en direction de la porte de la cuisine qui nous mènera dans le garage.

Pendant qu'on déambule dans les allées de Home Depot, Ryan étudie chaque tondeuse avant de vérifier les avis en ligne pour réduire son choix à quelques exemplaires.

— Je vais du côté des plantes, dis-je alors qu'il est bloqué devant les trois mêmes tondeuses depuis vingt minutes.

— Prends un chariot. On va en prendre pour la galerie devant la maison.

Il détache son regard des trois engins et me regarde.

— Des fougères peut-être ?

— À suspendre ? je demande.

Il hausse les épaules puis acquiesce pour me faire savoir que la décision m'appartient car dans son esprit, c'est aussi ma maison. Nous sommes l'archétype du petit couple d'intérieur. Il ne manque plus qu'on se tienne par la main et qu'on trimbale des gobelets Starbucks.

La partie jardin est une oasis dans une mer d'outils, de bois d'œuvre et de consommables électriques. Je prends mon temps, devant les plateaux de géraniums, de pétunias et de pensées, en me demandant ce que j'ajouterais aux parterres de fleurs devant la maison si j'étais vraiment installée ici et que j'avais carte blanche. Comme si j'allais être là quand elles s'épanouiraient. Distraite par les plus jolis hortensias roses que j'aie jamais vus, je laisse mon chariot heurter le côté de celui qui arrive en face.

— Oh, désolée !

Je manque me figer sur place en constatant qu'il s'agit de James et de la femme qui se fait passer pour moi.

— Hé, salut ! dit-elle. Je crois qu'on s'est rencontrées à la fête du derby !

J'espère que le sourire que je plaque sur mon visage masque mon exaspération. Quel culot.

— Oui, c'est bien ça, dis-je en hochant la tête.

Se peut-il qu'elle ignore qui je suis, et qu'elle ait été envoyée ici pour me menacer de prendre ma place ? Parce qu'elle est douée. Très douée. Aucun détail dans son regard ou son attitude n'indique qu'elle me considère comme son adversaire. Il est possible qu'elle soit encore en attente d'informations dans sa mission, mais n'est-elle pas déstabilisée par la ressemblance évidente qui existe entre elle et moi ? Parce qu'à part mes cheveux un peu plus foncés, c'est très troublant.

— En général c'est mon père qui regarnit les parterres pour ma mère, mais il est hors service, alors on s'est dit qu'on allait s'en occuper puisqu'il fait si beau, dit James en montrant les plantes dans leur chariot.

— Ah, le fils modèle, dis-je, avec les dents du fond qui grincent.

— James, salut ! entends-je Ryan s'écrier derrière moi.

Il arrive à petite foulée pour serrer la main à son ami, puis hoche la tête à l'intention de la femme.

— Lucca.

Il la regarde, se tourne vers moi, puis pose à nouveau les yeux sur elle. Lui aussi voit tous les points communs. Il s'éclaircit la voix puis s'adresse à moi.

— J'en ai choisi une et ils l'apportent directement au retrait des achats. Je me suis dit que j'allais venir t'aider pour les plantes.

James s'esclaffe.

— Mince, le coup de vieux. Depuis quand on fait du jardinage par une belle journée de printemps au lieu de boire des bières bien fraîches sur le lac ?

— Tu m'étonnes, dit Ryan, mais je sais que s'il avait le choix, il préférerait qu'on passe la journée dans le jardin, et que la sortie sur le lac avec les bières n'interviendrait qu'une fois le travail terminé.

— Une autre fois, dit James.

Les banalités durent encore quelques minutes tandis qu'elle et moi nous toisons du regard. Au moment où ils repartent, je pose une main sur le bras de James pour les retenir.

— Je me demandais… vous avez quelque chose de prévu ce soir ?

Je coule un regard vite fait vers Ryan avant de me retourner vers eux. Elle gravite hors de ma portée depuis trop longtemps à mon goût.

— On aimerait beaucoup vous avoir à dîner.

L'invitation semble la ravir.

— Et on aimerait beaucoup venir, répond James de leur part. Qu'est-ce qu'on apporte ?

— Besoin de rien ! On s'occupe de tout.

Je regarde la femme.

— Hâte de vous voir !

Pseudonyme : Izzy Williams – Huit ans plus tôt

C'est la première mission sur laquelle ma fausse identité et mon faux passé sont entièrement documentés. Quand j'ai cherché mon nouveau nom sur Google, Isabelle Williams, diminutif Izzy, j'ai découvert que j'avais fait partie d'une équipe de cross-country qui avait défendu les couleurs de son lycée quelques années plus tôt lors d'une compétition au niveau de l'État. L'illustration de l'article incluait une photo de groupe un peu floue, et j'aurais juré que j'étais la troisième fille en partant de la droite, avec les cheveux blonds et courts, comme la perruque que je porte actuellement.

Du coup je me demande combien de personnes emploie M. Smith. Pas seulement celles qu'il envoie en mission comme moi, mais aussi celles qui travaillent en coulisses, trafiquent des images auxquelles aboutissent les requêtes sur internet et créent des identités à partir de rien.

La seule autre personne à qui j'aie eu affaire est Matt, mais j'ai l'impression que cette organisation, quelle qu'elle soit, compte bien plus de personnes que lui et M. Smith.

J'ai eu beaucoup à faire pour me préparer à cette mission. On m'a donné des instructions pour bien attacher mes cheveux et les coincer sous la perruque de sorte qu'aucune de mes mèches ne dépasse. On m'a également demandé d'appliquer une épaisse couche de pansement liquide au bout de chacun de mes doigts pour ne laisser aucune empreinte digitale derrière moi, quoi que je touche. Je dois en remettre toutes les deux ou trois heures. Je frotte mes doigts les uns contre les autres, je ne suis toujours pas habituée à cette absence de sensation. Le maquillage marqué et les lentilles de couleur sont des ajouts de ma part. Maman m'a montré qu'avec un peu de poudre et quelques coups de pinceau, on peut changer la forme de son visage – même si je sais qu'elle aurait préféré que j'utilise ses astuces pour me mettre en valeur et non me rendre méconnaissable.

C'est le premier jour de ma première mission pour M. Smith, et je dois avouer que je suis un peu à cran. Je me rends chez Greg et Jenny Kingston. À leur connaissance, je suis la nouvelle nounou de leur fils, Miles. Mais en réalité, Greg possède dans cette maison un objet que convoite mon patron, et ma mission est de le lui rapporter.

J'ai également reçu toute une série d'instructions à ce sujet. À la seconde où je serai en possession de l'objet en question, je dois le déposer à l'endroit convenu. On est moins susceptible d'avoir des ennuis si on n'a pas sur soi l'objet du délit au moment où on se fait prendre.

Je monte les marches du perron et lisse ma chemise et mon short avant de sonner.

Greg ouvre la porte aussitôt, comme s'il attendait que j'arrive. Il porte un costume gris et une cravate plus foncée, et on dirait qu'il n'a pas changé de coiffure depuis qu'il était petit garçon : coupe courte, raie sur le côté, pas un cheveu qui dépasse.

— Isabelle Williams ? demande-t-il en me regardant des pieds à la tête.

J'ai suivi scrupuleusement les instructions concernant ma tenue. Bermuda en toile et polo rose. On dirait que je suis en route pour une partie de golf. Je tends le bras et nous nous serrons la main.

— C'est bien moi, monsieur Kingston. Vous pouvez m'appeler Izzy.

Il hoche la tête et me fait signe d'entrer. Il regarde sa montre pour la deuxième fois depuis qu'il a ouvert la porte et crie dans l'escalier qui s'incurve le long du mur d'entrée :

— Jenny ! Elle est arrivée !

Nos regards se tournent vers le palier en attendant que Jenny apparaisse.

En vain.

Greg lance à nouveau son nom. Toujours rien.

Il s'énerve. Et il est un peu embarrassé.

— Excusez-moi une minute, dit-il avant de disparaître.

— Vous êtes la nouvelle baby-sitter ?

Je me retourne et tombe sur Miles. Il se tient dans l'embrasure de la porte qui donne sur la salle à manger, puis sur la cuisine, selon les plans que j'ai étudiés.

Je marche lentement dans sa direction et m'accroupis quand je suis à quelques pas de lui.

— Oui, c'est moi. Je m'appelle Izzy. Et toi ? je demande, bien que je sache son nom et à peu près tout ce qu'il y a à savoir sur lui.

Matt m'a donné un dossier couvrant tous les détails concernant cette famille quand j'ai accepté de travailler pour M. Smith. Miles a cinq ans, il est enfant unique, et je suis déjà sa quatrième nounou cette année.

Son pouce retourne dans sa bouche dès qu'il m'a dit son prénom, bien qu'il ait l'air un peu vieux pour ça.

Je pointe un doigt vers son tee-shirt.

— Iron Man. C'est celui que je préfère.

Il tire sur le tissu pour mieux le voir, comme s'il ne se rappelait plus comment il s'est habillé. C'est un tee-shirt avec tous les personnages Marvel en position de combat.

— Moi j'aime bien Hulk. Il démolit tout, dit-il, puis il ajoute un grondement en serrant les poings.

Je m'apprête à lui poser une autre question, mais un mouvement dans l'escalier attire notre attention.

Greg a trouvé Jenny et il la tire par la manche le long des marches. Elle trébuche presque après la dernière, comme si elle s'attendait à en trouver une autre.

— Izzy, je vous présente ma femme, Mme Kingston.

La main de son mari qui lui serre fermement le bras semble être la seule chose qui la tient debout. Elle me regarde et sourit mais ses yeux restent éteints.

Détails supplémentaires qui ont été portés à mon attention : Jenny est très Xanax le matin, chardonnay l'après-midi et n'a rien contre une vodka ou trois le soir.

Je lui tends la main et elle la prend entre les siennes.

— Izzy, je suis tellement contente de vous rencontrer !

Elle me retient au point que ça en devient gênant. Heureusement, Miles s'approche et attire son attention.

— Te voilà, mon chéri ! Tu as pris ton petit-déjeuner ?

Miles acquiesce sans rien dire.

— Bon, je dois partir au bureau, dit Greg avant de se tourner vers moi. Miles est sous votre responsabilité. Son emploi du temps détaillé est scotché sur le réfrigérateur, j'ai ajouté mon numéro en bas. Il peut vous faire visiter la maison et vous montrer tout ce dont vous aurez besoin. Je serai de retour ce soir à six heures.

Il ébouriffe les cheveux de Miles et s'éclipse par la porte principale. Il n'a pas un mot ni un regard pour Jenny.

Nous restons tous les trois plantés dans l'entrée quelques secondes, puis Jenny se penche pour embrasser Miles sur la joue, me fait un grand sourire et remonte à l'étage.

— Tu veux que je te fasse visiter ? demande Miles.

— Oui, c'est parti pour la visite complète, dis-je en le suivant vers la salle à manger.

*

Maman disait que je reconnaîtrais la vie que je suis censée mener. Je me promène dans cette maison et réfléchis à ce que ça me ferait si cette identité était réelle et que j'étais bel et bien Izzy Williams, étudiante et nounou de Miles Kingston.

Une chose est sûre, cette vie-là n'est pas pour moi.

Cinq jours ont passé et je n'ai toujours pas trouvé ce que je cherche.

Ce que j'ai découvert en revanche, c'est que c'est Miles qui dirige la maison. Il sait à quelle heure la femme de ménage arrive, où est rangée la monnaie pour aller récupérer les courses de la semaine, et à quel moment Jenny passe des pilules à la boisson. Quand le vin coule à flots, les larmes aussi, et nous nous faisons discrets.

Si elle est toute mélancolique avec Miles, Jenny est presque féroce avec moi. Elle est tout sourire quand Greg est là, mais dès qu'il part, elle sort les griffes. Elle ne veut pas de moi dans sa maison. Ne veut pas que je passe du temps avec son fils. Mais elle est trop ivre et défoncée pour y changer quoi que ce soit.

Miles et moi jouons aux Lego. On construit des forts. On chante des chansons. Et je fouille je fouille je fouille.

Je ne vais pas mentir. Ce boulot est de plus en plus difficile. Parce que dès que j'aurai trouvé ce pour quoi on m'a envoyée ici, je disparaîtrai. Et alors, qui s'occupera de Miles ?

Mais c'est dangereux, ce genre de pensées. Alors tous les jours, j'ajoute une brique au mur que je construis à l'intérieur de moi et qui, je l'espère, me rendra hermétique à ce blondinet aux yeux bleus déjà bien trop vieux pour son âge.

*

Le huitième jour, j'ai l'occasion d'entrer dans la chambre de Jenny.

Enfin.

Je n'ai en général pas accès à cette partie de la maison car c'est là qu'elle passe le plus clair de son temps. Dès qu'elle s'aventure hors de sa chambre, Miles ne me lâche pas d'un centimètre. Là, il est en train de faire la sieste et Jenny marine dans son bain, une mince porte la séparant de moi.

Y reste-t-elle des heures ? Est-ce qu'elle se trempe vite fait et ressort ? Qui sait. Mais je ne peux pas passer à côté de cette occasion, même si je ne sais pas à quoi m'attendre.

Je déambule dans la chambre, posant un œil analytique sur tout. Je suis à la recherche d'une clé USB, la copie conforme de celle que j'ai dans ma poche et que je laisserai à sa place. Il y a des tas d'endroits où cacher un objet si petit. J'ai vérifié tous les tiroirs et les moindres recoins du bureau de Greg, sans succès. Je fouillerais dans son tiroir à chaussettes si c'était là qu'il cachait ses biens de valeur.

Je commence à me dire que s'il n'y avait pas de coffre-fort encastré sur les plans que j'ai eus entre les mains, ils ont très bien pu en ajouter un après avoir acheté la maison, donc c'est maintenant ce que je cherche, parce que je ne veux pas que cette première mission soit un échec.

Divers bijoux de Jenny sont éparpillés sur un ancien bureau très élégant. Ce sont de magnifiques pièces, et je me vois en train de retirer les pierres de leur monture tout en calculant le prix qu'atteindrait chacune.

Mais je ne suis pas venue pour ça, alors je me force à m'en détourner.

J'ouvre les tiroirs, écume la pièce de long en large. Elle est si grande qu'il y a un petit salon dans un coin, près de la porte qui mène à la salle de bains. En passant cet endroit au peigne fin, je prends garde à ne faire aucun bruit et écoute Jenny chanter faux dans son bain.

Le portrait de la famille Kingston accroché au mur met en scène un parfait petit trio qui ne reflète pas la vie telle qu'elle est dans cette maison. Je suis persuadée que Jenny a partagé cette photo sur les réseaux sociaux pour faire croire à tout le monde que les choses sont aussi idéales que le suggère cette image. Je tire sur le coin du cadre, comme je l'ai fait avec tous ceux accrochés dans la maison, et me retiens de sauter de joie lorsqu'il pivote et révèle un petit coffre-fort encastré dans le mur. Je tire sur la poignée mais elle est verrouillée.

Les yeux rivés au clavier à dix chiffres, je commence à transpirer. J'ai beaucoup de cordes à mon arc, mais je ne sais pas forcer un coffre-fort. Je sors le téléphone que m'a donné Matt en cas d'urgence.

Et c'est une urgence.

Heureusement, il répond à la première sonnerie.

— Quel est le problème.

— Y a pas de problème, je chuchote. J'ai trouvé un coffre-fort. Il y a un clavier et je n'ai pas beaucoup de temps. Qu'est-ce que je fais ?

— Prends une photo et envoie-la-moi.

Je m'exécute puis j'attends.

— C'est simple. Il ne semble pas relié à un système d'alarme. Essaie une combinaison à quatre chiffres et tu verras bien.

Je tente 2580 parce que j'ai lu un jour qu'étant la seule suite de chiffres à former une verticale, c'était le mot de passe le plus courant.

— Un bip et la petite lumière rouge a clignoté une fois.

Matt ne réagit pas tout de suite.

— Essaie l'anniversaire du gamin, finit-il par dire.

Avant de démarrer cette mission, j'ai lu toutes les dates importantes du dossier qu'on m'a donné et je n'ai aucun mal à extraire les chiffres exacts de ma mémoire. J'entre 1017. Le 17 octobre.

— Un bip et deux clignotements rouges.

— Merde, lâche Matt à l'autre bout du fil. Je parie qu'après trois tentatives erronées, le système se bloque pour de bon. Il se réinitialise sûrement au bout d'un certain temps. Peut-être vingt-quatre heures. Restes-en là et réessaie demain.

Il raccroche.

Je suis désemparée. Il faut que je me tire de cette maison. Des bruits d'éclaboussure me figent sur place, puis j'entends Jenny chanter cet air débile qu'elle fredonne depuis deux jours. L'eau recommence à couler, sûrement parce qu'elle commence à se cailler depuis le temps qu'elle est là-dedans.

Je fixe le clavier et passe en revue tous les chiffres, toutes les dates importantes du dossier Kingston. Puis je pense à Greg. Je sais qu'il aime Miles, bien que dans la pratique il ne soit pas un père très présent. Il m'envoie des messages tous les jours pour me demander comment il va et cherche en général à parler avec lui le soir quand il rentre. Pour autant, le code n'est pas sa date d'anniversaire.

Jenny part d'un rire sonore. Je me demande ce qu'il peut y avoir de si drôle quand on est seul dans son bain.

Pourquoi Greg ne l'a-t-il pas mise dehors, depuis le temps ? De toute évidence, il a les moyens de se payer toute l'aide dont il a besoin. Il ne parle à Jenny que lorsqu'il y est obligé, bien que parfois je le surprenne en train de la regarder d'un air triste. Un air qui prouve qu'il l'aime encore, même s'il déteste ce qu'elle est devenue. Le code pourrait-il être son anniversaire à elle ? La date de leur mariage ? Greg essaie de le cacher, mais il dort dans la chambre d'amis tous les soirs, et il n'y a qu'une photo sur la table de chevet. Une photo d'elle et lui. Ils sont jeunes, tout sourire, le visage pressé l'un contre l'autre au niveau des joues. Derrière eux, le ciel déborde de feux d'artifice. Il y a de grandes chances pour que ce cliché ait été pris lors de leur premier rendez-vous, au pique-nique du 4 Juillet du country club.

Je fixe le clavier, retiens mon souffle et compose le 0704. Pendant quelques secondes, rien ne se passe, puis il y a un clignotement vert et un bruit qui indique que la poignée s'est déverrouillée.

Je pousse un long soupir et crie presque de joie. J'ai réussi !

J'ouvre la porte et la seule chose à l'intérieur est la clé USB rouge avec son capuchon bleu, la copie conforme de celle que j'ai dans ma poche et que je vais déposer à la place. Cette clé, une fois insérée dans un ordinateur, provoquera une panne. Pendant que Greg flippera et se demandera ce qu'il se passe, il ne devrait pas soupçonner un échange de clés.

Alors que je procède à cet échange, Jenny rit à nouveau, mais le bruit est plus proche. Elle est sortie de la salle de bains et me dévisage.

— Je vous vois fouiner dans toute ma maison depuis la semaine dernière.

Elle parle d'une voix traînante, les yeux mi-clos. L'eau dégouline de son corps nu, visible à travers son peignoir ouvert, et forme une flaque à ses pieds sur le parquet.

Ça craint. Ça craint un max. Elle m'a prise la main dans le sac.

— Ce n'est pas ce que vous croyez, dis-je.

Elle vacille et émet un rire strident.

— Bien sûr que si. C'est exactement ce que je crois.

Elle s'élance vers moi, les mains en avant, comme pour m'attraper ou me frapper, mais elle se prend les pieds dans la ceinture de son peignoir et elle tombe avant que j'aie le temps de la rattraper. Sa tête heurte le sol avec un bruit de fêlure et un mince filet de sang coule lentement sous ses cheveux blonds. Elle perd connaissance aussitôt.

— Oh merde, dis-je tout bas en me jetant à genoux à côté d'elle.

Je pose deux doigts contre son cou pour vérifier son pouls.

Je rappelle Matt.

— Je l'ai, dis-je dès qu'il décroche. Mais la femme m'a surprise. Elle est soule. Elle a trébuché et elle est tombée. Elle saigne à la tête.

— Elle est morte ? demande-t-il d'un ton calme.

— Non. Mais elle a besoin d'aide. J'appelle le 911 ?

— Pour qu'elle puisse dire aux flics qu'elle t'a surprise en train de les voler ? lâche Matt sèchement. Arrache-toi de là et rapporte la clé USB.

— Et Miles ?

Si Jenny et moi nous détestons cordialement, ce petit garçon mérite mieux que ça.

— Barre-toi tout de suite ! Tu ne peux pas te faire choper là-bas. Kingston ne pourra rien contre toi si tu n'es plus là.

Matt crie tellement fort que sa voix résonne dans la chambre.

— Tire-toi, je te dis.

Et il raccroche.

J'ai peur de la toucher. Est-ce que je peux la laisser comme ça ? Est-ce que je peux laisser Miles ? D'un autre côté, si je reste, je risque la prison. Elle dira aux flics que j'étais en train de les voler. Ils me feront peut-être même porter le chapeau pour sa chute. Elle dira que je l'ai poussée.

Je sors l'autre téléphone de ma poche, celui sur lequel Greg m'appelle pour prendre des nouvelles de Miles. Celui qui n'est allumé que lorsque j'entre dans cette maison.

— Allô, fait Greg.

— Il y a un problème. Je suis montée dire à Mme Kingston que j'avais une urgence familiale et que je devais partir immédiatement mais elle est allongée par terre, inconsciente. Elle a dû tomber. Miles dort sur le canapé dans la salle de jeux. Vous devez rentrer. J'ai une urgence de mon côté, je ne peux pas rester.

— Attendez…

Mais j'ai déjà raccroché. Je dépose la fausse clé USB dans le coffre-fort que je referme avant de repositionner le cadre. Miles est l'unique raison pour laquelle je prends autant de risques.

Greg peut appeler le 911. Il peut rentrer et s'occuper de tout ça. Je dois faire confiance à ma fausse identité, à toutes les précautions que j'ai prises pour cacher qui je suis. Je dévale l'escalier et jette un dernier coup d'œil sur Miles. Son visage adorable est totalement abandonné au sommeil, et il tient dans sa petite main le cygne en origami que je lui ai appris à faire, exactement comme maman me l'a appris. Il va s'en sortir. Son père ne va pas tarder. Ce n'est pas mon problème.

Je file par la porte de derrière, longe le côté de la maison jusqu'à la rue et saute dans la voiture que Matt m'a donnée pour cette mission. Tandis que je sors de ce vaste lotissement sécurisé, je croise une ambulance toutes sirènes hurlantes, suivie par une voiture de police.

Je garde la tête basse et respecte les limitations de vitesse. Est-ce qu'ils saisiront les images de surveillance à la barrière du gardien, me verront dans cette voiture ? Combien de temps me reste-t-il avant qu'ils ne se lancent à ma poursuite ?

En dix minutes, j'arrive à AAA Prêts pour Cautions Judiciaires. On m'a dit de ne jamais remettre les pieds ici mais il s'agit clairement d'une situation anormale.

Matt fait les cent pas dans la rue en m'attendant.

Il ouvre ma portière alors que la voiture n'est pas complètement arrêtée.

— Qu'est-ce qui t'a pris autant de temps, putain ?

Il me sort du véhicule et me traîne dans le bâtiment. On ne s'arrête qu'une fois dans son bureau.

— Je suis partie dès que possible, dis-je en lui tendant la clé USB avant de poser sur le bureau le téléphone que j'utilisais avec Greg.

Je ne mentionne pas le fait que je l'ai appelé, ni que j'ai effacé l'appel du journal avant d'éteindre l'appareil, au cas où il vérifierait.

Je me demande si Miles s'est réveillé et a trouvé sa mère avant que son père arrive.

Non. Je ne peux pas penser à lui.

Matt tape sur l'écran de son téléphone, la clé USB au creux de son autre main. Il sursaute lorsque son téléphone sonne.

— Oui.

Il me regarde d'un œil perçant puis me passe l'appareil. J'hésite une seconde à peine et le prends.

— Allô, dis-je tout bas.

— Raconte-moi ce qui s'est passé cet après-midi. N'oublie aucun détail.

La voix modifiée de M. Smith masque la colère qui imprégnerait sa voix naturelle.

Je lui dis tout, y compris comment j'ai trouvé le code du coffre-fort. Tout, sauf le coup de fil à Greg.

— Tu te sens coupable d'avoir laissé Jenny Kingston inconsciente et en sang.

Ce n'est pas une question mais je réponds quand même.

— Oui.

— Ce serait arrivé tôt ou tard. Si ça n'avait pas eu lieu aujourd'hui, ç'aurait été demain, ou après-demain. Elle se dirige vers cette chute depuis un moment.

Je ne dis rien. Il a peut-être raison, mais je ne peux m'empêcher de penser que rien ne lui serait arrivé aujourd'hui si je n'avais pas été dans sa chambre, en train de fouiller dans leur coffre-fort. Elle serait sortie de la salle de bains pour sombrer dans son lit, comme elle l'a fait tous les autres jours où j'étais là. Donc, si elle a décroché le gros lot aujourd'hui, c'est ma faute.

— Oui, je sais, réponds-je.

— Tu as accompli ta mission mais tu as manqué de prudence. Pris des risques avec le coffre-fort. Laissé cette ivrogne te surprendre. Tu vaux mieux que ça.

Il a raison. Je vaux mieux que ça. J'aurais dû me rendre compte qu'elle ne chantait plus. J'aurais dû entendre ses pas maladroits sur le carrelage de la salle de bains. La poignée de porte quand elle l'a actionnée.

— Qu'aurais-tu fait si elle n'était pas tombée toute seule ? demande-t-il.

— Je ne sais pas, réponds-je du tac au tac.

Et c'est la vérité. Jusqu'où serais-je allée pour être sûre de m'en sortir ? J'imagine que je ne le saurais jamais.

— Je vais répondre à ta place. Il faut toujours faire le nécessaire pour te sauver, et sauver la mission. Tu ne dois pas oublier que c'est un boulot comme un autre. Tu ne fais pas partie de cette famille. Ce n'est pas ta vie. Pas ton monde. Tu n'es qu'un fantôme de passage. Ces gens n'en ont rien à foutre de toi, alors inutile de t'en faire pour eux.

Je ne dis toujours rien tandis qu'il continue de se décharger sur moi. Ses mots me font l'effet d'un coup de couteau dans la poitrine.

— Je t'ai observée longtemps. Avant que j'intervienne, tu t'en es sortie toute seule parce que tu es pleine de ressources et que tu es réactive. Tu as aussi une intuition naturelle qui ne s'apprend pas. Tout ça, ce sont de véritables dons. Des dons que tu as failli gâcher aujourd'hui. Je comprends que tu aies éprouvé le besoin d'appeler Matt à la rescousse quand tu as trouvé le coffre-fort, mais ce doit être réservé au dernier recours. Demander de l'aide devient une béquille. J'ai besoin de personnes capables de résoudre les problèmes sans aide extérieure, parce que l'assistance n'est pas toujours disponible. Cette femme t'a prise la main dans le sac parce que tu voulais précipiter les choses et tu comptais sur Matt pour t'aider. Tu aurais dû prendre un peu de recul. Effectuer des recherches sur ce coffre-fort. Trouver un moyen de l'ouvrir sans le code. Ne pas ouvrir de brèche dans ton identité en passant un putain de coup de fil pendant que sa femme prend un bain dans la pièce d'à côté.

Les gros mots semblent encore plus vulgaires avec la voix robotique. Ce n'est pas le discours d'encouragement auquel je m'attendais, mais ce sont étonnamment les mots que j'avais besoin d'entendre. Il a entièrement raison. J'ai voulu aller trop vite. Je refusais de passer une journée de plus à m'attacher à Miles.

À partir de maintenant, je dois faire mieux. J'y arriverai. La leçon était dure, mais je l'ai retenue.

C'est terrible d'entendre la vérité toute nue. Je me rappellerai Miles et cette mission toute ma vie, mais lui m'oubliera, ça ne fait aucun doute. Cela dit, M. Smith se trompe. Je n'étais pas un fantôme de passage dans la vie des Kingston.

Je suis un fantôme de passage dans ma propre vie.

La seule personne à se soucier de moi, c'est moi. La seule à s'assurer que je survive, c'est moi.

Je suis toute seule.

— L'argent sera viré sur ton compte en paiement de cette mission, dit-il finalement. Les instructions concernant la prochaine arriveront dans la semaine. Prends quelques jours pour faire une valise, car ce travail exige que tu déménages pour un temps. On ne peut pas te faire courir le risque de croiser les Kingston.

Je prends une profonde inspiration et retiens mon souffle jusqu'à ce qu'une vague brûlure se répande dans ma poitrine et que j'aie un léger tournis. J'expire lentement et murmure :

— Je vais m'améliorer. Plus d'erreurs.

Et en moi-même, j'ajoute, *Et je ne m'attacherai plus jamais quand je travaille.*

— Plus d'erreurs, répète-t-il.

13

De nos jours

Ce dîner sera assurément différent de celui que nous avons organisé il y a quelques jours. Je dresse la table sur la terrasse et non dans la salle à manger – il fait doux et il n'y a pas encore trop de moustiques. Ryan est en train de rafraîchir la bière et le vin que nous avons achetés tout à l'heure dans une bassine décorative en acier galvanisé qui fait office de glacière, sur laquelle est gravé le nom *Sumner*. C'est Sara qui la lui a offerte à son anniversaire ; s'il y a bien une chose que j'ai apprise au fil des ans, c'est que les gens du Sud pensent que le meilleur des cadeaux est un cadeau gravé à votre nom.

James et la femme arrivent au moment où Ryan allume le barbecue.

On les salue tandis qu'ils gravissent les quelques marches de la terrasse. Ryan prend un des packs de douze que porte James, tandis qu'elle me tend une assiette recouverte de papier alu.

— Je sais que tu nous as dit de ne rien apporter, mais avec la mère de James, on a fait beaucoup trop de brownie cet après-midi.

Je soulève un coin pour voir.

— Miam, ça sent rudement bon.

Je vois d'ici la photo que Mme Bernard a sûrement déjà postée sur Facebook.

— Comment va la jambe de ton père ? demande Ryan à James pendant qu'ils se serrent la main.

— De mieux en mieux. Enfin disons en tout cas qu'il se plaint de moins en moins.

La femme s'esclaffe en poussant James du coude.

— Arrête, il est bien plus patient que son fils ne le serait à sa place.

Elle se tourne vers moi.

— C'est une partie de poker interminable chez eux depuis qu'il est coincé à la maison. Sauf qu'il n'a plus beaucoup d'amis prêts à se faire dépouiller de leur argent, il gagne tout le temps.

Elle pose une main sur le bras de Ryan.

— Je sais qu'il aimerait beaucoup que tu lui rendes visite. Tu pourrais peut-être perdre une partie ou deux pour lui remonter le moral ?

Elle n'est arrivée que depuis quelques minutes et déjà les deux mecs sont suspendus à ses lèvres.

— Ryan n'aura aucun mal à perdre aux cartes ! s'écrie James.

J'abrège mon éclat de rire pour qu'il ait l'air sincère puis fais signe à nos invités de s'installer à table pendant que Ryan dépose les bières dans la bassine.

— J'en ai pour une seconde, dis-je en allant chercher les amuse-gueules que j'ai préparés.

En m'asseyant, j'inspire un grand coup et m'imprègne du moment. C'est une soirée splendide, un temps rare pour la Louisiane – douceur, petite brise, et zéro humidité. Quel dommage de gâcher une soirée si parfaite en travaillant.

Nous bavardons, à l'aise, ce sont surtout les garçons qui parlent. Elle semble avoir la même approche que moi : écoute et apprends.

— On monopolise la conversation, dit Ryan en riant avant de se tourner vers la femme. J'aimerais beaucoup en savoir davantage sur la nouvelle venue à Lake Forbing.

— Oui, on n'a pas eu beaucoup de temps pour se parler au derby... Lucca.

J'ai beaucoup de mal à prononcer son nom à haute voix. Mon nom. Il me laisse un goût aussi amer que je m'y attendais.

Elle hausse les épaules et adresse un sourire plein de chaleur à James.

— Il n'y a pas grand-chose à dire. James et moi nous sommes rencontrés il y a quelques mois. On travaillait tous les deux à Baton Rouge. Je suis experte en assurances et je suivais un groupe de sinistrés après la tornade de l'automne dernier.

— Oui, quel désastre, dit Ryan. J'ai quelques clients dans ce coin. Beaucoup d'habitations ont été détruites.

— Une tragédie, approuve-t-elle en glissant sa main dans celle de James. On est d'autant plus reconnaissants de tout ce qu'on a.

Je fournis un effort surhumain pour garder mon sourire et mon air concentré sur la conversation.

— Et donc tu déménages au gré des sinistres ? je demande.

Elle grimace.

— On peut dire ça. C'est dur, parfois. Mais il y a quand même des pauses, comme en ce moment. Je n'ai pas d'attaches particulières, donc je peux traiter la paperasse de n'importe où.

Un autre regard enamouré vers James, une autre pression douce sur sa main, mais il est trop occupé à écluser sa bière pour remarquer l'un ou l'autre.

Elle est douée. Son histoire tient la route. Son récit est parfait. Les expressions de son visage rendent bien ses émotions. Je suis impressionnée.

James, quant à lui, a besoin d'entraînement, bien que je sois persuadée qu'il n'est qu'un simple pion. Elle est très lisse, et lui, on dirait qu'il ne tient qu'à un fil. Je ne vois pas comment cette relation pourrait être authentique.

Je me suis déjà retrouvée à la place de cette femme. Devoir faire semblant pour une mission. Le fait qu'elle n'arrête pas de le regarder comme s'il avait décroché la lune force mon respect, plus que je ne veux l'admettre.

— James a dit que tu ne vivais pas ici depuis longtemps, Evie, dit-elle en se tournant vers moi. Qu'est-ce qui t'a amenée à Lake Forbing ?

— Oh, je vadrouille depuis quelque temps. Mes parents sont morts dans un accident de voiture il y a plusieurs années et j'avais besoin de changer de décor.

Je me mords la lèvre et coule un regard vers Ryan – ma vulnérabilité remonte à la surface avant que je ne la refoule. Il se rapproche de moi et pose une main sur ma cuisse.

— J'ai atterri ici et je suis tombée amoureuse de l'endroit. J'ai un faible pour les mignonnes petites villes, dis-je avec un rire nerveux. Et pour les beaux mecs du genre bricoleur.

Ryan rit avec moi.

— Oui, enfin, changer un pneu passe encore, au-delà il faut que j'appelle les renforts.

Elle se penche vers l'avant, tout sourire.

— En parlant de mignonnes petites villes, Evie, comment s'appelle ton amie de la fac qui était d'Eden ? Je suis sûre que je la connais, elle ou sa famille. Le contraire serait étonnant dans une ville de cette taille.

La garce.

Je lui rends son sourire.

— Regina West. Elle a une sœur plus jeune, Matilda, et un frère aîné, Nathan, que tu connais peut-être. On a logé chez elle quand j'y suis allée, mais je serais incapable de te donner le nom de la rue ou du quartier.

Voyons maintenant l'étendue de ses talents, et le degré d'exhaustivité du dossier qu'on lui a donné sur moi. Regina West était une de mes camarades d'école, mais sa famille a déménagé quand elle était en cinquième. On était les meilleures amies du monde, et j'aimerais beaucoup découvrir ce que M. Smith sait de mon passé. Nathan est revenu à Eden il y a cinq ans, après ses études de médecine, et il a ouvert un centre de santé sans rendez-vous. Il n'y a pas beaucoup de médecins dans cette zone, il est donc très connu et très respecté dans la communauté.

Son front se plisse, comme si elle ne savait pas comment me répondre.

— Le nom me dit quelque chose… dit-elle en en restant là.

Aïe. Je lui retire des points. De toute évidence, elle n'a pas effectué de recherches de son côté et s'est contentée de ce que M. Smith lui a donné. Et elle aurait été briefée sur Nathan si mon amitié avec Regina avait été découverte, car on était inséparables avant qu'elle ne déménage. Je suppose que M. Smith n'a rien trouvé sur moi qui date d'avant le lycée.

— Est-ce que tu habites toujours à Eden ? lui demande Ryan. Ça m'étonne que ta boîte t'envoie aussi loin de chez toi.

— Je vis à Raleigh maintenant. J'aime beaucoup Eden, mais c'est vraiment petit, tu vois ?

Elle hausse les épaules puis me regarde, comme si j'allais être d'accord.

— Ma boîte n'est pas immense, on doit parfois faire de la route. Je vais où on m'envoie.

— Hé ben les filles, vous avez vu du pays, dit James en partant d'un rire sonore. Evie, si tu as emménagé avec Ryan, j'imagine que tu penses rester un moment. Plus de vadrouille ? Ou c'est une simple halte ?

— James, ne la mets pas sur la sellette, fait Ryan avec ce mordant dans sa voix que j'ai découvert l'autre jour à l'entrepôt de Glenview.

La compagne de James lui serre la main si fort qu'elle lui arrache un petit cri de douleur.

— Je croyais que tu voulais savoir si elle comptait rester, dit-il dans sa barbe.

Sûr qu'il ne travaille pas pour M. Smith. Il manque cruellement de discrétion, et elle devrait mieux le tenir en laisse.

— Je comprends ta question, dis-je, sans faire cas de son dernier commentaire. Je n'aurais jamais accepté l'invitation de Ryan à emménager si j'avais prévu de bouger.

Le pouce de Ryan effleure ma jambe, signe que ma réponse lui a plu.

— Quand elle aura vu la serre et le potager que je compte installer, elle n'ira plus nulle part. C'est un chantier pour deux personnes, elle ne peut pas m'abandonner.

Il a soudain toute mon attention.

— Tu vas faire un potager ?

Il secoue la tête et son sourire s'agrandit.

— Non, dit-il avant de marquer une courte pause. *On* va faire un potager. Tu as dit que tu en rêvais depuis toujours.

Je rougis malgré moi, et j'aurais aimé partager ce moment en tête à tête. La femme se penche en avant et rompt le charme.

— Tu peux me montrer où je peux me repoudrer le nez, Evie ?

Mais déjà Ryan se lève.

— Je viens. Il faut que j'aille chercher les steaks. Si je tarde encore à les mettre sur le gril, on les mangera au petit-déjeuner.

Elle le suit à l'intérieur, et je sais qu'elle va en profiter pour fouiller dans nos affaires. C'est exactement ce que je ferais, mais surtout, *c'est ce que je veux qu'elle fasse.* J'ai laissé un petit quelque chose à son intention, dont je suis persuadée qu'elle parlera à M. Smith. C'est un jeu dangereux, mais j'ai besoin qu'il abatte toutes ses cartes. J'en ai marre des surprises.

Ce qu'il y a d'intéressant dans cette situation, c'est que je n'arrive pas à dire si elle sait que je suis en mission, tout comme elle. Ou si elle me traite comme n'importe quelle cible innocente. Est-ce que ses instructions l'incitaient à mentionner la ville d'Eden en Caroline du Nord pour me mettre à cran ?

— James, quelle cuisson pour toi ? demande Ryan en revenant sur la terrasse avec un plat de steaks marinés, vêtu d'un tablier où l'on peut lire *Pas la peine de m'embrasser mais je veux bien une bière.*

— Saignant, répond James en rejoignant son ami.

Je sirote mon vin le temps que la femme fouille dans mes affaires, puis je me lève de table.

— On dirait que tu as oublié les légumes. Je vais les chercher.

Ryan acquiesce puis se tourne vers James.

J'entre dans la cuisine, m'attendant à la croiser, mais la pièce est déserte. Je jette un œil à ma montre. Elle met trop de temps.

Je monte l'escalier sans bruit. Dès que j'arrive sur le palier, elle sort des toilettes.

— J'avais peur que tu te sois perdue.

Elle pousse un petit cri et porte une main à sa poitrine avec un mouvement de recul.

— Oh, je ne t'avais pas vue !

Son visage change et son petit sourire avenant revient.

— J'ai passé une éternité à admirer ces adorables photos de famille accrochées au mur de l'escalier ! Ryan était à croquer quand il était petit !

Je me retourne vers les photos en question, et c'est vrai, il était très mignon. Je lui rajoute des points de bonus pour sa pirouette. L'excuse est bien trouvée.

Elle se dirige vers l'escalier et attend, comme prête à me suivre, mais je la laisse passer.

— Je te retrouve en bas. Il faut que j'aille chercher un truc dans ma chambre.

Elle hésite une seconde puis me sourit et descend. Une fois qu'elle est hors de vue, je vais dans notre chambre tout au bout du couloir. Il n'y a qu'une chose ici qu'elle pouvait trouver, et j'espère qu'elle ne l'a pas ratée.

J'ouvre le tiroir de la coiffeuse. Il y avait deux stylos et un crayon agencés d'une façon particulière sur une pile de papiers, et il fallait qu'elle les enlève pour y avoir accès. Ce que de toute évidence elle a fait. Je referme le tiroir et file au rez-de-chaussée.

Je sors avec les légumes, tends le plateau à Ryan puis allume les bougies que j'ai disséminées un peu partout maintenant que le soleil est couché.

— Ça va bientôt être prêt, lance Ryan.

— Parfait, dis-je en hochant la tête. Je vais chercher le reste dans la cuisine.

Avant longtemps, Ryan dépose un steak dans chaque assiette avec une portion de légumes grillés, et je pose le pain à l'ail et une grosse salade au centre de la table.

— Tout m'a l'air délicieux, dit-elle. Vous vous êtes surpassés.

Je coupe un petit morceau de steak et le mastique lentement.

— On adore recevoir, dis-je en regardant Ryan.

Il me fait un petit sourire complice, car on pense tous les deux aux quinze jours qu'il a mis à me convaincre d'organiser notre dernier dîner.

— Combien de temps vous allez rester en ville ? demande Ryan.

Elle regarde James comme si elle n'en avait pas la moindre idée.

— Peut-être une quinzaine de jours, dit-il. Dès que mon père pourra remarcher un peu, j'aurai moins de scrupules à m'en aller.

— C'est bien que tu aies pu t'absenter aussi longtemps du boulot, dit Ryan avant de boire une gorgée de bière.

C'est une inquiétude dont il m'a fait part dans l'après-midi : les raisons véritables du retour de James. S'il s'était vraiment repris en main et avait le boulot qu'il prétendait avoir, la question s'imposait : comment s'était-il débrouillé pour obtenir autant de congés ?

— L'avantage de l'ordinateur portable, dit-il en riant. Je peux bosser de n'importe où.

— Et tu travailles dans quoi ? je demande.

Il regarde la femme comme si elle était la seule à détenir la réponse. Quant à elle, son visage semble dire

Pourvu qu'il ne réponde pas à côté de la plaque. Il finit par se tourner vers nous.

— Lucca m'a obtenu un poste dans son entreprise. Je travaille pour elle.

Il aurait pu mieux nous vendre son bobard s'il ne semblait pas aussi abattu. Au lieu qu'on les imagine juste bossant dans la même boîte, on a l'impression qu'elle a eu pitié de lui.

Ryan n'était pas spécialement ravi que je les aie invités à dîner. Il a bricolé dans le garage pendant une bonne heure puis il a passé le reste de l'après-midi à cacher les objets de valeur les plus évidents dans la maison, y compris mes bijoux et tous les médicaments sur ordonnance rangés dans l'armoire à pharmacie. Les filles ont dit que James avait volé Ryan la dernière fois qu'ils s'étaient vus, mais Ryan ne me l'a pas avoué. Et il est difficile de savoir s'il lui en veut encore vu l'ambiance détendue qui règne ce soir.

Cela dit, entre nous deux, jamais les choses n'ont été aussi tendues que pendant les préparatifs de ce dîner.

Mais Ryan a beau avoir des craintes sur les motivations de James, tout ce qui m'inquiète, c'est elle.

Nous passons le reste du dîner à parler de choses et d'autres. Ryan descend autant de bières que James et ils finissent plus que pompettes. Elle et moi débarrassons la table pendant que les garçons s'envoient un vieux ballon de football dans l'obscurité du jardin, qu'ils ratent plus qu'ils ne l'attrapent.

Elle me suit à l'intérieur avec la vaisselle sale et je mets les restes au frais. M. Smith m'a expliqué les raisons de sa présence ici, mais c'est un élément trop précieux pour simplement servir de rappel à l'ordre. Et maintenant qu'elle a fouillé dans mes affaires, je sais qu'elle joue un rôle actif, qu'elle n'est pas une simple observatrice. Aussi, je décide de passer à l'attaque.

— Tu as reçu ta nouvelle liste d'instructions ou tu continues à vérifier ta boîte postale tous les jours ?

Mon ton est très terre à terre, et à la façon dont elle laisse échapper une assiette dans l'évier, je sais que je la prends au dépourvu.

Mais elle se reprend vite. Un air confus brouille ses traits lorsqu'elle répète :

— Des instructions ?

— Je ne m'attends pas à ce que tu répondes. Mais je compte bien faire passer un message par ton entremise : je suis ici pour faire mon boulot et je n'apprécie pas l'ingérence.

Son attitude indique une surprise sincère, donc j'imagine qu'elle ne sait pas qu'on a le même patron. Je me penche vers elle.

— On a plus de choses en commun que tu ne le penses.

L'incrédulité voile toujours son visage, mais de façon plus maîtrisée.

— Je suis désolée, je ne vois vraiment pas de quoi tu parles.

— Le supermarché Sheetz sur North Van Buren à Eden… comment s'appelle la rue au croisement ?

Sa bouche s'entrouvre mais aucun mot n'en sort.

— East Stadium Drive. C'est aussi la rue qui mène au lycée. Une rue dont tout habitant d'Eden peut dire le nom sans même y réfléchir. Est-ce que tu lui as déjà envoyé une photo de ce que tu as trouvé à l'étage ou tu le feras une fois de retour chez les Bernard ?

Elle tressaute à l'intonation de ma voix.

— Je ne sais pas de…

Je me penche davantage.

— Est-ce qu'on peut passer directement à l'étape où tu te contentes de répondre à mes questions ?

Une minute de silence tendu s'écoule avant qu'elle ne prenne la parole.

— Je lui ai déjà envoyé la photo.

Elle n'avait aucun moyen de savoir que ce qu'elle a trouvé était inutile, puisque a priori ça n'avait rien à faire dans ma coiffeuse et que donc ça semblait douteux. Ça lui a suffi pour l'envoyer à M. Smith.

Quant à moi, je n'ai pas résisté à l'envie de faire savoir à ce dernier ce que la présence de cette femme m'inspirait. Il sait parfaitement que jamais je ne garderais des infos sensibles dans cette maison. C'est pourquoi j'ai créé un tableur intitulé Collecte de Fonds pour la Guilde de l'Opéra, dans lequel j'ai listé de faux noms et de faux numéros de carte bancaire, en souvenir de celui que j'aurais pu obtenir après la vente aux enchères au country club si je ne m'étais pas fait pincer ce fameux soir. Il n'en a pas fallu plus pour attirer l'attention de cette femme, et M. Smith comprendra que je lui ai tendu un piège. Je n'apprécie pas qu'il m'envoie quelqu'un dans les pattes.

Elle commence à reculer, puis hésite.

— Comment tu as compris ?

— Je m'attendais à ce que tu fouilles dans mes affaires, et j'ai laissé cette feuille exprès pour que tu la trouves. Mais si je ne m'y étais pas attendue, je n'en aurais rien su.

Je ne sais pas trop pourquoi je me sens obligée de lui accorder ce petit compliment, puisque nous ne sommes pas du même côté.

— Je ferais mieux d'aller voir où en est James, dit-elle.

Avant qu'on ne sorte sur la terrasse, j'ajoute :

— Un dernier avertissement. Parfois, entre être en mission et être la cible, il n'y a qu'un pas.

J'ai envie de lui en dire plus, mais c'est déjà un peu trop, et M. Smith n'approuvera pas que j'aie pris autant de libertés.

Elle ouvre la porte et lance de sa voix sucrée :

— James, chéri, tu es prêt ?

— Oui, mon ange. On y va quand tu veux, répond-il.

Ryan et moi les raccompagnons, et je remarque que la situation n'est pas tendue qu'entre nous, mais aussi entre Ryan et James.

Les au revoir sont laconiques comparés aux propos agréables échangés pendant le dîner. Elle s'installe au volant vu que James a déjà eu du mal à monter dans la voiture, et nous échangeons un regard au moment où elle démarre.

— Il s'est passé quelque chose avec James ? je demande tandis que nous les regardons partir.

Je le sens se crisper à côté de moi.

— Toujours la même rengaine.

Dès que leurs phares arrière ont disparu au coin de la rue, nous rentrons main dans la main.

14

De nos jours

Je me lève plus tôt que d'habitude pour un dimanche. Les événements d'hier soir ont engendré un défilé de questions incessantes, et j'ai mal dormi. Je me glisse hors du lit en essayant de ne pas réveiller Ryan et descends à la cuisine. J'ai besoin de mettre à profit les deux prochaines heures pour réfléchir à ce que je dois faire en attendant la prochaine action de M. Smith.

Je lance un café puis j'allume la petite télévision du coin repas. Un vieux film en noir et blanc bourdonne en fond sonore tandis que je fixe les gouttes noires qui tombent dans la cafetière.

Le tonnerre de pas qui dévalent l'escalier me fait sursauter. Ryan déboule dans la cuisine, téléphone contre l'oreille. Il claque des doigts à mon intention et me montre la télé.

— Mets la trois, me dit-il en couvrant le micro de son portable.

Il a l'air affolé.

— Je te rappelle, conclut-il avant de raccrocher.

Je change de chaîne. Une journaliste des nouvelles locales envahit l'écran. Elle se tient au bord d'une route, les rayons du soleil levant déversant leur éclat sur le pont qui enjambe le lac.

— L'accident a eu lieu peu après 23 heures hier soir. Selon les autorités, la voiture roulait à vive allure lorsqu'elle a quitté la route pour briser la barrière de sécurité au pied du pont et finir sa course dans le lac. Interrogée sur l'état du conducteur, la police a répondu qu'elle ne pourrait répondre qu'après avoir reçu les résultats toxicologiques.

La caméra balaie le paysage et j'ai soudain envie de vomir. La voiture que nous avons regardée partir de la maison hier soir est en train d'être repêchée dans le lac par une énorme dépanneuse. Puis la photo de James et cette femme prise au derby surgit à l'écran.

— James Bernard et sa compagne, Lucca Marino, étaient en déplacement depuis Baton Rouge. Leur décès a été déclaré sur place, et la famille Bernard a été prévenue peu de temps après, dit la journaliste.

Putain de merde.

Plan sur le présentateur des informations.

— Chrissy, ce doit être terrible pour la famille de M. Bernard.

Chrissy réapparaît sur une moitié de l'écran.

— En effet, Ed. Le père de M. Bernard se remet actuellement d'une chute, et son fils, James, était venu prêter main-forte à sa mère à la maison. Ils demandent qu'on respecte leur intimité en cette période douloureuse. Nous avons passé des appels à notre station locale dans la ville natale de Lucca Marino, Eden, en Caroline du Nord, et nous vous dévoilerons ce que nous avons appris dans le bulletin de ce soir.

Ryan fixe l'écran, une main sur la bouche. Son visage reste interdit, comme s'il cherchait toujours à comprendre ce qu'il voit.

Quand le journal passe à l'info suivante, je change de chaîne. Ryan se laisse tomber sur la première chaise qu'il trouve, la tête dans les mains. Je le rejoins, passe mes doigts dans ses longues mèches.

— Je n'arrive pas à y croire. On s'est quittés en mauvais termes hier soir, et maintenant, voilà. Toute sa vie il a été abonné aux fiascos. À se mettre dans le pétrin, à me voler… mais je me suis dit qu'il avait peut-être changé. Et hier soir, pendant qu'on se faisait des passes après manger, il m'a demandé de l'argent. J'étais bourré et j'ai disjoncté. Je lui ai dit que je ne voulais plus jamais le voir.

Je ne réagis pas, me contente de continuer à lui caresser les cheveux tout en me demandant comment une telle chose a pu arriver et ce que ça veut dire.

— Il faut qu'on aille voir ses parents, dit-il en levant les yeux vers moi. Est-ce qu'elle était ivre ? Est-ce qu'on aurait dû l'empêcher de prendre le volant ?

Je secoue la tête et mets un petit moment à retrouver ma voix.

— Non. Elle a bu deux verres dans toute la soirée. Elle était tout à fait en état de conduire.

Je refuse qu'il culpabilise dans cette histoire.

Il semble soulagé, mais ça ne dure pas. Il se lève d'un bond, comme monté sur ressort.

— Il faut que je voie ses parents. Sa mère va avoir le cœur en miettes. Son père aussi. Merde, les flics vont vouloir nous parler.

Il ferme les yeux en les plissant.

— On est les derniers à les avoir vus vivants. Ils vont vouloir nous interroger.

Il est en roue libre, il faut que je le tranquillise. Et que je le dissuade d'appeler les flics. Je n'ai vraiment pas besoin que la police sache quoi que ce soit sur moi.

— Une chose à la fois. On s'habille et on va rendre visite aux parents de James. Ils auront peut-être besoin de notre aide. On s'inquiétera du reste plus tard.

Il acquiesce et se met à tourner en rond dans la cuisine.

— Oui, faisons ça.

Il s'arrête.

— Et pour Lucca ? On appelle ses parents ? Tu es encore en contact avec ton amie du lycée qui a de la famille là-bas ? Elle les connaît peut-être.

Inspire. Retiens ton souffle. Expire lentement.

— Commençons par les parents de James. Ils auront peut-être déjà appelé sa famille.

Un nouveau hochement de tête puis il court vers l'escalier.

— Je suis prêt dans dix minutes.

Je m'assois sur la chaise qu'il a laissée vide.

Pars.

Dans ma tête, je m'enfuis à toutes jambes sans regarder en arrière.

Respire.

Il faut que je réfléchisse. Il faut que je regarde tout ça comme si j'étais M. Smith. Aurait-il consacré tout ce temps et toute cette énergie à la former à cette mission, à faire jouer ses relations dans le but de l'intégrer ici, tout ça pour la tuer presque sitôt arrivée sur place ?

Ce scénario n'est probable que si elle a accompli la tâche qu'il lui a confiée et que son utilité s'avérait désormais nulle. Je ne vois pas comment c'est possible.

En entamant cette mission, je savais qu'il s'agissait d'un test – et ce n'est pas le premier qu'il me fait passer depuis huit ans que je travaille pour lui. Je m'attendais donc à avoir des surprises en cours de route. Ma seule certitude, c'est que l'apparition de cette femme est liée au mécontentement de mon patron sur la façon dont je me suis acquittée de ma mission précédente, et maintenant elle est morte.

Pour l'heure, je vais accompagner Ryan chez les parents de James, où nous les réconforterons en leur disant à quel point James était heureux dans les dernières heures de sa vie. Je vais tâcher de découvrir tout ce que je peux sur la femme qui a été envoyée à Lake Forbing pour se faire passer pour moi. Je tiendrai la main de Ryan pendant qu'il fera le deuil de son ami. Malgré ses mots durs, je sais que pour rien au monde Ryan n'aurait voulu que James meure dans un accident de voiture hier soir. La mort a le don d'effacer ce genre d'amertume.

Mais surtout, je vais finir ce que j'ai commencé.

*

À notre arrivée, deux voitures de police sont garées devant la maison des parents de James. Je savais que c'était une éventualité, mais j'espérais qu'ils seraient déjà partis.

Ryan se gare dans leur rue deux maisons plus loin, ne trouvant pas de place plus proche.

Les Bernard habitent un quartier plus ancien, de l'autre côté du lac, où les maisons ont été construites dans les années 1980 dans divers tons de brique brune, avec des toits bas et des allées étroites.

Nous nous joignons au flux continu de personnes qui se dirigent vers la maison.

— Pourquoi il y a autant de monde ? C'est l'affluence qu'on attend plutôt au funérarium, je murmure tandis que Ryan nous fait traverser la foule en direction du côté de la maison.

Je sais que James et lui ont grandi ensemble et qu'il a passé beaucoup de temps ici étant petit, donc je ne suis pas surprise qu'il contourne la porte d'entrée.

— Je pense que ce sont principalement des voisins et des membres de leur paroisse. Il y aura deux fois plus de monde à la veillée. La plupart de ces femmes gardent un ragoût au congélo exprès pour ce genre d'occasion.

Il me regarde par-dessus son épaule et lève les yeux au ciel.

— Et puis, elles sont là pour les potins.

Il nous fait entrer par la porte latérale et nous empruntons un couloir étroit en direction de la pièce de vie. La salle est pleine à craquer et le plafond bas renforce l'impression de claustrophobie. Un groupe de petites vieilles arborant des badges et des tabliers assortis d'allure très officielle – sûrement la pieuse brigade de la paroisse des Bernard – s'affairent en tous sens, proposant eau et café aux visiteurs tout en s'assurant que la maison reste en ordre.

— Ils ne sont pas là, marmonne Ryan en m'entraînant dans le couloir en direction d'une autre porte qui donne sur un petit bureau.

Le corps frêle de Rose Bernard est perdu dans un fauteuil immense, tandis que Wayne Bernard est calé dans un fauteuil à dossier haut, sa jambe blessée posée sur un pouf. Un agent de police en uniforme est assis sur un tabouret face à eux, deux autres sont debout derrière lui.

L'attention des flics se dirige vers nous à la seconde où nous entrons.

Ryan et moi reculons d'un pas.

— Désolé, je ne voulais pas vous interrompre…

Mme Bernard laisse échapper un gémissement angoissé en voyant Ryan.

— Ne pars pas, lance-t-elle. Comment est-ce arrivé, Ryan ? Est-ce qu'il allait bien hier soir, chez toi ? Il s'est passé quelque chose ?

Ryan entre, s'accroupit auprès d'elle et lui prend les mains.

— Il ne s'est rien passé du tout. Il allait très bien ! Tous les deux, d'ailleurs. Je ne les aurais pas laissés partir si j'avais eu le moindre doute.

Les agents échangent un regard en comprenant que les victimes étaient chez nous avant l'accident. On vient de passer du statut de visiteurs lambda à celui de témoins potentiels de leur état avant le drame.

Mme Bernard se penche légèrement en avant et Ryan l'étreint. M. Bernard déglutit avec difficulté en serrant fort la main de son épouse en signe de soutien.

Je n'aurais pas dû venir. J'aurais dû laisser Ryan gérer ça tout seul. Le persuader que c'était de l'ordre du privé et que je n'avais pas ma place ici, mais aveuglée par ma quête de la moindre information concernant cette femme, j'ai ignoré les risques que j'encourais.

Je comprends l'ampleur de mon erreur. L'agent qui était assis sur le tabouret nous a désormais dans son viseur. Et comme les bras de Ryan semblent être l'unique rempart empêchant Mme Bernard de s'effondrer, c'est à moi qu'il s'adresse en premier.

— Bonjour, dit-il en tournant une page de son calepin. Je suis l'agent Bullock. Je récolte autant d'informations que possible. Vous permettez que je vous pose quelques questions ?

Me voilà coincée. Je ne peux pas dire que je ne sais rien puisque de toute évidence, ils étaient avec nous hier soir. Je préférerais répondre à ces questions à un autre moment, mais je n'ai pas le choix.

— Bien sûr, réponds-je en hochant la tête vers Ryan. Nous sommes venus dès que nous avons appris ce qui s'est passé. James et Lucca étaient chez nous hier soir.

Son stylo en suspens au-dessus de sa page blanche, il me demande :

— Et vous vous appelez… ?

J'hésite une seconde avant de répondre.

— Evie Porter.

C'est officiel. J'ai menti à la police.

— Evie, c'est votre vrai prénom ou c'est un diminutif ?

— Je m'appelle Evelyn.

— Très bien, mademoiselle Porter. Comment connaissiez-vous M. Bernard et Mlle Marino ?

Ryan desserre son étreinte et promet à Mme Bernard de revenir. Il vient se poster à côté de moi. Son bras droit s'enroule autour de ma taille, sans que je sache s'il tient à montrer un front uni ou s'il a besoin de réconfort.

— Bonjour, je suis Ryan Sumner. James était un vieil ami à moi. Evie et moi l'avons invité à dîner avec Lucca hier soir.

L'agent Bullock griffonne et pose la question suivante sans lever le nez de son calepin.

— Est-ce que Mlle Marino a bu hier soir ?

Ryan se tourne vers moi avant de répondre, et le silence incite l'agent Bullock à stopper sa prise de notes pour nous regarder.

— Elle a bu un verre de vin quand ils sont arrivés vers 18 heures puis un autre pendant le dîner. James a ingurgité une quantité d'alcool plus importante, c'est pour ça qu'elle a pris le volant, dis-je.

Le policier marque une pause et retourne à ses notes.

— Diriez-vous qu'elle était en pleine possession de ses moyens quand elle a quitté votre domicile ?

— Oui, répond Ryan.

— Est-il possible qu'elle ait bu davantage ? Qu'elle se soit servie en douce une ou deux fois sans que vous vous en rendiez compte ?

— C'est possible, j'imagine, mais c'est très improbable. Elle a passé toute la soirée avec nous, à part le moment où elle est allée aux toilettes.

La conduite sous emprise de l'alcool constitue la raison la plus évidente pour un accident de ce genre. La question de ce qu'elle a consommé sera résolue avec le rapport d'autopsie, mais je sais qu'elle ne peut pas avoir bu plus de deux verres.

— Est-ce que M. Bernard s'est énervé quand il a compris qu'il n'allait pas conduire ? demande l'agent.

À ces mots, Mme Bernard porte une main contre sa poitrine. Ryan se rend compte à quel point elle est bouleversée et nous entraîne dans le couloir.

— Non, pas du tout. Il s'est volontiers installé côté passager, finit par répondre Ryan une fois que nous sommes sortis du bureau.

Le policier acquiesce. Il écrit davantage de choses que nous n'en disons, mais l'inclinaison de son carnet m'empêche de voir ses notes.

— Et comment s'entendaient M. Bernard et Mlle Marino hier soir ? Est-ce qu'ils se sont disputés ?

— Non, pas du tout, réponds-je.

— S'est-il passé quelque chose qui aurait pu distraire Mlle Marino ? La perturber ?

L'agent se tourne vers Ryan et hausse les épaules en poursuivant :

— Une mention d'anciennes petites amies, peut-être ? On sait ce que c'est, quand on retrouve de vieux amis. Est-ce qu'elle a dû subir l'évocation du bon vieux temps selon M. Bernard ? On pourrait imaginer qu'elle n'a pas apprécié ce qu'elle a entendu ?

— Non, il n'y a rien eu de ce genre, répond Ryan avec une pointe d'agacement. Ni lui ni moi n'aurions voulu mettre Lucca ou Evie mal à l'aise.

Le policier lève une main.

— D'accord, je comprends, mais ce sont des questions que je suis obligé de poser. J'essaie seulement de savoir ce qui se passait dans sa tête pendant qu'elle conduisait hier soir.

Moi je sais ce qui se passait dans sa tête. Non seulement je venais de la démasquer, mais je l'ai quasiment menacée en lui disant que M. Smith s'en prendrait bientôt à elle comme il s'en était pris à moi. Et Ryan venait de dire à James qu'il ne voulait plus le revoir, après cette énième demande d'argent. Aucun des deux ne devait avoir le moral.

— À quelle heure sont-ils partis ?

— Un peu avant 23 heures, dis-je.

Nous répondons à chaque question, évoquant la soirée en détail, commençant par l'invitation lancée à Home Depot hier matin et retraçant toute notre journée, jusqu'au moment où nous avons vu leurs feux arrière disparaître au coin de notre rue paisible. L'agent Bullock ne lève les yeux que lorsque Ryan a un moment d'hésitation, mais son manque de précision vient principalement du fait qu'il a bu autant que James, et je ne doute pas que la soirée soit un peu brumeuse dans son esprit.

— À quand remonte votre dernier contact avec M. Bernard avant son retour à Lake Forbing ?

Le regard dans le vague, Ryan semble perdu dans ses pensées. Il finit par répondre.

— Il y a peut-être un an. Il avait besoin d'argent. Je lui en ai envoyé.

Il s'en tient au strict minimum, et ne mentionne pas la toute dernière requête financière de James.

L'agent se tourne vers moi.

— Et vous, à quel moment ont eu lieu vos derniers échanges avec M. Bernard avant son retour ?

Je secoue la tête.

— Je l'ai vu pour la première fois il y a une semaine.

Ryan intervient avant que je ne puisse l'en empêcher.

— Evie est arrivée de Brookwood, en Alabama, il y a quelques mois. Elle ne connaissait pas James.

Eh merde. Je regarde le policier écrire ce dernier détail fourni par Ryan, espérant que l'histoire mise en place pour Evelyn Porter tienne le coup.

L'agent finit par rempocher son calepin et son stylo.

— Nous vous contacterons si nous avons d'autres questions.

J'acquiesce, mais Ryan le retient alors qu'il s'éloigne.

— Vous avez déjà joint la famille de Lucca ?

Son bras, toujours autour de ma taille, me serre plus fort.

— Je me suis dit qu'ils souhaiteraient peut-être nous parler étant donné que nous sommes les derniers à l'avoir vue.

— Nous avons appelé la police locale d'Eden et nous attendons leur retour. Ils essaient de retrouver ses proches en ce moment même.

Lucca Marino n'a plus aucune famille à Eden en Caroline du Nord, mais il l'apprendra bien assez tôt.

— Entendu. Si jamais ils ont des questions ou s'ils veulent simplement parler, vous voudrez bien leur donner mon numéro ? demande Ryan.

— Bien sûr, dit l'agent Bullock en hochant la tête.

Nous aidons les Bernard à regagner le salon après le départ des policiers. Bien que les gens fassent la queue pour adresser leurs condoléances au couple, Mme Bernard se cramponne à Ryan de nouveau. Il s'assoit sur le canapé à côté d'elle pendant qu'elle parle aux personnes qui défilent. Je pense que nous sommes coincés ici pour un temps indéterminé. Je me décide à aller donner un coup de main en cuisine, où toutes les dames d'église ont migré. Personne ne raconte plus de potins que des femmes qui craignent Dieu et mijotent de bons ragoûts, alors je m'installe près de la cafetière et propose de remplir toute tasse s'offrant à ma vue, dans l'espoir d'entendre quelque chose d'intéressant.

Il y a trois femmes dans la cuisine avec moi. Francie semble être la cuisinière du groupe : elle a divisé en deux la quantité folle de nourriture qui a été apportée chez les Bernard et stocke la première moitié en portions au frigidaire pour que le couple les mange plus tard. La seconde moitié a été disposée sur des plateaux servis aux visiteurs en guise de buffet. Toni est ce que maman appelait une brasseuse d'air. Elle a l'air très affairée mais n'accomplit rien de tangible. Quant à Jane, c'est la grande maîtresse des listes. Elle a dressé une liste des gens à appeler. Une liste de choses à acheter. La liste des plats qui ont été apportés. La liste des gens qui sont passés. Et une liste de personnes qui se disent prêtes à envoyer un mot de remerciement à tous ceux qui ont apporté à manger et qui sont passés.

La mort nécessite beaucoup d'organisation.

Soudain, j'entrevois la possibilité de fouiner dans la chambre qu'occupaient James et la femme : Francie s'éclipse dans la petite buanderie à côté de la cuisine puis revient avec une panière de linge plié.

— Je vais monter ça dans la chambre de James, dit-elle.

De toute évidence, la panière est trop lourde pour elle, alors je saute sur l'occasion.

— Je vous en prie, laissez-moi vous aider. Je m'en occupe si vous m'orientez dans la bonne direction, dis-je, prenant d'office le linge.

Francie semble soulagée.

— C'est très gentil à vous, mon petit. Ce sont les affaires de James et Lucca. Je voulais éviter à Rose de s'en occuper. C'est la deuxième chambre à droite, dit-elle en m'indiquant le couloir qui part de la cuisine.

J'y vais tout de suite. C'est saisissant de voir cette chambre dans l'état où ils l'ont laissée hier soir, pensant y revenir. Je dépose la panière sur le lit défait et passe en revue les papiers empilés sur le petit bureau, mais ils sont sans importance.

Deux valises ouvertes sont posées par terre côte à côte, débordant de vêtements. Des produits de toilette et du maquillage encombrent les tablettes de la salle de bains. Je m'attaque d'abord au bagage de la femme, n'y trouvant que vêtements et chaussures. Je suis étonnée qu'ils n'aient pas rangé leurs affaires dans la penderie et la commode, vu la date à laquelle ils sont arrivés. Je fais courir mes doigts le long de la doublure de la valise, et sens une légère bosse. Une fois que j'ai trouvé la fermeture à scratch, je plonge une main à l'intérieur et remarque tout de suite la couleur familière d'une enveloppe kraft en 10 × 15.

Le même genre d'enveloppe dans lesquelles je reçois mes instructions.

Je l'ouvre le cœur battant en découvrant l'unique feuille de papier à l'intérieur.

> Sujet : Evie Porter
>
> Puisqu'un premier contact a été effectué, préparez-vous à une nouvelle rencontre. Si l'occasion d'entrer dans la maison du sujet se présente, profitez-en pour examiner ses affaires. Concentrez vos recherches dans son espace

personnel. Signalez toute chose qu'elle a jugé nécessaire de cacher, peu importe de quoi il s'agit. En cas de doute, prenez une photo et envoyez-la-moi. Procédez avec une prudence extrême et ne laissez aucune trace derrière vous.

J'examine l'enveloppe, remarque l'adresse d'un point relais et le numéro de boîte postale 2870. Il doit être aux abois s'il est réduit à l'envoyer fouiller dans mes affaires. Il sait parfaitement que je ne garderais aucun objet de valeur chez Ryan.

Je range la feuille dans l'enveloppe que je plie et fourre dans la poche arrière de mon jean.

— Tout va bien ? me demande Francie dans l'embrasure de la porte.

Je sursaute, puis lui lance un regard par-dessus mon épaule en attrapant une brassée de vêtements que j'avais sortis de la valise.

— Je me suis dit que j'allais replier les vêtements de Lucca à la place de Mme Bernard… je suppose qu'elle va devoir tout renvoyer à sa famille. Je voulais lui épargner cette épreuve.

Ce qui me vaut un grand sourire.

— Oh, merveilleux. Je vais vous donner un coup de main. Je fuis Jane. Sinon elle va vouloir que je lave la vaisselle.

Nous passons donc la demi-heure suivante à ordonner le contenu des deux valises. Je continue à chercher les instructions précédentes, les infos détaillées sur moi qu'elle a dû recevoir, mais je ne trouve rien d'autre.

Je me dirige vers la pièce principale pour rejoindre Ryan. J'ai besoin de sortir d'ici et de parler avec l'unique personne qui pourra m'aider à décider quoi faire.

Pseudonyme : Mia Bianchi – Six ans plus tôt

Beaucoup de gens essaient d'être les meilleurs collaborateurs d'Andrew Marshall, les plus brillants. L'enfumage et le léchage de cul sont les deux principaux talents auxquels ont recours ces employés et ces bénévoles. Moi, j'ai décidé de prendre le chemin opposé. Je sais que c'est un gros risque, mais peu importe le degré de boursouflure de votre ego, la franchise crue vaudra toujours mieux que l'adoration aveugle, et si Andrew est arrivé là où il est, il le sait.

Je participe actuellement à la campagne électorale d'Andrew Marshall, qui vise le poste de gouverneur du Tennessee. Quand j'ai reçu mes premières instructions pour cette mission, durant laquelle je suis Mia Bianchi, résidant dans un appartement à Knoxville, dans le Tennessee, un mot rédigé à la main en bas de la page disait : Tu joues dans la cour des grands maintenant, attention à ne pas foirer.

Bien que je travaille pour M. Smith depuis un peu plus de deux ans, je ne l'ai jamais rencontré en personne, et ne l'ai pas eu au téléphone depuis ma mission chez les Kingston, donc je suppose que ce mot est un ajout de Matt.

Tout passe par Matt.

La deuxième série d'instructions m'est parvenue au bout d'une semaine. Andrew Marshall était identifié comme la cible et Mia Bianchi commencerait à travailler sur sa campagne la semaine suivante. Je devais avoir une coiffure, un maquillage et une tenue impeccables. Je devais être la plus brillante. Il fallait que je me rende indispensable. Je disposais de sept jours pour m'immerger dans la vie d'Andrew Marshall et dans celle de toute personne lui étant associée, y compris ses adversaires, afin d'arriver préparée. Gravir les échelons a toujours été ma motivation, alors il était évident que je serais fin prête.

J'ai parcouru du chemin depuis ma première mission. J'ai été imprudente, comme l'a fait remarquer M. Smith. Négligente. Et encore, la chance était de mon côté. Jenny avait été plongée dans un coma artificiel pendant une semaine. Le choc à la tête, l'alcool et les pilules constituaient un cocktail désastreux. Quand elle s'est réveillée, elle n'avait aucun souvenir des vingt-quatre heures précédant sa chute. J'étais donc tirée d'affaire. Ou plutôt, Izzy Williams l'était.

J'ai pris des nouvelles de Miles deux ou trois fois ces deux dernières années. Les Kingston ont divorcé, et apparemment Miles vit avec M. Kingston et sa nouvelle épouse. La dernière fois que j'ai jeté un œil sur le compte Facebook de cette dernière, je suis tombée sur le post d'une entreprise de décoration intérieure dont elle avait loué les services pour effacer toute trace de Jenny. Il y avait des photos de la maison rénovée, y compris de la chambre de Miles. Quand j'ai zoomé sur ses étagères, j'ai remarqué un cygne en origami. Je ne saurai jamais si c'est celui que j'avais réalisé pour lui ce jour-là ou s'il a appris à les faire lui-même, mais voir ce cygne posé là comme s'il avait une certaine importance, c'est la preuve que j'ai existé à cet endroit, même si ça n'a que très peu duré.

Je ne suis peut-être pas complètement un fantôme, après tout.

La mission Andrew Marshall est la première qui a nécessité une immersion aussi longue : on m'a notifié dès le début que je n'aurais pas d'instructions supplémentaires avant deux mois. C'est aussi la première fois qu'on m'a fourni autant de liquidités pour mes dépenses, comme le loyer et les charges, mais aussi les faux frais concernant le façonnement de Mia Bianchi. Des avantages très appréciables.

Il m'a fallu trois mois, mais ça y est : Andrew Marshall ne peut plus prendre une décision sans me consulter, qu'il s'agisse du choix de sa cravate ou de la réponse à donner à telle invitation. Il me suffit d'un bref mouvement de tête pour faire s'écrouler les projets que quelqu'un d'autre avait minutieusement mis au point pour lui.

Et il est bien le seul à qui ça ne pose aucun problème.

Pas besoin d'avoir des yeux derrière la tête pour savoir qu'on m'a dessiné une cible dans le dos. Ses employés ont fouillé dans mon passé en quête du moindre détail susceptible de me faire chuter de mon trône, mais ils ont fait chou blanc.

Je suis donc Mia Bianchi. Bien que je n'aie en réalité que vingt-deux ans, mes papiers d'identité déclarent que j'en ai vingt-sept. Les vêtements et le maquillage font tout. Je suis diplômée de Clemson University – *Allez les Tigres !* –, où j'excellais en cours de politique publique et brillais dans les concours d'éloquence. Je me demande encore comment quelqu'un a réussi à incruster mon visage sur une photo d'un débat en équipe contre l'université de Caroline du Nord datant de quelques années.

Mais j'étais bien là. Si on me cherche, on me trouve, et l'image a suffisamment de grain pour ne pas susciter la curiosité des étudiants qui étaient bel et bien présents.

Après deux ans de collaboration avec Matt, je sais qu'il n'a pas lui-même les capacités de m'intégrer dans cette vie cousue sur mesure, et je me pose de plus en plus de questions sur l'équipe qui entoure M. Smith. Je me demande combien il emploie de personnes pour ce type de boulot.

Mais ces interrogations sont pour un autre jour.

Le sujet qui fait débat aujourd'hui pour Andrew Marshall, c'est l'événement organisé par les membres du barreau américain dans un hôtel chic de Hilton Head, en Caroline du Sud. Il s'agit d'une réunion sur un week-end, grâce à laquelle les avocats qui, comme Andrew, n'exercent plus mais se réservent la possibilité de le faire à nouveau, obtiendront des unités de formation continue entre un parcours de golf le matin et l'happy hour de l'après-midi. Ça leur permet de faire du relationnel tout en suivant des cours intensifs d'une demi-heure sur les derniers outils technologiques pour les petits cabinets, par exemple. Et puisque ma troisième série d'instructions, enfin arrivée, stipule qu'Andrew doit absolument y assister, c'est le choix que je défends.

Mais une autre opportunité, plus bénéfique pour sa campagne, s'offre à lui à Memphis sur le même créneau. Et comme il est candidat au poste de gouverneur dans le Tennessee, et non en Caroline du Sud, le combat est rude.

La femme d'Andrew, Marie, se méfie de moi. Je ne lui ai donné aucune raison de croire que je convoite son mari, mais les femmes sont bizarres. Pas besoin de raison pour qu'elles s'attendent quand même au pire.

Le plus surprenant chez Andrew, c'est que c'est quelqu'un de bien. J'ai écumé tous les dossiers et les documents personnels qui me sont tombés sous la main. Et comme sa confiance en moi est totale, j'ai eu accès à tout. Il n'y a pas le moindre indice de vol ou de détournement d'argent, d'accords en catimini, de promesses qu'il renierait en public ; il est aussi amoureux de sa femme qu'au premier jour et il est sympa avec ses employés. Même ses animaux domestiques sont des chiens qu'il a sauvés du refuge.

Dans toutes mes missions précédentes, j'ai dû me procurer une chose que M. Smith voulait ou dont il avait besoin – qu'il s'agisse de fichiers informatiques, de documents ou tout autre objet physique. Mais celle-ci est différente depuis le début.

Maintenant, je sais pourquoi je suis là. Andrew Marshall sera bien le prochain gouverneur du Tennessee, et M. Smith le veut à sa merci dès le premier jour.

Puisqu'il n'existe aucune trace de chantage, c'est à moi de le créer.

Son chef de cabinet vient d'exposer toutes les très bonnes raisons pour lesquelles préférer Memphis à Hilton Head. Mes très bons arguments en faveur de la convention ont déjà été énumérés. L'événement de Hilton Head ne concerne pas seulement la Caroline du Sud, mais toute la région autour, et il y aura des poids lourds parmi les participants, puisque le principal intervenant vient d'annoncer sa candidature aux élections présidentielles : la couverture médiatique sera d'ordre national. Les occasions de réseauter et de trouver de nouveaux donateurs seront plus importantes. Étant donné la refonte du paysage politique due aux réseaux sociaux, pour devenir gouverneur du Tennessee, il faut voir au-delà du Tennessee.

Le silence se fait tandis que les personnes présentes attendent qu'Andrew accepte ou rejette l'invitation à Memphis.

Il connaît ma préférence. Il me regarde et je dispose de quelques secondes pour décider si je vais participer à la ruine d'un homme qui n'a absolument rien à se reprocher.

Un bref non de ma part scelle son destin.

*

Andrew me croyait partie un jour plus tôt que lui et le reste de l'équipe à Hilton Head pour tout organiser afin que l'on tire un maximum de profit de sa participation à l'événement. Mais ce n'est pas pour ça que je suis partie pour l'Est en avance, et la Géorgie était ma véritable destination. Vendredi matin, me voici à Savannah, une heure au sud de Hilton Head. J'attends le passage du premier tramway touristique de la vieille ville.

Je monte à bord et me dirige vers le fond, m'asseyant au dernier rang, près de l'allée centrale, du côté du conducteur. J'espère que personne ne demandera à s'installer côté fenêtre.

La compagnie est efficace : en quelques minutes, les gens sont montés et nous partons. Un vieil homme plein d'entrain a pris le micro : il parle si fort que tous les occupants du tramway, mais aussi les piétons que nous croisons, ont droit à leur dose de leçon d'histoire sur Savannah.

Quand nous achevons notre boucle, je suis la dernière passagère du groupe avec lequel j'ai commencé, car tous les autres sont descendus à divers endroits du trajet.

Au deuxième arrêt de ma troisième boucle, un homme noir grand et mince monte à bord et marche jusqu'à mon niveau.

Il porte un tee-shirt et une casquette à l'effigie des Braves d'Atlanta et ses yeux sont cachés par des lunettes noires.

— Est-ce que ce siège est pris ? demande-t-il en désignant la place que je garde depuis le début.

Je recule mes jambes et lui fais signe de passer.

Il s'installe et pose son sac à dos sur ses genoux.

— Devon, je suppose, dis-je. J'apprécie vos techniques d'agent secret mais je suis débordée, et perdre deux heures à tourner en rond ne faisait pas partie de mes projets.

Il hoche la tête en direction du haut-parleur encastré dans le plafond du tram, et je remarque la minuscule lumière rouge à moitié masquée par la membrane en résille.

— C'est très instructif d'observer une personne qu'on fait attendre trop longtemps.

Je me concentre à nouveau sur lui.

— J'imagine que j'ai réussi le test.

Un bref sourire passe sur son visage.

— Haut la main, madame Smith.

C'est sûrement stupide, mais je n'ai pas résisté à l'envie d'utiliser le même faux nom que mon patron. J'ai trouvé Devon sur internet il y a un an, en cherchant des équipements que je ne pouvais pas me procurer moi-même, pour une mission. C'est la première fois que nous nous rencontrons en vrai, raison pour laquelle j'ai dû faire des pieds et des mains avant qu'il me montre son visage. Cela dit, j'apprécie le degré de parano.

— De quoi avez-vous besoin, madame Smith ?

C'est là que ça devient délicat.

— Je n'en suis pas encore trop sûre. Une mission m'attend à Hilton Head mais je ne recevrai mes instructions complètes qu'une fois sur place, et donc je suis encore dans le flou. Une fois que je saurai tout, je devrai agir vite, donc je vous demande de vous tenir à ma disposition pour me fournir le matériel et l'aide dont j'aurai besoin.

Il regarde par la vitre sans répondre. C'est un immense service, c'est pourquoi je voulais le lui demander en personne plutôt que par nos canaux de communication habituels.

Depuis la soirée au country club où j'ai failli me faire arrêter, j'ai compris l'importance de m'entourer de gens capables de me protéger au cas où les choses tourneraient mal. L'aide que m'enverra M. Smith s'occupera de moi tant que ça ne nuit pas à ses intérêts. J'ai donc besoin de quelqu'un qui me protège moi et seulement moi. Il est temps que je monte ma propre équipe.

Devon finit par se tourner vers moi.

— Et si vous exigez quelque chose que je ne peux pas me procurer dans un délai aussi court ?

— Alors j'espère que vous saurez réfléchir et me proposer une autre solution.

Il regarde à nouveau par la vitre tandis que le tramway s'arrête pour laisser monter et descendre des passagers.

— On dirait que vous comptez sur des problèmes, dit-il.

J'acquiesce bien qu'il ne me regarde pas.

— En effet. Appelez ça l'instinct. La mission est organisée par quelqu'un qui ne comprend pas les personnes impliquées aussi bien que moi. J'essaie d'avoir un temps d'avance sur le moment où je vais recevoir mes instructions et me rendre compte que le plan ne fonctionnera pas.

— Je ne travaille pas comme ça en temps normal, dit-il.

— Je comprends. Je vous paierai en conséquence. Et si jamais un jour vous avez besoin d'aide, vous pouvez compter sur moi.

Il comprend ce que je recherche – un partenariat. Nous avons eu une relation professionnelle des plus fiables au cours de cette année ; il sait que je paie bien et je sais qu'il tient parole.

— Nous sommes en phase d'essai, madame Smith. Au moindre problème, je disparais.

J'acquiesce en lui donnant discrètement un bout de papier qui récapitule toutes les informations importantes du week-end.

— Je n'en attendrais pas moins de vous.

Le tram s'arrête, et je lui pose une dernière question avant de descendre.

— Grâce à quoi j'ai réussi le test haut la main ?

— Vous êtes restée assise là comme si vous aviez toute votre journée devant vous, alors que je savais que ce n'était pas le cas. Ce qui m'indique tout ce que j'ai besoin de savoir.

*

Andrew Marshall et le reste de l'équipe sont arrivés à Hilton Head. Après avoir installé Andrew dans sa suite, je prends possession de ma chambre beaucoup plus petite, quatre étages plus bas. J'ai à peine envoyé valser mes chaussures et ouvert mes bagages qu'on frappe à la porte.

Un type en uniforme de l'hôtel me sourit quand j'ouvre. Je baisse les yeux sur la cloche argentée recouvrant l'assiette sur son chariot.

— Mauvaise chambre. Je n'ai pas appelé le room service, dis-je en refermant la porte.

Mais le type pousse son chariot juste assez pour l'empêcher de se fermer.

— C'est de la part de Matt. Avec ses compliments.

Il a une voix grave et profonde. Je m'arrête net. Je n'ai jamais rencontré quelqu'un qui travaillait pour Matt.

À vue de nez, je dirais qu'il a dans les trente-cinq ans. Cheveux courts, tempes grisonnantes, quelques centimètres de plus que moi. Le badge épinglé à son uniforme indique qu'il s'appelle George. Son visage et son allure font de lui une personne ordinaire. Mais avec ce regard intense qui épie le moindre de mes gestes, je ne l'oublierai pas de sitôt.

J'ouvre la porte en grand et lui fais signe d'entrer, mais il laisse le chariot au milieu de la pièce et repart sans un mot. Sous la cloche je trouve un morceau de carrot cake ainsi qu'une enveloppe semblable à celles de la boîte postale.

C'est troublant qu'ils connaissent mon gâteau préféré.

J'emporte le tout vers la petite table pour pouvoir manger tout en découvrant ce que me réserve ce week-end.

Mais après lecture de mes instructions, je suis certaine que les chances d'aboutir de son plan sont minces. Très minces. Voire nulles.

Exactement comme je le craignais.

Matt s'est vanté d'être aux commandes sur cette mission, ce qui me fait dire que M. Smith voulait voir de quoi il serait capable. J'imagine que je ne suis pas la seule à gravir les échelons. Mais après deux ans de collaboration avec Matt, je n'étais pas certaine qu'il soit prêt à avoir carte blanche, alors j'ai fait appel à Devon.

Quand on toque à nouveau à la porte, je sais à quoi m'attendre. Un groom, qui n'est pas George, pousse un chariot à bagages dans la chambre et décharge trois gros cartons. Je lui laisse un pourboire et il s'en va. J'installe les écrans, raccorde l'ordinateur portable et me connecte au site figurant sur le papier reçu plus tôt. Apparaissent des cases montrant tous les angles de la chambre d'Andrew et de son balcon.

Matt a fait en sorte que Marie, la femme d'Andrew, obtienne une invitation à un événement très prisé de Nashville, soit la garantie qu'elle ne serait pas dans les parages lorsqu'une femme approcherait Andrew pendant le cocktail de ce soir pour l'inciter à la faire monter dans sa suite. Où je suis censée m'assurer à mon tour que tout soit bien filmé.

Je suis presque vexée tellement ce plan est stupide.

Ce que Matt ne comprend pas, c'est que même s'il en a l'occasion, Andrew choisira de ne pas tromper sa femme. Peu importe le nombre de jolies femmes dévêtues qui se jetteront à ses pieds. Peu importe qu'il ait une chambre à lui tout seul. Peu importe le nombre de verres qu'on lui fera boire. Ce n'est pas son genre.

Matt n'a pas bien bossé son sujet et ça se voit.

Mais je ne peux pas arriver au bout de ce week-end les mains vides. De toute évidence, je joue maintenant dans la cour des grands et les enjeux sont bien plus importants. Fini les petits larcins.

Le soulagement d'avoir embarqué Devon avec moi est la seule chose qui me permet de garder la tête froide. Je passe un appel, et dans la demi-heure qui suit, nous avons un plan. Bien meilleur que celui de Matt.

Pendant que Devon part se procurer ce dont nous avons besoin, j'appelle Andrew. Il répond à la deuxième sonnerie.

— Salut ! lance-t-il. Bien installée ?

La chambre d'Andrew est l'une des plus vastes suites que l'hôtel propose. En plus de l'espace nuit, il y a un immense salon et une salle à manger. Il y a aussi une caméra qui couvre le moindre centimètre carré et me permet de le voir arpenter sa chambre, téléphone contre l'oreille.

— Oui, bien installée. Et vous ?

Il se laisse tomber dans un grand fauteuil près de la fenêtre.

— Oui. Tout va bien. Je suis content de pouvoir faire une pause, puisque je n'ai pas vraiment besoin d'être à la convention avant demain matin. Je pense que je vais faire l'impasse sur le cocktail de ce soir, je verrai tout le monde au petit-déjeuner. J'aurai tout le temps de faire du relationnel à la conférence et au dîner de demain soir. Je vais appeler le room service pour le dîner et après ça j'espère une bonne nuit de sommeil.

Andrew Marshall dans toute sa splendeur. Droit comme un I et un tantinet plan-plan.

— Vous savez que je suis censée tirer profit de la moindre minute de votre présence ici, dis-je en riant. Encore plus depuis qu'on a emmerdé tout le monde en venant ici plutôt qu'à Memphis.

Je le vois baisser la tête.

— Mia. J'ai besoin d'une soirée de repos.

La culpabilité remonte à la surface, et puis je me rappelle la mission chez les Kingston. *Ce n'est pas mon monde. Je ne suis qu'un fantôme de passage.* Je réussis à ravaler mes scrupules pour aller de l'avant.

— Je vous propose un truc – j'ai jeté un œil à la liste des participants et on peut dire qu'il y a des poids lourds. Que diriez-vous que j'en sélectionne quelques-uns pour un cocktail privé dans votre suite ? Quelque chose de très tranquille. Vous bavardez pendant une heure, après quoi je fais sortir tout le monde et vous avez le reste de votre soirée.

Sa tête est maintenant adossée au fauteuil, il se frotte le visage.

— Une heure.

— Ça marche ! J'appelle le room service pour qu'ils dressent un buffet.

Je raccroche et mets à exécution le reste de mon plan.

Tous les hommes que j'invite au cocktail privé d'Andrew sautent sur l'occasion. J'ai pris soin de choisir des intervenants de tout le Sud, et pas seulement de Caroline du Sud. Et comme toutes mes missions ces deux dernières années ont eu lieu dans le Sud, je connais le climat politique de chaque État, ainsi que les bons et les moins bons côtés des grands noms présents à la convention.

Il y a une poignée d'avocats qui, comme Andrew, exercent par ailleurs un mandat d'élu, depuis les instances locales jusqu'au Sénat. Mais je n'ai invité que les mauvais garçons qui comptent bien s'amuser. Ceux-là mêmes qui citeront la Bible lors de leur prochain meeting et n'oublieront pas de mentionner tout l'amour qu'ils portent à leur famille et à Dieu.

Tant que j'y suis, autant lui rendre un service politique aussi.

Andrew évolue dans la pièce l'œil rivé sur sa montre, comptant les minutes qui le séparent de sa nuit de sommeil. L'alcool coule à flots, grâce aux filles que j'ai fait venir pour assurer le service. Je lui tends une bière, qu'il accepte en me remerciant d'un hochement de tête. Il boit rarement, mais quand c'est le cas, il prend toujours une Miller Lite. Rien qu'une.

Il avale une petite gorgée et me dit tout bas :

— Je ne suis pas certain que j'aurais invité le sénateur Nelson ou le membre du Congrès Burke.

Son commentaire ne me surprend pas. Les deux hommes en question sont des ordures intéressées, mais bon, on peut en dire autant de tous les types que j'ai invités ce soir.

— Je sais, mais ça fait partie du jeu. Que ça vous plaise ou non, ce sont les hommes qui ont le plus d'influence.

J'adresse un signe de tête à l'une des filles, et le volume de la musique augmente légèrement. Les cravates se desserrent. Les mains commencent à se balader.

Andrew remarque un changement d'ambiance, et me regarde d'un air perplexe. Il transpire légèrement. Et son regard se fait vitreux.

Il se penche vers moi.

— On devrait peut-être arrêter là pour ce soir. Je ne me sens pas bien.

Je le regarde avec compassion.

— En effet, vous n'avez pas l'air dans votre assiette. Venez prendre l'air.

Je le mène jusqu'au balcon et l'aide à s'installer sur la chaise longue. Dès que sa tête se pose contre le dossier, il dort. Sa bière s'échappe de sa main et le liquide frelaté se déverse sur la terrasse.

— Désolée Andrew, dis-je à voix basse avant de retourner à la fête.

Il est temps que les filles passent à l'action.

15

De nos jours

Dès que j'ai fini de faire la valise de la femme, nous pouvons enfin partir, après avoir promis aux Bernard de revenir demain pour les aider à préparer la messe à la mémoire de James. Une visite que je laisserai volontiers Ryan effectuer tout seul, puisque j'ai récolté tout ce que je pouvais sur Lucca.

Ryan conduit et moi je fais défiler mon fil Instagram. Je m'arrête sur le dernier post de *Southern Living*, dont la photo affiche une maison magnifique avec une balancelle en bois blanc et des fougères suspendues sur la galerie. Je tape un commentaire : *Quel endroit parfait pour se retrouver autour d'un verre de vin ! Il est 17 heures quelque part !*

Je continue à scroller une fois mon commentaire écrit, perds la notion du temps, puis range mon téléphone dans mon sac.

Dès que nous arrivons à la maison, Ryan se laisse tomber sur le canapé du salon, face contre les coussins. Quand je m'assois près de lui, il lève la tête juste pour que je m'approche et qu'il puisse la poser sur mes genoux. Il ferme les yeux et je caresse doucement ses cheveux. Aucun de nous n'éprouve le besoin de parler.

Les yeux baissés sur lui, je réfléchis à cet événement, maintenant que le choc initial est passé.

Il n'y a que deux façons d'envisager les choses.

La première : il s'agit d'un accident terrible qui a coûté la vie à deux personnes.

La seconde : mon patron a délibérément choisi de les tuer.

Mon instinct me dit que c'est la seconde, tandis que mon cerveau essaie de trouver des raisons qui justifieraient cette décision. Elle ne semblait pas avoir terminé son boulot. Sa préparation concernant cette identité – mon identité – était poussée, et il me semble prématuré d'avoir mis un terme à cette mission. Et surtout, pourquoi les tuer au lieu de tout simplement les exfiltrer ? Il y a quelque chose qui m'échappe dans ce timing.

À quoi sert leur mort ? Lucca Marino d'Eden, en Caroline du Nord, est décédée.

Le fait que je protégeais farouchement ma véritable identité n'était un secret pour personne. Pendant la première année de notre collaboration, quand il m'appelait au sujet de ma prochaine mission, Matt entamait toutes nos conversations par quelques propos aimables, et j'ai été assez bête pour croire qu'on était amis. Mon projet de récupérer ma véritable identité et de vivre un jour en tant que Lucca Marino était le sujet qui revenait tout le temps. Je lui ai même parlé de la maison que je ferais construire et des légumes que je ferais pousser.

Mais la mort de Lucca Marino ne m'empêche pas de revendiquer son identité. Ça me complique la tâche, mais ça ne la rend pas impossible. La tuer était une décision extrême à laquelle Devon et moi ne nous attendions pas. M. Smith a dit l'envoyer en guise de rappel, mais je n'avais pas besoin qu'on me rappelle à quel point ce jeu est dangereux.

Ce qui me ramène à la possibilité – et à l'espoir – qu'il s'agisse réellement d'un accident.

Et puis il y a Ryan.

Qu'est-ce que ça implique pour cette mission, si ce n'était pas un accident ?

Sa main posée sur ma jambe se relâche et il émet un petit ronflement. Cette journée a laissé des traces.

Lentement, je dégage son bras et me relève, remplaçant mes jambes par un coussin. Entre la gueule de bois qu'il avait ce matin et le stress de la journée, il ne bronche pas.

Un coup d'œil à la pendule du four m'indique qu'il est temps de me mettre en route. J'espère que Devon m'attendra afin qu'on puisse évoquer tout ce qui s'est passé ces dernières vingt-quatre heures.

On en a fait du chemin avec Devon depuis six ans qu'on travaille ensemble. Il sait exactement qui je suis et d'où je viens, et j'ai intégré le cercle très fermé des personnes à qui il a confié sa véritable identité et les détails de son passé. Je crois même que nous ne sommes que trois à partager ce privilège.

Je prends mon téléphone et ouvre Instagram. Je n'ai pas de publications et la poignée de comptes qui me suivent sont principalement des robots, mais je suis le compte bidon de Devon ainsi que quarante-sept autres – des enseignes commerçantes ou des personnalités à quatre-vingt-dix pour cent. Sur ces quarante-sept comptes, trente-deux sont également suivis par Devon. Et bien que j'aie posté mon commentaire sous la publication de *Southern Living* pour lui faire savoir que je voulais le retrouver à 17 heures cet après-midi, il me répondra en commentaire sur un compte qui n'a absolument rien à voir pour que personne n'y décèle une communication entre nous deux.

Sa paranoïa est sans limite.

Mais je ne peux pas vraiment le lui reprocher car ses stratagèmes nous ont sauvé la mise un nombre incalculable de fois, sans même qu'on s'en aperçoive.

Je fais défiler les publications des comptes que je suis et m'arrête sur celui des New Orleans Saints quand je vois un commentaire de skate_Life831043. Son commentaire est le seul visible sur mon fil car nous nous suivons mutuellement et nous suivons tous les deux ce compte, ce qui m'épargne le fait de devoir écumer des centaines de commentaires pour trouver le sien.

Il a écrit : *Qui voilà ! Mon troisième joueur préféré !! #PileÀL'heure*

La première chose que fait Devon quand je reçois les informations concernant une nouvelle mission, c'est de dénicher cinq endroits qu'il juge sûrs pour qu'on s'y retrouve. Le troisième sur la liste qu'il m'a donnée quand on est arrivés à Lake Forbing est le café de Main Street. Il utilise un hashtag pour me confirmer que l'heure du rendez-vous lui convient ou me proposer une alternative. J'ai une demi-heure devant moi puisqu'il sera #PileÀL'heure.

J'arrache une feuille du bloc-notes posé à côté du réfrigérateur et laisse un mot à Ryan disant que je suis partie nous chercher à manger, puis je file.

J'arrive avec cinq minutes d'avance, mais Devon est déjà là.

Il a fallu deux ans avant qu'il me confie quelque chose d'intime sur lui. On étudiait le plan d'un immeuble de bureaux où je devais m'introduire après l'heure de fermeture, et il a reconnu un nom dans une liste de personnes qui avaient des bureaux à l'étage auquel je devais accéder.

— Lui, c'est un expert en technologie. Il était maître de conférences au MIT quand j'y faisais mes études, a-t-il dit.

Je ne voulais pas être indiscrète, mais j'avais envie d'en apprendre le plus possible sur lui, alors j'ai tenté l'humour, dans l'espoir de le faire parler.

— Et tu as résolu les équations compliquées qu'il laissait sur le tableau du couloir ?

Le regard qu'il m'a lancé m'a fait craindre d'avoir adopté la mauvaise approche, mais il s'est mis à rire. De bon cœur. Et ça a brisé la glace entre nous. Après ça, il a continué à me donner des détails sur lui au compte-goutte, mais maintenant j'ai un aperçu complet de qui il est vraiment.

Il est assis au comptoir qui longe le mur du fond. Ces places sont en général occupées par des clients seuls ou en couple car on ne peut parler qu'à la personne assise à côté de soi. Il est penché sur un de ces livres de grilles de kakuro qu'il aime tant, un énorme casque à écouteurs sur les oreilles ; sa tête et ses épaules bougent selon un rythme régulier, bien que je sache pertinemment que son casque ne diffuse pas de musique.

Il a un QI hors du commun. Quand il est réveillé, il doit occuper son cerveau, comme en ce moment avec ces grilles de chiffres. Il est entré au MIT quand il avait dix-sept ans, mais il savait qu'il n'y resterait pas longtemps ; non parce que la charge de travail lui posait un problème, mais parce qu'il s'ennuyait *à mourir*. Je le cite. Sa prophétie s'est réalisée lorsqu'un professeur lui a demandé en devoir de concevoir un réseau informatique pour une agence de publicité en ligne et que Devon a découvert que l'entreprise existait réellement et que son professeur se servait de ses étudiants pour faire tout le boulot avec lequel il arrondissait ses fins de mois.

Le système de libre entreprise étant ce qu'il est, Devon est allé directement trouver le client et a conclu un marché pour lui vendre son travail à un prix légèrement inférieur, puis il a mis au parfum les autres étudiants de sa classe, qui lui ont emboîté le pas.

Après ça, il était sur le marché. Il ne lui a pas fallu longtemps pour comprendre que le travail le plus rentable n'est pas toujours légal. Son plus grand succès a été de récupérer des informations dont les gens ignoraient qu'ils en avaient besoin, puis de les leur proposer à un prix attractif. Il adore se mouvoir dans ces endroits en demi-teinte. Contourner des systèmes conçus pour l'exclure. Et si vous faites preuve de loyauté envers lui, il vous sera fidèle pour toujours.

Je commande un cappuccino puis me dirige vers lui et m'assois, laissant un tabouret libre entre nous.

— Je suis connecté au bureau du médecin légiste, dit-il sans me regarder, je devrais avoir la copie de son dossier dentaire une fois qu'il sera téléchargé. Je ne pense pas qu'une correspondance remontera, mais on ne sait jamais.

Je hoche la tête mais ne le regarde pas non plus. Rien ne remontera. Impossible que M. Smith bâcle le travail. On ne saura peut-être jamais qui était cette femme et ça me bouffe.

— On est certains que c'est elle ? Qu'elle est vraiment morte dans cet accident ?

C'est une chose qu'il a déjà dû vérifier, mais je ne peux m'empêcher de lui poser la question.

Il acquiesce et je n'ai pas besoin de plus pour savoir qu'il en a la certitude : le corps à la morgue est bien le sien.

— J'ai trouvé les dernières instructions qu'il lui a données, dis-je.

Je sors le papier de ma poche de derrière et le glisse dans un magazine que je pose entre nous. Il ne le prendra que lorsque je serai partie.

— Tu liras par toi-même, mais en gros, il lui a demandé d'entrer en contact avec moi et de fouiller ma chambre si possible. Assez vague. Et elle a fait exactement ce qu'il lui a demandé. J'ai laissé un faux document pour qu'elle le trouve.

— Ça ne me plaît pas, dit-il tout bas. Pas du tout.

— Tu penses que ce n'était pas un accident ?

Il secoue la tête.

— Mais pourquoi ? Tu crois qu'elle a achevé sa mission et qu'on n'est simplement pas au courant ?

— Ou bien elle a foiré et il l'a éliminée.

— Quel rôle a joué James dans tout ça, d'après toi ?

— Celui de pion, rien de plus, répond Devon sans même réfléchir. Gros problèmes de drogue et de jeux d'argent. Cruel besoin de se faire renflouer. Extrêmement facile à manipuler. Ça ne m'étonnerait pas que Smith soit derrière la jambe cassée du père. L'appât idéal.

Seigneur. Cette possibilité ne m'avait même pas effleurée.

— Et devons-nous penser que Ryan est davantage impliqué que comme simple cible innocente ?

Nous avons eu une conversation avant que je vienne ici et que je sache qui serait la cible. Nous avons envisagé la possibilité que toute cette mission ne soit qu'un stratagème. Quand on a su que la cible était Ryan, Devon a fait toutes les recherches possibles sur lui. Les données que m'envoie M. Smith pour une mission ne sont rien comparées à celles de Devon. On a découvert son petit business, dont les affaires marchent très bien. Ça semblait logique que quelqu'un veuille s'en emparer. M. Smith avait fait appel à la société de transport de Ryan pour quelques missions sur lesquelles j'avais travaillé, donc rien d'étonnant à ce qu'il ait gardé un œil sur sa boîte.

Devon hausse les épaules deux fois de suite, comme s'il essayait de savoir comment se positionner par rapport à ma question.

— Bon. Déjà, on sait que tout est possible, pas vrai ?

— En effet.

— Selon moi, sachant que tout est possible, ça reste hautement improbable. Malgré son business douteux, Ryan est très ancré dans cette communauté, et ça, c'est complètement à l'opposé de ce que M. Smith recherche quand il recrute.

Moi, je ne suis personne, je n'ai ni famille ni relations. Personne ne se manifesterait si je venais à disparaître. Personne ne réclamerait justice si les choses tournaient mal pour moi. On ne peut pas en dire autant de Ryan. Il vit dans une maison où ses voisins l'ont littéralement vu grandir depuis son plus jeune âge.

— Il n'y a que les faits qui nous intéressent, et là on n'a rien qui nous oriente dans cette direction, dit Devon.

On reste assis là en silence, à réfléchir à tout ça.

— Je l'ai coincée dans la cuisine, finis-je par dire. Je lui ai dit que je savais pour qui elle travaillait. Qu'à tout moment elle pouvait se retrouver dans ma position.

Son crayon s'immobilise pour la première fois depuis que je l'ai rejoint.

— L, mais pourquoi ?

"L" est la version la plus proche de mon prénom qu'il se risquera à prononcer, puisque c'est rare de s'appeler Lucca, et que toute personne nous entendant discuter supposera que je m'appelle "Elle". Mais même avec cette précaution, il est très rare que Devon m'apostrophe comme ça, alors je sens tout le poids de son inquiétude.

— Il fallait que je sache si elle me prenait pour une cible lambda ou si elle savait que moi aussi je travaillais pour lui. D'ailleurs, elle n'était pas au courant. Son étonnement était authentique. Et ce n'est pas comme si j'avais découvert un immense secret, puisqu'il avait déjà admis l'avoir envoyée.

Le crayon de Devon reprend du service, et sa tête s'agite sur la musique imaginaire.

— La plus grande réussite de Smith, c'est de mettre tous ses subalternes au pas en cloisonnant son organisation au maximum : personne n'est au courant de quoi que ce soit à part lui. Personne ne sait qui il est, on ne sait pas non plus où on se situe dans la hiérarchie.

M. Smith est l'énigme sur laquelle travaille Devon depuis des années.

— Et maintenant les flics ont en leur possession le nom d'Evie Porter, originaire de Brookwood, en Alabama, j'ajoute tout bas, comme si je confessais un péché.

Cette révélation le pousse à tourner la tête vers moi.

— C'est-à-dire ?

Je le renseigne sur notre visite chez les Bernard et notre conversation avec la police tandis qu'il continue à remplir méthodiquement ses grilles.

— Ça ne me plaît pas du tout, dit-il quand j'ai terminé. Je déteste être dans le flou à ce point. À mon avis, faut qu'on se tire.

Voilà qui donne à réfléchir. Nous nous sommes souvent retrouvés dans des situations dont on n'aurait pas cru se sortir, mais il n'a jamais proposé qu'on annule tout.

— Et après ? On savait dès le départ qu'il était furax que je n'aie pas récupéré les infos avec lesquelles il voulait faire chanter Connolly. On savait aussi qu'il cherchait à savoir si j'avais en fait récupéré ces infos mais que je les gardais pour moi. Si M. Smith veut m'éliminer, le fait que je disparaisse ne l'en empêchera pas, mais ça limite sérieusement ma marge de manœuvre, surtout depuis que Lucca Marino n'existe plus.

— Même, ça ne me plaît pas, je te dis. Tu vas être une cible vulnérable en attendant de recevoir tes prochaines instructions. Et si tu ne les recevais jamais ?

— Le seul choix dont je dispose est de continuer à avancer.

On garde le silence une minute ou deux, perdus dans nos pensées.

— Comment va Heather ? je demande.

Le voyant baisser la tête, je crois qu'il va esquiver ma question, mais il finit par me répondre.

— Bien. Elle va bien.

— On maintient le cap, Devon. C'est la seule réponse.

Il hésite une fraction de seconde avant de réagir.

— J'ai les données concernant la prochaine grosse cargaison censée arriver à Glenview ce jeudi. Tout est dans le magazine *People* devant toi.

— Bien. Je crois que Smith sera perplexe quand il verra que je poursuis la mission malgré le décès de cette femme.

Entre la première fournée d'infos sur Ryan que j'ai transmises à M. Smith et la seconde, je regrettais de devoir jouer ce rôle. Peut-être bercée par l'illusion que la maison de Ryan ou cette identité pourraient réellement être les miennes, dans un moment de faiblesse, j'ai falsifié quelques données essentielles concernant les chiffres et les noms des clients avant de les envoyer à Smith. A priori ce dernier ne se rendrait compte de rien, mais cela laissait à Ryan ses chances de garder son business.

Je prévois d'apporter les mêmes modifications à ces derniers renseignements récoltés avant de les faire suivre.

Devon n'est pas au courant et je m'en veux de lui cacher des choses. Il me dirait que je prends des risques inutiles.

— Je les déposerai dans la boîte postale en rentrant chez moi.

Il tourne légèrement la tête vers moi.

— Ce n'est pas chez toi, L.

Ses mots me font sourciller, mais j'attrape le magazine et le fourre dans mon sac avant de prendre mon gobelet et de quitter mon tabouret.

— Je te tiens au courant.

Alors que je me mets en route, il chuchote :

— Fais attention à toi s'il te plaît.

16

De nos jours

Après mon rendez-vous avec Devon, Ryan et moi avons passé la soirée à nous empiffrer des plats que j'avais rapportés, à enchaîner les épisodes sur Netflix et à essayer d'oublier à quel point cette journée avait été horrible. Les appels et les messages de ses amis tout au long de la journée sont devenus si fréquents qu'il a fini par éteindre son téléphone, chose qu'il fait rarement. Aucun de nous n'a vraiment dormi, alors en ce lundi matin, se lever et se mettre en train semble particulièrement difficile.

Bien qu'il ait pris quelques jours de congé, c'est une grosse journée qui l'attend puisqu'il a proposé son aide pour organiser les funérailles de James. Moi aussi j'aurais pu prendre ma journée, mais je n'ai pas envie d'être disponible pour retourner chez les Bernard, ni de devoir inventer une excuse pour disparaître à l'heure du déjeuner et retrouver Devon.

Je suis dans la cuisine en train de remplir deux tasses isothermes de café quand Ryan descend l'escalier.

— Je pars chez les Bernard avec quelques-uns des garçons, dit-il. Mme Bernard veut qu'on l'aide à appeler le travail de James pour leur annoncer ce qui s'est passé. Et après, direction les pompes funèbres.

— Ouais, je ne t'envie pas aujourd'hui.

Je lui tends son café et prépare mon sac pour la journée.

— Mince, j'ai oublié mon chargeur là-haut.

Le temps que je revienne, il m'attend près de la porte, sac sur l'épaule, tasse dans une main et clés dans l'autre.

— Je ne devrais pas rentrer trop tard ce soir, dit-il.

J'attrape mes affaires posées sur une chaise.

— Moi non plus. Appelle-moi quand tu te mets en route pour la maison et je m'échapperai plus tôt, dis-je en le suivant au garage.

Juste avant que j'ouvre la portière de mon 4Runner, Ryan m'attire contre lui et m'embrasse tendrement.

— J'appréhende ce qui m'attend, murmure-t-il. Est-ce que c'est mal que je n'aie pas envie d'y aller ?

Je lui caresse la joue puis passe le bras derrière sa nuque pour le serrer contre moi. Il enfouit son visage au creux de mon cou.

— Je suis désolée, je lui chuchote à l'oreille.

Je sens mon téléphone vibrer dans mon sac mais je ne relâche pas mon étreinte avant que Ryan n'ait fait le premier mouvement.

Je ne sais pas trop combien de temps nous restons ainsi, mais il finit par se redresser. Il m'embrasse une dernière fois et se dirige vers sa voiture.

Nous montons chacun dans notre véhicule. Tandis que la porte du garage s'ouvre, il m'adresse un signe de tête pour que je sorte la première. Je recule tout doucement car il n'y a pas beaucoup d'espace, l'œil rivé sur mon rétroviseur latéral pour ne pas érafler sa portière.

Dès que je suis hors du garage, je sors mon téléphone de mon sac pour y jeter un œil, car il est rare que j'aie des notifications. Il s'agit d'un texto d'un numéro inconnu. Mon cœur s'emballe. Je suis certaine que Ryan se demande pourquoi je me suis arrêtée à mi-chemin de l'allée.

J'ouvre le message.

Numéro inconnu : 911

Merde. C'est le code d'alerte convenu avec Devon pour que je me tire en urgence. Je lève les yeux et découvre que Ryan sort de sa voiture, intrigué par ce qui se passe dans la rue.

Je jette un œil dans mon rétroviseur, redoutant ce que je vais y voir.

Trois voitures de police se sont garées derrière moi, nous bloquant le passage à tous les deux.

Il ne me faut que quelques secondes pour comprendre que je ne peux pas leur échapper. Je me dis aussi que si je ne m'étais pas attardée dans le garage avec Ryan, j'aurais lu le texto de Devon sitôt reçu. Ces quelques minutes m'ont peut-être coûté une fuite sans encombre.

Ryan arrive à ma portière, qu'il essaie d'ouvrir, mais la voiture est verrouillée car je suis toujours en marche arrière. Dans ma tête, j'effectue un rapide inventaire des objets potentiellement incriminants présents dans cette voiture, mais je sais qu'il n'y a rien.

Il toque à la vitre.

— Evie, ouvre.

Il suit des yeux la progression des agents qui approchent.

Avec des gestes lents et appuyés, je mets la voiture au point mort et coupe le moteur. À la seconde où il entend le verrou, il ouvre ma portière et me fait sortir.

Son visage ne dénote aucune émotion. Bien que je ne l'aie pas vu quand il s'adressait à l'employé qui a essayé de le doubler, j'imagine que c'est à ça qu'il ressemblait.

Est-ce qu'il croit qu'ils sont là parce qu'ils ont découvert les dessous de ses activités au Texas ? J'apprécie qu'il se poste entre les flics et moi, mais je sais grâce au message de Devon que c'est moi qu'ils sont venus chercher et qu'il ne peut pas empêcher ce qui est sur le point d'arriver.

— Ne t'en fais pas, me dit-il. Je m'en occupe.

Il pense vraiment que c'est lui qui est visé.

C'est l'agent Bullock, le même policier que chez les Bernard, qui ouvre la marche, les yeux sûrement animés d'une étincelle derrière ses lunettes de soleil à verre miroir.

— Mademoiselle Porter, dit-il en posant ses mains sur son ceinturon. Je vais devoir vous demander de venir avec moi au poste pour répondre à quelques questions.

Ryan reste campé entre les agents et moi, les mains sur les hanches.

— De quoi s'agit-il ?

L'agent Bullock se penche sur le côté pour s'adresser à moi.

— La police d'Atlanta a émis un mandat à votre nom permettant votre rétention judiciaire en tant que témoin-clé dans la mort d'Amy Holder.

Les deux autres agents sont en train de se rapprocher, et je ne tiens vraiment pas à ce que la situation dégénère davantage. De retour de leur promenade du matin, les Rogers, les voisins de Ryan, observent la scène, tout comme d'autres personnes sur le trottoir d'en face. Quelques voitures se sont arrêtées. Cette rue calme bordée d'arbres n'a jamais connu autant d'agitation.

Je pose une main sur l'épaule de Ryan et il se tourne vers moi. Sans rien dire, je hoche la tête, pour lui faire comprendre que j'accepte qu'ils m'emmènent. Il me dévisage, pour être sûr de bien piger ce qui est en train de se passer. Les agents me mènent avec délicatesse vers la voiture de patrouille la plus proche. Heureusement, personne ne se dirige vers ma voiture, donc j'espère qu'elle sera toujours là à mon retour.

Amy Holder était la cible de ma dernière mission, celle sur laquelle mon travail a laissé un goût d'inachevé à M. Smith. Mais le pseudonyme que j'utilise actuellement, Evelyn Porter, devrait être clean, et surtout, il ne devrait en aucun cas être relié à Amy Holder ni à sa mort. Le fait que la police m'embarque pour m'interroger sur son décès me révèle que j'ai été compromise, et que j'entre dans la nouvelle phase des manigances que me réserve M. Smith.

*

Rester assis sans bouger d'un cheveu requiert plus de concentration qu'on ne le pense. À aucun moment je n'ai tapé du pied, remué sur mon siège, ni regardé ailleurs que vers le mur gris clair qui me fait face. Je respire à un rythme tranquille, inspiration par le nez et expiration par la bouche légèrement entrouverte. Je cligne des yeux avec naturel, ni trop vite ni trop lentement.

Je sais qu'ils m'observent par le miroir sans tain situé sur ma gauche, mais je refuse de leur offrir ne serait-ce qu'un tressaillement de mon petit doigt, parce que je n'oublierai jamais ce que m'a dit Devon la première fois que je l'ai rencontré en vrai : *C'est très instructif d'observer une personne qu'on fait attendre trop longtemps.*

Ils ont fait tout un cinéma pour m'amener dans cette salle d'interrogatoire et me faire asseoir à cette table. Agents en uniformes et inspecteurs en civil se sont relayés, désirant tous avoir leur rôle à jouer dans cet événement. On m'a proposé à boire, on m'a demandé si je voulais aller aux toilettes. On m'a posé tout un tas de questions, auxquelles j'ai répondu par le strict minimum. La dernière question, c'est moi qui l'ai posée. J'ai demandé un avocat.

J'ai exigé Rachel Murray, bien que je sois certaine que Ryan l'a déjà appelée.

Peu de temps après, Rachel arrive et s'assoit face à moi. Elle me scrute sans se cacher et je ne dis rien. Je ne sais pas trop à quoi je m'attendais de sa part – joie de me voir en détention, peur de s'asseoir en face d'une personne potentiellement impliquée dans un meurtre, perplexité sur le fait que mon choix se soit porté sur elle –, mais je n'ai droit à rien de tout ça. Son visage est aussi inexpressif que le mien, et je me félicite de mon choix.

Elle attend que je parle la première, ce que je respecte.

— Tu veux bien me représenter ?

Je refuse catégoriquement de dire quoi que ce soit avant que nos échanges ne soient protégés par le secret professionnel.

— Oui, répond-elle, puis elle sort un document du sac posé à ses pieds. Je me suis dit que tu ne me parlerais pas avant d'avoir signé ça.

C'est un accord stipulant que nous évoluons vers une relation professionnelle dans laquelle Rachel est désormais l'avocate commise à mon dossier. Je signe en bas de la feuille et la regarde griffonner son nom sous le mien.

— Je pars du principe que tu pourras payer la note que je t'enverrai ?

J'acquiesce.

— Bien sûr.

Elle fourre l'accord dans son sac puis se dirige vers la porte, qu'elle entrouvre.

— Je suis désormais l'avocate commise au dossier de Mlle Porter, dit-elle, alors coupez les micros et les caméras.

La porte se referme, puis elle va baisser le store de la fenêtre.

Il me faut maintenant faire confiance à cet environnement et espérer que personne n'entendra ce que je m'apprête à lui dire. En cet instant d'intimité, je m'autorise à bouger sur mon siège, tâchant de faire circuler le sang aux endroits qui en ont besoin.

Son œil gauche se plisse pendant qu'elle me scrute.

— Ryan m'a appelée dès qu'ils t'ont embarquée dans la voiture de patrouille. Quand tu as fait appel à moi, j'étais déjà là. Et le moins qu'on puisse dire, c'est que ça m'a étonnée.

— Est-ce que tu sais ce qu'ils ont sur moi ? finis-je par demander. Pourquoi ils me considèrent comme un témoin-clé ?

— Quand il est parti de chez les Bernard, l'agent Bullock a lancé une recherche incluant ton nom et Brookwood, en Alabama. Le mandat est apparu dans les résultats. Il a passé un coup de fil à Atlanta à la première heure ce matin pour parler avec la personne en charge de l'affaire Amy Holder. Ils ont des raisons de croire que tu te trouvais sur les lieux au moment de sa mort, et que tu détiens des informations concernant les instants précédant son décès, ou que tu aies pu prendre part aux événements qui l'ont tuée. Ils ont exigé que tu sois interrogée, et donc la police locale est venue te cueillir chez Ryan.

Evie Porter et Brookwood, Alabama ne devraient pas avoir le moindre lien avec Amy Holder.

— Quel moyen ont-ils de prouver que j'étais là ?

— On m'a dit qu'ils avaient une photo de toi sur les lieux. Les flics d'ici disent que la police d'Atlanta ne la leur a pas envoyée, donc ils n'ont pas pu me la montrer. Je ne sais pas si c'est vrai ou non. En tout cas, j'en ai demandé une copie et on m'a dit que ça suivait son cours.

J'acquiesce, enregistrant toutes les infos.

— Comment savent-ils que la personne qui figure sur la photo est bien Evie Porter ?

Rachel penche la tête sur le côté.

— Je ne suis pas sûre de comprendre le sens de ta question.

Et je suis certaine qu'elle se demande pourquoi je parle de moi à la troisième personne.

— Est-ce qu'ils ont un dossier sur Evie Porter ? Autre chose que sa présence sur les lieux où Amy Holder est décédée ? je demande, exaspérée.

Je ne suis pas encore prête à tout lui révéler, mais j'ai besoin de savoir tout ce qu'elle sait. Je ne suis pas encore en mesure de pouvoir revendiquer l'identité de Lucca Marino, et j'ai besoin de la protéger encore un peu, jusqu'à ce que je sache exactement à quoi m'en tenir. Pour l'heure, Lucca Marino est morte et je n'ai pas d'autre choix que d'être Evie Porter.

Rachel se penche vers l'avant et pose les bras sur la table.

— Tu veux bien me dire ce qui se passe ? Je ne pourrai pas t'aider si tu me caches des choses.

— Je connaissais Amy Holder.

Ma confession n'a pas l'air de la surprendre.

— Mais à l'époque où je l'ai rencontrée, je ne m'appelais pas Evie Porter.

Sa tête s'incline de nouveau.

— Et tu t'appelais comment ?

— Regina Hale.

— Regina Hale, répète-t-elle.

J'acquiesce pendant qu'elle me fixe.

— Et tu es Regina Hale ?

Je fais non de la tête.

— Est-ce que Regina Hale est une personne réelle pour qui tu t'es fait passer ?

— Non.

— Tu fais exprès de rester vague ? Parce que si tu tiens plus à garder tes secrets qu'à me les confier, moi, je vais y aller.

Bon sang, elle n'est pas commode, mais c'est pile ce dont j'ai besoin.

— Regina Hale est le nom que j'utilisais quand je vivais hors d'Atlanta. D'après ce que je sais, la mort d'Amy a été considérée comme un accident.

Rachel se carre dans sa chaise, les bras croisés et les yeux posés sur moi.

— Est-ce qu'Evie Porter est ton vrai nom ?

J'hésite assez longtemps pour qu'elle se doute de la réponse mais elle attend quand même que je me lance.

— Non.

— Alors comment tu t'appelles ?

— Pas Evie Porter.

Je ne suis pas prête à tout lui dévoiler. Pas encore.

On se toise, chacune essayant de déterminer qui craquera la première. Rachel finit par se pencher pour sortir des papiers de sa serviette.

— Voilà ce que mes propres recherches ont donné. Je peux me renseigner pour savoir si la police en sait davantage.

J'ai beau savoir qu'elle allait effectuer des recherches de son côté, rien ne m'a préparée au premier élément qu'elle me met sous le nez. C'est une photocopie d'une carte d'étudiante de l'université d'Alabama portant le nom d'Evelyn Porter et ma photo, datant d'il y a sept ans.

— C'est quoi, ça ? je demande.

Je reconnais cette photo. Elle date de ma première mission. Ma mission chez les Kingston, sous le pseudonyme Izzy Williams, mais la voilà sur un document officiel au nom d'Evelyn Porter.

Sans répondre, Rachel me tend un autre papier. Cette photo figure parmi celles que j'ai utilisées pour la mission Andrew Marshall, sous le nom de Mia Bianchi.

Une autre feuille atterrit sur la table. Le passeport d'Evelyn Porter, datant de quatre ans. Avec une photo de moi destinée à la mission que j'ai utilisée en Floride sous le nom de Wendy Wallace.

Encore trois feuilles de papier. Une facture d'électricité, une contravention pour excès de vitesse, et une attestation d'un cabinet médical. Trois documents de plus qui prouvent que je suis Evelyn Porter.

J'ai passé huit ans à cacher ma véritable identité, et pendant ce temps, M. Smith s'est échiné à m'en créer une nouvelle.

Devon et moi sommes très vigilants dans nos recherches sur la ville et la cible qu'on m'assigne à chaque nouvelle mission, mais en négligeant de me renseigner sur ma nouvelle identité, je me suis mise en danger.

Rachel attend que je réagisse. Quand elle comprend qu'elle ne va rien obtenir de ma part, elle se cale dans sa chaise et soupire.

— Tu veux toujours me faire croire que tu n'es pas Evelyn Porter ?

Je redeviens immobile. Calme. Posée. Mon cerveau a beau partir dans mille directions explosives, je refuse que ça se voie.

— Si tu n'es pas Evelyn Porter et si tu refuses de me dire qui tu es vraiment, comment est-ce que je suis censée t'aider ?

— J'ai besoin que tu me sortes d'ici. J'ai besoin de quelques jours pour tirer tout ça au clair.

Elle secoue déjà la tête.

— Je peux tenter le coup, mais n'espère pas grand-chose. Ça fait un petit moment qu'ils te cherchent, et ils ne veulent pas prendre le risque que tu disparaisses à nouveau. Tout ce qu'ils ont, c'est la requête officielle de t'interroger en tant que témoin-clé potentiel, pas en tant que suspecte, donc c'est déjà ça, mais je ne les vois pas te laisser sortir d'ici aujourd'hui comme si de rien n'était. Je pourrai sûrement te faire sortir dans un jour ou deux, mais ce sera à la condition que tu te rendes immédiatement à Atlanta en vue d'un interrogatoire.

Le temps est le bien le plus précieux dont j'aie besoin pour l'instant. J'attends quelques secondes, soupèse les choix qui s'offrent à moi, puis je prends son carnet et son stylo. Je griffonne un nom et glisse le carnet vers elle. Je ne veux pas le prononcer tout haut au cas où nous serions sur écoute.

— Appelle cet homme. Dis-lui que ta cliente était à Hilton Head en juin 2017. Dis-lui de me sortir de là. Aujourd'hui.

Rachel se penche en avant, un peu plus blême encore que tout à l'heure.

— Tu veux que j'appelle *cet homme*, que je parle de Hilton Head en juin 2017, et puis quoi… que je lui demande de faire jouer ses relations pour te faire libérer ?

Ce n'est pas vraiment une question, alors je ne prends pas la peine de répondre.

Elle hoche la tête et sort. Je m'étonne qu'elle ne m'ait pas reproché mon message énigmatique mais je suis en train de découvrir que je me suis trompée sur son compte.

Jamais je n'ai voulu me retrouver assise là, dans cette situation, mais j'y étais préparée malgré tout. L'heure du retour d'ascenseur a sonné.

La porte s'entrouvre, mais il est trop tôt pour que Rachel soit déjà de retour. Je m'adosse contre ma chaise, prête à jouer le jeu des inspecteurs. Or c'est la tête de Ryan qui apparaît, comme s'il n'était pas sûr d'être au bon endroit.

Quand il a cru que c'était pour lui que la police venait, il a cherché à me protéger. Mais maintenant, il me regarde avec appréhension.

— Rachel a convaincu les flics de m'autoriser une petite visite. Je crois qu'elle leur fout trop les jetons pour qu'ils lui refusent quoi que ce soit. Par contre elle a dit qu'ils allaient sûrement rallumer les micros et les caméras.

Ils sont probablement ravis qu'il soit là avec moi, ils doivent espérer un faux pas dont ils pourront se servir contre moi.

Il hésite une seconde, puis il est tout près et me prend dans ses bras. Je suis surprise d'être aussi émue. Quel soulagement de le voir. Il me serre tout contre lui et marmonne tout bas :

— C'est quoi ce bordel, Evie ?

Je devrais reculer. M'extirper de ses bras.

Mais je n'y arrive pas.

Je n'en ai pas envie. Je mets ça sur le compte de cette longue journée… de *ces* longues journées.

— Tu vas bien ?

— Oui, réponds-je. Mieux depuis que tu es là.

Il recule un peu pour mieux me voir.

— Rachel dit qu'elle essaie de te faire sortir d'ici.

— Bien. Super.

Il a l'air fatigué. Ces dernières vingt-quatre heures n'ont pas été tendres avec lui. D'abord il perd son ami d'enfance, puis sa petite amie se fait embarquer dans une voiture de police. Il entremêle ses doigts aux miens.

— Qu'est-ce qui se passe, Evie ? Ce flic a dit que tu étais recherchée en tant que témoin-clé dans la mort d'une femme à Atlanta. Ils pensent que tu étais présente.

— Oui, c'est ce qu'ils m'ont dit. Je suis aussi surprise que toi qu'ils veuillent m'interroger. Je n'avais aucune idée qu'il y avait un mandat à mon nom qui circulait, dis-je en m'assurant de ne pas trop en dire vu que nous sommes probablement écoutés.

— Est-ce que ça signifie qu'elle est morte de façon suspecte ? Pourquoi ils auraient besoin d'un mandat pour te parler, sinon ?

J'inspire profondément et soupire.

— Je n'ai aucune idée de ce qu'ils se figurent sur mon lien avec cette histoire.

Il acquiesce, comme s'il soupesait le degré de vérité de mes paroles. Avant qu'il enchaîne, Rachel ouvre la porte et se glisse dans la salle. Ses yeux se posent tour à tour sur chacun de nous, d'un air de reproche manifeste : je mens à son ami.

— Evie, dit-elle en appuyant lourdement sur mon prénom, j'ai passé l'appel. Apparemment, ça a marché. On va bientôt être fixés.

Je hoche la tête – j'en étais sûre. Elle se tourne vers Ryan.

— Tu veux bien nous accorder quelques minutes ? Je dois passer certains points en revue avec Evie.

Il nous regarde, se demandant sûrement de quoi on va parler pour qu'il ne puisse pas nous entendre.

— Bien sûr. J'attends dehors, dit-il vu que je ne précise pas qu'il peut rester s'il veut.

Il s'éclipse.

Rachel agite une main pour désigner la pièce.

— Les micros et les caméras sont éteints.

J'acquiesce et j'attends qu'elle me dise ce que personne d'autre ne peut entendre.

— Est-ce que tu comptes dire à Ryan qui tu es vraiment ?

— Je t'emploie pour t'occuper de l'aspect judiciaire de ma vie, pas du versant intime.

Elle ne se démonte pas.

— C'est mon ami.

Je ne relève pas, et nous nous regardons en chiens de faïence quelques instants.

— Je reviens dès que l'ordre de libération aura été donné, finit-elle par dire. Enfin, s'il arrive un jour.

— Ne t'en fais pas pour ça.

Elle me lance un regard en quittant la salle d'interrogatoire.

Je me cale contre mon dossier et fais le vide pour pouvoir réfléchir à la suite.

Lucca Marino – Six ans plus tôt

Je quitte Hilton Head et prends mon temps pour rentrer en voiture à Raleigh, en Caroline du Nord. Les douze dernières heures sont lourdes à porter. Je ne devrais pas me soucier de ce qu'Andrew Marshall pense de moi à présent, mais je n'y arrive pas.

J'ai coupé tout contact. Matt m'a appelée un million de fois et m'a envoyé autant de textos, mais je ne me laisse pas perturber.

Je me gare devant AAA Prêts pour Cautions Judiciaires en milieu de matinée, un lundi, presque quarante-huit heures après avoir laissé Andrew dans cette station balnéaire de Caroline du Sud, bien qu'on m'ait fait comprendre de ne jamais remettre les pieds ici.

Matt ne s'attend pas à me voir.

La dernière fois que je suis venue, j'étais terrifiée. Je venais de m'enfuir de chez les Kingston, laissant derrière moi une Jenny Kingston se vidant de son sang dans sa chambre et un Miles endormi sur le canapé.

Aujourd'hui, c'est différent.

Aujourd'hui, j'entre dans ce bureau comme si c'était le mien. Il y a quelques personnes dans la salle d'attente et la même fille à l'accueil. Elle m'adresse un sourire indifférent quand je marche vers elle, mais change d'expression dès que je contourne son bureau pour m'engager dans le couloir.

— Attendez ! Vous devez d'abord vous enregistrer ! crie-t-elle en s'élançant après moi.

J'ouvre la porte du bureau de Matt et elle s'arrête juste avant de me rentrer dedans.

— Où t'étais, putain ! fulmine Matt à la seconde où il me voit, avant de jeter un œil à l'hôtesse d'accueil derrière moi. Retournez d'où vous venez, vous !

Elle fait demi-tour et je ferme la porte.

Je m'installe dans le même fauteuil qu'il y a deux ans.

On dirait qu'il n'a pas dormi depuis vendredi. Depuis la dernière fois qu'on s'est parlé. Juste avant que je coupe les images de la surveillance vidéo qu'il avait installée.

— La fille que j'avais engagée a cherché Andrew tout le week-end, bordel ! Elle est même allée toquer à sa porte ! Et toi, t'étais où ? Tu te la joues reine de l'évasion, maintenant ?

Il a le visage tout rouge et crache des postillons partout. Je prends mon temps pour lui répondre.

— Ton plan était nul. Je l'ai amélioré.

Il grince des dents et ses yeux me scrutent par à-coups.

— C'est-à-dire ? finit-il par demander.

— Appelle M. Smith.

On dirait qu'il a envie de me tuer. Il fait le tour de son bureau pour venir me toiser de toute sa hauteur. Puis il se penche et pose une main sur chacun des accoudoirs de mon fauteuil pour me coincer.

— C'est à moi que tu rends des comptes, dit-il.

— Non. Plus maintenant.

Je lève le bras pour regarder ma montre.

— Tu as cinq minutes. Après, je me tire. Et il ne vaudrait mieux pas.

Je joue un jeu dangereux, mais j'écoute mon instinct. Il ne me déçoit jamais.

On se toise un long moment dans une ambiance électrique.

Quelque chose m'est arrivé quand je me suis emparée de cette mission, quand j'ai pris le contrôle. Et je refuse de retourner à la situation antérieure.

— Quatre minutes.

Il recule si violemment de mon fauteuil que je manque tomber à la renverse. Je me sers de mes jambes pour retrouver l'équilibre. Il prend son téléphone, me tourne le dos et parle tout bas à M. Smith.

Au bout de quelques secondes, il fait volte-face, son téléphone sur haut-parleur.

— Parle.

Silence complet à l'autre bout du fil mais je ne me laisse pas impressionner.

— Andrew Marshall est un mec réglo. Jamais il n'aurait trompé sa femme. Il est trop propre sur lui. Si on avait forcé quoi que ce soit, la honte l'aurait poussé à abandonner l'élection. Or à quoi bon avoir des choses compromettantes sur quelqu'un qui n'a aucun pouvoir ? Il vous suffisait de passer dix minutes avec ce type pour le comprendre.

Matt m'assassine du regard tandis que je laisse le silence de M. Smith emplir la pièce.

— Mais je vous ai dégoté mieux que ça. Le sénateur Nelson. Dix-huit ans d'exercice en Géorgie. Il fait partie de toutes les commissions qui comptent. Il aime Dieu, sa femme, son pays. Il aime aussi recevoir une bonne fessée avec une balle en caoutchouc dans la bouche. Il est à vous. Dites-moi simplement où vous envoyer la clé USB.

Je court-circuite carrément Matt. Je n'ajoute pas qu'Andrew Marshall est à moi maintenant. Il sera bientôt gouverneur, et il a compris qu'il l'avait échappé belle, tout en ayant conscience de l'identité de sa sauveuse.

Je regarde Matt, qui regarde le téléphone, une pellicule de sueur sur le front.

Cette conversation avec Andrew n'a pas été facile. Quand il s'est réveillé le lendemain matin, toujours sur le balcon, il avait des questions. Et j'ai répondu à chacune d'elles. Vigilance. C'est la ligne qu'il doit tenir désormais. Plus de confiance aveugle, même si quelqu'un se montre digne de confiance. Une leçon difficile. Il m'a remerciée, puis m'a proposé son aide pour que je puisse quitter ce boulot. Pour que je puisse mener une vie dans les honneurs, et non dans le crime. Parce que voilà, Andrew Marshall est comme ça.

Je lui ai donné une accolade, l'ai remercié et l'ai quitté sans tarder.

Je sais aussi que si un jour j'ai besoin de lui – vraiment besoin –, il sera là pour moi.

Puisque M. Smith ne semble toujours pas décidé à parler, je poursuis.

— Vous m'en voulez peut-être d'avoir tout remanié, et les résultats ne sont peut-être pas ceux que vous espériez, mais le plan de Matt aurait échoué. Et tenir le sénateur Nelson, c'est toujours mieux qu'un fiasco et des ressources gaspillées. Si vous souhaitez continuer à faire appel à mes services, je traite avec vous en direct. Pas avec Matt. Je suis douée pour ce boulot. Meilleure que lui. Et vous le savez.

Silence.

Matt est furax. Son cou vire au rouge cramoisi et il serre la mâchoire.

M. Smith parle enfin.

— Matt, donnez votre téléphone à Lucca et allez attendre dans le couloir. Lucca, quand il sera sorti, ferme la porte et coupe le haut-parleur.

On dirait que les yeux de Matt vont lui sortir de la tête. Il sort en claquant la porte derrière lui.

Je prends le téléphone et appuie sur un bouton pour repasser en conversation privée.

— Je suis là, dis-je.

— Il paraît qu'il y a eu une sacrée fête dans la suite d'Andrew Marshall vendredi soir.

Je réponds sans hésiter.

— En effet. Quand j'ai compris ce que Matt avait prévu, j'ai invité des poids lourds de la politique pour un cocktail. Si je ne pouvais pas obtenir de dossier compromettant sur Andrew, autant jeter mon dévolu sur quelqu'un d'aussi important, voire plus.

Silence.

Enfin viennent les questions.

— Où se trouvait Andrew Marshall pendant cette fête ? Si tu possèdes bel et bien les images que tu dis avoir, a-t-il été témoin du comportement du sénateur ?

— Je l'ai endormi avec une bière améliorée et je l'ai laissé sur une chaise longue, sur le balcon. Le sénateur Nelson a emmené une des filles dans sa chambre, et c'est là qu'a eu lieu entre eux ce dont je vous ai parlé.

Silence. L'attente entre mes réponses et ses questions me met les nerfs en pelote, ce qui est probablement le but.

— Les instructions de Matt te sont parvenues à 16 h 30 de l'après-midi, et tu as envoyé les invitations pour le cocktail dans la suite de Marshall à 17 h 45. Comment as-tu réussi à trouver l'équipement et le personnel nécessaires en si peu de temps ? À moins que tu n'aies déjà prévu de la jouer solo avant de recevoir tes instructions ?

Supposer qu'il allait se contenter de ce que je voulais bien lui donner était naïf.

— Comme vous l'avez dit vous-même auparavant, je suis pleine de ressources et je suis réactive. En voici à nouveau la preuve. Je ne me suis pas engagée dans cette mission en pensant qu'il faudrait que je la modifie, mais ne pas être prête à toute éventualité aurait dénoté un manque de professionnalisme. Quand j'ai reçu les instructions, j'ai tout de suite compris que c'était Matt qui avait pris la main sur cette mission. Du travail bâclé, d'amateur.

— Et je suis censé croire que tu es partie sans la moindre chose compromettante sur Marshall ? Que malgré tout le temps que tu as passé avec lui, tu n'as absolument rien découvert qu'on puisse utiliser pour faire pression sur lui ?

— C'est la stricte vérité. Ce type est irréprochable.

Je sens bien qu'il ne me croit pas. Au bout d'une minute, je vérifie sur l'écran que nous sommes toujours en ligne.

— Le sénateur Nelson nous sera utile, mais ce n'est pas lui que nous t'avions donné pour cible. Cela dit, je reconnais le sauvetage de la mission, autant que je l'apprécie. À partir de maintenant, c'est à moi que tu rendras des comptes. Nous verrons comment cela fonctionne. Tu es une véritable surprise. Reste à savoir si c'est une bonne ou une mauvaise.

Je ne fais pas cas de ses menaces.

— Mon salaire sera à la hauteur de mon nouveau poste, n'est-ce pas ?

Je ne m'attendais pas à ce qu'il s'esclaffe.

— Tu es du genre à ne rien lâcher, hein ?

— Me respecteriez-vous si ce n'était pas le cas ?

Il ignore ma question.

— Nous allons voir si tu es aussi douée que tu le prétends. Tu pourrais être utile en Floride. Une petite ville universitaire endormie où on trouve un paquet d'argent. Je t'y envoie.

— Ça marche, dis-je sans hésiter.

Je ne sais absolument pas en quoi consiste la mission, mais c'est l'occasion ou jamais de lui prouver que je suis à la hauteur.

— Rendez-vous à l'Holiday Inn Express à côté de l'aéroport. Enregistre-toi sous ton pseudonyme actuel et attends les instructions.

Il raccroche.

— J'ai fini de lui parler, je crie en direction de la porte, que Matt ouvre une seconde plus tard pour m'arracher son téléphone des mains.

— Tu vas me le payer, dit-il.

Je hausse les épaules, puis je sors un petit cygne en papier de ma poche pour le poser sur un coin de son bureau.

— C'est quoi cette merde ?

— Un petit souvenir, dis-je en me dirigeant vers la porte.

Au moment où je sors du bâtiment, des petits colis blancs sont livrés en divers endroits. Dans chacun d'eux se trouve un cygne en origami semblable à celui que je viens de donner à Matt. Si on déplie l'animal, on découvre une photo du destinataire dans une position très compromettante, avec les mots "Hilton Head 2017" écrits en dessous au feutre rouge. Rien de plus.

Je viens d'agrandir un peu mon équipe, même si les nouveaux membres n'ont pas choisi d'en faire partie. Un service était dû à M. Smith le fameux soir où j'ai failli me faire arrêter à Raleigh, et il n'en a pas fallu davantage pour me tirer d'affaire.

Le moment viendra où j'aurai besoin de ces hommes, et ils accourront. J'ai maintenant une poignée d'hommes politiques respectés et croyants dans ma poche. Un sénateur, deux membres du Congrès, plusieurs maires et députés. Et le pauvre juge McIntyre, de Louisiane, qui s'est laissé traîner au cocktail par un ami.

17

De nos jours

Royal, le juge McIntyre a fait le nécessaire. Et je n'en attendais pas moins de lui. Je rentre à la maison en voiture avec Ryan, et Rachel nous suit dans la sienne. Elle a accepté de se porter garante de mes actes, alors il semble qu'on va être à la colle un petit moment.

On m'a laissée sortir à la condition que je m'engage à me rendre à Atlanta vendredi matin pour répondre aux questions des inspecteurs sur les circonstances de la mort d'Amy Holder. Si j'avais refusé, je serais restée en détention au poste de police de Lake Forbing jusqu'à ce qu'une escorte envoyée par la police d'Atlanta vienne me chercher. Si je n'honore pas le rendez-vous de vendredi matin, je ferai cette fois l'objet d'un mandat d'arrestation.

Hier encore, le plan de M. Smith était flou, mais ce n'est plus le cas. Moi qui croyais pouvoir redevenir Lucca Marino un jour, après aujourd'hui, il me semble quasi impossible d'être quelqu'un d'autre qu'Evie Porter. Les conditions de ma libération incluaient également la réalisation d'une photo anthropométrique et la prise de mes empreintes, donc non seulement je figure *dans le système*, mais j'y suis sous le nom d'Evelyn Porter.

J'ai pris tellement de précautions pour protéger Lucca Marino et la déconnecter de mes activités – une ardoise vierge que je pourrais remplir à ma guise quand je serais prête – que je ne peux pas prouver que c'est bien moi. Mais Evie Porter, elle, a tout un passif et une histoire, des empreintes toutes fraîches, et l'obligation de comparaître à un interrogatoire dans le cadre de la mort d'Amy Holder.

Il y a huit ans, M. Smith m'a évité une arrestation, et aujourd'hui il fait tout pour que je n'y coupe pas.

Nous sommes lundi, il est déjà plus de midi, donc il ne me reste plus que trois jours entiers pour m'occuper de cette histoire.

Tout est calme dans la voiture.

De toutes les questions qui tournent en boucle dans ma tête, celle qui me ronge le plus est la suivante : *pourquoi une telle surenchère sur cette mission-là ?* Je suis peut-être coincée dans cette ville avec ce pseudonyme pour l'instant, mais mon boulot est terminé. Est-ce qu'il s'agit d'une vraie mission d'ailleurs, ou d'une simple ruse pour me bloquer quelque part ?

— Tu peux me demander ce que tu veux, finis-je par dire quand le silence devient trop pesant.

— Comment est-ce qu'elle est morte ? La femme à propos de qui ils veulent t'interroger.

— Elle est morte dans un incendie.

Ryan grimace un peu, sans quitter la route des yeux.

— Tu l'as rencontrée comment ?

— Par le travail.

Ce qui est vrai. C'était ma dernière mission.

Nous sommes à quelques minutes de chez lui et il ne m'a rien demandé de plus, alors je le bouscule.

— Tu ne me demandes pas si j'étais présente ? Si je sais ce qui lui est arrivé ? Si j'ai joué un rôle dans cet événement ?

— Non. Et ce n'est pas parce que je ne veux pas connaître la réponse.

Il se tourne vers moi juste une seconde.

— C'est parce que tu n'es pas prête à me dire la vérité et je préférerais que tu ne me mentes pas.

— Tu n'as pas peur d'avoir proposé à une criminelle d'emménager chez toi ? je demande, sans une trace d'humour. Peur que je mette le feu à ta grande et belle maison ?

Toujours plus loin.

Son rire froid résonne dans l'habitacle.

— Toute la rue a vu ma petite amie se faire embarquer par les flics. J'ai passé la journée au poste de police à faire ce que je pouvais pour la faire sortir de là. Et maintenant elle provoque une dispute parce que je refuse de jouer à son petit jeu.

Il coule à nouveau un bref regard vers moi.

— Est-ce que cette situation me convient ? Non. Est-ce que je t'apporte tout mon soutien ? Oui. Est-ce que j'ai peur de toi ? Non. Je suis assez patient pour attendre que tu sois prête à me parler de tout ça. Mais je ne suis pas d'humeur à me perdre en conjectures avec toi.

Ses mots me frappent avec une force inattendue.

Ryan glisse une main dans la mienne et son geste adoucit l'ambiance.

— On va aller à Atlanta leur dire que tu ne sais rien, on répondra à leurs questions et on pourra reprendre une vie normale, déclare-t-il avec tant de détermination que j'y crois presque.

Au détail près que je n'ai aucune idée de ce que serait une vie normale.

On arrive dans le garage, mais il laisse le moteur tourner.

— Je dois passer au bureau chercher quelques affaires comme je n'ai pas pu y aller de la journée, dit-il en regardant droit devant lui.

Je sors de la voiture avant de dire quelque chose que je risque de regretter. Son petit discours m'a donné envie de lui révéler toutes ces choses que je ne devrais pas et maintenant il me fuit. Je suis presque dans la maison quand j'entends la portière de la voiture de Rachel et ses talons résonner sur le béton derrière moi.

— Evie, il faut qu'on voie des détails ensemble, dit-elle en me suivant par la porte de derrière.

J'acquiesce sans me retourner.

— J'ai besoin d'une douche d'abord. Et d'un peu de temps. Laisse-moi une heure.

Je file à l'étage avant qu'elle puisse ajouter quoi que ce soit.

Je m'arrête net devant la porte fermée de notre chambre. Nous ne fermons jamais cette porte quand la pièce est vide. Je repense à ce matin, quand nous nous sommes préparés à partir, avec tant de lenteur, encore englués dans les événements du week-end. Je suis descendue la première, Ryan m'a rejointe peu après, mais je suis remontée chercher mon chargeur près du lit.

J'ai laissé la porte ouverte en sortant.

Je tourne la poignée doucement, pousse la porte.

Le lit est fait, chose rare pour nous, et que nous n'aurions certainement pas faite ce matin étant donné notre état. Je balaie la chambre du regard et aspire de l'air sous le coup de la surprise en voyant ce qui m'attend sur ma table de chevet.

Un cygne en origami.

Posé contre la lampe, il est assez petit pour ne pas attirer l'attention, sauf la mienne.

Je le fixe plus longtemps que nécessaire, lui conférant un pouvoir qu'il ne mérite pas.

Je finis par m'en saisir et le déplier. Il y a un autre morceau de papier à l'intérieur. D'un côté, deux photos imprimées. Celles que les flics d'Atlanta ont contre moi – grâce à M. Smith, à n'en pas douter. Et il m'en informe de la même façon que j'ai annoncé au juge McIntyre ce que j'avais sur lui.

Sur la photo du haut, je me tiens devant un hôtel dans le centre d'Atlanta, à quelques mètres d'Amy Holder. On voit à son visage qu'elle est en colère, elle m'adresse d'ailleurs un doigt d'honneur. Sur l'autre photo, je la suis à l'intérieur de l'hôtel. Cet hôtel vers lequel, quelques instants plus tard, tous les passants tourneront leur téléphone pour filmer les volutes de fumée noire s'échappant de la fenêtre de son balcon. Les images disent clairement qu'il y avait un problème entre nous, et que je suis entrée dans son hôtel à sa suite.

Je me rappelle parfaitement ce moment. Son emportement. Les regards des gens assez proches pour entendre ce qu'elle me hurlait. Puis, plus tard, les sirènes des camions de pompiers résonnant alentour, les cris des gens, l'odeur âcre de la fumée.

La preuve parfaite, me plaçant sur les lieux du décès, dans une confrontation évidente avec la victime. Connaissant M. Smith, il existe d'autres clichés, pris d'angles différents, tout aussi incriminants, prêts à être envoyés à la police d'Atlanta dès qu'il le voudra. Il ne s'agit que d'une mise en bouche pour aiguiser leur appétit.

L'autre face du papier me révèle ce qu'il attend de moi.

C'est une photo de moi prise le même jour, mais à un autre endroit. On me voit sortir d'une banque à quelques rues de l'hôtel où séjournait Amy.

Au bas du papier, un numéro de téléphone. Je sors mon portable de mon sac et l'appelle aussitôt.

— Je n'attendais pas de tes nouvelles si tôt. Tu as réussi à te sortir de là plus vite que je ne t'en aurais crue capable, dit M. Smith, sa voix de robot un peu plus aiguë que d'habitude.

— Vous m'avez toujours sous-estimée.

Je fais de mon mieux pour ajouter un air taquin à mes paroles.

— Tu vas m'envoyer ce que tu as récupéré chez Amy Holder à Atlanta, faute de quoi tu découvriras que ça va mal finir pour toi.

Je ferme les yeux de toutes mes forces et inspire profondément sans faire de bruit.

— Je vous ai expliqué ce qui s'est passé. Je n'ai rien récupéré. Tout est parti en fumée.

— Alors qu'y a-t-il dans ce coffre à la banque ?

Je regarde la photo où je me tiens sur les marches de la banque.

— Je vous en prie, dites-moi que vous ne m'avez pas donnée en pâture aux flics à cause de cette photo.

— Là c'est toi qui me sous-estimes, dit-il avec mépris. J'ai les images de vidéosurveillance de l'intérieur de la succursale de Wells Fargo sur Peachtree Street. Tu as loué ce coffre avant que les pompiers aient fini d'éteindre les flammes qui ont dévoré le corps d'Amy Holder. Tu ne gardes jamais aucun objet de valeur sur toi, et cet endroit était le moyen le plus rapide pour mettre en sécurité ce que tu as récupéré. Si nous avons cette conversation, c'est uniquement parce que je ne connais pas le numéro du coffre et que je n'ai pas les détails du carton de signature.

— Ce n'est pas ce que vous croyez. Ça n'a rien à voir avec Amy Holder ni avec sa mort.

Le grondement mécanique dû au vocoder me fait grincer des dents.

— Ce n'est pas le moment de jouer les imbéciles avec moi. Tu vas retourner à Atlanta, mais moi je veux que tu y sois mercredi. Il y a une chambre réservée à ton nom au Candler Hotel dans le centre. Un de mes représentants te retrouvera dans le hall jeudi matin à 10 heures, il t'accompagnera à la banque, jusque dans la salle des coffres. Il retirera le contenu du coffre lui-même. Si ce que tu dis est vrai, et que ce contenu n'a rien à voir avec la mission Amy Holder, alors cette histoire sera close une fois pour toutes et nous continuerons à collaborer comme nous l'avons fait jusqu'à maintenant. Et tu t'apercevras que les inspecteurs de la police d'Atlanta se désintéresseront vite de ton cas.

— Et je suis censée croire que vous rappellerez votre meute une fois que je vous aurai montré ce qu'il y a dans ce coffre ? Et cette mission, alors ? On annule et je m'en vais, comme ça ? Pour quelqu'un qui déteste échouer, pourquoi ça vous conviendrait cette fois-ci ?

— Vu les emmerdes qui te pendent au nez, c'est vraiment ça que tu tiens à savoir ? La seule chose qui importe, c'est récupérer ce qu'Amy Holder a pris. *Tout* ce qu'elle a pris.

Il se tait un instant avant de reprendre.

— À une époque, tu étais mon meilleur élément, mais tu es tombée bien bas.

— Je suis toujours votre meilleur élément et nous le savons tous les deux.

Des éclats de rire sonores me font sursauter.

— Dit celle qui s'est elle-même dénoncée aux flics. Ils ont un dossier à ton nom maintenant. Est-ce que tu t'es rebellée quand ils ont voulu prendre tes empreintes ? Il y a une vidéo de toi dans cette salle d'interrogatoire. On ne peut que faire l'éloge de ton sang-froid.

Ses mots sont comme des balles de revolver qui chaque fois font mouche.

— Combien de juges McIntyre tu caches encore dans ta poche ?

Je m'autorise un rire que j'espère pas trop forcé.

— Assez pour me sortir des sales coups que vous me faites.

— Malheureusement, Lucca, tu as fait tes choix, alors maintenant je dois faire les miens, grommelle-t-il.

— Ne faites pas comme si vous ne montiez pas un coup contre moi depuis le début. Depuis toutes ces années. Je suis un de vos meilleurs atouts, or vous n'avez fait qu'attendre le moment de vous en prendre à moi.

Il émet un petit *tss*.

— Évidemment. Tu penses que je n'ai pas de plan B au cas où un de mes éléments devienne incontrôlable ? Ne me prends pas par les sentiments. Il ne s'agit que de travail.

— Est-ce que la femme qui s'est fait passer pour moi savait ce qui allait lui arriver quand elle a accepté la mission ? Vous lui avez dit que c'était la peine capitale ?

— Cette femme est en réalité une malheureuse victime collatérale. Elle avait du potentiel. Mais je suis toujours prêt à prendre des décisions difficiles. Et la mission Holder est plus importante.

Et voilà. J'ai ma confirmation que la mort de James et sa compagne n'était pas accidentelle.

— A-t-elle seulement terminé la mission que vous lui avez donnée ? Ou est-ce qu'elle vous a déçu, d'une manière ou d'une autre ?

— Sa mission était de te déstabiliser. Et elle a réussi. Elle devait aussi se faire un nom en tant que Lucca

Marino. Et elle a réussi. Elle a été envoyée à ce dîner ce soir-là pour s'assurer que tu sois la dernière personne à l'avoir vue vivante, afin que la police n'ait d'autre choix que de t'interroger à propos de votre soirée. Je pensais devoir intervenir pour être certain que les agents aient vent de ce mandat qui circulait à ton nom, mais tu m'as facilité la tâche. Si elle a fouiné dans tes affaires, c'était pour te mettre à cran, parce que je sais à quel point tu détestes ça. La feuille de calcul que tu as laissée à son intention m'a bien fait rire, cela dit. Bien joué.

L'envie de hurler et de balancer ce téléphone pour qu'il se casse en mille morceaux me ronge, mais je ne peux pas lui montrer à quel point je suis dégoûtée.

— Qu'est-ce qui me garantit que je ne vais pas finir comme elle ? Elle est venue ici en mission et comment vous la remerciez ? Avec une chute en piqué depuis un pont.

— Ce que je peux te garantir, c'est que tu finiras bel et bien comme elle si, encore une fois, tu ne me remets pas ce que tu me dois.

Il continue sur un ton radouci.

— Je sais que tu feras tout pour avoir droit à la fin de conte de fées que tu espères depuis toujours. La grande maison et le grand jardin dont tu rêvais avec ta mère il y a toutes ces années pendant qu'elle dépérissait dans ce mobile home. Ce rêve est encore à portée de main. Je peux faire d'Evie Porter un lointain souvenir et ramener Lucca Marino d'entre les morts si tu me donnes ce que je veux.

Croit-il franchement que j'achèterais un bobard pareil ?

— Je ne sais pas combien de fois je vais devoir vous le dire – Atlanta, c'était un fiasco. Quoi que vous vouliez prendre à Amy Holder, elle l'a emporté dans sa tombe. Ce coffre à la banque ne contient pas ce que vous croyez.

Il attend quelques secondes avant de répondre.

— Ce numéro sera hors service à la seconde où j'aurai raccroché. Tu sais comment ça marche. Si tu ne retrouves pas mon associé dans le hall de l'hôtel à l'heure dite, je serai dans l'obligation de donner tout ce que j'ai à la police d'Atlanta. Ces photos n'étaient qu'un aperçu du spectacle. Tu peux toujours t'enfuir, mais tu n'es plus un fantôme.

Il ajoute une dernière chose avant de raccrocher.

— Et les flics ne seront pas les seuls à te traquer.

Tout de suite, la ligne est coupée. Je n'essaie pas de le rappeler, parce que ses menaces sont toujours suivies d'effet.

Je vais dans la salle de bains, lâche le papier qu'il m'a laissé dans le lavabo et l'allume avec le briquet que je garde près des bougies sur le bord de la baignoire. En quelques minutes à peine, il se réduit en cendres. Je nettoie toute trace de résidu avant que la fumée ne déclenche l'alarme.

J'ouvre le robinet de la douche, température au maximum, et me déshabille pour me placer sous le jet, ayant cruellement besoin de me laver de ces dernières heures.

Beaucoup de questions restent sans réponse.

Beaucoup d'émotions restent à être triées. La colère qu'un homme pour qui j'ai travaillé tant d'années dirige contre moi avec une détermination que je n'aurais jamais imaginée. La déception qui m'a submergée quand je l'ai entendu dire qu'il m'avait construit une identité dans le seul but de me démolir. L'amertume que j'ai éprouvée en découvrant qu'il planifiait mon décès depuis le début. Tout ça me blesse plus profondément que je ne l'aurais cru. Je n'y étais pas du tout préparée.

Mais ce qui m'atteint le plus, c'est la mort de cette femme. Elle s'est engagée, a rempli sa mission. C'est ma faute si elle est morte. Si James est mort. Si je ne jouais pas ce petit jeu avec M. Smith, elle serait encore en vie.

Je récure la moindre partie de mon corps. Shampouine mes cheveux. Me lave le visage. Tout pour me sentir propre.

Sa mort pèse sur mes épaules, sature mes poumons, brouille ma vue.

La porte de la salle de bains s'ouvre dans un grincement et je sursaute, bien que je m'attende à ce que Ryan vienne voir comment je me sens à son retour du bureau.

La vapeur d'eau a embué les vitres, alors je ne distingue son visage qu'au moment où il fait coulisser la porte. Une ride creuse le milieu de son front. Je n'arrive pas à déchiffrer son expression. Lorsque j'ai l'impression qu'il va partir, il se déshabille et me rejoint. Il prend le gant de toilette et me tourne face au mur de la douche. Une de ses mains se pose sur ma hanche et l'autre passe le gant avec douceur sur mon dos et mes épaules.

Je me retourne et enfouis mon visage contre sa poitrine tandis que l'eau s'abat sur nous. Et je pleure. Une fois que j'ai commencé, je ne peux plus m'arrêter. De gros sanglots saccadés qui m'anéantissent.

Ryan chuchote à mon oreille. Des inepties. Des mots doux. Des promesses.

Sa voix douce trouve les failles de mon armure.

Dix minutes pour me désintégrer. Dix minutes pour m'immerger dans le réconfort qu'il m'offre sans se soucier de savoir si je le mérite. Je prends ces dix minutes, et après je me ressaisirai.

Comme l'eau commence à refroidir, Ryan ferme le robinet et réussit à attraper ma serviette sans relâcher son étreinte. Je le laisse me sécher sans bouger.

— Tu veux te mettre au lit ? Ou tu veux manger d'abord ? demande-t-il pendant que j'enfile un legging et un tee-shirt ample.

— Est-ce que Rachel est encore là ?

Il hoche la tête en se séchant.

— Oui, elle se sent personnellement responsable de toi. Elle prévoit de ne pas te quitter d'une semelle jusqu'à ce qu'on parte pour Atlanta.

Je prends une grande inspiration. Puis une autre.

— Tu n'es pas obligé de venir avec moi à Atlanta.

Ryan hausse les épaules.

— Bien sûr que si. Mais n'en parlons pas ce soir. On prendra nos décisions demain.

Je passe en revue différents scénarios maintenant que je sais ce que je dois affronter. J'irai à Atlanta après avoir fait quelques haltes en chemin.

— Qu'est-ce qui se passe dans cette tête, hein ?

Ça ne me plaît pas qu'il me connaisse si bien. Ça prouve que j'ai abaissé mes défenses en ce qui le concerne.

— Je réfléchis à ce qu'ils vont me demander. Et à ce qu'ils feront si je ne peux pas répondre à leurs questions.

Il m'attire contre lui.

— Je serai avec toi. Rachel aussi. On est de ton côté. Si tu ne dois croire qu'en une chose, c'est celle-ci.

Je prends ses mains dans les miennes et les porte à ma bouche, embrassant chacun de ses doigts.

— J'ai faim. Mais j'ai besoin d'une minute pour me reprendre.

Il sourit et me serre les mains.

— Je vais chercher de quoi manger. Descends quand tu seras prête.

Il sort de la chambre et je m'allonge sur notre lit.

Assez d'apitoiement, il est temps de se mettre au boulot.

18

De nos jours

M. Smith veut que je sois à Atlanta après-demain et moi je n'ai vraiment pas besoin que Rachel y soit avec moi. J'arrive en bas pour découvrir qu'elle s'est installé un coin bureau dans la salle à manger. Son ordinateur est posé à un bout de la table, entouré de plusieurs boîtes à archives.

— Où est Ryan ? je demande au lieu de la saluer.

Elle continue à trier une série de dossiers sans lever les yeux.

— Il est sorti acheter à manger.

Je la fixe longuement pour la mettre à cran. Elle cesse son rangement et m'accorde enfin toute son attention, se laissant tomber sur la chaise en bout de table.

— Il faut qu'on soit à Atlanta vendredi matin à 9 heures, donc on doit partir jeudi, dit-elle. J'ai jeté un œil aux horaires de vol, et il y en a un direct à 16 h 30 ce jour-là. On peut réserver deux chambres dans un hôtel près de l'aéroport. Je propose qu'on passe le reste de l'après-midi et la journée de demain à tout voir en détail pour être préparées.

Je m'assois sur une chaise à côté d'elle et pousse les papiers qui encombrent la table pour m'y accouder.

— Je te retrouverai à Atlanta à 8 h 30 vendredi matin, mais j'ai besoin de faire certaines choses avant. Toute seule.

Elle secoue la tête avant que j'aie fini ma phrase.

— Je suis responsable de toi. Si tu ne te présentes pas, ils vont me tomber dessus. Toi, je suis certaine que tu peux facilement t'évanouir dans la nature, et que tu le ferais de bon cœur, mais moi je vis ici. Toute ma vie est ici.

— Je ne ferais jamais ça à Ryan, réponds-je calmement.

Elle lève les yeux au ciel.

— Il ne sait même pas comment tu t'appelles.

Elle cherche à m'énerver et y arrive presque.

— C'est non négociable. Je pourrais te planter à n'importe quel moment et tu ne verrais rien venir. Mais je suis sympa : je te confirme que je serai bien à Atlanta vendredi. Dis-moi juste où te retrouver.

On se toise, chacune attendant que l'autre cède. La porte de derrière qui s'ouvre nous annonce l'arrivée de Ryan avec le repas, or j'ai besoin que cette affaire soit réglée avant qu'il y soit mêlé.

— Je sais que ça ne veut pas dire grand-chose pour toi, mais je te donne ma parole. Je serai là. Et quand je fais une promesse, je la tiens. Toujours.

Elle laisse échapper un soupir excédé.

— Tu ne crois pas qu'on ait besoin de discuter un minimum de ton cas ?

J'ai bel et bien besoin de me préparer, mais avec Devon, pas avec Rachel.

— Non.

Ryan passe une tête dans la salle à manger. Son regard rebondit de Rachel à moi.

— Tout va bien par ici ?

— Très bien, répond Rachel.
— Évidemment, dis-je.
— Allez, venez manger, dit-il, et on le rejoint dans la cuisine.
Je sors assiettes et couverts tandis que Ryan dispose les boîtes de nourriture sur l'îlot central, comme un buffet.
— J'ai pris un assortiment de trucs différents parce que je ne savais pas trop de quoi vous aviez envie.
Pendant cette petite chorégraphie, Rachel nous observe attentivement. Examine nos mouvements, se rend compte que nous savons d'instinct ce que l'autre fait, où il se trouve. Elle se méfie de moi, et je suis certaine qu'être témoin de cette scène est difficile pour elle, sachant ce qu'elle sait.
Je dépose une énorme portion de poulet parmigiana dans mon assiette, quand je me rappelle brusquement que Ryan était censé aller chez les Bernard aujourd'hui.
— Est-ce que Mme Bernard était contrariée que tu ne puisses pas aller chez elle ?
Il avale une longue gorgée de bière avant de me répondre.
— Je l'ai appelée pour lui dire que j'avais un imprévu et que je ne pourrais pas venir.
Je m'assois à côté de lui à la table de la cuisine.
— L'enterrement aura lieu cette semaine, et je pense qu'il vaudrait mieux que tu sois présent au lieu de m'accompagner à Atlanta.
— J'ai déjà prévenu les Bernard que je n'assisterai pas aux funérailles à cause d'une urgence qui m'appelle ailleurs.
Je secoue la tête.
— Je t'assure, tu devrais y aller. Rachel et moi, on peut se débrouiller à Atlanta.

Il pose sa fourchette sur son assiette et le bruit résonne dans la cuisine.

— Et moi je crois que je peux encore décider de l'endroit où je dois être.

Rachel doit se régaler du spectacle qu'on lui offre, aussi je décide de remettre cette conversation à plus tard, lorsqu'on sera dans l'intimité de notre chambre. Elle sait déjà que je prévois de partir de cette maison toute seule. Je lève les yeux vers elle.

— Je suppose que ça te va aussi de rater l'enterrement ?

— En effet, dit-elle avec un sourire contrit. Ma dernière conversation avec James remonte à deux ans, il me réclamait de l'argent. J'ai accepté à condition qu'il se fasse aider. Je lui ai même obtenu une place dans un centre de désintox très couru. Mais il ne m'a plus donné signe de vie dès qu'il a eu le fric sur son compte. Je suis l'une des rares du groupe à ne pas l'avoir croisé quand il est revenu en ville il y a quelques semaines.

— Ouais, j'ai environ dix anecdotes du même genre, grogne Ryan.

Le reste du repas s'écoule au fil d'une discussion banale, et nous ne tardons pas à nous retirer dans notre chambre tandis que Rachel gagne la chambre d'amis au rez-de-chaussée.

Plantée au milieu de la pièce, je pousse un long soupir. Me recentre.

— J'ai besoin de m'occuper de certaines choses toute seule, dis-je à Ryan tandis qu'il replie les draps, sans remarquer que quelqu'un a fait notre lit.

Son visage se durcit, mais j'insiste.

— Je retrouve Rachel à Atlanta. Tu es le bienvenu si tu veux me rejoindre aussi là-bas.

Il me regarde tout en se déshabillant et se met au lit.

— Je ne veux pas en parler davantage aujourd'hui.

Il tient les couvertures ouvertes pour que je me glisse à côté de lui.

Je ne devrais pas céder, mais moi aussi j'en ai assez de discuter, alors j'éteins la lumière et je le rejoins.

*

Je suis assise à la table de la cuisine, mon carnet ouvert sous les yeux, lorsque Rachel arrive. J'arrache les deux pages sur lesquelles j'ai écrit, les plie pour les glisser dans la poche arrière de mon jean puis range le carnet dans mon sac à dos et me rapproche de la cafetière pour remplir ma tasse isotherme.

— Où sont les tasses ? me demande-t-elle.

Je fais un signe de tête vers le placard du haut. Elle se sert.

— Tu pars ce matin ?

— Dans moins d'une heure, réponds-je en jetant un œil à la pendule.

Je fais défiler mon fil Instagram sur mon téléphone et m'arrête sur une publication de Food Network montrant Bobby Flay devant un barbecue, arborant son sourire de faux cul caractéristique. Je commente : *Beat Bobby Flay est mon émission n° 1 !! 45 minutes pour le battre, c'est impossible ! #ToutesLesBonnesRecettesSontÉcrites*

En temps normal, je donnerais plus de trois quarts d'heure à Devon pour me retrouver au premier lieu de notre liste, mais après les événements d'hier, je suis certaine qu'il rafraîchit son fil toutes les deux ou trois minutes, comme je le fais. Quant au hashtag, personne à part lui ne le comprendra, mais j'ai besoin qu'il sache que j'ai quelque chose à lui donner pour qu'il puisse m'indiquer où le lui laisser.

Rachel ajoute du sucre et un peu de crème dans sa tasse puis se tourne vers moi en touillant son café.

— Est-ce que Ryan est au courant ?

— Oui, dis-je, les yeux rivés à mon téléphone.

Il ne faut que quelques minutes à Devon pour poster un commentaire sous la dernière publication de Spotify : *See you soon de Coldplay est sous-estimé #LesTwinkiesAussi*

Je suppose que je devrai me rendre au rayon gâteaux et trouver les Twinkies quand j'arriverai sur notre lieu de rendez-vous.

Je ferme Instagram et monte à l'étage faire mes bagages. Je jette des vêtements dans un sac et prends mes affaires de toilette dans la salle de bains. Quand je reviens dans la chambre, Ryan a posé un sac sur le lit, ouvert et déjà à moitié rempli.

— Tu crois que j'aurai besoin d'un costume ?

Je fourre dans mon sac ce que j'ai dans les bras et me dirige vers la penderie pour prendre mes chaussures.

— J'ai besoin de faire ça toute seule.

Je ne peux pas le regarder.

— Je comprends que tu croies ça, mais tu n'es plus seule.

Son regard croise le mien de l'autre côté du lit.

— Je viens avec toi, déclare-t-il.

— Mais tu ne serais pas au travail *jeudi*, or je sais à quel point les rendez-vous du *jeudi* sont importants pour toi.

J'insiste bien lourdement pour voir ce que je peux récolter.

Il penche la tête sur le côté et plisse les yeux.

— Je veux bien te dire mes secrets si tu me fais part des tiens, dit-il d'une voix grave et légèrement dérangeante. Je t'écoute, conclut-il.

Il me semble apercevoir le type qui régnait en maître sur son entrepôt l'autre jour.

Mais je me contente de croiser les bras en continuant à le toiser.

Quand il comprend que je ne vais pas accepter son marché, il lance les bras en l'air.

— Je ne poserai aucune question. On ne m'effraie pas facilement. Et je n'ai vraiment pas envie que tu fasses ce que tu penses devoir accomplir toute seule.

On se regarde en chiens de faïence jusqu'à ce qu'il finisse par ajouter :

— Et puis, il se pourrait que l'étendue de mes compétences se révèle utile.

Sur quoi il m'adresse ce fameux sourire. Celui qui le rend irrésistible. Jamais je ne me serais crue capable de sourire en cet instant, et pourtant, mon visage imite le sien.

— Et on peut savoir de quel genre de compétences il s'agit ?

Il hausse les épaules en continuant à faire son sac.

— Emmène-moi avec toi et tu le sauras.

Je suis tiraillée. M. Smith a décidé que ce serait la mission qu'il m'attribuerait pour jouer à ce petit jeu macabre avec moi, et j'ai besoin de savoir pourquoi.

Il s'attendra à ce que je vienne seule. Jusqu'à maintenant, je voulais être prévisible à cent pour cent, mais là, j'ai besoin de l'exact opposé. Sans compter que l'acharnement de Ryan à vouloir m'accompagner alors qu'il va manquer l'enterrement de James et une semaine de travail me semble bizarre. Très bizarre.

Je me force à soupirer et cède en en faisant des tonnes.

— C'est moi qui prends toutes les décisions. Si j'ai besoin de m'éclipser pour m'occuper de quelque chose toute seule, je refuse de négocier. Tu ne dis pas un mot.

Il acquiesce.

— Ne crois pas que tu vas me larguer en cours de route, dit-il avec un sourire en coin. Je le vois déjà sur ton visage.

Mais nous savons tous les deux que cette option est toujours sur la table.

*

Rachel est furax que Ryan m'accompagne et pas elle.

Je charge nos sacs dans le coffre de mon 4Runner tandis que devant la maison, Ryan et Rachel sont engagés dans une conversation animée – on dirait qu'ils s'apprêtent à entamer un combat de boxe. Je ferme le coffre et me tourne vers la rue pour la graver dans mes souvenirs. Elle me manquera plus que je ne veux l'admettre.

Je me glisse derrière le volant et j'attends Ryan. Quand il entend le moteur démarrer, il me regarde par-dessus son épaule. Rachel essaie de le retenir alors qu'il se dirige vers la voiture. Elle sait des choses sur moi qu'il ignore, des choses qu'elle ne peut pas lui révéler à cause de l'accord de confidentialité qui nous lie, et elle cherche à tout prix à l'empêcher de venir avec moi.

Mais il ne se laisse pas faire.

Il s'assoit sur le siège passager et baisse sa vitre tandis que Rachel arrive à hauteur de la voiture. Il voulait qu'on prenne son Tahoe, mais c'est moi qui commande, et si je décide bel et bien de le larguer en cours de route, j'aurai besoin de ma propre voiture.

Rachel me lance un regard que je n'aime pas vraiment, puis se concentre sur lui.

— Je ne plaisante pas, Ryan. Pas après 8 h 30 vendredi matin à Atlanta. Je négocie avec les inspecteurs pour que l'entrevue ait lieu ailleurs que dans les locaux de la police, donc dès qu'on sera tombés d'accord, je te ferai savoir à quel endroit on se retrouve.

— Tu m'as déjà précisé tout ça un certain nombre de fois, répond-il.

Il laisse sa tête retomber contre l'appuie-tête, le regard fixé droit devant lui. La main de Rachel se cramponne à la vitre baissée comme si elle essayait physiquement de nous empêcher de partir.

Je m'agite sur mon siège, prête à y aller. Je n'aime pas les au revoir. Vraiment pas.

Ryan doit sentir mon malaise car il m'adresse un signe de tête, alors je passe la marche arrière et desserre le frein à main pour faire comprendre à Rachel qu'elle doit retirer sa main et s'éloigner.

— Je t'appellerai, lui dit-il alors que nous reculons dans l'allée. Et ne sois pas étonnée si tu dois me récupérer je ne sais où après qu'elle m'aura abandonné.

De toute évidence, la blague n'est pas à son goût.

Une fois que la vitre est relevée et que nous nous engageons dans la rue, il me demande :

— Est-ce que tu veux que je réserve un hôtel à Atlanta ? Enfin, je suppose que c'est là que nous allons ?

— Je me suis occupée de tout.

Je sors du quartier par l'une des rues animées qui traversent la ville puis m'arrête dans une station-service.

— Tu veux bien faire le plein pendant que je vais nous chercher de quoi grignoter pour la route ?

Il sort de la voiture avant que j'aie fini ma question.

— Prends-moi un Coca et des chips. Saveur barbecue, précise-t-il juste avant que j'entre dans la boutique.

Je déambule dans l'allée, attrape deux sachets de chips au passage ainsi qu'un paquet de M&Ms au beurre de cacahuètes et remarque Devon en train de se remplir un gobelet à la fontaine à soda. Je sors le papier plié de ma poche arrière et le glisse sous un paquet de Twinkies. Pendant que je paie à la caisse, il récupère la lettre écrite à la main qui le renseignera sur les événements d'hier et lui donnera tous les détails du plan que j'ai échafaudé. Ce n'est pas un moyen de communication idéal, mais le côté vieille école nous garantit de ne pas être piratés. Si tout se déroule comme prévu, je devrais lui parler en personne bientôt.

De retour à la voiture, je m'installe côté passager.

Ryan me regarde par la vitre ouverte côté conducteur, toujours en train de remplir le réservoir.

— Je suppose que tu veux que je conduise ?

— Oui, s'il te plaît, dis-je avant d'avaler une gorgée de mon Dr Pepper sans sucre.

— Il va falloir que tu me dises où on va si c'est moi qui conduis, dit-il une fois de retour dans la voiture.

— Prends l'autoroute, vers l'est.

On roule un moment sans se dire un mot. Il n'y a pas de musique. Pas de conversation. Seules mes indications brisent parfois le silence.

Le paysage s'aplatit à mesure qu'autour de nous s'étend le delta du Mississippi, les champs cultivés se déployant à perte de vue. On a quitté l'autoroute, on cahote sur les routes secondaires, à travers des petites villes qui surgissent environ toutes les heures. Le genre de villes où la vitesse autorisée chute de 90 km/h à 55 km/h sans prévenir, de sorte que les conducteurs tombent dans les pièges qui génèrent les revenus dont elles ont besoin.

On s'arrête à nouveau pour faire le plein et Ryan insiste pour payer. De mon côté, j'insiste pour qu'il paie en liquide. Il sort un portefeuille gonflé de billets de vingt, comme s'il était bien mieux préparé à ce voyage que je ne l'aurais cru, et je me rappelle qu'il a des activités aussi suspectes que les miennes.

— Je suis désolée que tu manques l'enterrement de James, dis-je quand nous avons repris la route.

Un soupir profond lui échappe.

— Moi aussi.

Je pense qu'il va en rester là, mais il poursuit.

— J'ai passé des années à aider James… à le sauver. Je lui ai fourni de l'argent, des fringues, un toit. Je l'ai emmené en désintox plus d'une fois. J'étais sa béquille. Il savait que je serais là. Que je le sauverais. À quoi bon faire des efforts et changer s'il y a toujours quelqu'un pour te sauver ?

Quelques minutes passent.

— Je n'ai pas besoin d'être sauvée, dis-je.

Il tourne brusquement la tête vers moi et me fixe tandis que je regarde droit devant. Son attention finit par se reporter sur la route.

— Je le sais. Tu as peut-être besoin de certaines choses, mais pas d'être sauvée.

Ça déclenche tout un tas de questions que j'ai envie de lui poser. Mais il a bien spécifié qu'il me dévoilerait ses secrets quand je lui aurai confié les miens. Alors je ravale mes questions et dis à la place :

— Dans trois kilomètres, tourne à gauche.

Pseudonyme : Wendy Wallace – Six ans plus tôt

J'adore cette petite ville. Dans une autre vie, j'aurais obtenu mon diplôme de fin d'études secondaires et je serais venue à la fac ici. J'aurais assisté à tous les événements sportifs, toutes les pièces de théâtre, toutes les expositions. J'aurais passé les intercours dans la cour carrée, où j'aurais râlé avec mes camarades contre l'injustice des notes que le prof nous aurait infligées à notre dernier examen.

Mais ce n'est pas ma vie.

J'étais dans cette chambre d'hôtel près de l'aéroport de Raleigh seulement depuis un jour quand on a frappé à la porte. J'ai ouvert pour tomber sur un livreur en uniforme UPS. Mais en y regardant de plus près, je me suis aperçue qu'il s'agissait du même type qui m'avait livré les dernières instructions de Matt.

— Vous êtes George, j'ai fait.

Il avait l'air perdu.

— Désolé, qui ça ?

J'ai pointé un doigt sur mon tee-shirt, à l'endroit où j'aurais eu un badge si j'en portais un.

— George. C'est le nom qu'il y avait sur votre badge à l'hôtel de Hilton Head.

Il a eu l'air surpris que je m'en souvienne.

— Mais je suppose que ce n'est pas votre vrai nom.

Il m'a tendu un colis tout simple enveloppé de papier kraft sans adresse ni logo de transporteur, avant de répondre.

— Non, en effet.

Je suis certaine qu'il n'a pas le droit de me parler, seulement de faire sa livraison.

— Vous comptez me dire votre vrai nom ou je continue à vous appeler George ?

Il a haussé les épaules.

— George, ça me va.

— OK, va pour George.

Il a commencé à s'éloigner mais s'est arrêté quand je lui ai demandé :

— Vous venez en Floride avec moi ? Ou vous avez d'autres livraisons prévues ?

Nouveau haussement d'épaules.

— Vous verrez bien.

Et il a disparu.

J'ai déchiré le paquet pour y trouver un permis de conduire de l'État de Floride au nom de Wendy Wallace, ainsi qu'un bout de papier sur lequel étaient inscrits le nom d'une compagnie de transport et de stockage, le numéro d'une boîte postale, et le nom d'une résidence avec un numéro d'appartement. Il y avait aussi deux clés sur un porte-clés, l'une beaucoup plus grosse que l'autre. Enfin, il y avait la photo d'un homme qui avait entre trente-cinq et quarante ans. Au verso, on avait écrit son nom, Mitch Cameron, ainsi qu'une instruction : "Découvrez tout ce qu'il y a à savoir sur cet homme."

Je n'ai pas eu besoin de beaucoup chercher pour le trouver. Tout le monde connaît Mitch Cameron : c'est le coach principal de l'équipe de football d'une université de Floride. Il est autant adoré que détesté.

Mitch a trente-sept ans, ça fait dix ans qu'il est marié avec Mindy. Mitch et Mindy. Comme c'est mignon. Mitch est aussi le père de deux jeunes enfants, un garçon du nom de Mitch Junior et une fille qui s'appelle Matilda.

Cette famille est sponsorisée par la lettre M.

Il ne m'a fallu que quatre jours pour tout savoir sur Mitch et son quotidien, mais je ne voyais absolument pas pourquoi un entraîneur de football universitaire était ma cible. On ne me dit jamais qui est le client, mais j'ai hâte de découvrir le rapport qu'il peut bien y avoir entre Mitch et la nécessité de faire appel aux services de M. Smith.

Tous les jours de cette semaine, je suis allée à vélo jusqu'au terrain d'entraînement pour le voir à l'œuvre. Aujourd'hui, j'ai étendu une couverture sur l'herbe et me suis entourée de quelques manuels, comme la poignée d'étudiants qui ont choisi de réviser dehors par cet après-midi d'automne, le soleil de Floride dorant magnifiquement ma peau. Je n'ai jamais passé autant de temps dehors.

Mitch semble très apprécié par ses joueurs. Il n'est pas tendre avec eux, mais il sait les encourager, et n'a pas peur de les féliciter quand ils ont travaillé dur. Comme tous les autres jours, quand l'entraînement est terminé et que Mitch envoie ses joueurs à la douche, je remballe mes affaires et passe au point relais vérifier la boîte postale. Jusqu'à maintenant je l'ai trouvée vide, mais aujourd'hui je me sens en veine.

Un petit cri de victoire m'échappe quand je trouve une enveloppe à l'intérieur. Enfin ! Je la glisse dans la taille élastique de mon short, tire mon tee-shirt par-dessus et quitte le magasin aussi vite que possible.

Je ne l'ouvre pas avant d'avoir atteint la sécurité de mon appartement.

Je découvre une simple feuille de papier sur laquelle figurent cinq noms, ainsi qu'une date et un horaire à côté de chacun d'eux.

Il me suffit de chercher deux noms sur Google pour distinguer une sorte de schéma. Chaque personne de cette liste est un lycéen en dernière année habitant dans un rayon de cent kilomètres de l'université et ayant déjà à son actif une impressionnante carrière dans le football. Et tout le monde se demande dans quelle équipe universitaire chacun d'eux va jouer à l'automne prochain.

Au départ, tout ça me semble ridicule. Qu'est-ce que je fais ici ? Je suis venue surveiller un entraîneur de football et une poignée de gamins de dix-huit ans ?

Je lis tout ce que je peux sur le football lycéen et universitaire. J'apprends que les universités se font des millions et des millions de dollars sur le dos de ces jeunes joueurs avant qu'ils ne deviennent professionnels. S'ils ont la chance de franchir ce pas.

C'est un énorme business.

Il paraît aussi que certains joueurs reçoivent des dessous-de-table pour choisir une université plutôt qu'une autre – des histoires de porteurs de valises qui déposent du fric tard le soir et communiquent par téléphone portable prépayé, et, encore plus hallucinant, de vieux supporters de telle équipe qui dépensent des fortunes dans l'espoir de voir leur université de cœur remporter un championnat. Ils arrosent les départements sportifs et attendent des résultats. S'ils ne les obtiennent pas, ils coupent le robinet à fric. On peut légitimement se demander qui dirige vraiment ces départements : le directeur de l'université ou les quelques gros riches qui signent les chèques. Il suffit de rechercher sur Google "T. Boone Pickens" et "université d'Oklahoma" pour se faire une petite idée.

Les progrès actuels pointent vers un changement des règles qui permettrait aux athlètes universitaires de tirer profit de leur nom et de leur image. En fait, la plupart des personnes du milieu pensent que la NCAA autorisera les sportifs universitaires à accepter les soutiens dès 2020 ou 2021, mais pour l'instant, c'est rigoureusement interdit. Si on les pince pour paiement des joueurs, les écoles écopent d'amendes monumentales et risquent de perdre le droit de participer aux matchs de fin de saison, ce qui réduirait à néant toute leur stratégie de recrutement. Mais la sanction la plus lourde tombe sur le joueur, qui perd le droit de jouer. Où que ce soit.

Au cours de mes dernières missions, pendant l'intervalle de temps qui séparait les premières informations des instructions précises, j'ai essayé de deviner la raison pour laquelle le client nous avait embauchés.

Puisqu'on m'a donné la liste de ces futurs joueurs, j'imagine qu'ils sont impliqués dans ce système d'une façon ou d'une autre. Mitch est-il un recruteur aux mains sales ? Le client est-il une université rivale cherchant à nuire au département de Mitch ?

Cinq noms. Cinq dates. La première arrive la semaine prochaine. Je vais avoir besoin de matériel et d'aide pour l'installer, alors je suis les étapes instaurées par Devon pour entrer en contact avec lui et lui demande de me rejoindre en Floride.

*

Je m'attendais à voir Mitch Cameron courtiser ces joueurs, mais je n'avais pas prévu de tomber sur des coachs venus d'autres universités pour faire la même chose. Ces sportifs sont la crème de la crème dans la région, et tout le monde les veut. Si la fac où travaille Mitch a bonne réputation, il y en a deux autres plus grandes et plus prestigieuses pas très loin d'ici, alors la compétition est féroce.

S'introduire dans la maison de chaque joueur pour planquer le matériel apporté par Devon s'est révélé plus facile que je ne le pensais. Ils habitent tous des quartiers pauvres, où les logements ne sont pas protégés par des alarmes. Difficile d'ignorer le paquet de fric qui est en jeu pour les universités qui finissent la saison victorieuses, et pourtant ces garçons ne peuvent même pas se faire payer un repas par quelqu'un associé de près ou de loin à l'université. Terriblement injuste.

Au bout d'une semaine d'espionnage, je reçois un nouveau courrier.

> Les enregistrements, vidéos et photos des sujets de la liste qui rendent compte d'entrevues, de conversations ou de discussions (même entre les membres d'une même famille) concernant n'importe quel département de football doivent m'être envoyés. Un livreur se présentera chez toi tous les soirs à 22 heures pour une éventuelle collecte. Ne laisse rien dans la boîte postale.

Je savais que M. Smith m'aurait à l'œil, mais je ne m'attendais pas à une surveillance aussi rapprochée. Ce qui fait lourdement pencher la balance en faveur d'un client issu d'une école rivale. M. Smith ne réclame pas seulement les conversations entre les joueurs et Mitch, mais aussi avec les autres coachs. Mais les coachs ne sont pas les seuls à venir s'entretenir avec les athlètes.

Très vite, cela devient une évidence : Tyron Nichols est le joueur le plus prisé. Il vit dans l'un des quartiers noirs les plus pauvres, dans la ville où se trouve l'université. Sa maison ne compte que trois petites chambres et une salle de bains minuscule, mais héberge pourtant Tyron, sa grand-mère et ses cinq frères et sœurs plus jeunes. Ses parents travaillent jusqu'à tard et sa grand-mère s'occupe des enfants qui n'ont pas encore l'âge d'aller à l'école. Il est manifeste que ses parents ne savent pas quoi penser de toute l'attention dont leur fils est l'objet.

Mais Tyron est intelligent. Bien qu'on lui ait proposé de l'argent, il n'a jamais accepté. Parce qu'au bout du compte, c'est lui qui risque gros. S'il perd son éligibilité, il ne pourra plus jouer. Il n'aura quasiment aucune chance de rejoindre la NFL, où il serait enfin payé à hauteur de son talent, s'il ne fait pas d'abord carrière dans le football universitaire.

Sur mon petit écran, je vois des hommes en chemise amidonnée toquer à sa porte. J'observe comment il se débrouille face à eux puis j'écoute la conversation qu'il a avec son frère, d'un an son cadet, à propos de l'offre qu'ils lui ont faite.

La deuxième semaine commence, et je suis épuisée. Bien que Devon et moi nous partagions la tâche pour tout couvrir, nous passons nos journées à visionner les images des cinq lieux et à sélectionner les séquences pertinentes avant que George ne frappe à ma porte dans son uniforme UPS.

Le seul point positif, c'est que George semble de plus en plus amical. Lors des deux premières collectes, il était très sérieux, mais maintenant il s'attarde et discute un peu. Je lui ai même donné des parts de pizza hier soir pour la route, parce qu'il avait l'air aussi crevé que nous. Je m'interroge sur l'étendue du terrain qu'il couvre en une journée, s'il doit revenir ici tous les soirs.

Si on a dégoté des choses compromettantes sur certains coachs, Mitch Cameron, lui, n'a franchi aucune limite au cours de ses rendez-vous avec des joueurs potentiels. Il ne cache pas son souhait de les voir intégrer son équipe, il est poli avec la famille, reconnaissant pour la nourriture ou la boisson qu'on lui sert. C'est l'invité modèle.

Des souvenirs du temps que j'ai passé avec Andrew Marshall me reviennent, et l'incertitude sur ce qu'on va me demander me noue l'estomac.

Mais je suis prête à connaître les détails de ma mission.

Après une autre longue journée passée à visionner des images de surveillance, je glisse la clé USB dans une enveloppe et jette un œil à la pendule. George devrait arriver d'une minute à l'autre.

Quand Devon a vu les dernières instructions, il a refusé de venir chez moi car il n'aime pas l'idée que George soit si près, alors il faut que j'ajoute un aller-retour pour récupérer ce qu'il a enregistré. On se retrouve chaque jour à un endroit différent.

Deux toc-toc rapprochés m'annoncent l'arrivée de George.

— Salut, George, dis-je en lui tendant mon petit paquet.

Son front se plisse.

— Tu n'as pas l'air en forme.

— Toujours aussi charmeur, dis-je en levant les yeux au ciel. Regarde des images de vidéosurveillance à longueur de journée et on verra de quoi tu as l'air.

Il me tend une enveloppe en kraft.

— J'ai quelque chose pour toi, ce soir. Je me suis dit que j'allais t'épargner un passage à la boîte postale puisque je dois venir de toute façon. Mais ne me dénonce pas.

Mon soulagement est évident.

— Enfin. Ne t'en fais pas, ton secret ne craint rien.

J'ai hâte de déchirer cette enveloppe mais je remarque que George s'attarde dans le couloir.

— Il y a autre chose ?

Il hoche la tête et dit en chuchotant presque :

— Comme c'est la première fois que tu traites en direct avec *lui*, si tu as l'impression qu'il te fait passer un test, c'est bien le cas.

Je le fixe avec de grands yeux, le suppliant en silence de m'en dire plus. Mais après ces paroles énigmatiques, il s'en va.

Je déchire l'enveloppe aussitôt.

> Cameron doit être démis de ses fonctions sans que ses finances ni sa réputation n'en souffrent, et sans conséquences négatives pour l'université, le département ou tout joueur futur. Pas de scandale.

J'avais beaucoup de théories sur ce qu'on allait me demander, mais celle-ci ne figurait pas dans les dix premières. Et bien que l'issue désirée et les paramètres soient très clairs, ces instructions restent très vagues.

Si tu as l'impression qu'il te fait passer un test, c'est le cas.

Eh bien, nous y voilà.

*

Il m'a fallu plusieurs jours pour passer mes options en revue et estimer les chances de réussite par rapport aux risques d'enfreindre les règles édictées par M. Smith.

Je ne peux pas télécharger du porno impliquant des mineurs sur l'ordinateur de Mitch et le faire chanter pour qu'il démissionne parce que premièrement : il n'y a pas de garantie que ça ne finira pas en scandale, et deuxièmement : s'il quitte ses fonctions, il perd le reste de son contrat – soit six millions de dollars –, et donc on pourrait dire que ses finances en souffriraient.

Faire chanter son épouse me mène aux mêmes résultats et faire chanter n'importe quel membre de l'université ouvre la porte au scandale et aux pertes financières, puisqu'ils devraient racheter son contrat.

J'ai l'impression d'être coincée.

Je sens que je vais foirer ce test.

La seule chose à faire est de tout reprendre depuis le début. Il ne ferait pas en sorte que j'échoue à coup sûr, alors il y a sûrement un truc qui m'échappe. S'il veut que je fasse mes preuves, c'est qu'il existe un moyen d'accomplir cette mission – il suffit que je le trouve.

*

La concession Ford est flambant neuve ; la pièce principale est un grand open space tout en verre et chrome. Des vendeurs tournoient autour des portes d'entrée comme des requins, mais j'entre sans ralentir le pas, en évitant tout contact visuel avec eux.

La jeune blonde de l'accueil me scanne en vitesse de la tête aux pieds puis colle un gigantesque sourire sur son visage.

— Bienvenue chez Ford Sud ! Que puis-je faire pour vous ?

— J'ai besoin de parler à Phil Robinson.

— Je ne suis pas sûre qu'il soit disponible…

— Donnez-lui ceci.

Je pose une enveloppe blanche sur son guichet. Phil possède cinq concessions Ford éparpillées dans le centre de la Floride, mais c'est ici qu'il a son bureau principal.

En un instant, l'hôtesse est de retour et me prie de la suivre. Phil m'accueille à la porte de son bureau. Ses yeux me scrutent de la pointe de mes chaussures au sommet de mon crâne. Je lui fournis tous les détails dont je veux qu'il se souvienne. Mes vêtements sont de qualité sans être luxueux. Ma veste a l'air taillée sur mesure, mais ma jupe vient clairement d'une boutique de prêt-à-porter. Mes bijoux sont simples mais de bon goût. Avec les cheveux attachés et tout ce maquillage, on me donne facilement trente ans.

J'approche vers lui la main tendue, et il hésite une seconde ou deux avant de céder.

— Monsieur Robinson, merci de me recevoir, dis-je tandis que nous nous serrons la main.

Il me fait signe d'entrer et je balaie rapidement la pièce du regard. C'est un grand fan de l'équipe universitaire, et l'un de ses plus importants soutiens. Il y a au mur des maillots encadrés et des ballons. Des photos avec des joueurs, des coachs, Mitch Cameron compris. Phil s'installe dans son fauteuil derrière son bureau et m'invite à prendre celui qui lui fait face.

— Qu'est-ce que vous cherchez à me dire ? demande-t-il.

Il a ouvert l'enveloppe et sorti la photo montrant des liasses de billets posées sur le hayon d'un pick-up Ford qui arbore un autocollant de sa concession sur le pare-brise arrière. Nous ne sommes pas là pour parler de la pluie et du beau temps.

— Je suis venue à propos de Roger McBain.

Son visage affiche un air confus, mais une vague rouge s'élève depuis son col blanc amidonné.

— Je ne connais personne de ce nom-là.

Mon front se plisse comme si je le croyais, légèrement perplexe, puis je sors d'autres photos. Où on le voit avec Roger.

— Han, vous m'avez l'air pourtant bons amis sur celle-ci.

Je pose ensuite mon iPad sur le bureau, face à lui. J'appuie sur le bouton de lecture de la vidéo figée à l'écran. C'est l'enregistrement d'un dîner auquel participent Phil, Roger, et une poignée d'autres généreux donateurs. La vidéo démarre au moment où ils évoquent en détail quels joueurs ils voudraient que Roger approche et quelle somme il proposera à chacun. Phil suggère même d'ajouter une voiture ou deux si nécessaire.

— Tout pour les empêcher d'aller à Florida State, dit-il.

Ils se vantent également d'avoir recruté certains des meilleurs joueurs l'an dernier. J'appuie sur pause juste après cette phrase de Phil :

— Donner ce F-250 valait bien ces douze *touchdowns*.

Les yeux rivés sur l'écran, Phil blêmit.

L'unique catégorie de personnes à ne pas être mentionnée sur le papier de M. Smith était les donateurs. La cible : protégée. La fac : protégée. Le département : protégé. Les espoirs : protégés.

Mais pas un mot sur ces soutiens richissimes et hyper impliqués.

M. Smith savait que non seulement je verrais les joueurs parler avec les entraîneurs, mais que je surprendrais aussi des hommes comme Roger McBain en train de les approcher de la part de soutiens comme Phil Robinson.

— Roger travaille pour vous. Vous lui indiquez les joueurs que vous souhaitez voir intégrer votre alma mater, et lui fournissez les fonds qui les inciteront à le faire.

Je suis venue avec des preuves et il le sait. Mais il se tait, jouant avec un stylo à bille noir.

— J'ai autant de photos de vous avec le directeur du département sportif, le président de l'université, et la moitié du personnel technique, donc je ne crois pas qu'il soit exagéré de dire que la fac était au courant de ce que vous faisiez, voire qu'elle l'approuvait. Vous croyez que la NCAA leur donnera une interdiction de participer aux matchs de fin de saison sur trois ans ou plutôt quatre ?

C'est mon seul coup de bluff, parce que je ne suis pas vraiment en mesure d'impliquer l'université, mais Phil n'en sait rien. J'ai juste besoin qu'il craigne que je puisse relier la fac à ses activités. Il ne veut surtout pas être le type qui a fait tomber tout le département.

Il finit par s'exprimer.

— Qu'est-ce que vous voulez au juste ?

J'avais beau être certaine que jamais Phil ne permettrait que l'équipe souffre de ses faits et gestes à lui, je suis soulagée de le voir céder face à mes menaces.

— Nous voulons que Mitch Cameron soit démis de ses fonctions. Vous et vos copains allez insister pour qu'il s'en aille, mais vous allez faire ça gentiment. Vous devrez dire que vous n'êtes pas d'accord avec sa vision des choses. Que le temps de la restructuration est venu. Et puis vous rachèterez son contrat. Il n'y a aucune raison pour que la fac profite de ces six millions alors que tout est votre faute.

Il retrousse sa lèvre supérieure comme s'il allait me grogner dessus.

— Vous m'accordez plus de pouvoir que je n'en ai réellement.

— Pas du tout. Je crois en vous, Phil, dis-je avec enthousiasme. Je suis certaine que vous allez y arriver.

— Pourquoi ? demande-t-il. Pourquoi Cameron ?

— Tout comme vous, nous voulons ce qu'il y a de mieux pour l'université. Nous jouons tous dans la même équipe, Phil.

Ma réponse ne lui plaît pas et il ne me pose pas d'autre question. Je rassemble mes affaires et prends tout mon temps pour les ranger dans mon sac.

— J'attends une annonce officielle pour lundi matin au plus tard.

Et je m'en vais.

*

Trois jours plus tard, dans mon appartement, un œil sur ESPN, je regarde également le flux continu d'images en provenance des maisons de chacun des espoirs. Je n'ai pas reçu de nouvelles instructions dans la boîte postale et George ne passe plus faire sa collecte du soir. J'attends de voir si j'ai fait un pari gagnant. On a déjà vu des soutiens décider du départ d'un entraîneur et rassembler les fonds nécessaires au rachat de leur contrat. Mais en général, ça arrive en fin de saison, quand le coach en question n'a pas fait un bon boulot.

Avec ses mots criards qui défilent en bas de l'écran, le flash info d'ESPN détourne mon attention des images de vidéosurveillance.

LE COACH MITCH CAMERON
EST SUR LA TOUCHE EN FLORIDE

Viennent les détails. L'université a mis fin à son contrat avec lui, et l'argent récolté par les donateurs couvrira son rachat. La raison invoquée est que le coach Cameron et le directeur du département sportif ont une vision différente de l'avenir.

Point final.

Moins d'une minute plus tard, on frappe à la porte et je manque sauter au plafond. Je lisse mes cheveux vers l'arrière et prends quelques profondes inspirations avant d'ouvrir. C'est ce visage familier en uniforme UPS, un colis dans sa main tendue.

— Salut, George ! dis-je en prenant la boîte. On dirait que j'ai réussi mon test.

— On dirait.

Il sourit et s'adosse contre le chambranle.

— Ça fait quoi ?

— Ça fait beaucoup de bien, réponds-je.

Il s'attarde quelques secondes, puis se redresse.

— À bientôt.

Et il s'en va.

Je déchire le paquet à la seconde où la porte se referme. Je découvre une simple feuille de papier, un reçu et un téléphone à clapet.

Le papier déclare :

> Le solde de ton dû a été viré. Détails sur le relevé ci-joint. Garde le téléphone chargé et tu seras contactée pour ta prochaine mission.

Pas un mot de plus. Je jette un œil au reçu et relis le mot. Je regarde de nouveau le montant sur le relevé. Ça fait beaucoup d'argent. Et c'est à moi.

Il ne me faut que quelques minutes pour rassembler ce dont j'ai besoin dans l'appartement, mais je ne retourne pas en Caroline du Nord. Il me faut un endroit où demeurer introuvable, un refuge où me poser entre deux missions.

J'ai bien fait attention au fil des années, et je sais à quel point il est important de mettre de côté pour les périodes de vaches maigres. Je pourrais peut-être m'isoler dans une autre petite ville étudiante comme celle-ci. Une ville où je pourrais me fondre dans l'océan de jeunes gens.

Je m'imagine dans une petite ville endormie. Une jolie maisonnette dans une rue calme. Un endroit sûr.

Il ne me reste plus qu'à la trouver.

Mais j'ai une dernière chose à faire avant de partir. Ma Honda, nouvelle pour moi, se gare devant une petite maison, et je verrouille la porte avant de traverser la minuscule cour.

Tyron vient ouvrir quelques minutes après que j'ai toqué.

— Salut, tu veux bien sortir un moment ?

Il est manifestement troublé mais s'exécute. Je marche jusqu'à ma voiture et m'appuie contre le coffre tandis qu'il se poste sur le trottoir à côté de moi. On a plus d'intimité ici qu'à l'intérieur de sa maison.

— Tu ne me connais pas, mais je voulais te donner un conseil. Il y a un avenir brillant qui t'attend, et tu es un garçon intelligent, mais il faut que tu le sois encore plus. Fais comme si quelqu'un t'espionnait. Tout le temps. Agis comme si quelqu'un était prêt à te dénoncer. Je sais que tu aimes parler avec ton frère à propos de toutes ces propositions, ces cadeaux bonus… mais il faut arrêter. Garde ça pour toi.

Il écarquille les yeux. Clairement, il hallucine.

— Et prends tout ce que tu peux. Tout. Ne fais pas de promesses, et signe avec l'équipe de ton choix sans faire cas de ce que les autres te proposent. Mais là aussi, sois intelligent.

Je lui parle encore pendant quelques minutes, et il semble s'imprégner de tout ce que je lui dis. Il me pose des questions, je réponds dans la mesure de mes moyens. Je lui donne des conseils pour placer son argent et le faire fructifier. Pour faire profil bas. Ne pas se fier à la technologie.

— Qui êtes-vous ? demande-t-il au moment où je m'apprête à partir.

— Quelqu'un qui a dû grandir vite, comme toi, dis-je avec un sourire.

Je fais demi-tour mais une dernière question me vient.

— Tu as réfléchi à l'endroit où tu aimerais jouer ?

Il hausse les épaules.

— Je ne sais pas trop pour l'instant. Je suivrai sûrement le coach Cameron là où il ira.

J'acquiesce.

— Oui. J'ai entendu dire qu'il cherchait une nouvelle université.

— Ouais, il a dit que ça lui pendait au nez mais qu'il ne fallait pas s'inquiéter.

Quelque chose dans cette phrase me fait tiquer.

— Quand est-ce qu'il t'a dit ça ?

J'ai regardé tous les échanges qui ont eu lieu entre Tyron et Mitch dans cette maison et à aucun moment je ne l'ai entendu prononcer ces paroles.

— Je l'ai croisé il y a environ une semaine. Ça m'a paru énigmatique comme ça, mais j'ai compris ce qu'il voulait dire. Il tenait à me faire savoir qu'il me voulait dans son équipe même si ce n'était pas en Floride.

Croisé.

Il y a une semaine.

Mitch Cameron a été remercié ce matin. Il n'aurait pas dû être au courant que ça lui pendait au nez il y a une semaine.

Très intéressant.

19

De nos jours

On arrive à Oxford, dans le Mississippi, en fin d'après-midi.

C'est une petite ville étudiante pittoresque, qui vous donne l'impression que tout est possible. Je guide Ryan jusqu'à un hôtel sur la place centrale, très prisé par les étudiants. Ils révisent dans le hall la journée puis prennent l'ascenseur pour boire un cocktail sur le toit quand le soleil se couche.

— De tous les endroits où je croyais que tu m'emmènerais, je n'aurais jamais parié sur celui-ci, dit Ryan en se garant sur le parking.

Cette ville héberge l'une des universités rivales de la sienne, que les anciens étudiants appellent Ole Miss.

— Tu es déjà venu ici ? je lui demande, surtout pour le distraire.

Le trajet a été long et assez silencieux, et je n'ai pas franchement envie de lui expliquer ce que je suis venue faire dans cette ville.

— Oui, on est venus une fois, pour un match de LSU.

Il se met au point mort et me regarde.

— On passe la nuit ici ?

Je secoue la tête.

— Non. Je veux que tu ailles sur le toit-terrasse de l'hôtel. Bois une bière. Paie en liquide. Je te retrouve à la voiture dans une heure.

J'ouvre ma portière et sors. Il est juste derrière moi.

— On devrait rester ensemble, dit-il.

Un groupe de filles encombrées de sacs à dos et de sacs à main, avec des lettres grecques imprimées sur leur tee-shirt, nous lance des regards curieux.

J'attends qu'elles passent puis réduis la distance entre nous et pose mes deux mains sur son torse.

— On en a parlé. Le fait que tu sois ici, dans cette ville, avec moi, alors que je dois m'occuper de tout ça, c'est énorme. Je sais que tu penses que je t'exclus, mais tu es au contraire la seule personne que j'ai laissée entrer depuis des années. Et j'ai besoin d'une heure à moi. Ne me force pas à changer mes plans.

On se toise pendant une minute, puis il me serre contre lui et m'embrasse sur le front.

— Une heure, dit-il. Tu as besoin des clés ?

Si M. Smith peut localiser ma voiture, ce qui est possible, je veux qu'il sache que nous sommes à Oxford, mais je ne veux pas qu'il connaisse ma situation exacte. En tout cas pas pour l'instant.

— Non, je ne vais pas loin et me dégourdir les jambes me fera le plus grand bien.

Ryan se dirige vers l'hôtel et je me mets en route dans la direction opposée. Je m'engage dans une petite rue tranquille non loin de la place et m'arrête devant une magnifique maison blanche avec une galerie ouverte qui fait tout le tour. Des fleurs roses explosent parmi les buissons d'hortensias devant la maison, et des colibris volettent entre les mangeoires suspendues aux branches d'un énorme chêne.

Des pots débordant de fleurs de printemps jalonnent le petit escalier de brique. Il y a un petit salon d'extérieur du côté gauche de la galerie ainsi qu'une balancelle de style ancien à droite. Debout devant la porte d'entrée, je tourne la tête à droite, puis à gauche, et me dirige vers le salon d'extérieur, qui compte un petit canapé et une chaise à bascule recouverts de tissu aux couleurs de l'université et garnis de coussins bleu et rouge où s'étalent les mots "Hotty Toddy !". Je tapote quelques coussins, les époussetant de la mince couche de pollen qui se dépose sur toutes les surfaces à cette époque de l'année et prends le temps de disposer ceux de la chaise à bascule pile à mon goût.

C'est la maison de mes rêves, le havre de paix que j'ai toujours désiré.

Dommage qu'elle ne soit pas à moi.

Je chasse la mélancolie et reviens devant la porte d'entrée. Quelques minutes après que j'ai sonné, une adolescente aux cheveux blonds vient ouvrir.

— Salut. Est-ce que ton père est là ?

— Oui, je vais le chercher, dit-elle avant de me fermer la porte moustiquaire au nez.

Je l'entends appeler son père puis je distingue des pas lourds en provenance des profondeurs de la maison. La porte moustiquaire s'ouvre à nouveau.

— Je peux vous aider ? me demande Mitch Cameron.

C'était risqué de venir jusqu'ici, mais à cette époque de l'année et à cette heure de la journée, il y avait de grandes chances pour que je le trouve chez lui. Et c'est là que je tenais à le voir.

— Vous voulez bien m'accorder une minute ? Je m'appelle Wendy Wallace et je suis la personne qui vous a aidé à quitter vos fonctions d'entraîneur en Floride.

Il recule d'un pas, comme si je l'avais agressé physiquement. Il se retourne pour vérifier que personne n'a entendu, mais il ne veut pas prendre le risque d'être surpris par sa famille, alors il sort sur la galerie et ferme la porte derrière lui.

Je ne m'attendais pas à ce qu'il m'invite à entrer, de toute façon.

— Excusez-moi, je ne suis pas sûr de comprendre à quoi vous faites référence…

Je marche vers le petit salon, m'assois au milieu du canapé sous ses yeux médusés. Il essaie de comprendre à quoi je joue. On se regarde quelques secondes dans une atmosphère tendue, puis il s'installe dans le fauteuil à bascule.

— Je ne m'explique vraiment pas ce que vous êtes venue faire ici, mademoiselle… ?

— Appelez-moi Wendy. Et, oui, je m'en doute.

Je laisse le malaise s'installer. L'invite à faire figure de troisième participant dans cette conversation. À être celui qui éclairera Mitch mieux que quiconque.

Il lance les mains en l'air et sa voix prend un ton plus aigu que la normale.

— Écoutez, j'ignore ce que vous faites ici et ce que vous voulez au juste, mais j'ai été licencié. Et on m'a pris en traître, alors vous devez vous faire de fausses idées sur tout ça.

Je me penche en avant et parle tout bas.

— Je vais nous épargner toutes les conneries habituelles et entrer dans le vif du sujet. Vous avez fait appel à mon patron pour vous dégager de vos obligations. Vous détestiez le directeur du département des sports, et les donateurs vous cassaient les couilles. Après en avoir rencontré certains, je vous comprends. En partant de votre plein gré, vous auriez dû renoncer à un sacré paquet de fric, alors vous avez loué les services de quelqu'un pour vous sortir de là. Mais comme vous êtes une personne à peu près honorable, vous ne vouliez pas entraîner tout le département à sa perte. Ce qui veut dire que vous avez encore un reste de morale en vous.

Mitch est calé contre le dossier de son fauteuil à bascule, les bras sur les accoudoirs. On dirait qu'il a peur d'effectuer le moindre mouvement.

— Puisque vous ne me demanderez pas ce que je veux par crainte que ça ressemble à un aveu de votre part, je vais vous épargner cette peine. J'ai besoin d'argent. À l'époque, j'ai fait mon boulot. Vous vous en êtes sorti avec un gros chèque et vous avez vite retrouvé un poste. Un poste qu'à mon avis, vous saviez qu'on allait vous proposer. Je pense que ce n'est que justice que vous m'aidiez puisque je vous ai rendu service.

Sa mâchoire frémit et ses yeux me scrutent de la tête aux pieds.

— Vous craignez que je porte un micro ? dis-je en me levant, bras tendus sur les côtés. N'hésitez pas à me palper.

Ça ne l'amuse pas. Mais avant qu'il n'ait le temps de réagir, son téléphone émet un bip. Il le sort de sa poche, baisse les yeux sur son écran, tapote quelque chose dessus. Il a fini au bout de quelques secondes et fourre l'appareil dans sa poche.

Comme il ne me prend pas au mot sur ma proposition, je me rassois. On se toise pendant qu'il se balance lentement sur son fauteuil. J'ai l'impression de voir les rouages dans son esprit.

— Qui êtes-vous vraiment ? finit-il par demander.

— Je suis personne.

Mitch Cameron ne faillit pas à sa réputation d'entraîneur aux nerfs d'acier.

— Écoutez, Personne, vous vous trompez. J'adorais mon travail en Floride et j'y serais resté jusqu'à la retraite si on me l'avait permis. J'ai eu de la chance de retomber sur mes pieds ici, et maintenant c'est chez moi. Et je protège mon chez-moi. Vous feriez mieux de partir. Tout de suite.

Je me dégonfle et il pince les lèvres, comme pour s'empêcher de dire autre chose. Je vois de la pitié dans ses yeux quand il me regarde.

Je me lève et me dirige vers les marches en brique. Il reste dans son fauteuil.

Au moment où je m'apprête à descendre, je me retourne et laisse toute ma frustration remonter à la surface. Toute la colère et la fureur provoquées par le fait que mon patron se retourne contre moi après huit ans de bons et loyaux services. Et j'explose.

— Vous savez quoi ? Vous êtes un connard. Je vous ai rendu un immense service et là j'ai besoin d'aide et vous savez quoi ? Vous êtes une raclure. Je t'emmerde, espèce de sale connard d'enfoiré.

Son visage vire au rouge et il se lève si vite que le fauteuil manque tomber. Je reste concentrée sur le fauteuil jusqu'au bout, mais heureusement il se remet d'aplomb. Ce ne serait pas une bonne nouvelle que tous les coussins dégringolent maintenant.

— Je vous laisse trente secondes pour dégager de ma propriété ou j'appelle les flics ! crie Mitch en postillonnant. Personne ne se pointe chez moi pour me parler comme ça, je vous signale !

Il n'a plus peur d'attirer l'attention.

Je dois m'assurer qu'il soit remonté comme un coucou, alors je lui adresse un doigt d'honneur avant de descendre les marches et l'allée. Ça l'achève. Il laisse son fauteuil et s'arrête sur la première marche, les poings fermés. Je suis sur le trottoir devant la maison de ses voisins quand il regarde alentour pour voir si quelqu'un nous a entendus.

— Va te faire foutre, Mitch ! je lance pour faire bonne mesure avant de courir jusqu'au coin de la rue.

Au bout de quelques minutes de marche, je suis redevenue maîtresse de moi-même. J'ai dérapé. C'était imprudent. Je me suis lâchée comme jamais je ne l'avais fait.

Et ça m'a fait un bien fou.

Je jette un œil à ma montre. Ryan doit être sur le parking de l'hôtel en train de m'attendre. Je ne perds pas de temps à regarder par-dessus mon épaule.

Quand j'arrive, il est installé derrière le volant et le moteur tourne. Je saute sur le siège passager et lance :

— On y va.

J'ai du mal à cacher le sourire qui s'invite sur mon visage.

La main posée sur le levier de vitesse, il tourne la tête vers moi. Un coin de sa bouche se tord lorsqu'il me dit :

— Ce petit sourire me dit que tu as fait des bêtises. Tu veux que je parte sur les chapeaux de roues comme si on avait quelqu'un aux trousses ou tu veux bien me donner une direction ?

— On sort d'Oxford et on prend vers le nord en direction du Tennessee.

Sa façon de me taquiner me fait craquer.

— Je t'ai pris à manger, dit-il avec un signe de tête vers la banquette arrière.

Je tends un bras derrière moi et ma main se referme sur un sac en plastique, dans lequel je découvre un cheeseburger sans oignons et une portion de frites de patate douce.

— Merci, je chuchote.

On se met en route et je mords à pleines dents dans mon burger. Il me laisse manger sans rien dire, et j'ai du mal à avaler à cause de la boule que j'ai dans la gorge.

C'est ce geste qui m'émeut. Le fait qu'il sache que je préfère les frites de patate douce aux frites normales. Que je n'aime pas les oignons crus. Tant de prévenance, ça a été si rare dans ma vie.

Je me dépêche de finir et fourre tous les emballages dans le sac en plastique.

— Donc, le Tennessee, c'est tout ? demande-t-il.

Je hoche la tête.

— C'est tout.

Je vois à sa mâchoire crispée qu'il s'empêche de parler. Finalement, ça sort.

— Tu as souligné que mes rendez-vous du jeudi étaient très importants. J'ai une boîte à Glenview, au Texas. C'est un boulot différent de celui que je fais à Lake Forbing. J'acquiers des marchandises d'une façon discutable puis je les vends en réalisant une marge importante. Personne de mon entourage n'est au courant, et j'ai l'intention de tout faire pour que ça reste comme ça.

Je suis soufflée par cet aveu.

— Mais tu me dis ton secret…

Il me regarde, sonde mon visage, puis reporte son attention sur la route.

— Je me suis dit que j'allais me jeter à l'eau.

Aucun de nous n'ajoute quoi que ce soit. On roule comme ça sur des kilomètres, lui fixant la route droit devant, et moi regardant le paysage défiler dans le flou par ma vitre.

— Je te dirai tout. Mais pas maintenant. Je dois survivre à vendredi.

Je parle tout bas, mais je sais qu'il a entendu chaque mot. Après vendredi, je saurai tout ce que j'ai besoin de savoir.

— Ça me va, dit-il. Mais vendredi, à la fin de la journée, on joue cartes sur table.

Mon téléphone bipe, m'épargnant une réponse contrainte, et la notification qui s'affiche sur mon écran me soulage.

Ryan coule un regard vers moi et le remarque.

— Bonne nouvelle ?

— Oui, pile ce dont j'avais besoin, dis-je en hochant la tête.

J'ouvre mon téléphone et lance l'application qui me permet de voir tout ce qui se passe sur le téléphone de Mitch en ce moment. Et sans surprise, il a fait exactement ce que j'espérais. Il a contacté M. Smith pour se plaindre à mon sujet.

C'était risqué de lui rendre visite. Je ne pensais pas qu'il m'inviterait à entrer dans sa maison, mais on ne sait jamais à quoi s'attendre avec les gens du Sud et leurs manières très ancrées. Par chance, il a voulu préserver une distance entre sa famille et moi, et on est restés sur la galerie. Quand il s'est assis sur le fauteuil à bascule, pile sur le dispositif que j'y avais planqué quelques secondes plus tôt, il ne lui restait plus qu'à ouvrir le message que Devon lui a envoyé pendant qu'on bavardait pour nous permettre d'avoir accès à son téléphone.

S'il a attendu ce laps de temps avant de contacter mon patron, ça veut dire qu'il a réfléchi – normal pour un type qui a la tête sur les épaules. Je suis persuadée qu'il craignait d'entrer en contact avec lui, mais le fait que je me sois pointée chez lui était bien plus menaçant, raison pour laquelle j'ai dû faire une scène avant de partir. J'ai vu qu'il avait un peu pitié de moi au début, mais ce n'est pas ce dont j'avais besoin. Il fallait qu'il soit vraiment furax. Et qu'il ait un peu peur de moi. Assez pour prendre le risque de faire signe à M. Smith.

Nous ignorons beaucoup de choses au sujet de M. Smith. Malgré ses talents impressionnants, Devon n'a pas réussi à découvrir son vrai nom ni l'endroit où il vit. L'autre truc qu'on n'a jamais réussi à résoudre, c'est la manière dont ses clients le contactent et leur mode de communication. Après avoir travaillé avec Devon toutes ces années, je sais qu'il ne s'agit pas d'une astuce aussi simple qu'une fausse adresse mail. C'est donc là que Mitch entre en jeu. De toutes les missions sur lesquelles j'ai travaillé, c'est la seule où j'ai eu la certitude d'avoir identifié le client, grâce à cette petite gaffe de Tyron Nichols. Mitch Cameron savait qu'il allait se faire virer une semaine avant que j'intimide ce gros donateur. Et il savait qu'il devait parler à Tyron loin du système d'écoute planqué chez lui s'il voulait lui faire savoir qu'il le voulait dans son équipe, peu importe dans quelle université il atterrirait. Mitch Cameron ne pouvait être au courant de tout cela que pour une raison.

C'était lui le client.

Il surfe actuellement sur un forum à la gloire d'un groupe des années 1970 du nom de King Harvest. Je suppose que la plupart des messages qu'il poste sont destinés à mon patron, tandis que seuls quelques vrais fans évoquent leur amour de l'unique tube de ce groupe, *Dancing in the Moonlight*. Une nouvelle fenêtre s'ouvre et Mitch commence à taper son message.

Le Boss du terrain : J'ai entendu Dancing in the Moonlight *pour la première fois aujourd'hui.*

C'est tout. Ça doit être comme ça qu'ils entrent en contact avec M. Smith.

— Il faut prendre une décision, dit Ryan en désignant les panneaux. Tout droit vers Memphis ou ailleurs ?

— Pas Memphis. Prends vers le nord-est, dis-je tandis qu'il met son clignotant. On va à Nashville.

Il me lance un regard.

— Pas à Atlanta ?

— Pas tout de suite.

Il acquiesce.

— Je vais m'arrêter à la prochaine station comme ça fait un bout de chemin. Et puis je vais prendre un truc à grignoter.

À la station suivante, Ryan fait le plein puis entre dans la boutique.

Je suis hypnotisée par mon téléphone, dans l'attente d'une réponse au message de Mitch. Bien que M. Smith soit sûrement en train d'hésiter, j'espère que sa curiosité quant à ce que Mitch peut bien lui vouloir, combinée à la très grande probabilité qu'il me piste et sache que nous étions à Oxford, aura raison de lui. J'ai besoin qu'il réagisse comme je le veux, sinon tout mon plan tombe à l'eau.

Maintenant que je sais où regarder, j'ouvre mon navigateur et trouve le forum pour pouvoir fureter un peu partout au lieu de rester sur la page que Mitch voit. Comme Devon peut aussi voir l'écran de Mitch, je suis certaine qu'il fait comme moi. Beaucoup de publications répètent *J'ai entendu* Dancing in the Moonlight *pour la première fois aujourd'hui*. J'ai toujours su que je n'étais pas toute seule à travailler pour mon patron, mais au vu du nombre de messages, il a une activité beaucoup plus foisonnante que je ne l'aurais cru. Quelques noms d'utilisateurs pourraient coller à des missions que j'ai accomplies par le passé, mais je n'ai accès qu'à leur première publication. Les conversations avec M. Smith se font certainement en messages privés.

Soudain, je reçois une notification : Mitch a une réponse.

Mégafan de King Harvest : Je peux vous aider ?

Le Boss du Terrain : Une fille s'est pointée chez moi. Elle a dit qu'elle travaillait pour vous. Wendy quelque chose. Elle m'a réclamé de l'argent ! Elle était dans tous ses états. Elle m'a dit d'aller me faire foutre quand je lui ai demandé de partir. Elle a crié assez fort pour que les voisins l'entendent. Je vous ai payé trop cher pour qu'une cinglée vienne toquer chez moi !!

Mégafan de King Harvest : Toutes mes excuses pour cette visite inattendue. Je vous garantis que je vais m'occuper de son cas et qu'elle ne vous importunera plus.

— Te voilà, je murmure. Je te tiens.

*

Il est déjà tard quand nous arrivons à Nashville. Ryan se gare devant un motel délabré aux abords de la ville ; j'ouvre ma portière avant même qu'il soit au point mort.

— Attends-moi ici. Je vais nous prendre une chambre, dis-je, un pied dehors.

Il coupe le contact.

— Tu es sûre ? Je peux…

— Oui, je suis sûre. Je reviens.

Il est frustré depuis qu'on a quitté Oxford parce que j'esquive toutes les questions qu'il me pose.

Quelques minutes plus tard, je suis de retour dans la voiture et lui donne le numéro de la chambre. On se gare pile en face de notre porte car j'ai demandé à être au rez-de-chaussée. On avait les moyens de se loger dans un endroit plus confortable, mais je préfère être capable de partir sur les chapeaux de roues au cas où.

Ayant emporté peu de choses, on ne met pas longtemps à s'installer.

— Je file sous la douche, dit Ryan. Je sortirai nous chercher à manger après.

Dès que j'entends l'eau couler, je sors mon téléphone et fais défiler mon fil Instagram jusqu'à trouver un commentaire me donnant l'heure du rendez-vous de demain. Je laisse un commentaire sous une publication différente pour faire savoir à Devon que j'ai bien reçu son message.

Quand la porte de la salle de bains s'ouvre, Ryan n'est vêtu que d'une serviette.

Je pourrais passer mes journées à le regarder. Son physique est tout à fait mon type – mince et affûté sans être trop musclé. Il remarque sûrement l'étincelle dans mon regard car au lieu de se diriger vers son sac, il traverse le lit à quatre pattes dans ma direction. Il semble de bien meilleure humeur.

Et je m'accorde ce moment. Je chasse de mon esprit toutes les étapes qui m'attendent. J'appuie sur pause. Savoure ces quelques instants volés où tout peut être normal.

Je l'attire contre moi et il s'étend sur mon corps. Mes mains vagabondent jusqu'à ses cheveux, encore humides.

— Déjantée, cette semaine, dit-il, sa bouche à quelques centimètres de la mienne.

— Et on n'est que mardi, réponds-je avant de reprendre mon sérieux. Tu regrettes de m'avoir accompagnée ?

— Pas encore, répond-il en riant.

Il embrasse cet endroit très sensible de mon cou, et j'en ai des frissons jusqu'aux orteils.

— Et si j'étais coupable ? Si j'avais quelque chose à voir avec la mort d'Amy Holder ?

Mes murmures restent en suspens entre nous. Comment se tirer une balle dans le pied, leçon n° 1.

Il se fige. Puis il lève la tête et croise mon regard.

— Je n'ai pas besoin de connaître la réponse à cette question.

Puis il se penche et ses lèvres touchent doucement les miennes. On ne tarde pas à se retrouver peau contre peau, et je m'abandonne à ses mains et à sa bouche qui parcourent lentement tout mon corps.

Ses mains m'agrippent, il me serre contre lui comme s'il craignait que je ne disparaisse, puis enfouit son visage au creux de mon cou, à la jonction avec mon épaule. Il chuchote des mots, des bouts de phrase qui ne devraient avoir aucun sens mais que je comprends.

J'absorbe ses paroles et enfonce mes ongles dans son dos. Pour lui montrer que je ressens la même chose sans avoir besoin de parler.

Pseudonyme : Helen White – Quatre ans plus tôt

Pour cette mission, je suis Helen White, et jamais je ne suis allée aussi loin à l'ouest : précisément à Fort Worth, au Texas.

Je me suis toujours demandé pourquoi les missions qu'on me donne se déroulent toutes dans le Sud, mais j'imagine que M. Smith a des gens qui travaillent pour lui dans d'autres zones du pays, et donc le Sud doit être mon territoire.

Ça fait très "grande entreprise".

Mais le Texas, c'est nouveau pour moi. Tout est très différent, ici. Il y a plus d'espace, plus de bruit. Mais pas seulement. C'est presque un choc culturel.

En surface, la mission Fort Worth est censée être une simple extraction. Un tableau valant des millions de dollars volé il y a plusieurs années est censé être caché dans la maison tentaculaire du magnat du pétrole Ralph Tate. Apparemment, la personne qui a fait appel à nous essaie de l'acheter à Ralph depuis des années, mais ce dernier refuse de le vendre, alors on va le lui voler.

Mais je ne suis pas la seule sur le coup.

M. Smith adore ces petits jeux, et cette mission est la preuve par excellence qu'il a l'esprit tordu. Il m'a informée que je n'étais pas la seule personne qu'il avait envoyée récupérer ce tableau, sans préciser combien nous étions à nous jeter dans l'arène. Car il s'agit d'une compétition, et la personne qui réussit à faire sortir ce tableau de cette maison a droit à une prime. Une grosse prime.

Je me surprends à vouloir gagner à tout prix. Si je me réfère à mes dernières missions, j'ai l'impression de me rapprocher du haut de l'échelle, mais rafler ce tableau confirmerait que je suis son meilleur élément.

Après avoir effectué des recherches sur l'œuvre en question, j'étais un peu déçue. Il ne s'agit pas d'un tableau célèbre, comme celui de Van Gogh avec les fleurs de pavot qui est toujours dans la nature. Celui que je dois rapporter vaut dans les cinq millions et il n'est même pas joli. J'ai reçu les infos concernant cette mission il y a trente-six heures, et plus je creuse, plus je suis persuadée que M. Smith veut ce tableau pour lui, alors il en a fait un jeu.

Ce ne serait pas la première mission où il n'y a pas de client.

Le système de sécurité de la propriété n'a aucun sens. C'est un cauchemar. Ça ressemble plutôt à une course d'obstacles. J'aurai beau passer du temps dans ce milieu, jamais je ne comprendrai les riches.

Ce bon vieux Ralph se figure que son système est impénétrable mais il y a Devon dans mon équipe. Sur toutes les tâches que je lui ai confiées, il s'est toujours montré à la hauteur, et il peut en dire autant de moi.

J'entre dans le Buffalo Wild Wings et scrute la foule pour le repérer. Il hoche la tête quand nos regards se croisent et je me faufile jusqu'à la table avec banquettes où il m'attend.

Je m'installe en face de lui et il me tend une bière. Si on était en privé, je lancerais mes bras autour de son cou pour lui donner une accolade, comme ça fait un bail que je ne l'ai pas vu, mais en public, il insiste pour qu'on ne fasse rien qui puisse attirer l'attention. J'ai quand même droit à un petit sourire, et je lui en adresse un beaucoup moins discret.

— Ces couleurs te vont bien, dis-je.

Il porte un maillot des Cowboys bien qu'il les déteste. Il l'a mis parce qu'il savait que plus de la moitié du restaurant arborerait des vêtements à la gloire de l'équipe locale. Et il suffit de regarder autour de nous pour voir une mer de bleu, blanc et argent.

— Ne me cherche pas. Qu'est-ce que je ferais pas pour toi.

Il lève les yeux au ciel et fait semblant de vomir.

— Tu m'adores, je sais.

J'incline ma bouteille pour taper le goulot contre la sienne.

— À la tienne !

— Ouais, ouais, dit-il avant d'avaler une gorgée de sa bière. C'est la première fois qu'il t'envoie au Texas. Je suis pas sûr que ça me plaise.

La méfiance de Devon à l'égard de tout ce qui est nouveau est la seule constante de ma vie.

— Peut-être que mon territoire s'agrandit, dis-je en riant.

Il incline la tête sur le côté, l'air de dire qu'il ne sait pas trop, mais il n'ajoute rien quand la serveuse arrive.

— Bonjour, me lance-t-elle. Je peux vous apporter quelque chose à manger ?

J'interroge Devon du regard.

— J'ai pris le burger avec des frites. C'est bon. Tu vas aimer.

Je hoche la tête.

— Je vais prendre la même chose.

Une fois que la serveuse est repartie, je sors une enveloppe en kraft de mon sac et la lui tends, tout en lui racontant ce que je sais pour l'instant. Pendant qu'il lit ce que je lui ai donné, je sirote ma bière et me détends pour la première fois depuis que j'ai débarqué au Texas. Je sais que Devon est arrivé au moins une heure avant moi et qu'il s'est assuré qu'il n'y avait pas de micros ni de système d'enregistrement dans les parages, bien que personne ne puisse savoir qu'on est ici.

On nous apporte nos plats et je regarde les gens pendant que Devon étudie attentivement chaque page.

Un gamin s'arrête tout près de notre table.

— Ce téléphone est nul, dit-il. J'arrive pas à télécharger cette photo.

Son copain et lui scrutent l'écran de l'appareil puis s'en vont. Je m'esclaffe et Devon lève les yeux vers moi. Je pointe du doigt le petit appareil noir posé sur notre table.

— Elle est grande, la zone blanche que tu as créée ?

Il s'esclaffe à son tour et lance un regard aux gamins.

— Huit mètres de diamètre.

Il reporte son attention sur les plans étalés sous ses yeux. Je balaie la salle du regard et me rends compte que tout le monde a un problème avec son portable. Devon sème le chaos autour de nous.

— Les gens sont en train de criser.

— J'empêche tout un tas de gens de prendre des mauvaises décisions, en fait.

Son regard se pose sur le bar bruyant à quelques mètres de là.

— Ils me remercieraient plus tard s'ils le pouvaient.

Il arrive enfin à la dernière page et me regarde.

— Je n'ai jamais vu un système de sécurité pareil.

— Et tu peux le pirater ?

Il penche la tête, l'air offensé. Comme s'il me disait *Je t'interdis de m'insulter comme ça.*

— Explique-moi tout, dis-je avec un sourire.

Il fouille parmi le tas de papiers et en extirpe un plan.

— Ce système est magnifique. Génial. Il est installé en dépit du bon sens, c'est d'un raffinement exquis.

Il en désigne une partie.

— Le tableau est supposé être dans cette pièce, là, au milieu de la maison, pas vrai ?

— Ouais, c'est sa salle des trophées, l'endroit où il expose les animaux exotiques qu'il a tués en Afrique et fait empailler. J'ai trouvé des photos de l'intérieur. Il y a aussi une cave à cigares et une collection de téquilas à te faire baver.

Je tire un papier de la pile à mon tour.

— Et sur ce plan, on voit l'extension ajoutée à cette pièce peu après la disparition du tableau. On dirait qu'on a ajouté une cloison coulissante. À mon avis, le tableau, plus tout ce qu'il a pu acquérir illégalement, peut être rapidement caché derrière cette cloison, au cas où il voudrait les soustraire à la vue de personnes en qui il n'a pas confiance.

Devon examine l'extension de cette pièce, puis revient à la série de plans.

— Il faudra que tu te postes devant le clavier d'accès à la pièce qui selon toi abrite le tableau (son doigt traverse la page le long de fils et câbles imaginaires) pendant que moi, je serai au système central pour empêcher l'alarme de se déclencher. Rien n'est accessible à distance. C'est d'une simplicité enfantine, mais en même temps, c'est le chaos. Et tu n'auras qu'environ cinq minutes. Cinq minutes dans une pièce qu'on n'a pas vue, donc impossible de savoir sur quoi tu risques de tomber. On ne peut pas faire autrement. Quand je te disais que c'était génial.

Il n'est pas en couple, mais s'il tombe amoureux un jour, j'espère pour sa moitié qu'il éprouvera la même chose pour elle que pour un système de sécurité bien conçu.

— Pourquoi cinq minutes seulement ? Si tu le désactives, il ne reste pas désactivé ?

Il secoue lentement la tête.

— Eh non. M. Tate a installé un système qui enregistre la moindre seconde de ce qui se passe dans cette pièce, et il y a une alarme qui se déclenche si les images de surveillance sont interrompues plus longtemps que ce qu'il aura déterminé. Mais je ne peux pas contourner cette alarme parce qu'elle est *dans la pièce*. Et on ne peut pas y accéder à distance.

Il me montre deux zones et se lance dans une description compliquée de fils qu'il faut court-circuiter et de tout un tas de choses que je ne comprends pas.

— Il faut que le timing soit parfait. Vraiment parfait. À la seconde près. L'alarme ne retentit que dans la loge du gardien, alors tu ne sauras même pas que tu as gaffé avant qu'il soit trop tard.

Son regard continue de vagabonder sur les plans et sa tête dodeline comme s'il n'en revenait toujours pas.

— C'est vrai que j'adore ce système, mais y a un truc qui cloche. Franchement, qui ferait un truc pareil ? J'ai un peu peur pour toi. Il se passe autre chose.

— Je pense que c'est un jeu. On m'a dit que je ne serais pas la seule à essayer de récupérer ce tableau.

— Mais pourquoi ? Est-ce que c'est Smith qui envoie plusieurs personnes, ou y a-t-il d'autres joueurs impliqués ?

— Je pense qu'ils sont tous envoyés par M. Smith.

— Mais pourquoi ? répète Devon. C'est absurde.
Je hausse les épaules.
— Ça ne serait pas la première fois qu'il fait un truc pareil. Je pense qu'il s'ennuie, et du coup il invente des petits jeux. Les riches sont des gens bizarres.
Devon penche la tête sur le côté.
— Et tu peux refuser cette mission ?
Ça me fait réfléchir.
— Tu crois vraiment que je ne devrais pas m'embarquer là-dedans ?
— Je ne sais pas.
Il se mordille la lèvre en examinant les plans.
Je me penche en avant pour avoir le même point de vue que lui.
— Je ne suis pas sûre de pouvoir dire non. Je n'ai jamais refusé une mission.
— J'ai besoin de plus de temps. Quand est-ce que tu veux te lancer ?
J'enfourne quelques frites dans ma bouche en réfléchissant aux étapes qui m'attendent.
— Il faut que j'aille à Austin quelques jours. Et Tate organise une énorme fête pour le 4 Juillet ce week-end. Ça pourrait être le moment idéal pour attaquer, si tu penses avoir le temps de tout piger d'ici là. Et de te procurer ce dont on a besoin en mon absence.
Repousser l'échéance est un peu risqué puisque je ne sais pas qui d'autre est sur le coup, ni même combien de personnes, mais le jeu en vaut la chandelle, surtout si Devon réclame davantage de temps.
— Tu vas devoir trouver un moyen de t'incruster à la fête, dis-je au bout d'un moment. Sur cette mission, tu ne pourras pas garer la camionnette près de la maison et agir à distance.

Il acquiesce.

— Je sais.

Devon est plus à l'aise dans les coulisses, dans l'ombre, mais il ne pourra pas s'y tapir cette fois.

Je tapote mon pied contre le sien sous la table.

— Tu vas y arriver.

Il traîne une frite à travers une montagne de sauce ranch.

— On verra bien.

*

Cette reprise de *Sweet Home Alabama* ne serait pas mal du tout si le chanteur chantait juste et arrêtait de geindre, parce que le reste du groupe assure. J'agite quand même la tête en rythme avec la musique.

Je suis arrivée à Austin juste avant qu'ils montent sur scène et je suis au premier rang depuis le début du concert. Le chanteur m'a remarquée. Ça fait deux chansons qu'il reluque ma poitrine, alors je tire un peu plus sur mon décolleté en V pour lui faciliter la tâche.

À la fin de leur set, il croise mon regard et hoche la tête en direction des coulisses.

Je me faufile à travers la foule et passe derrière le rideau, où je le découvre en train de m'attendre. Il m'attire contre lui et m'embrasse, avec force, faisant l'économie des présentations. Je lui laisse une certaine marge de manœuvre avant de reculer.

— Vous avez déchiré, dis-je en faisant vagabonder mes mains sur son torse tandis que ses doigts s'emmêlent dans mes cheveux, magnifiques avec leur nouvelle teinte bleu cobalt.

— J'adore cette couleur, dit-il.

— Je suis une grande fan de Blue Line, dis-je en me frottant contre lui. La plus grande.

Il indique la porte de derrière d'un hochement de tête.

— Tu veux qu'on se tire d'ici ?

Les membres du groupe l'entendent et beuglent son nom :

— Fais chier, Sawyer ! Tu nous plantes pas avant qu'on ait chargé tout le matos !

Il m'attire à lui, passe mon bras autour de sa taille. Je glisse mes doigts juste sous la ceinture de son pantalon, mes ongles lui griffant doucement la peau.

— Allez, on s'arrache, dis-je.

— Faut que j'y aille ! Je vous revaudrai ça, lance-t-il sans même les regarder.

— Va te faire foutre, Tate !

Il se serait sûrement fait virer du groupe depuis un bail si son bon vieux papa, Ralph Tate, ne finançait pas cette petite entreprise, parce qu'il est clairement le membre qui a le moins de talent et d'utilité.

— Comment tu t'appelles ? me demande-t-il, ignorant les autres derrière nous.

Helen White, ça va pas le faire.

Je retrousse mon nez et me mords la lèvre inférieure. Son regard se braque sur ma bouche, comme je m'y attendais.

Alors je murmure :

— Kitty.

Et il miaule. J'ai toutes les peines du monde à ne pas lever les yeux au ciel.

Tout sourire, Sawyer m'agrippe le cul d'une main et ouvre la porte du club de l'autre. Il ne va pas être facile à dompter. Mais s'il y a une chose que je sais faire, c'est m'occuper des fils à papa avec un ego surdimensionné.

*

La fête du 4 Juillet de Tate est une énorme fiesta avec course au cochon, concours de lasso et feu d'artifice d'une demi-heure prévu juste après le coucher du soleil. L'invitation figure parmi les plus difficiles à obtenir.

À moins d'être une groupie de son musicien de fils.

Sawyer et moi, ainsi qu'une vingtaine de ses amis proches, arrivons avec une heure de retard. J'ai effectué autant de recherches que possible sur cette petite troupe, histoire de voir si quelqu'un d'autre l'utilise pour s'introduire chez lui, mais ils sont tous défoncés depuis hier soir, alors je pense être la seule taupe. Certes, me pointer avec des space cakes pour qu'ils restent dans cet état n'a pas arrangé les choses.

On s'arrête devant le voiturier, suivis par les quatre autres véhicules de notre groupe. Sawyer balance ses clés au pauvre ado couvert d'acné assigné à ce poste.

— La gare pas loin. On reste pas longtemps.

Je me colle à lui, une main autour de son dos, et on entre dans la maison tentaculaire.

— Mais tu m'as promis des feux d'artifice, dis-je en faisant la moue.

— Ils sont là tes feux d'artifice, Kitty Cat, dit-il en s'agrippant l'entrejambe.

Ce mec est le moyen le plus facile d'accéder à la fête, mais aussi le plus dégueulasse.

Dès que nous entrons dans la maison, j'entends quelqu'un crier.

— Sawyer !

On tourne tous les deux la tête pour voir Ralph Tate nous toiser depuis le haut des marches. Je savais que je marquerais les esprits en arrivant avec Sawyer alors j'ai joué le jeu. Mon short en jean est si court que mon cul dépasse un peu derrière et mon haut de bikini motif drapeau américain laisse peu de place à l'imagination. Mes cheveux sont bleus, en l'honneur de mon pays et du grand amour que je voue au groupe de Sawyer, Blue Line. Quelques tatouages temporaires bien placés, des yeux charbonneux et du rouge à lèvres rouge pompier complètent mon allure. Autrement dit, je me cache en plein jour.

Ralph Tate s'approche lentement de nous et je sens Sawyer se crisper à côté de moi. Il a envie de piquer une crise. De faire la nique au fric de son paternel. Mais je sais qu'il capitulera à la seconde où papa menacera de couper les vannes. Ces mecs sont tellement prévisibles.

— Fiston, il me semble que tu avais annoncé quelques amis, dit-il en plissant les yeux vers le groupe qui nous accompagne. C'est un peu plus que ce qu'on avait prévu.

Sawyer écarte grands les bras.

— C'est soit tout le groupe, soit personne.

Mais quel crétin. Je retiens mon souffle, en espérant que Ralph ne compte pas nous virer juste pour le remettre à sa place – ce qu'il mériterait. Mais heureusement, Mme Tate intervient pour réconcilier tout le monde.

— Chéri, on a toujours de la place pour toi et tes amis !

Ce n'est pas sa mère, car elle n'a que six ans de plus que lui, mais elle apprécie le spectacle autant que Sawyer. Ralph se fond dans la foule à l'extérieur tandis que madame nous indique où trouver le buffet et le bar. J'extirpe mon téléphone de ma poche arrière et envoie un texto à Devon : *Tic tac*

Sawyer se fait cerner par un essaim de filles qu'il connaît depuis tout petit et j'en profite pour me diriger vers le bar, en chaloupant juste assez pour faire croire que je suis aussi défoncée que la troupe avec laquelle je suis arrivée.

— Vodka cranberry, je demande.

C'est Devon qui est derrière le bar. Je ne l'aurais pas reconnu si je ne savais pas que c'est bien lui. Il porte le même uniforme que les autres serveurs, mais il arbore une moustache très stylée et des dreads à la place de ses cheveux courts. Quand il m'a annoncé son plan revu et corrigé, ça m'a étonnée qu'il veuille bien interagir avec autant de gens, mais je suis très heureuse qu'il sorte de sa zone de confort. Il est assez resté dans l'ombre comme ça.

Il me tend une boisson qui ne contient pas d'alcool puis regarde sa montre.

— Pas de changement. Extinction des caméras à 16 h 17.

Comme il savait qu'on ne serait pas les seuls à tenter l'aventure, il s'est branché sur le système de sécurité quelques heures après notre départ de Buffalo Wild Wings, et il surveille la maison depuis tout ce temps. Il m'a envoyé le chiffre 4 par texto hier soir, m'annonçant ainsi le nombre de tentatives foireuses ayant déjà eu lieu pour récupérer le tableau. Je n'ai pas encore tous les détails, mais puisqu'il a dit "pas de changement", je suppose que personne n'a essayé la méthode qu'on a choisie.

— Combien d'autres sur le pont ? je demande.

— Trois, mais espérons qu'ils attendent le début des feux d'artifice.

J'acquiesce et m'éclipse.

On s'est demandé s'il ne fallait pas attendre le spectacle pour entrer en action, comme nous supposons que vont le faire les trois autres personnes à tenter leur chance, mais on se doutait qu'on se heurterait à des concurrents si on attendait aussi longtemps. Alors on se lance en plein jour.

Je me laisse tomber sur un fauteuil de la terrasse près de la maison. On a chronométré notre plan à la seconde près, donc à 16 h 17 pile, je pose mon verre sur la table d'appoint et me faufile à l'intérieur. Quand j'ai traversé la pièce de vie, je marche d'un air déterminé vers les toilettes au fond d'un couloir. J'ai mémorisé le plan de chaque étage pour ne commettre aucun faux pas. Une fois à l'intérieur, je m'enferme à clé et sors le sac que Devon a rangé pour moi dans un placard. Il contient une perruque noire et un uniforme de serveuse, une paire de gants, une montre et un grand sac poubelle noir. J'enfile la tenue par-dessus mon short et mon haut de bikini en un temps record. Normalement, aucune caméra ne me filmera, mais Kitty est trop mémorable pour prendre le risque de tomber sur quelqu'un. Une fois hors des toilettes, j'envoie un texto à Devon : *Go*

Je circule dans la maison jusqu'au couloir du fond. En tournant à gauche, j'accéderais à salle des trophées de M. Tate.

Je prends à droite.

Je traverse la cuisine en baissant la tête, tenant le sac poubelle devant moi en guise de bouclier. Je n'attire nullement l'attention des personnes présentes car j'ai tout bonnement l'air de sortir les poubelles.

Encore quelques changements de direction et me voici devant la buanderie.

J'envoie un autre texto : *Prête*

Il y a un petit clavier à l'entrée, et la lumière rouge devient verte. J'ouvre la porte, entre, pose le sac poubelle sur le sèche-linge, puis extrais un petit appareil noir du sac poubelle. Je le tiens à hauteur du placard à côté de la machine à laver et compose la série de chiffres que Devon m'a envoyée par message. De l'extérieur, rien n'indique qu'il y a un verrou sur ce placard, mais au bout de quelques secondes, j'entends un déclic et les portes s'ouvrent.

À l'intérieur se trouve un portant plein de vêtements de chasse. Je les attrape par brassées pour les retirer puis tends mon petit appareil contre le panneau que ces vêtements cachaient. Devon m'envoie une autre série de codes que je compose sur le dispositif.

Quelques secondes plus tard, le panneau s'ouvre et je me retrouve face à un tableau très cher mais aussi très laid.

Je m'en empare et dépose à la place la reproduction que j'ai apportée dans le sac poubelle. Heureusement, les dimensions sont correctes. Après avoir remis les vêtements sur le portant, je sors de là avec l'aide de Devon, qui verrouille chaque porte comme il faut.

En l'espace de quelques minutes, je suis de retour dans le couloir et me dirige vers le garage. Mon cœur s'emballe quand, en tournant, je vois arriver droit sur moi un des hommes engagés pour assurer la sécurité. Il manque se cogner contre moi mais m'attrape le bras juste avant.

— Toutes mes excuses. Je ne regardais pas où j'allais, dit-il.

J'émets le petit rire auquel il s'attend.

— Il n'y a pas de mal, dis-je.

Il m'agite sa bouteille d'eau presque vide sous le nez et désigne le sac poubelle. Je l'ouvre et il la jette dedans.

— Merci, dit-il.

— Y a pas de quoi, réponds-je en espérant que le tableau supportera quelques gouttes d'eau.

Gardant la tête baissée, je passe la porte qui mène au garage, où sont stockées les bennes. Je retire mon uniforme et le fourre dans le sac poubelle avec la perruque, noue le tout et le dépose dans une benne. Quand je me retrouve dans le jardin de derrière, j'envoie un message à Devon : *J'ai sorti la poubelle*

Il va récupérer le sac avant de remettre les caméras en marche.

Vingt minutes après avoir posé mon verre sur la petite table, je le reprends. Les glaçons ont à peine fondu. Je bois un long trait puis me lance à la recherche de Sawyer. Il est assis au bord de la piscine et je me glisse tout contre lui, évinçant la blonde à ses côtés qui se met à faire la tête.

— Bébé, t'étais où ? articule-t-il avec peine.

— Je te cherchais.

Il passe un bras autour de moi et me serre contre lui tout en parlant à la fille assise de l'autre côté.

Je sirote ma boisson et inspire profondément. Je dois une fière chandelle à Devon. Le lendemain de notre rendez-vous au Buffalo Wild Wings, il est arrivé à Austin.

Je l'ai trouvé à l'étage enfants et adolescents de la Bibliothèque centrale, où il apprenait à un groupe de collégiennes à jouer aux échecs sur un plateau grandeur nature. Malgré sa rigueur, c'est un grand sentimental avec les gamins. Je me suis installée sur une chaise et les ai laissés terminer. Dès que les filles ont commencé à aligner les pièces démesurées pour une nouvelle partie, il a pris le tube en carton qui contenait les plans et m'a fait signe de le rejoindre dans une salle d'étude. À côté du petit boîtier noir qui garantissait que personne n'écouterait notre conversation, nous avons étudié ces plans à nouveau.

— Tu es certaine que le tableau est dans cette pièce ? m'a-t-il demandé.

Je me suis penchée en essayant de voir ce que lui voyait, mais rien ne m'a sauté aux yeux.

— C'est celle qui bénéficie de la sécurité la plus élevée. La fausse cloison indique qu'il cache quelque chose là-dedans. Tu as dit que le système était… comment déjà ?

Exquis ? Tous les indices désignent cette pièce comme l'écrin du tableau.

— Mais tu as aussi dit qu'il s'agissait d'un jeu, non ? Que tu ne serais pas la seule à le chercher ?

J'ai hoché la tête et il a mis un doigt sur un coin de la maison.

— Tu vois le truc, là ?

Je me suis approchée et j'ai plissé les yeux comme pour mieux comprendre ce qu'il voulait me montrer.

Mais ça n'a pas marché.

— Explique-moi comme si j'étais une abrutie, ai-je fini par dire.

Son doigt a tapoté l'endroit où était écrit *Buanderie.*

— Tu vois tous les câbles qui mènent à cette pièce ?

J'ai acquiescé à nouveau.

— C'est de la grosse artillerie pour une pièce qui abrite une machine à laver et un sèche-linge.

Il ne m'a pas fallu longtemps pour piger.

— Donc tu crois que la salle des trophées est un appât. Un piège qui attire tout le monde vers un système de sécurité infaillible, et une fois l'alarme silencieuse déclenchée, les gardiens n'ont plus qu'à venir les cueillir… Pendant ce temps, le tableau est caché à côté du congélo.

Devon m'adresse un large sourire.

— C'est exactement ce que je pense.

— Et tu es toujours partant pour m'accompagner ? Jouer ton rôle ?

Il a hoché la tête.

— Je bosse déjà sur mon déguisement.

Il y avait même dans ses paroles une touche d'enthousiasme à laquelle je ne m'attendais pas.

Et donc, il a vu juste. À l'heure qu'il est, il a récupéré le tableau et quitté la propriété. Je traîne dans le coin aussi longtemps que Sawyer le veut, et je le planterai une fois dehors.

Je sors le petit cygne en papier blanc que j'ai coincé dans ma poche arrière ce matin et le pose sur l'eau. Il vogue à travers la piscine.

J'avale une autre gorgée. Le feu d'artifice va bientôt commencer.

*

J'attends cet appel mais sursaute quand même en entendant la sonnerie. Le téléphone prépayé était déjà posé sur ma table de cuisine quand je suis rentrée de la fête.

— Allô ?

— C'est plus joli que ce que j'aurais cru, ces cheveux bleus, dit M. Smith de sa voix robotique.

— Ça va être une tannée à faire partir.

Un petit rire.

— Le colis sera récupéré sous peu et les informations concernant ta prochaine mission te seront livrées avec la confirmation de ton virement, prime comprise.

J'ouvre mon ordinateur portable et me connecte à mon compte, sur lequel apparaît déjà la somme en question. Je passe un ordre de virement vers un autre compte, comme chaque fois.

— Je serai là.

Je pense qu'il va raccrocher, mais il poursuit.

— Je dois dire que je suis impressionné.

— J'ai battu combien de personnes ?

Moi aussi je vais à la pêche aux infos. Comme je sais qu'il ne va pas me répondre, j'insiste.

— J'étais l'outsider ?

J'ai envie de savoir combien d'échelons il me reste à gravir avant d'atteindre le sommet.

Il émet une sorte de gloussement.

— Tu as toujours eu un problème d'ego, Lucca.

— J'appelle ça de la confiance et ça a bien marché pour moi jusqu'à présent, je susurre dans le combiné.

Le silence s'éternise, mais je patiente. S'il avait prévu de ne rien me révéler, il aurait déjà raccroché.

— Je vais te répondre, finit-il par dire, puisque tu es la gagnante et que tu as le culot de me poser la question.

Il se tait pendant une bonne minute.

— Vous avez aiguisé ma curiosité, dis-je, je suis tout ouïe.

Il rit de nouveau.

— Disons que j'avais besoin de voir lequel de mes poulains se hisserait au sommet dans des circonstances loin d'être idéales. Et se rendrait compte que le chemin le plus évident n'était pas le bon. Félicitations.

— Mais est-ce qu'il y avait un client ? Ça n'avait même pas l'air d'une vraie mission.

— La mission est toujours bien réelle, mais tu ne connaîtras peut-être pas toujours sa finalité.

Avant que je puisse réagir, il ajoute :

— Ouvre ta porte. Je te recontacte bientôt.

Il raccroche et je colle mon œil contre l'œilleton, par lequel je vois mon livreur dans sa tenue UPS d'usage, un petit colis dans les mains.

— Pile à l'heure, dis-je en ouvrant.

Il me tend le paquet et je lui donne le tableau enveloppé de papier kraft.

— Tu veux entrer pour boire quelque chose ? On peut se pinter et se raconter tous nos secrets, dis-je en lui adressant un clin d'œil. Allez, tu en meurs d'envie, George.

— Tu sais que je ne peux pas faire une chose pareille même si ce n'est pas l'envie qui manque.

George et moi avons établi une relation de bons camarades au fil des ans. C'est difficile de se faire des amis dans ce boulot vu que je suis toujours en déplacement. Devon est mon seul véritable ami, mais il arrive qu'on passe des mois sans se voir. George est l'unique autre constante dans ma vie. Enfin, en plus de M. Smith, mais je ne suis pas certaine qu'il sera un jour autre chose qu'une voix de robot pour moi.

— Alors comme ça tu as les cheveux bleus ? me demande-t-il.

Je secoue la tête pour les agiter.

— Tu aimes ?

— J'aimais bien quand tu avais les cheveux blonds à La Nouvelle-Orléans. Je crois que c'était ma couleur préférée.

Je m'esclaffe.

— Il se peut que je redevienne blonde après m'être débarrassée de celle-ci.

— Bon Lucca, il faut que je remette ça au grand patron. Prends soin de toi.

Je me penche dans le couloir pendant qu'il s'éloigne.

— Je t'aurai à l'usure un de ces quatre, et tu finiras par boire ce verre avec moi !

Il s'arrête et se retourne.

— Si quelqu'un me persuade d'enfreindre les règles un jour, ce sera toi.

Il revient un peu sur ses pas et ajoute :

— Mais souviens-toi : plus la mission est importante, plus tu es surveillée. Il y a des yeux partout.

Je le regarde s'éloigner et réfléchis à son avertissement. Ce n'est pas la première fois qu'il m'en donne un et, je l'espère, pas la dernière.

20

De nos jours

Ryan me suit jusqu'à la porte de notre chambre mais ne sort pas. Je me retourne, me penche et l'embrasse tendrement.

— Je n'en ai pas pour longtemps, dis-je avec douceur.

Il m'entoure de ses bras et m'attire contre lui.

— Tu es sûre que ça va ? Tu ne veux pas que je t'accompagne ? Tu auras peut-être besoin d'un chauffeur d'urgence.

Je ris si fort que ça me semble sincère.

— J'aimerais bien, mais c'est une chose que je dois faire toute seule. Et puis, je sais que tu dois appeler ton boulot. Il ne faut pas que tu oublies tes petites vieilles.

Il me couvre de baisers pendant que ses mains me caressent.

— Appelle-moi si besoin.

Un dernier baiser et je m'en vais.

Ryan m'observe jusqu'à ce que je sorte du parking. Aujourd'hui est un jour important, j'ai besoin d'avoir les idées claires et de me rappeler pourquoi je suis ici. Il me reste un peu de temps avant la prochaine étape, alors je roule au hasard pour me recentrer.

Ça me donne aussi l'occasion d'identifier la personne qui me suit et de la balader.

Parce que je sais qu'il y a quelqu'un. Depuis la mission Tate, il y a toujours eu quelqu'un.

Au fil des rues, je repense à cette mission. À ce système de sécurité complexe qui protégeait des animaux empaillés, une cave à cigares et pas grand-chose d'autre. Ce n'était pas tant une mission qu'un jeu tordu où nous étions montés les uns contre les autres.

Devon s'est concentré sur cette maison aussi religieusement que maman avait regardé Victor Newman dans *Les Feux de l'amour* – sans en rater une miette. Il a étudié toutes les allées et venues, s'est assuré que je connaissais la position de chaque caméra pour apparaître le moins possible sur les écrans, et a identifié toutes les personnes venues pour récupérer le tableau.

Une fois le tableau remis et le versement en ma faveur effectué, l'heure est venue de passer à autre chose, mais je ne pouvais pas m'empêcher de m'interroger sur les autres, ceux qui avaient échoué. J'étais curieuse de savoir qui ils étaient, s'ils n'attendaient pas davantage de la vie que le simple fait d'errer de mission en mission comme je le faisais.

Parce que Devon est ce qu'il est, il m'a envoyé exactement ce que je voulais avant même que je lui demande quoi que ce soit. Il n'a rien trouvé à redire quand j'ai dit que je voulais plus que des captures d'écran de vidéosurveillance, c'est-à-dire leurs noms et adresses. M. Smith avait envoyé six d'entre nous sur cette mission, et je voulais tous les rencontrer.

C'était la première fois que j'étais sur le point de savoir qui d'autre travaillait pour lui, et je ne voulais pas rater l'occasion. Je savais qu'ils ne voudraient peut-être pas tous me parler, mais j'espérais pouvoir en rencontrer au moins un ou deux.

On avait été rivaux sur la mission Tate, mais pourquoi ne pas devenir alliés à partir de maintenant ? Ce n'était pas la première fois que je mesurais l'importance d'avoir quelqu'un dans mon équipe qui ne rendait de comptes qu'à moi. Et sur ce coup-là, j'aurais fait partie des perdants si Devon n'avait pas travaillé avec moi. Je l'ai convaincu qu'on ne faisait rien de mal en essayant de les contacter. Qu'on pouvait mettre en commun nos ressources. S'interroger sur les meilleures stratégies à adopter.

On pouvait bâtir une communauté.

À la fin de ses recherches, Devon n'a pu me donner le nom et l'adresse que d'une personne. J'ai roulé jusqu'à Cape San Blas, en Floride, entre deux missions. J'ai marché jusqu'à une adorable petite maison rose, devant laquelle tintait une douzaine de carillons, avec un paillasson au motif sable et océan, au-dessus des mots *Plagiste à temps complet.*

Cette quête des personnes ayant tenté leur chance sur la mission Tate et la conversation avec la seule que j'aie pu rencontrer ont tout changé pour moi.

Pour la première fois, j'ai eu envie d'arrêter ce boulot, ce mode de vie. M'enfuir et commencer autre chose, qui ait du sens, comme ce dont Andrew Marshall avait parlé ce matin-là en Caroline du Sud. Le vernis brillant de cette vie-ci s'était écaillé, laissant voir toutes les éraflures et les entailles en dessous. Mais ce n'est pas le genre de boulot où on donne ses deux semaines de préavis, et au revoir. En tout cas, pas si je voulais redevenir Lucca Marino et tout ce que ça impliquait.

Alors je suis restée. J'ai continué à accepter les missions que M. Smith me proposait comme si j'avais la possibilité de les refuser.

Quand on m'a envoyée en Louisiane et qu'on m'a donné le nom de Ryan Sumner, je pensais être prête pour ce qui m'attendait.

En théorie, c'était facile de croire que je pouvais me sortir de toutes les situations dans lesquelles il me précipitait.

En réalité, je n'avais aucun moyen de me préparer à ce qu'il a fait. Il a appuyé là où ça fait le plus mal.

Comme il est trop tard pour m'enfuir, j'ai besoin d'aller jusqu'au bout.

J'arrive enfin à destination et trouve un endroit où me garer. Je glisse quelques pièces dans le parcmètre, entre dans un CVS acheter un téléphone prépayé, une dose d'Advil et une bouteille d'eau. Je sens une migraine poindre derrière mon œil droit et il faut que je prenne les devants. Adossée contre ma voiture, je coince le téléphone contre mon épaule après avoir composé le numéro afin d'avoir les mains libres pour avaler les deux comprimés avec une gorgée d'eau.

Devon répond à la deuxième sonnerie mais ne dit rien.

— C'est moi, dis-je.

— Hôtel 21C dans une heure. Au café qui se trouve dans le hall.

— Numéro ?

— Cinq cent quinze.

Il raccroche.

Je ne mets pas longtemps en voiture, et par chance je trouve une place de stationnement dans une rue adjacente. Le 21C abrite non seulement un hôtel mais aussi un musée, et le hall grouille de monde. Je me fraie un passage à travers la foule, évitant les valises à roulettes et les mallettes portées à bout de bras, et atteins le café situé à droite de l'entrée principale. Une immense banderole suspendue au plafond qui mène aux salles de conférences attire mon attention.

RÉÉLISEZ ANDREW MARSHALL –
LA GARANTIE DE PROMESSES TENUES

Je longe la file d'attente des gens qui souhaitent commander et trouve une petite table d'où j'ai une bonne vue sur le hall.

Trois quarts d'heure plus tard, un sourire s'étire sur mon visage quand j'aperçois le gouverneur Andrew Marshall passer la porte d'entrée à grandes enjambées. Il est accompagné d'une ribambelle de personnes, dont deux étaient déjà là à l'époque où je travaillais pour lui. D'après de récents sondages, il sera très largement réélu et le bruit court qu'il pourrait même se porter candidat à l'élection présidentielle.

Je laisse ma veste sur la table pour que personne ne prenne ma place et marche vers eux. Il me remarque alors que je suis à quelques mètres, et je vois à son visage qu'il me reconnaît, bien que j'aie changé en six ans.

Il quitte le groupe et me rejoint.

— Mia ?

— Oui, gouverneur. C'est moi.

— Comment allez-vous ?

Je vois bien qu'il veut me témoigner sa sympathie, me donner une accolade ou me serrer la main, mais rien ne semble convenir aux circonstances, alors il finit par fourrer les mains dans ses poches.

— Je vais bien. Je suis votre carrière de près. Je ne pourrais être plus fière.

Il hausse les épaules.

— Au début de ma carrière, j'ai bénéficié de conseils qui m'ont prodigieusement aidé.

Je respire un grand coup et lui demande :

— Je peux vous parler en privé un instant ?

Une de ses assistantes se matérialise à côté de lui.

— Je suis navrée, mais le gouverneur Marshall a un emploi du temps très serré. Il doit prendre la parole au déjeuner qui commence dans quelques minutes.

Elle pose une main sur son bras pour l'entraîner mais il l'en empêche.

— Margaret, c'est bon. J'ai quelques minutes.

Je fais un geste vers le café et il me suit jusqu'à ma table.

— Vous avez des ennuis ? me demande-t-il une fois que nous sommes assis. C'est pour ça que vous êtes ici ?

Je lui adresse un sourire hésitant.

— Ça se pourrait. Enfin, ça va. Pour l'instant.

Il se penche en avant, les coudes sur la table, et sa voix se fait presque murmure.

— Je vous suis redevable, et nous le savons tous les deux. Comment est-ce que je peux vous aider ?

Je secoue la tête.

— Je ne suis pas encore prête à vous demander ce service, mais je voulais m'assurer que votre proposition tenait toujours.

Nous nous toisons un instant et il a beau essayer de me sonder, je ne laisse rien paraître.

— S'il est en mon pouvoir de vous aider, je le ferai volontiers.

J'acquiesce, sachant que je n'obtiendrai rien d'autre de la part de l'irréprochable Andrew Marshall.

— C'est tout ce que j'avais besoin d'entendre. Et maintenant, assez parlé de moi et de mes problèmes. Comment allez-vous ?

Il se cale contre son dossier, sans me quitter des yeux.

— Je vais bien. Je jongle entre le boulot et la campagne pour ma réélection, donc je suis occupé. Mais Mia, je suis obligé de vous poser cette question. Vous allez bien ? Vous êtes heureuse ?

Seigneur, si seulement il savait.

— Quelques petites embûches sur mon chemin, mais j'y suis presque.

Je lui arrache enfin un sourire, mais pas aussi large que je l'aurais voulu. Il jette un œil à sa montre, ce qui signifie qu'on a terminé.

— Vous devez y aller, dis-je pour lui faciliter la tâche.

Il se lève et sort une carte de sa poche, qu'il me tend.

— Mon numéro de portable privé, dit-il tandis que je l'examine. Faites-moi savoir ce que je dois faire.

Puis il disparaît.

Je me laisse retomber sur ma chaise et le regarde s'éloigner. Je relis la carte qu'il m'a donnée.

Un grincement sonore me fait lever la tête, et je vois un homme en train de tirer la chaise qu'Andrew vient de libérer. C'est George. Mais au lieu d'un uniforme UPS, il porte un costume sombre.

Il s'assoit, surprend l'étincelle de surprise qui passe sur mon visage avant que je la masque.

— Tu portes bien le costume.

Il sourit.

— Tu es censée être à Atlanta.

— J'y vais, j'y vais. J'avais besoin de faire une halte ou deux en chemin.

— Qu'est-ce que tu fous ? demande-t-il tout bas, manifestement inquiet. Tu joues avec le feu. Andrew Marshall ne fera rien qui risque de lui salir les mains, et tu le sais aussi bien que moi.

Mon regard reste rivé à son visage.

— Je ne vois pas de quoi tu parles. Je ne faisais que passer et je me suis dit que ce serait sympa de revoir quelques vieux amis.

Il fronce les sourcils.

— Tu peux mentir à qui tu veux, mais pas à moi. Pas après tout ce temps.

— Alors ne me pose pas de questions auxquelles tu sais que je ne peux pas répondre.

Il passe une main sur sa bouche.

— M. Smith pense que tu as besoin d'une motivation supplémentaire.

Un soupir excédé m'échappe.

— Tu vas envoyer aux flics une autre image de moi prise dans la rue ?

— Pas moi, dit-il. Je ne suis que le messager. Avec la prochaine série d'images, il sera quasiment impossible de te tirer d'affaire. Lui, il a fini de jouer.

Je hoche lentement la tête, digérant ce qu'il est en train de me dire.

— Tu as d'autres messages à faire passer ?

Ses yeux se plissent tandis qu'il réfléchit à ce qu'il a envie de me dire.

— Un dernier. De ma part. File à Atlanta. Tu peux encore arriver à la banque et descendre à la salle des coffres avant demain après-midi. Donne-lui ce qu'il veut. Je refuse de faire ce qu'il me demandera si tu ne t'exécutes pas. S'il te plaît, Lucca.

Je suis déstabilisée. Jamais il n'a été aussi sincère avec moi.

— Merci de m'avoir prévenue, dis-je simplement.

Je reste sur ma chaise tandis qu'il se lève.

— Dis à ton pote qu'il néglige ses arrières. Je l'ai repéré quand il est entré par la porte de service en uniforme d'agent d'entretien.

Il appelle toujours Devon mon “pote”. Devon et George ont joué au chat et à la souris au fil des ans, tâchant de deviner qui est l’autre, mais je crois qu’aucun d’eux n’a percé le mystère. En tout cas j’en suis sûre pour Devon.

— J’aurais aimé qu’on le boive, ce verre, dis-je.

Il s’esclaffe.

— Amène ton cul à Atlanta, et peut-être qu’on pourra trinquer.

Au moment où il repart, il se retourne et me lance :

— Bonne chance.

Je hausse les épaules en lui souriant.

— Qui a besoin de chance ?

Son rire l’accompagne jusqu’à la sortie.

Je reste figée sur ma chaise pendant dix minutes, à me repasser toute notre conversation.

L’envie de fuir m’envahit.

Mais si je m’enfuis, je devrai surveiller mes arrières toute ma vie, non seulement par crainte de M. Smith, mais aussi de la police.

Je finis par me lever et me diriger vers les ascenseurs. Dans la cabine, j’appuie sur le bouton du huitième étage. Je marche ensuite jusqu’à la porte qui mène à l’escalier. Je monte et descends plusieurs autres étages tantôt avec l’ascenseur, tantôt par l’escalier, jusqu’à me retrouver au cinquième étage, certaine que personne ne me suit. Connaissant Devon, les écrans de vidéosurveillance diffusent les mêmes images en boucle depuis qu’on est arrivés.

Je frappe à la chambre 515.

Devon ouvre la porte.

— J’ai bien aimé ton faux air étonné quand George s’est assis en face de toi.

— Il m'a dit à Fort Worth qu'il y avait des yeux partout, mais je ne sais jamais si c'est lui ou quelqu'un d'autre qui me surveille, alors ça m'a *un peu* prise de court de le voir là.

Je m'installe sur la chaise à côté de la sienne.

— Il dit que tu perds la main. Il t'a vu entrer par la porte de service.

Devon retrousse les babines.

— Parce qu'il croit que c'est une coïncidence si j'entre à la seconde où vous êtes ensemble ?

Il lève les yeux au ciel et ajoute :

— Il me remarque parce que je le veux bien.

Devon a installé un écran et une imprimante sur le bureau de la chambre, et je scrute les images de son écran. Andrew et moi sommes dans le cadre, mais nous ne sommes pas les personnages centraux. C'est George la vedette. Pendant que je parle avec Andrew, il se trouve dans le hall dans un fauteuil, caché derrière un journal qui lui permet de m'observer.

— Je suppose que George avait le son aussi. Il a pu entendre ce qu'Andrew et moi on s'est dit ?

Devon appuie sur deux boutons et on entend la conversation en question.

— Ouais. Le monsieur âgé avec une casquette des Titans. Je suppose que le micro était dans sa canne, puisqu'il l'a donnée à George sur le trottoir devant l'hôtel juste après avoir quitté le café.

Je le repère à l'écran, et oui, en effet, sa canne est posée contre sa table, dirigée vers moi.

— Je ne savais pas trop comment Andrew allait réagir en me voyant, mais je n'aurais pas pu espérer mieux. J'ai pris un risque, mais c'était évident il y a six ans qu'il se sentait redevable envers moi, donc je me doutais que ce sentiment referait surface. J'avais simplement besoin qu'il le dise tout haut, et il ne m'a pas déçue. Je suis également certaine que M. Smith interprétera ses paroles comme je le veux. Il ne va pas se dire qu'Andrew est prêt à m'aider parce que c'est un mec sympa, il va penser qu'Andrew n'a pas le choix parce que j'ai des infos compromettantes sur lui. M. Smith a toujours cru que j'avais des trucs sur Andrew Marshall que je n'avais pas dévoilés. Raison pour laquelle il est si enclin à croire que j'ai fait la même chose avec les infos sur Victor Connolly. Il pense que je les ai récupérées auprès d'Amy Holder et que je les ai gardées pour moi au lieu de les lui remettre.

La location de ce coffre-fort est apparemment ce qui a remis ma loyauté en question.

Et s'il m'estime coupable, l'unique chose qui me protège d'une chute en piqué dans le lac le plus proche est le contenu d'une boîte de 13 × 18 cm enfermée dans la chambre forte d'une banque.

— Est-ce que Connolly attend sagement dans son coin ou est-ce qu'on doit se faire du souci ? je demande.

Quelques pianotements sur le clavier et l'écran se modifie.

— Pour l'instant il est tranquille, mais je le surveille de près.

Je fixe une photo de l'homme en question. Grâce à mes recherches, je sais qu'il a soixante-sept ans, mais il a l'air plus vieux sur les images que Devon a recueillies. Le peu de cheveux qu'il lui reste est complètement blanc et des années d'exposition au soleil ont ravagé sa peau. Mais sous ses dehors d'homme vieillissant, il n'en demeure pas moins extrêmement dangereux.

Les entreprises de Connolly sont un mélange d'affaires légales et illégales, comme on peut s'y attendre. Il faut bien prouver qu'on a les moyens quand on se balade en voiture de luxe ou en jet privé entre ses villas éparpillées aux quatre coins du pays. Mais les revenus importants qu'il déclare sur sa feuille d'impôts ne sont rien comparés à ce que lui rapportent ses activités immorales.

C'est pour ça que M. Smith se donne tant de mal pour s'assurer que Victor Connolly reste un client satisfait.

Donc Devon et moi passons maintenant à l'attaque.

Je savais que M. Smith détenait d'autres preuves contre moi, mais je ne voulais pas attendre d'être assise face aux inspecteurs d'Atlanta pour découvrir de quoi il s'agissait, alors je le force à dévoiler sa main. Il pense me faire peur en les partageant avec la police, mais je suis bien contente de les débusquer tant que je peux agir. Tant que je peux m'enfuir si besoin.

— Dans combien de temps tu auras identifié M. Smith ? je demande.

Le détour par Oxford avait trois objectifs. D'abord, je voulais paraître à cran, limite détraquée. Que M. Smith me perçoive comme incontrôlable et s'inquiète de ce que j'allais faire ensuite. Il est plus difficile d'anticiper les faits et gestes d'une personne incohérente.

Ensuite, nous voulions découvrir comment ses clients entrent en contact avec lui. Je savais que le coach Mitch n'aurait qu'une personne vers laquelle se tourner après ma petite visite. *Bonjour King Harvest.*

Et enfin, nous n'avons toujours pas la véritable identité de M. Smith, or nous en avons plus que jamais besoin. Depuis notre découverte du forum de fans et du nom d'utilisateur de M. Smith, Devon remonte le fil des données, en espérant trouver un indice qui nous mènera jusqu'à lui.

— J'y suis presque, dit-il.

Je n'insiste pas. Il sort les pages que j'ai laissées sous les biscuits Twinkies pour lui hier.

— Ce n'est pas ta faute s'il a tué cette femme et James.

J'acquiesce, mais j'aurais dû me douter qu'il pouvait aller aussi loin, et j'aurais dû en dire plus à cette femme avant qu'elle ne parte de chez nous. Lui donner une sorte d'avertissement.

— Tu penses toujours qu'il vaudrait mieux qu'on se tire ?

Il inspire profondément et expire tout en sondant mon visage.

— Je préférerais qu'on se barre et qu'on se réorganise plutôt que s'entêter sur un chemin qui te mènera en prison ou à la morgue.

Je secoue la tête avant qu'il ait fini.

— Se barrer maintenant ne m'évitera pas forcément l'un ou l'autre.

Il s'apprête à me répondre mais le *ding* de l'ordinateur derrière lui le coupe dans son élan. La notification l'invite à ouvrir une fenêtre : il s'est enfin introduit dans le réseau informatique de la police d'Atlanta.

— Je vais dénicher le dossier d'Amy Holder et on va voir ce qu'il contient.

Quelques images défilent à l'écran.

— D'après les dates, ces images ont été téléchargées un mois avant ton arrivée à Lake Forbing, donc ce sont sûrement celles qui ont donné lieu au mandat de rétention à ton nom.

On se rapproche de l'écran.

— La photo où on te voit traîner Amy hors de sa voiture n'est pas la plus glorieuse.

— On ne pouvait pas faire autrement.

Il continue à cliquer pour faire défiler les images.

— Tu es très forte pour te cacher des caméras. Tu savais où était la personne qui te suivait ?

C'est rarement George qui me file quand je suis en mission, sauf s'il s'agit d'un boulot particulièrement important, comme quand j'étais seule pour la première fois, sur la mission Coach Mitch. Me suivre comme mon ombre comporte peu de moments palpitants, et je suis sûre qu'il a mieux à faire. La plupart du temps, je réussis à déterminer qui m'observe, mais parfois, comme ce soir-là, j'en suis incapable. Il faisait trop sombre pour voir à plus de deux mètres.

— Non, dis-je en secouant la tête. Enfin, dans la plupart de ces situations, je devinais facilement où ils se tapiraient… où moi je me cacherais si j'étais en observation.

— Bien, nous y voilà. De nouvelles images viennent d'être ajoutées à son dossier, voyons ce que Smith a envoyé. Tu as vraiment dû le gonfler. Il n'a pas perdu de temps.

Le mot joint aux photos a l'air d'être envoyé par l'inspecteur d'un autre département de police, tombé sur ces preuves flagrantes en enquêtant sur une autre affaire. Devon pourrait les effacer de leur serveur dans la seconde, mais M. Smith les renverrait. Mieux vaut laisser les choses ainsi.

Il pianote sur quelques touches et s'ouvre sous nos yeux la dernière preuve qu'ils ont contre moi.

C'est une vidéo.

Il appuie sur lecture et j'entre en scène.

21

De nos jours

Je me gare sur le parking du motel en fin d'après-midi. Je vois Ryan en train de faire les cent pas devant la fenêtre ouverte de notre chambre, téléphone contre l'oreille. Il met fin à son appel et sort dès que je suis garée.

Je n'ai pas encore coupé le moteur qu'il est déjà à ma portière.

— Je n'ai pas arrêté de t'appeler.

Il est inquiet parce que je l'ai esquivé toute la journée.

— Je t'ai envoyé un texto pour te dire que j'avais appelé la réception du motel pour nous prendre une autre nuit, dis-je en l'embrassant pour l'empêcher de réagir.

On reste enlacés le temps de lisser toutes les inquiétudes : il n'y a pas de problème entre nous.

— Désolée, ç'a été plus long que prévu.

Après avoir vu la vidéo, Devon et moi avons dû prendre des décisions et mettre un plan sur pied. En tout cas, je tire mon chapeau à M. Smith, qui a quasiment donné un tour de clé à la porte de ma cellule.

Ryan me suit dans notre chambre. Je sors des vêtements de rechange de mon sac.

— J'ai parlé à Rachel, dit-il. Elle sera à Atlanta demain après-midi. Elle espère qu'on se lèvera tôt et qu'on la rejoindra au plus vite pour que vous ayez un peu de temps pour vous préparer à l'interrogatoire de vendredi. Ça doit faire entre quatre et cinq heures de route.

— OK. Je vais prendre une douche.

— Tu as faim ?

— Je suis affamée.

— Il y a une pizzeria de l'autre côté de la station-service. J'y vais pendant que tu prends ta douche.

Il se rapproche, m'embrasse, et file.

J'emporte mes affaires dans la salle de bains et fouille dans ma trousse de toilette en quête d'un Advil. Mon mal de tête de ce matin revient. Je comprends que le petit flacon est vide avant même de le sortir de là.

J'hésite une seconde à appeler Ryan pour lui demander de m'en rapporter. Je sais aussi qu'il y a un distributeur dans le couloir de l'ascenseur qui propose des monodoses comme celle que j'ai achetée ce matin.

J'ai la tête dans un étau, alors j'opte pour le distributeur, d'autant que la pizza pourrait prendre un peu de temps.

Je ne me suis pas encore déshabillée, donc je n'ai qu'à enfiler mes chaussures. Je suis presque à destination lorsque la conversation qui me parvient du hall où sont installés les distributeurs me fait ralentir. Ça pourrait être n'importe quels clients mais mon instinct me dit de rester sur mes gardes.

Je me rapproche. Adossée contre le mur en brique, je ralentis ma respiration et ferme les yeux. J'invite mes autres sens à prendre le relais, espérant déterminer ce qui me fait tiquer à ce point. Inspire, expire.

Deux voix masculines. L'une beaucoup plus grave que l'autre.

Je me détends. Essaie de me concentrer sur les sons à quelques mètres de moi. Des mots flottent dans ma direction et je n'ai aucun mal à distinguer ceux qui font mouche : *Atlanta* et *Amy Holder*.

Je sors mon téléphone de ma poche arrière et envoie un texto à Ryan.

Moi : Reste au restaurant jusqu'à ce que je te dise de revenir. Je t'en prie ne me pose pas de questions

J'appuie sur envoi.

Et j'entends alors une petite sonnerie familière en provenance des distributeurs.

Putain. De. Merde.

Les voix légèrement étouffées continuent à me parvenir tandis que les trois petits points indiquant qu'il me répond clignotent. Je suis en mode silencieux donc aucun son ne retentit quand je reçois son message.

Ryan : OK dis-moi ce que tu veux que je fasse

— Merde, quelque chose l'a fait flipper.

La voix de Ryan emplit l'espace et je me fige. Ils ont dû se rapprocher légèrement de l'endroit où je me tiens.

Je reconnais aussi l'autre voix.

— Est-ce qu'elle a parlé d'un problème ?

C'est George.

Ryan est en train de parler avec George.

— Non. Bon, il faut que j'y retourne. Je te fais signe quand on arrive à Atlanta.

— Et si elle n'arrive pas à l'heure demain ? demande George.

J'inspire un grand coup. Non, non, non. Pas ça.

— Je te dirai ce que je compte faire. Je n'aime pas que toutes ces infos circulent comme ça.

— Alors j'attends de tes nouvelles, dit George. Et tiens, j'ai récupéré ça depuis la dernière fois mais je n'ai pas pu te le donner avant que tu quittes la ville.

Sans bruit, je recule de quelques pas, puis longe le bâtiment en vitesse en direction de notre chambre.

Mon téléphone vibre dans ma main, m'indiquant un appel au moment où j'ouvre la porte. La photo de Ryan s'affiche à l'écran.

Je ne réponds pas avant d'être à l'intérieur.

— Allô.

— Coucou, alors, qu'est-ce qui se passe ? Tu vas bien ?

— Oui, oui. Ça va. Je me suis fait une frayeur.

J'ai l'air d'être au bout du rouleau, mais j'espère que ça colle avec ce que je lui raconte et non avec ce que je viens de découvrir.

— Je rentre. Tiens bon, j'arrive tout de suite.

Il raccroche. J'envoie valser mes chaussures et mon jean et entre dans la salle de bains. J'ouvre le jet de la douche avant de m'envelopper d'une mince serviette blanche. Je m'accorde un moment pour respirer profondément et ralentir les battements de mon cœur.

J'entends la porte s'ouvrir.

— Evie !

Je passe une tête par l'embrasure de la salle de bains.

— Je suis là.

Il me rejoint en quelques secondes. Ses bras m'entourent et me serrent comme un étau. Je me force à faire pareil.

— Qu'est-ce qui s'est passé ?

Si je ne savais pas avec qui il vient de parler, je serais flattée par tant d'inquiétude.

Je ferme les yeux et compte jusqu'à cinq. Inspire, expire.

— Rien du tout, je t'assure. J'ai entendu du bruit dehors. Mais c'était juste un agent d'entretien qui vaquait à ses occupations.

J'ouvre les yeux et vois nos corps enlacés se refléter dans le miroir de la salle de bains derrière lui. Des papiers roulés en tube sont enfoncés dans sa poche arrière. Ça doit être ce que George lui a donné.

Je regarde le miroir disparaître à mesure que la vapeur d'eau emplit l'espace exigu. Je compte les secondes qui séparent chaque goutte qui tombe du robinet.

Parce qu'il me faut m'extraire de ce moment. J'ai besoin de me concentrer sur autre chose que l'envie de réagir à ce que je viens d'entendre. J'ai besoin d'espace entre lui et moi, ne serait-ce que dans ma tête.

— Tout va bien ? me demande-t-il au creux de l'oreille.

Il agit pile de la bonne manière, et je passe en revue tous les moments que nous avons partagés, à commencer par le tout premier, celui de mon pneu à plat à la station-service, à travers le prisme de son implication dans tout ça.

J'acquiesce, pas assez sûre de moi pour parler.

Il a retrouvé George. Il lui a parlé avec la même familiarité que moi.

Il y a eu tant de fois où j'ai eu l'impression que Ryan était à deux doigts de me confier tous ses secrets. Il s'est même ouvert à moi au sujet de ses affaires pas très nettes au Texas. Et bien des fois j'ai failli moi aussi tout lui avouer.

Mais il jouait avec moi, alors que moi j'étais prête à tout risquer pour lui.

Le chagrin brouille ma vue. Mes pensées. Tout ce que j'ai en moi.

Ses mains remontent le long de mon corps jusqu'à mon visage. Il recule d'un pas pour mieux me voir. Ses yeux me sondent, j'en fais autant.

— Ça ne te ressemble pas de prendre peur comme ça, murmure-t-il.

Et il a raison.

Est-ce qu'il m'a étudiée comme je l'ai fait moi aussi tout ce temps ? Est-ce qu'il existait quelque part une liste stipulant *Elle adore les frites de patate douce et prend deux sucres dans son café* ?

— Je me bats contre la migraine depuis ce matin. Il a suffi que j'entende ce vacarme pour être à cran.

Je me tourne vers la douche.

— Je ferais mieux d'en profiter avant qu'il n'y ait plus d'eau chaude.

Ses mains redescendent le long de mon dos puis il s'écarte.

— J'ai laissé un billet de vingt à la caisse pour qu'on se fasse livrer la pizza, donc elle devrait être là quand tu sortiras.

Je ne peux pas fermer à clé quand il sort parce que ce n'est pas ce que ferait sa petite amie. Je me glisse sous l'eau chaude et c'est l'électrochoc dont j'avais besoin. Le coup de poing au visage. Le brouillard se dissipe mais la tristesse, trop ancrée en moi, reste. Je suis écœurée.

Je m'accorde cinq minutes pour faire le deuil de notre relation. Cinq minutes pour regretter ce qu'on aurait pu devenir. Cinq minutes pour réduire à néant l'idée que j'aurais pu être le genre de fille à vivre dans une maison parfaite, avec un mec parfait, dans une rue parfaite.

Je me rappelle que ceci n'est pas mon monde.

Je ne suis qu'un fantôme de passage.

De retour dans la chambre avec des vêtements propres et les cheveux humides, je vois Ryan en train de débarrasser la petite table pour qu'on y mange. Je mourais de faim il y a une demi-heure, et maintenant la simple idée de manger me lève me cœur.

Mais je m'assois et réussis à avaler une part. Je comble le silence en parlant de tout et de rien. Parce que c'est exactement ce que ferait sa petite amie.

— Je crains que tu n'aies pas assez de temps avec Rachel pour te préparer à vendredi, dit-il après avoir emporté les cartons vides à la benne.

Les papiers ne sont plus dans sa poche et j'espère qu'ils n'ont pas fini à la poubelle aussi.

— Rachel et moi, on aura tout le temps qu'il faut. Promis.

Je me mets au lit et m'enfouis sous les couvertures.

— On se gèle. Tu veux bien baisser la clim ?

Ryan va à la fenêtre régler la température de l'appareil. Il fouille parmi ses affaires un moment puis se rend dans la salle de bains. Il ne met pas longtemps à se glisser dans le lit à côté de moi. Il m'attire contre lui, je me laisse faire. Il ne parle pas, ne va pas plus loin. Nos corps se touchent de la tête aux pieds et je sens les battements réguliers de son cœur contre mon dos. À plusieurs reprises, j'ai l'impression qu'il s'apprête à me dire quelque chose, mais aucun mot ne franchit sa bouche.

Je me repasse la conversation que j'ai surprise entre George et lui, encore et encore.

— Tu m'as l'air distraite. Tu as envie de parler de ce qui te pèse ?

La question chuchotée tout près de mon oreille me semble intime. Comme si on était vraiment embarqués sur le même bateau.

— Je suis fatiguée, c'est tout.

Il n'insiste pas, et se contente de passer ses doigts dans mes cheveux exactement comme j'aime. Ni lui ni moi ne nous endormons avant un bon moment.

22

De nos jours

Je suis levée avant le soleil.

J'ai mis une éternité à m'endormir hier soir, et quand enfin j'ai sombré, j'ai eu un sommeil agité. Ryan dort toujours à poings fermés dans les dernières heures de sa nuit, alors c'est pour moi l'occasion de chercher les papiers qu'il avait dans sa poche en revenant de son entrevue avec George.

L'étreinte de ses mains s'est relâchée au fil de la nuit et je n'ai aucun mal à me glisser hors du lit sans le réveiller. J'avance à quatre pattes jusqu'à ses bagages. Il a un gros sac où il a fourré ses vêtements, chaussures et affaires de toilette, plus une sacoche pour son ordinateur portable et ses documents de boulot. J'ai déjà souvent fouillé dans cette sacoche, ainsi que dans ses fichiers informatiques et son historique internet, mais à part les détails que j'ai déjà livrés à M. Smith, il fait attention à ce qu'il laisse traîner.

Je me rends compte à présent que c'est parce qu'il savait que je fouinerais. Je n'ai trouvé que ce qu'il a bien voulu que je trouve. Je suis tellement bête.

En tout cas, les papiers que George lui a donnés devraient être par ici, à moins qu'il ne les ait déjà lus et jetés en même temps que les cartons de pizza.

La clim se remet en route et couvre le bruit de la fermeture éclair de la sacoche. Je sors d'abord l'ordinateur pour y voir plus clair. Il y a un bloc-notes jaune sur lequel il griffonne quand il parle à ses clients et une brochure reliée à propos d'un fonds d'investissement qu'il a tenté de placer pendant ses coups de fil quand on était sur la route.

Une liasse de papiers est fourrée tout au fond d'une poche intérieure. Je les passe en revue, mais il s'agit principalement de documents sur des produits financiers, et j'en suis à me dire que ce que je cherche n'est pas ici, lorsque je remarque que les dernières feuilles rebiquent dans les coins.

Ce sont celles qui étaient roulées dans sa poche arrière.

Je les étale devant moi et ne mets pas longtemps à comprendre de quoi il s'agit.

Une sirène d'alarme se met à retentir dans ma tête.

Ce sont les dernières infos que j'ai transmises à M. Smith. Devon me les a données dans ce magazine *People*, et je les ai feuilletées pour décider de ce que je voulais bien lui faire passer. Le petit mot écrit à la main à l'encre bleue en bas de la dernière page, où je lui dis que je vérifierais la boîte postale le lendemain, m'indique qu'il s'agit de l'original et non d'une copie, puisque tout ce que j'avais sous la main était un stylo bleu.

Ça ne devrait pas être ici.

Je me retourne, contemple la silhouette endormie de Ryan et les morceaux du puzzle commencent à se mettre en place. Même en imaginant que Ryan soit plus haut placé dans la hiérarchie que moi, il ne devrait pas être en possession de ces documents. Pas les documents originaux. Livrés par George. Qui les aurait pris dans la boîte pour les lui apporter directement ici.

L'idée que M. Smith voulait faire main basse sur son entreprise douteuse m'apparaissait comme le scénario le plus probable, mais si ce n'était pas tout ? Il n'y a aucun risque si je pipeaute des infos et fais foirer le rachat sauvage d'une entreprise qu'il possède déjà. Aucune raison de me maintenir sur une mission qui n'en est pas une.

Mes idées défilent à cent à l'heure, achoppant sur diverses théories, spéculations et doutes, tandis que la clim ronronne et que Ryan dort.

L'entrevue d'hier entre Ryan et George confirme deux choses. George sait où nous nous trouvons car Ryan le tient au courant. Et leurs échanges témoignent d'une proximité qui ne se crée qu'avec le temps.

Ça fait des années que j'essaie de mettre un visage sur M. Smith. Le regard dans le vague, à un mètre de Ryan, j'ai du mal à croire qu'il puisse être le patron que j'en suis venue à détester.

Non. Non, ça ne colle pas. Il est trop jeune. C'est presque anachronique.

Tout en remettant chaque chose dans la sacoche exactement comme je l'ai trouvée, je me repasse toutes les conversations que j'ai eues avec M. Smith.

Je lui ai parlé pour la première fois il y a huit ans. Ryan était encore à LSU et il n'a aucun lien avec la Caroline du Nord.

M. Smith m'a ensuite mise en contact avec Matt, qui a été mon seul référent pendant les deux années suivantes. Je n'ai pas reparlé avec M. Smith avant la fin de l'affaire Andrew Marshall, il y a six ans.

Six ans.

C'est le moment où la grand-mère de Ryan a déclaré son cancer. Où Ryan a pris le relais dans l'entreprise de transport – le côté légal comme illégal – pour soulager son grand-père et que ce dernier puisse s'occuper de son épouse, avant de prendre complètement le contrôle des affaires à la mort de son grand-père peu de temps après.

Est-ce qu'il n'a repris que ça ?

Non.

Impossible.

Ryan m'accompagne à Atlanta, où je vais parler à tout un tas de flics. Est-ce qu'il se confierait à moi comme ça ?

Mes souvenirs me ramènent ensuite chez les Bernard. À cette petite pièce où nous avons répondu à chaque question qui nous a été posée. Où cet inspecteur a découvert qu'Evie Porter venait de Brookwood, dans l'Alabama, parce que Ryan a vendu la mèche. *Evie est arrivée de Brookwood, en Alabama, il y a quelques mois. Elle ne connaissait pas James.*

Non, non, non.

Retour sur lundi matin, dans le garage. Quand Ryan m'a serrée contre lui. Et que j'ai ignoré le message d'alerte de Devon. Parce que Ryan ne voulait pas me lâcher. Je me rappelle avoir pensé : *Si je ne m'étais pas attardée dans le garage avec Ryan, j'aurais lu le texto de Devon sitôt reçu. Ces quelques minutes m'ont peut-être coûté une fuite sans encombre.*

Mais je m'emballe. Non. M. Smith a répondu à Mitch sur le forum après notre départ d'Oxford. Or Ryan était en train de conduire. Je repense au moment où j'ai vu le message s'afficher. J'étais sur le siège passager de ma voiture. Ryan venait de faire le plein et d'entrer dans la boutique pour acheter des trucs à grignoter. Il était encore à l'intérieur pendant que je regardais la conversation entre M. Smith et Mitch sur l'écran de mon téléphone.

C'est enfin le souvenir de l'entrevue entre Ryan et George qui me revient, et je l'envisage sous un prisme différent. La familiarité est toujours là, la même que j'entretiens avec George. Mais c'est Ryan qui prenait les décisions. Et George qui s'y conformait. Lui remettait les papiers.

Cette mission était un test. Une mise à l'épreuve de ma loyauté.

Et merde, Ryan se serait immédiatement aperçu que j'avais falsifié des infos avant de les transmettre. Il a la preuve flagrante que je ne faisais pas le boulot qu'on m'avait confié. Et moi qui craignais qu'il perde son entreprise au profit de M. Smith.

Je savais que je serais surveillée de près.

Et quelle meilleure façon de me surveiller que de partager ma vie ?

Non.

Je ne dois pas y croire. Pas pour l'instant.

Certes, il est très facile de tirer des conclusions hâtives, mais il est aussi très dangereux de se perdre en conjectures.

Je retourne de mon côté du lit, attrape mon téléphone sur la table de chevet et ouvre Instagram. Je fais défiler les publications et m'arrête sur celle du média The Skimm reprenant les cinq meilleurs articles du jour et je commente : *Alors ça pour une nouvelle ! Je ne m'en remets pas ! #JeReprendsLaRoute #UneTablePourUn*

Il y a de grandes chances pour que Devon ne voie pas mon message déguisé avant deux heures, mais j'ai besoin de lui faire savoir que je me tire et que je plante Ryan.

Dès que mon commentaire est publié, j'attrape mon sac à main et mes clés, abandonnant tout le reste. J'avais déjà prévu de m'arrêter à Goodwill en sortant de la ville pour acheter ce dont j'avais besoin pour la suite, il me suffira d'ajouter quelques éléments à ma liste.

La porte s'ouvre avec un clic sonore mais par chance Ryan dort à poings fermés. En deux minutes je suis dans ma voiture et je sors du parking. Sitôt sur l'autoroute, je jette le téléphone que j'utilise sous le nom d'Evie Porter depuis que je suis à Lake Forbing, et grâce au petit boîtier noir de Devon, s'il y a un traceur sur ma voiture, il ne peut émettre aucune information. Au début, je voulais que M. Smith sache où j'allais. Plus maintenant.

Au bout de deux heures de route, je m'arrête pour acheter un téléphone prépayé et j'appelle Devon.

— Salut, dis-je quand il décroche.

— Qu'est-ce qui s'est passé ?

Je lui récapitule les événements et on se tait un instant.

— Tu sais ce que je me dis, finis-je par annoncer, sans vouloir formuler mes soupçons sur Ryan.

— Je me dis la même chose, répond-il. Mais pas de conjectures…

— On ne s'intéresse qu'aux faits, dis-je, lui coupant l'herbe sous le pied.

C'est notre devise.

Toujours sur le parking du magasin où j'ai acheté ce téléphone, je fais les cent pas le long de ma voiture. Je me dis que c'est parce que j'ai besoin de me dégourdir les jambes, mais je sais que c'est la peur qui me rend nerveuse.

— Je suis rentré à Lake Forbing, me dit Devon. Je m'occupe de ma partie, et toi de la tienne.

Et avant que je raccroche, il ajoute :

— Je touche presque au but du côté du forum de Smith. Garde ce téléphone au cas où j'aie besoin de te contacter, puisque je suppose que tu n'as plus accès à ton compte Instagram. Le risque est minime.

Je ne sais pas trop sur quels paramètres Devon se base pour estimer le rapport bénéfice-risque dans ces situations, mais je lui fais suffisamment confiance pour ne pas remettre son raisonnement en question.

— Ça marche… si jamais les choses ne prennent pas la tournure espérée demain matin, barre-toi. Laissc tout en plan et disparais.

— L, tu sais très bien que je ne t'abandonnerai pas.

— Entre les flics et M. Smith, on sait tous les deux que mes chances de m'en tirer sont très minces. Et il y a d'autres personnes à prendre en considération. Heather va avoir besoin de toi.

— Ça vaut pour toi aussi, dit-il. Il n'est pas trop tard pour se retirer. Mets-toi en route et voilà.

— Je te ferai signe quand j'aurai fini aujourd'hui, dis-je avant de raccrocher.

Toute cette conversation ressemblait tellement à un au revoir que je n'ai pas pu me résoudre à le lui dire tout haut.

*

On est en milieu d'après-midi quand je passe devant le panneau BIENVENUE À EDEN. Le trajet a été long, avec seulement une halte pour acheter le téléphone et appeler Devon, et une autre à Winston-Salem pour acheter des vêtements à Goodwill.

Mon regard s'imprègne de la ville qui était la mienne autrefois. Les souvenirs me submergent à une telle vitesse que je manque me noyer. Le fast-food où je traînais avec mes amis et le magasin de tissu où maman et moi passions des heures à zieuter les nouveaux arrivages chaque semaine sont toujours là, mais le temps et la négligence ont fait des ravages. Je m'engage sur la route qui longe mon lycée, et je n'arrive presque plus à respirer en voyant l'herbe usée par les semelles sur le passage entre la porte secondaire et le parking, que j'ai emprunté des milliers de fois.

Il me semble que la dernière fois où j'ai mis les pieds ici remonte à une éternité.

Et en même temps on dirait que c'était hier.

Mais si tout me semble familier, je demeure une étrangère. Il n'y a personne que je pourrais appeler en vue d'une petite visite.

Un dernier virage et je suis dans mon ancienne rue. J'entre dans le parc de caravanes et sors de la voiture sans couper le moteur. Je scrute chacun des mobile homes casés dans cet espace, les comparant à l'allure qu'ils avaient avant, me rappelant qui habitait celui-ci ou celui-là. Je garde celui du milieu dans la rangée de gauche pour la fin.

Je grimace en pensant à quel point maman aurait honte que quelqu'un le voie dans cet état. Même si ce n'était pas la gloire à l'époque où c'était chez nous, elle faisait toujours en sorte qu'il soit propre et rangé, et que les petits parterres près des marches soient garnis de fleurs. Aujourd'hui ils sont envahis de mauvaises herbes, une bâche bleue recouvre le toit endommagé et il y a un pick-up en rade monté sur des parpaings à côté de la porte.

J'ai mal en songeant à la fille que j'ai été. Celle qui appelait cet endroit sa maison. Cette fille était heureuse ici. Vraiment heureuse. Même quand sa mère est tombée malade, cette gamine, dans sa naïveté, a cru qu'elle pourrait s'occuper d'elle. Qu'elle pourrait l'empêcher de mourir.

Mais cette petite fille a appris beaucoup de choses dans ce mobile home. Elle a appris que parfois, on a beau essayer de toutes ses forces, ça ne suffit pas. Elle a appris que la seule personne en qui on peut avoir confiance, la seule personne sur qui on puisse vraiment compter, c'est soi-même.

Derrière ses rideaux, une femme jette un œil furtif dehors, me rappelant que je n'ai pas fait tout ce chemin pour une simple séquence nostalgie.

Je suis revenue à Eden pour une raison.

De retour dans ma voiture, je fais demi-tour et reprends la rue principale. Je m'arrête chez Sheetz pour faire le plein et changer de vêtements aux toilettes. Après quoi il ne me faut que quelques minutes pour arriver dans les quartiers plus récents de la ville, où les magasins s'enchaînent en une longue enfilade de vitrines.

Je me gare près du cabinet du Dr Brown, au bout de la rue, et y entre.

— Je peux vous aider ? me demande la secrétaire quand j'approche de l'accueil.

— Oui, c'est la gestion immobilière qui m'envoie. Nous vérifions les disjoncteurs de tous les locaux. Il y a eu un problème électrique à l'animalerie hier soir, mais heureusement quelqu'un a maîtrisé la situation avant que ça ne dégénère en incendie. Je n'en ai que pour quelques minutes.

J'ai eu de la chance de dénicher une chemise et un pantalon multipoches chez Goodwill pour avoir l'air crédible.

— Oh ! dit-elle en me faisant signe de passer. Bien sûr, n'hésitez pas à me dire si vous avez besoin de quoi que ce soit.

Je lui adresse un grand sourire et me dirige vers le fond du cabinet. Par chance, tous les médecins sont avec des patients dans les salles de consultation et je me glisse dans le local technique sans être vue. Je laisse le tableau électrique tranquille et file droit vers le serveur central. J'y insère la clé USB que j'ai apportée puis j'effectue sur le clavier la séquence que Devon m'a notée pour télécharger les dossiers.

Cinq minutes plus tard, je sors du local. En passant devant l'accueil, j'adresse un signe de tête à la secrétaire.

— Tout va bien. Bonne journée.

Je quitte Eden pour la dernière fois dix minutes plus tard.

— C'est bon, dis-je à Devon dès qu'il répond à mon appel.

— Je t'envoie une capture d'écran, dit-il. Ton petit jeu avec le coach Mitch s'est révélé payant. On sait qui est Smith, maintenant.

Mon cœur s'emballe et je me gare sur le bas-côté le temps que l'image se charge. Il apparaît. Bien que l'écran soit minuscule, son visage familier me saute aux yeux. Je le scrute plus longtemps que nécessaire.

Je remets le téléphone contre mon oreille.

— Maintenant on sait à quoi s'en tenir, dis-je.

— En effet. Mais, L… ça ne doit rien changer.

Je déglutis avec difficulté.

— Je sais. Passe les appels. Il faut d'abord que je réussisse l'épreuve des flics. Je m'inquiéterai de la banque dans un second temps. Si je me fais arrêter, le reste n'a plus aucune importance, alors c'est la priorité pour l'instant.

— OK. Rappelle-toi bien ce que je t'ai dit. Il n'est jamais trop tard pour se tirer. Tu n'as qu'à te mettre en route.

Je hoche la tête, bien qu'il ne me voie pas.

— Et ça se passe bien à Lake Forbing ?

— Je gère. Je suis entré dans la maison sans problème. Demain à la première heure, je tuyaute la police. Et dès que tu vois une rivière, balances-y ton téléphone. Il ne faut pas que tu l'aies sur toi pendant ton rendez-vous avec les inspecteurs.

— Noté. J'en choperai un autre en arrivant à Atlanta, donc la prochaine fois que tu auras de mes nouvelles, ce devrait être après cet interrogatoire. Et si je ne t'appelle pas, alors tu sauras que…

— Non, il est trop tôt pour les discours fatalistes. J'attends de tes nouvelles.

Sur quoi il raccroche.

Je scrute cette image encore quelques minutes et l'efface.

Pseudonyme : Regina Hale – Six mois plus tôt

C'est la première fois que je m'ennuie en mission. Je me trouve à Decatur, en Géorgie, et tout ce que l'on m'a fourni, c'est ma nouvelle identité, un numéro de membre du country club local et le nom d'Amy Holder, ainsi que les instructions suivantes :

> Amy Holder est en possession d'informations extrêmement sensibles concernant Victor Connolly et les affaires de la famille Connolly. Elle menace de se servir de ces informations contre Victor si on ne la paie pas. Il va sans dire qu'il est absolument crucial que tu récupères ces informations avant qu'elle ne mette sa menace à exécution. C'est la mission que nous te confions et le devoir de réserve est impératif. Ni toi ni moi n'avons envie de fâcher un homme comme Victor Connolly. Tu dois surveiller Amy Holder et tout découvrir sur elle. N'entre pas en contact avant que je te le dise mais tiens-toi prête à agir à tout moment.

Réglée comme du papier à musique, Amy pousse la double porte vitrée du bar à 17 h 25. Ces quinze derniers jours, elle est restée chez elle jusque vers 17 heures, après quoi elle a parcouru les trois malheureux kilomètres qui la séparent du country club, où elle s'est noyée dans les vodkas martinis jusqu'à la fermeture.

Amy mesure 1,73 mètre, possède une carrure athlétique et des cheveux blond miel qui lui arrivent sous les épaules. Elle se maquille peu, ne porte pas de bijoux, et affiche en permanence une mine fermée et méprisante.

Au moment où elle se glisse sur son tabouret préféré, un serveur dont le badge indique qu'il s'appelle Morris, en chemise blanche au logo du club, lui apporte le premier verre d'une longue série avec un sourire chaleureux et un bonjour plein d'entrain. Devon a de plus en plus de facilité à jouer un rôle actif dans mes missions.

— Désirez-vous voir notre menu, mademoiselle Holder ? demande-t-il.

— Peut-être un peu plus tard, répond-elle.

— Bien sûr, faites-moi signe quand vous serez prête, conclut-il avant de s'éloigner.

Cet échange est lui aussi invariable : même question, même réponse. Elle ne lui demandera pas le menu, et il ne le lui proposera pas de nouveau, mais il suffit qu'elle hoche la tête pour que son verre se remplisse en quelques secondes.

Ça fait onze jours que je traîne dans ce bar, mais c'est le troisième soir de suite que je reste tout du long, ne prenant plus la peine de me cacher. Elle sirote ses cocktails sans faire cas des autres. Si elle a un téléphone, à aucun moment elle ne l'a sorti ou regardé. Il n'y a pas une seule personne dans ce bar, moi y compris, qui n'ait pas jeté un œil à son téléphone ne serait-ce qu'une fois, ne serait-ce que pour vérifier l'heure.

Mais Amy, non.

Amy, elle, reste assise au bar et enquille entre quatre et six martinis, après quoi elle attrape son sac à main et roule jusque chez elle, en zigzaguant certains soirs sur la ligne jaune durant tout le trajet. Elle vit dans une maison de ville qui vaut plus qu'elle ne devrait, en vertu de son emplacement. Le lendemain matin, elle se réveille et réenclenche le processus.

Et comme je n'ai aucun moyen de m'introduire chez elle sans la perdre de vue, traîner dans ce club est ma seule option.

De mon poste d'observation, je suis des yeux les groupes qui vont et viennent, comme chaque soir. Le bar s'emplit de membres qui ont fini leur partie de golf ou de tennis, et qui célèbrent ou déplorent les exploits du jour. Le restaurant sert les familles qui dînent dehors. Les deux zones sont bruyantes et remuantes.

Le fait de rester assise et de poireauter commence à me peser.

En général, j'ai un peu de temps avant le vrai début d'une mission, mais là, vingt-quatre heures après avoir reçu les instructions de M. Smith, je devais être à Decatur. Vu la précipitation, je me suis dit que j'allais entrer en contact avec la cible aussitôt, mais on m'a ordonné de faire le contraire. Deux semaines se sont écoulées et tout ce que j'ai fait jusque-là, c'est la regarder boire son dîner.

Ça ne veut pas dire que je ne comprends pas ce qui se passe.

Si on me tient en laisse pour l'instant, c'est parce que quelqu'un d'autre agit en coulisses et essaie de passer un marché avec elle pour qu'elle transmette ses infos. Non qu'ils soient très réglos, mais ils estiment que c'est la meilleure façon de récupérer tout ce qu'elle a pris.

La seule chose qui protège Amy actuellement, c'est qu'elle est encore en possession des données compromettantes. Et qu'elle les remette de son plein gré ou que je les lui prenne de force, à la seconde où elle ne les détiendra plus, elle subira dans sa pleine mesure la colère de M. Smith et de la famille Connolly.

Et tout comme l'avertissement reçu après la mission Tate, je ne me fais pas d'illusions : je sais que je ne suis pas seule. Amy Holder est devenue la priorité n° 1 pour M. Smith, alors rien ne sera laissé au hasard.

Je me dirige vers le bar et m'installe sur un tabouret en en laissant deux entre nous. Je commande un autre verre de vin.

Devon le pose devant moi et me demande :

— Vous désirez voir notre menu ?

— Non merci, réponds-je avec un sourire.

Il va à l'autre bout du bar s'occuper d'un groupe. Je ne suis pas encore certaine que j'aurai besoin de lui sur cette mission, mais je suis arrivée au stade où je n'accepte plus rien s'il ne peut pas être avec moi. On est devenus une équipe inséparable.

— Vous êtes nouvelle dans le coin, dit Amy.

Je regarde alentour pour m'assurer que c'est à moi qu'elle s'adresse. Quand ça me semble évident, je réponds :

— Oui, je viens d'emménager.

Je pivote sur mon tabouret pour m'ouvrir à la conversation. Elle me scrute de la tête aux pieds puis se reconcentre sur son martini.

— Je sais ce que vous cherchez, mais vous ne trouverez rien ici.

Elle fait tournoyer un doigt dans son verre puis le porte à sa bouche pour lécher le liquide.

— Rien du tout, vous m'entendez ! Allez le dire à vos chefs !

Son accès de colère me pousse à reculer un peu. Amy boit à longs traits, jusqu'à la dernière goutte, puis agite son verre vide en l'air.

— Vous ne trouverez rien ! Jamais !

Éclats de voix qui font se tourner quelques têtes. Elle pivote sur son tabouret pour me faire face, me sourit de toutes ses dents puis se repositionne face au bar.

— Y a plus rien, dit-elle dans un murmure sonore.

Il y a quelques jours, j'ai identifié le type chargé de me surveiller tandis que je la surveille. Un homme d'un certain âge assis au fond de la salle, habillé comme s'il venait de jouer au golf. Je sais qu'il envoie très probablement à M. Smith des mises à jour sur ce qui se passe en temps réel, alors je dois marcher sur des œufs, puisqu'on m'a spécifié de ne pas entrer en contact avec elle. Je ne veux surtout pas qu'on me retire cette mission.

— Vous devez me confondre avec quelqu'un d'autre. Je ne vois pas de quoi vous parlez.

Sur quoi je me tourne face au bar et avale une gorgée de vin. M. Smith va être furax qu'elle pète les plombs à cause de moi.

En l'observant du coin de l'œil, je vois ses épaules s'affaisser, comme si je l'exaspérais. Je la regarde quelques secondes, et soudain son visage s'éclaire : un autre cocktail s'est matérialisé devant elle.

— Morris ! Mon héros ! s'écrie-t-elle.

Peu à peu, la foule se désintéresse d'elle et le volume sonore ambiant repart à la hausse.

Je tourne juste un peu sur mon siège pour pouvoir l'observer plus facilement.

Mais elle le remarque et enchaîne direct.

— La première fois que vous êtes venue ici, c'était lundi il y a quinze jours, à 18 h 17. Vous portiez une jupe de tennis bleu pastel et un débardeur blanc. Les cheveux attachés. Vous avez commandé une vodka cranberry. Le lendemain, vous êtes arrivée à 17 h 45, en robe droite à fleurs. Vous avez bu deux verres de chardonnay.

Elle dirige son touilleur en plastique vers moi tout en continuant à égrener le détail des heures de mes visites, de mes consommations et de mes tenues, d'une voix chaque fois un peu plus forte.

— Et tous les soirs, votre Lexus bleu nuit me suit jusque chez moi.

Elle va même jusqu'à réciter les numéros de ma plaque d'immatriculation.

Je regarde autour de moi et remarque que nous avons à nouveau un public. Mon espion personnel au fond de la salle nous regarde sans se cacher. L'unique fois où j'ai été défiée de cette manière, c'était aussi par une femme ivre, Jenny Kingston. Les images de son corps gisant par terre, une flaque de sang sous la tête, remontent à la surface, ainsi que la question que m'avait posée mon patron juste après : *Qu'aurais-tu fait si elle n'était pas tombée toute seule ?* Question qui me hante depuis huit ans.

Je dois essayer de sauver les apparences.

— Je suis en effet nouvelle dans le coin et ça m'a semblé le meilleur endroit pour rencontrer des gens.

— Je comprends, dit-elle. Je sais ce qu'ils veulent, mais on sait toutes les deux que je suis morte si je le leur donne.

Mon regard se promène alentour, en quête de caméras ou de micros, afin de déterminer ce que M. Smith entendra de ce qui est en train de se passer entre nous. Rien n'est dit de façon ouverte, mais il vaut mieux jouer la prudence et continuer dans la veine énigmatique.

— Je ne sais pas trop à quoi vous faites référence, mais si vous avez besoin d'aide, je peux…

— Vous n'êtes pas ici pour m'aider. Personne ne peut m'aider. Mais je n'avais pas le choix. Je serais déjà morte si je ne l'avais pas pris.

Sans me laisser le temps de répondre, elle enchaîne :

— Allez, fichez-moi la paix.

Elle se tourne face à son cocktail. Je reste au bar le temps de finir mon verre et de régler ma note, puis je glisse de mon tabouret et quitte le bar.

Une fois dans ma voiture, je roule en pilote automatique jusqu'au petit appartement qu'on m'a préparé. Il ne fait aucun doute que M. Smith est déjà au courant du mini-scandale qui a eu lieu au bar. Je ne pense pas que cela suffise pour qu'il me retire la mission, mais il va sûrement me coller au train.

*

Trois jours s'écoulent avant ma tentative suivante. Je me cache sur le trottoir opposé à sa maison en attendant qu'elle rentre. La seconde série d'instructions m'est parvenue le lendemain matin de l'esclandre au country club. J'avais raison. M. Smith n'était pas content de moi.

> L'emploi du temps a changé en raison de ton incapacité à obéir à des ordres simples. Utilise tous les moyens nécessaires pour localiser et mettre la main sur n'importe quel support numérique, téléphone portable, ordinateur, tablette, disque dur, etc. Si l'objet peut contenir des données numériques, prends-le. Inutile de te rappeler à quel point ces données sont sensibles et le soin que tu dois en prendre.

Il semble que la subtilité ne soit plus de mise. L'avertissement est clair : je lui remets les données ultraconfidentielles, ou je me retrouve dans la même position qu'Amy Holder. Je ne dois pas m'en faire une amie, me rapprocher d'elle, la faire parler. Je dois tout lui voler. Immédiatement.

Les phares de sa voiture éclairent la cour quand elle s'engage dans l'allée étroite, son aile droite manquant de peu la poubelle. Une soirée à cinq martinis minimum.

Le moteur s'éteint mais la portière côté conducteur ne s'ouvre pas.

Les minutes s'écoulent et elle ne sort toujours pas. Au bout de dix, je sors de ma planque et descends lentement l'allée où elle s'est garée. Dès que j'approche de la voiture, je distingue sa silhouette avachie sur le volant.

J'ouvre la portière et rattrape Amy avant qu'elle ne s'effondre sur le béton. Je fouille dans son sac en quête de ses clés et les fourre dans ma poche. Je la prends sous les bras et la traîne le long de l'allée. Elle perd une chaussure, puis l'autre. J'ai presque envie de couper la caméra qui est en train de nous filmer, mais je résiste et oriente mon corps dos à la rue autant que possible. Lentement mais sûrement, nous atteignons la porte d'entrée. Un silence bienvenu nous accueille à l'intérieur.

Je ne m'arrête pas avant de l'avoir menée jusqu'au canapé. Dès qu'elle y est allongée, je retourne chercher ses chaussures et son sac à main, et prends le temps de fouiller son véhicule. Mais il est aussi propre et vide que le jour où elle l'a pris au parking.

Je commence à fouiner dans la maison aussi, parce qu'au point où on en est, je ne serais pas surprise que M. Smith m'ait fait suivre jusqu'ici pour s'assurer que je le fasse. Mais la maison est aussi immaculée que le véhicule. Nulle trace d'objets technologiques ici. Il y a un téléphone fixe, mais pas de portable, pas d'ordinateur, pas de tablette. Pas non plus de chargeurs qui trahiraient la présence de tels objets. Il y a une télévision, mais les seules chaînes qu'elle diffuse sont celles qu'elle reçoit grâce à l'antenne de toit. Je vérifie toutes les planques possibles, mais c'est à croire que cette maison est restée bloquée dans les années 1980.

Je fouille même les carnets, cherche des bouts de papier, au cas où elle travaillerait à l'ancienne. Mais je fais chou blanc.

Assise dans un fauteuil, je la regarde dormir encore un peu avant de me dire que ça suffit pour aujourd'hui.

*

Amy a pris ses quartiers dans un hôtel dans le centre d'Atlanta le lendemain du soir où j'ai fouillé sa maison. C'était il y a quatre jours. Depuis ma voiture, je la regarde en train de sortir d'un bar de quartier d'une démarche qui m'indique qu'elle s'est envoyé au moins quatre martinis.

Je reçois de nouvelles instructions presque tous les jours, car le comportement d'Amy change au même rythme. D'après les dernières en date, M. Smith est à bout de nerfs.

> Amy est hors de contrôle. Ramène-la immédiatement. Pas de négociations.

Ramène-la immédiatement. C'est nouveau ça. Mais où exactement ? Est-ce que je l'attrape et j'attends que quelqu'un nous rejoigne ? Je l'enferme dans mon coffre ? M. Smith est aussi incohérent qu'elle. Il flippe, et je m'interroge sur la pression que lui fait subir Victor Connolly pour qu'il règle cette histoire.

Je bondis hors de ma voiture, traverse la rue et la suis, maintenant une distance raisonnable entre nous.

Amy s'élance sur la chaussée dès que le feu piéton passe au vert. Son manteau rouge vif tournoie derrière elle à mesure qu'elle se heurte aux personnes qui ne s'ôtent pas de son chemin à temps. Elle manque trébucher sur le trottoir d'en face.

Elle se donne vraiment en spectacle.

Sans faire cas du groupe de touristes devant elle, elle fonce droit devant en direction de son hôtel.

Soudain, elle s'arrête, et je prends la tangente vers la droite pour ne pas me retrouver trop près d'elle.

Elle est figée au beau milieu des piétons, qui la bousculent en essayant de l'éviter, et tourne sur elle-même pour s'arrêter pile face à moi. Son regard transperce le mien.

De toute évidence, elle me reconnaît.

Lentement, elle lève la main et pointe son index sur moi.

— Vous. Qu'est-ce que vous fichez là ? Je croyais vous avoir dit de me laisser tranquille.

Je recule de quelques pas, en direction d'une autre rue, mais avant que je puisse m'échapper, elle se rapproche et se met à crier.

— Allez voir cet enculé de Smith et dites-lui qu'il aille se faire foutre. Il est loin d'être aussi intelligent qu'il le pense. Ça fait des années qu'il baise les gens, et j'ai toutes les preuves ! J'ai tellement de trucs contre lui. Plus qu'il le saura jamais !

Un sourire mauvais s'étire sur son visage puis elle m'adresse un doigt d'honneur, sur quoi elle fait volte-face et s'engouffre dans le hall de l'hôtel, comme si elle n'avait pas juste pété un câble en pleine rue.

Le choc de ses révélations sur M. Smith me chamboule, mais je me recompose l'air inexpressif que je peaufine depuis des années, car je sais que je suis sous surveillance. Je scrute la rue en quête de l'homme d'un certain âge que M. Smith a casé là quelque part. Pour la première fois, il va apprendre qu'elle n'a pas récupéré de données sensibles auprès d'un seul client. Et ça ne va clairement pas lui plaire. Il me fait à peine confiance pour me laisser voir ce qu'elle a volé à Victor Connolly, alors je ne vois pas comment il m'aurait confié cette mission s'il y avait une possibilité pour que je saisisse des infos sur lui. Il se serait totalement opposé à ce que je récupère des données qui pourraient être utilisées contre lui. Que *je* pourrais utiliser contre lui.

J'ai passé des années à chercher des informations sur lui. Tout ce qui pourrait me renseigner sur sa véritable identité. Il a bien raison de se soucier de ce que je ferais si je mettais la main dessus.

Il faut toujours faire le nécessaire pour te sauver, et sauver la mission. Je n'ai jamais oublié ce conseil, qu'il m'a donné il y a longtemps. C'est celui qui me guide sur chaque mission.

Et celle-ci est loin d'être terminée.

Je suis Amy Holder à l'intérieur, m'en tenant au plan que j'ai mis au point. Je mets quelques minutes à trouver la porte qui mène au local de ménage. Dans un placard, je trouve un sac à l'intérieur duquel a été placé un uniforme de femme de ménage. Je me change en vitesse, puis j'attache mes cheveux bruns en chignon serré. Je trouve le micro et l'oreillette au fond du sac. Une fois le micro clipsé sous mon col et l'oreillette en place, je suis prête.

En général, Devon est contre ce genre d'équipement car on peut facilement capter la fréquence dans un rayon proche, mais il était impossible de faire autrement.

— Je suis prête.

Dans l'oreillette, je l'entends me répondre :

— C'est bon, vas-y. Fais gaffe à toi.

Il s'est introduit dans le bâtiment hier pour pirater le système de sécurité et il le commande actuellement depuis un fourgon garé dans la rue. Il garde un œil sur moi et un autre sur les images de la vidéosurveillance. On a prévu de figer les images lorsqu'une zone que je dois traverser est déserte, puis de les remettre en marche une fois que je suis passée. Je tracerai ainsi mon chemin à travers l'hôtel par tranches saccadées, invisible pour l'œil des caméras.

Les chariots de nettoyage attendent dans un coin que l'équipe de nuit les réapprovisionne, car toutes les chambres ont été faites il y a longtemps. J'attrape le plus proche, fourre mon sac noir dans l'espace destiné au linge sale, et appelle un ascenseur.

— Personne dans l'ascenseur. J'attends que le hall se vide pour ouvrir les portes.

— Bien reçu, dis-je.

Les portes s'ouvrent, je pousse le chariot dans la cabine et appuie sur le bouton du cinquième étage. Lorsqu'elles s'ouvrent à nouveau, je sors dans le couloir, toujours avec mon chariot.

— Attends là, dit Devon. Amy vient juste de sortir de l'ascenseur principal, elle se dirige vers sa chambre. On a besoin que cette caméra la voie, donc je ne coupe pas les images avant qu'elle soit rentrée.

Je regarde ma montre.

— Qu'est-ce qui lui prend autant de temps ? Elle devrait déjà être dans sa chambre.

Mon regard balaie le couloir d'un bout à l'autre, et je prie pour que personne ne décide de sortir de sa chambre pile maintenant. Je veux que personne ne soit en mesure de signaler la présence d'une femme de ménage à cet étage et à cette heure-ci.

— Elle est devant sa porte. C'est la cinquième fois qu'elle essaie d'insérer sa carte dans la fente.

— Bon sang, je marmonne.

— C'est bon, elle est entrée. Tu peux y aller.

J'y vais. Je pousse le chariot, atteins le couloir principal puis me dirige vers la chambre d'Amy.

Je m'arrête en dérapant pile devant sa porte, toque et lance :

— C'est le ménage !

Elle ouvre en moins d'une minute. Sans lui laisser l'occasion de répondre, j'avance avec le chariot en la faisant reculer et laisse la porte claquer derrière moi.

23

De nos jours

J'arrive à l'hôtel Westin dans le centre d'Atlanta pile à l'heure. Rachel m'attend dans le hall, mais je vois bien qu'elle m'en veut d'être à ce point sur le fil du rasoir.

Puisque je ne me suis pas présentée à la réservation qui a été faite pour moi à l'hôtel Candler et que j'ai dépassé le délai avant lequel je devais être à la banque, il fallait que je calcule mon arrivée à la minute près.

— Je me demandais si tu allais venir, me dit-elle tandis que je m'approche.

Je remarque la silhouette qui se tient quelques pas derrière elle.

— Je t'ai donné ma parole, réponds-je.

— Je peux te parler ? me demande Ryan en s'approchant.

— Il m'a appelée pour me dire que tu l'avais planté, précise Rachel.

Son intonation et son sourcil arqué ne m'échappent pas, mais je n'en fais pas cas.

— Notre rendez-vous commence dans quelques minutes, c'est ça ? je lui demande.

Elle jette un œil à sa montre et me fait signe de la suivre vers l'ascenseur.

— Ryan, laisse-nous le temps de surmonter ça et après on discutera du reste, d'accord ?

Elle pense qu'on a simplement eu une dispute d'amoureux.

Ryan se laisse tomber dans un fauteuil et nous regarde disparaître derrière les portes de l'ascenseur.

Lorsque nous atteignons notre étage, je chasse Ryan de mon esprit et me concentre sur la tâche qui m'attend.

— Comment tu as réussi un truc pareil ? je demande à Rachel.

Franchement, je suis bluffée qu'elle ait obtenu que le rendez-vous ait lieu dans une salle de réunion de cet hôtel et non au poste de police. Force est de reconnaître qu'elle est douée.

— Nous n'étions pas au courant de l'existence de ce mandat, et nous avons parcouru tout ce chemin pour répondre à leurs questions. Nous sommes ici en toute bonne foi pour mettre un terme à ce malentendu, alors un interrogatoire au poste de police, c'était un peu exagéré.

Je suis contente qu'elle soit dans mon équipe, mais après avoir vu la vidéo que la police a reçue, je me dis qu'ils ont accepté sa requête pour éviter de m'effrayer et risquer que je ne me pointe pas du tout.

— Surtout, dit-elle tandis que nous longeons le couloir, ne réponds à aucune question à moins que je ne t'y autorise. Et ne t'étale pas.

Je hoche la tête sous son regard inquisiteur. On s'arrête devant la salle de réunion n° 3.

— J'allais aussi te dire de ne pas montrer tes émotions, mais ça, tu maîtrises déjà à la perfection.

Elle réussit à m'arracher un petit sourire. Seigneur, si elle savait.

Elle ouvre la porte et je la suis à l'intérieur. Je m'attendais à une longue table avec des chaises, mais découvre un environnement plus confortable. C'est une petite salle avec un canapé et deux gros fauteuils regroupés autour d'une table basse, à proximité d'une baie vitrée offrant une vue imprenable sur l'horizon urbain d'Atlanta.

— L'essentiel, c'est de faire preuve de coopération et de montrer que nous n'avons rien à cacher, dit-elle en marchant vers le centre de la pièce.

Remarquant mon étonnement face à cet endroit douillet, elle ajoute :

— J'aimais bien la vue. Que pourrait-il nous arriver de mal dans un espace aussi chaleureux et accueillant ?

Du café fraîchement passé et une assiette de muffins à la myrtille nous attendent sur la table basse.

— Toi, tu prends ce fauteuil, me dit Rachel en désignant celui à gauche du canapé. Et moi celui-ci. Les inspecteurs se blottiront sur le canapé entre nous.

Je m'installe tandis qu'elle pose sa serviette par terre à côté de la table.

— Pour être honnête, je ne me sens pas assez préparée. On n'a pas eu l'occasion de parler de cette journée et de la façon dont nous voulons présenter les choses.

Je me laisse aller contre le dossier, croise les jambes.

— Il va falloir me faire confiance et marcher dans mes pas.

Elle m'observe. Je sais qu'elle a un tas de questions à me poser, mais heureusement, elle les garde pour elle. Avant qu'un silence gênant ne s'installe, on entend toquer à la porte.

— À toi de jouer, dit Rachel en se levant pour aller ouvrir.

Elle fait un pas de côté pour faire entrer un homme et une femme. Je reste à ma place, les forçant à venir jusqu'à moi pour se présenter et me serrer la main.

— Je suis l'inspecteur Crofton et voici l'inspectrice West, dit l'homme quand ils sont face à moi.

Depuis sa place devant l'autre fauteuil, Rachel désigne le canapé et les invite à s'y asseoir. L'inspectrice West regarde le canapé, puis Rachel, puis moi. Elle se rend compte qu'elle ne pourra pas nous voir toutes les deux en même temps.

Après quelques secondes d'hésitation, ils finissent par s'installer. Il leur faut environ une minute pour se mettre à l'aise avant qu'ils aient l'air prêts à commencer.

Maigre comme un clou, l'inspectrice West porte probablement ce qui lui sert d'uniforme depuis une dizaine d'années : chemise blanche, veste noire, pantalon noir. Pour tout bijou, un anneau en or à l'annulaire gauche. Les rides autour de sa bouche me disent qu'elle tire assidûment sur ses cigarettes. L'inspecteur Crofton est son exact opposé. C'est un grand homme noir, ancien linerbacker à en juger par sa carrure. Il porte une chemise bleue à motif cachemire et les plis de son pantalon couleur tabac sous sa ceinture en cuir indiquent une récente perte de poids. Il arbore autour du cou une chaîne en or toute simple avec une croix. Et grâce à l'aperçu que j'ai eu de ses chaussettes juste avant qu'il s'asseye, je sais qu'il a de l'humour. Rose pastel avec des chats chevauchant des licornes.

Soudain, je me demande si cela représente vraiment qui ils sont.

Ou si, comme moi, ils se cachent derrière un masque.

Parce que j'ai mis beaucoup de soin dans le choix de ma tenue ce matin, afin qu'ils aient de moi l'image que je voulais leur donner. Un tee-shirt blanc tout simple et un jean. Pas de maquillage. Les cheveux attachés en queue de cheval. Je fais facilement cinq ans de moins.

— Je peux vous offrir un café ? Un muffin ? propose Rachel.

L'inspecteur Crofton se tapote le ventre.

— Pas pour moi. Je dois perdre dix kilos. Ordre du médecin. Il m'en reste deux avant d'atteindre mon objectif.

L'inspectrice West sort un calepin de son sac et l'ouvre.

— Commençons, dit-elle sans répondre à la proposition de Rachel tandis que l'inspecteur Crofton installe un petit magnétophone sur la table et appuie sur le bouton rouge.

— Interrogatoire de la témoin-clé Evelyn Porter en lien avec la mort d'Amy Holder, mené par les inspecteurs West et Crofton, dit l'inspectrice d'une voix grave et éraillée.

Elle ajoute la date, le lieu et l'heure avant de croiser mon regard.

Rachel lève une main.

— J'aimerais qu'il soit précisé que la mort d'Amy Holder a été déclarée accidentelle. Et que nous coopérons avec les autorités pour dégager ma cliente, Evelyn Porter, de toute responsabilité dans ce qui est arrivé à Mme Holder.

— Vos précisions sont prises en compte, dit l'inspectrice avant de se tourner vers moi. Pourquoi vous faisiez-vous appeler Regina Hale à Decatur, dans l'État de Géorgie, à l'époque du décès d'Amy Holder ?

On entre dans le vif du sujet, à ce que je vois. Forcer la main de M. Smith me garantissait qu'il ferait tout pour me faire tomber. Je regarde Rachel et elle hausse les épaules, me rappelant que c'est moi qui décide.

— J'étais dans une relation toxique et j'ai déménagé pour m'éloigner de mon ex-compagnon. Comme il ne voulait pas rompre, j'ai craint qu'il ne me cherche. Quand je suis allée voir la police, le seul geste auquel ils voulaient bien consentir était une mesure d'éloignement, mais on sait tous à quel point c'est inefficace. Alors j'ai pris un faux nom dans l'espoir qu'il ne me retrouve pas.

Voilà qui les fait réfléchir. Rachel arque légèrement le sourcil gauche, comme si elle était impressionnée par ma réponse.

— Où habitiez-vous, alors ? s'enquiert l'inspectrice.

— À Brookwood, en Alabama.

Mon patron s'est donné beaucoup de mal pour faire de moi Evelyn Porter, résidente de longue date de Brookwood, en Alabama, alors autant en profiter.

— Nous devrons appeler la police de Brookwood pour confirmer les faits, commente l'inspecteur Crofton tranquillement.

J'acquiesce.

— Bien sûr. Mon ancien petit ami s'appelle Justin Burns. Son frère fait partie des effectifs de police. C'est le capitaine Ray Burns.

L'inspectrice West note les informations dans son calepin. S'ils appellent, ils découvriront qu'il y a bien un capitaine du nom de Ray Burns et qu'il a un frère Justin, d'environ mon âge. Justin a un casier. Deux amendes pour conduite en état d'ivresse et une pour nuisances sonores après un signalement des voisins pendant qu'il se disputait avec sa petite amie devant leur maison.

S'ils ne trouvent pas de trace de son altercation avec moi, ils ne se diront pas qu'elle n'a pas existé… mais que le frère de Justin a réussi à balayer la plainte sous le tapis.

C'est le premier mensonge qui l'emporte.

Je suis tout sauf mal préparée.

L'inspectrice West semble être chargée de poser les questions, et bien que mes réponses lui coupent un peu les jambes, elle poursuit.

— Comment avez-vous rencontré Amy Holder ?

— Nous étions toutes les deux membres du country club Oak Creek, dis-je.

Elle coche quelque chose sur sa feuille, comme si elle me posait une série de questions prédéterminées.

— Il n'y a pas eu de funérailles pour Amy Holder. Elle était enfant unique, n'était pas mariée, n'avait pas d'enfants. Lui connaissez-vous de la famille, des amis ?

Rachel s'avance au bord de son fauteuil.

— Nous ne sommes pas ici pour répondre aux questions que vous vous posez sur la vie de Mme Holder. On nous a dit que vous aviez des éléments très précis prouvant que ma cliente était sur les lieux de son décès. Peut-on y venir directement, s'il vous plaît ?

L'inspectrice West feuillette les papiers posés sur ses genoux.

— Nous y venons, mademoiselle Murray, dit-elle à Rachel avant de se tourner vers moi.

— Quand avez-vous vu Amy Holder pour la dernière fois ?

Nous y voilà. Il y a longtemps, j'ai appris à rester aussi près de la vérité que possible.

— J'ai déménagé de Decatur début septembre, et je sais que je l'ai vue avant de déménager, mais je ne peux pas vous dire la date.

En fait, on peut dire la vérité en choisissant ses mots et son intonation avec soin. En entendant *Je ne peux pas vous dire la date*, grâce à mon intonation, ils comprendront que je ne m'en souviens pas, alors qu'il faut comprendre *Je ne peux pas vous dire la date parce que cela m'incriminerait.*

— Le 27 août à 18 heures, Amy Holder est entrée dans l'American Hotel. Vingt-sept minutes plus tard, sa chambre était la proie des flammes, dit-elle d'une voix inexpressive. Êtes-vous déjà allée dans cet hôtel ?

— J'ai mangé dans le restaurant situé dans cet hôtel, dis-je.

Ce qui est vrai.

L'inspecteur Crofton sort un iPad. Il le pose au milieu de la table basse et Rachel et moi nous penchons pour mieux voir l'écran. Il appuie sur lecture tandis que l'inspectrice reprend la parole.

— Voici les images de la sécurité au moment où Mme Holder entre dans l'hôtel avant sa mort.

Nous regardons tous les images un peu floues : Amy bousculant une famille de quatre personnes en traversant la rue, puis se faisant heurter par un homme qui marche en regardant son téléphone, la poussant à se retourner. Ce manteau rouge la rend très facilement identifiable, surtout lorsqu'elle agite les bras et m'adresse un doigt d'honneur. Sous cet angle, j'apparais à l'arrière-plan et légèrement floue.

La vidéo s'achève et l'inspectrice West me regarde. L'image, sur pause, me montre à peine dans un coin.

— Est-ce que ceci vous rafraîchit la mémoire, mademoiselle Porter ?

Je n'ai pas le temps de répondre car Rachel se lance avant moi.

— Est-ce que vous insinuez que cette silhouette floue à l'arrière-plan est ma cliente ? La moitié des femmes blanches de Géorgie ont les cheveux bruns. Ça pourrait être n'importe laquelle d'entre elles.

Elle se penche et rejoue la vidéo.

— Ce que je vois, par contre, c'est une femme manifestement ivre. Mme Holder était fumeuse, et elle est morte dans l'incendie de sa chambre parce qu'elle fumait au lit alors qu'elle avait bu. Si vous possédez quoi que ce soit qui implique ma cliente dans le décès d'Amy Holder, et, pour l'amour du ciel, une image qui ressemble à ma cliente, nous aimerions les voir.

OK, wow, Rachel. Je suis impressionnée.

L'inspecteur Crofton passe à la vidéo suivante.

— Ceci a été filmé par un témoin.

Le centre d'Atlanta n'est pas particulièrement animé en semaine, mais il peut y avoir foule le week-end. Devon a cherché toutes les images réalisées ce jour-là, depuis les caméras de surveillance aux vidéos postées sur les réseaux sociaux, qui taguaient cet endroit précis ou un commerce des environs. Comme nous avons découvert l'existence de la vidéo en question il y a moins de quarante-huit heures, je suppose que ce "témoin" et moi avons le même patron.

Les images ont été filmées à hauteur de la chambre d'Amy, depuis l'immeuble d'en face, ce qui fait que la vue est directe et sans obstacle, contrairement à celle d'un vrai témoin depuis la rue, qui aurait dû orienter son appareil vers le haut et n'aurait pu obtenir qu'une partie tronquée de la chambre une fois que la fumée s'est mise à se déverser par la fenêtre du balcon.

La caméra panote lentement sur l'hôtel puis s'arrête sur les portes de la chambre d'Amy donnant sur le balcon. Le garde-fou n'étant pas transparent, on ne voit que la partie supérieure de la chambre, le lit, trop bas, n'apparaissant pas.

Il y a du son, mais Devon et moi pensons qu'il a été ajouté après coup, pour que cela ne semble pas bizarre que j'aie été filmée à ce moment-là.

“Alerte, femme de ménage canon ! On va peut-être avoir droit au service de couverture.”

Et me voici, en uniforme de l’hôtel. Je suis assez loin dans la chambre, mais on me voit parfaitement par les portes du balcon, ouvertes. J’ai les yeux baissés en direction du lit, qu’on ne voit pas à cause de la balustrade du balcon. À la différence de celle que nous venons de voir, l’image est vraiment très nette.

Je me souviens parfaitement de ce moment. Je venais de sortir la boîte d’allumettes de mon sac et m’apprêtais à en frotter une contre le grattoir. C’était juste avant que le lit prenne feu. Quelques secondes s’écoulent et mon souvenir prend vie à l’écran, après quoi je disparais derrière d’épaisses volutes de fumée noire qui envahissent la chambre.

24

De nos jours

Je reste calme et ne laisse paraître aucune émotion, ce qui est facile car ce n'est pas la première fois que je vois cette vidéo.

Bon, on y est.

Les deux inspecteurs se tournent vers moi, pleins d'attente.

— C'est Lucca Marino, dis-je après un silence.

Les deux inspecteurs se regardent puis se tournent à nouveau vers moi.

— Lucca Marino ? demande l'inspecteur Crofton.

— Oui. La femme qu'on voit sur cette vidéo est Lucca Marino.

J'ai passé des années et des années à protéger l'identité de Lucca Marino. À m'assurer que je pourrais rentrer chez moi et redevenir cette fille. J'ai déjà acheté le terrain pour construire la maison dont maman et moi on rêvait. J'ai déjà fait paysager le jardin que maman aurait adoré avoir. Mais quand ce nom a été menacé, je me suis rendu compte qu'il ne s'agissait que de cela. Un nom. J'ai passé des années à protéger l'idée de Lucca Marino, mais je ne suis plus cette petite fille naïve. J'ai eu du mal à faire une croix sur elle, mais la vérité, c'est qu'elle a disparu depuis longtemps. Je n'ai pas besoin d'être Lucca Marino pour entretenir le souvenir de ma mère. Ou pour accomplir ce que maman aurait aimé que je fasse.

Tous les regards sont braqués sur moi, y compris celui de Rachel.

— Attendez, que je comprenne bien, dit l'inspectrice West. Vous êtes en train de dire que ce n'est pas vous ?

J'arque les sourcils et laisse pendre ma mâchoire. Puis je penche la tête sur le côté et leur lance un regard perplexe.

— La femme dans cette chambre d'hôtel est Lucca Marino. Je ne vois pas comment le dire autrement.

S'ils me branchaient à un détecteur de mensonges, je passerais le test haut la main. Rachel intervient.

— Ma cliente fait référence à une femme qui a récemment passé quelque temps à Lake Forbing, en Louisiane. Elle a eu un accident de voiture auquel elle n'a pas survécu.

J'acquiesce et ajoute :

— Lucca vivait ici quand Amy est morte. Elle la connaissait.

— Savez-vous quelles étaient leurs relations ? demande l'inspectrice.

Elle vient de sortir son ordinateur portable et lance sûrement une recherche sur Lucca Marino.

— Je vous répète que nous ne sommes pas ici pour répondre aux questions concernant les connaissances de Mme Holder.

Je lève une main.

— C'est bon, Rachel, je peux répondre.

Il faut que je formule ceci à la perfection.

— Amy côtoyait des gens louches. Dont Lucca faisait partie. C'est tout ce que je peux vous dire.

Encore une fois, tout est dans l'intonation.

Ils me montrent encore quelques photos, que je savais en leur possession, y compris celle où on me voit traînant Amy hors de sa voiture jusqu'à sa maison. Je les inspecte et hausse les épaules.

— La personne qui figure sur toutes ces photos est Lucca Marino.

L'inspectrice West est concentrée sur les informations qu'elle a dénichées. L'inspecteur Crofton se penche vers son écran.

— La ressemblance est confondante.

Devinant qu'ils ont trouvé sa photo, je me penche moi aussi pour jeter un œil. Oui, c'est la photo que la mère de James a postée sur Facebook à propos de cette stupide soupe. Les cheveux attachés, sans maquillage, en jean et tee-shirt tout simple, elle pourrait passer pour ma jumelle. Il se peut que M. Smith regrette d'avoir déniché mon double parfait.

À présent, l'inspectrice West est sûrement en train de tomber sur des documents créés de toutes pièces par Devon, qui attesteront que Lucca Marino a loué un appartement dans le centre d'Atlanta à la période du décès d'Amy. Pour enfoncer le clou, deux amendes de stationnement remonteront aussi à la surface, pour un véhicule enregistré à son nom, garé au bout de la rue où habitait Amy, prouvant qu'elle avait été présente dans cette zone.

Quand Devon et moi nous sommes dit au revoir à Nashville, j'ai roulé jusqu'en Caroline du Nord, mais Devon est retourné en Louisiane. Quand ces inspecteurs appelleront la police de Lake Forbing pour se renseigner sur Lucca Marino, on les orientera vers le dossier plein de renseignements et de photos concernant Amy Holder, retrouvé dans un sac oublié dans la chambre de James. Sac que Devon aura caché là-bas. C'est lui aussi qui a appelé la police, en tant que bénévole de la paroisse, pour les prévenir que des effets personnels de Lucca Marino avaient été retrouvés et s'assurer qu'ils en prennent possession.

— Pourquoi Lucca Marino vous aurait suivie jusqu'en Louisiane ? demande l'inspectrice.

Je hausse les épaules.

— Ça, je n'en ai aucune idée.

Je ne suis pas ici pour résoudre leur crime, seulement pour les orienter dans la direction que j'ai choisie.

Mon patron s'est donné un mal de chien pour trouver mon double parfait afin qu'elle puisse endosser mon identité. Il l'a exposée sur tous les réseaux sociaux et a fait en sorte que toute la ville ne parle que d'elle. Une affaire bien ficelée, il a paré à toutes les éventualités. Et puis il l'a tuée.

Or sa mort rend impossible tout interrogatoire, ce qui fait que personne ne peut réfuter ce que je dis aux inspecteurs aujourd'hui.

M. Smith pensait simplement me compliquer la tâche si je voulais un jour recouvrer ma véritable identité, mais hier, je l'ai pour ainsi dire enterrée. Grâce à l'uniforme acheté à Goodwill et à ma dernière halte à Eden, le dossier dentaire de cette femme correspond désormais à celui de Lucca Marino conservé à Eden, en Caroline du Nord, ce qui vient achever l'identification de son corps.

Si je perds Lucca Marino pour toujours, il faut que le jeu en vaille la chandelle.

Les deux inspecteurs s'abîment dans la contemplation de l'écran tandis que Rachel me scrute. Je lui rends son regard.

— Messieurs dames, dit-elle enfin, nous avons parcouru tout ce chemin et pourtant il n'y a absolument rien qui relie ma cliente à la mort d'Amy Holder. Donc à moins qu'il y ait autre chose…

— Nous allons nous pencher sur ces nouvelles informations. Mais pour être sûrs d'avoir tous les éléments dont nous avons besoin, pouvez-vous nous dire où vous étiez le soir du 27 août ?

Ils ne sont pas encore prêts à lâcher l'affaire.

Je me détends dans mon fauteuil. Calme. Maîtresse de moi-même.

— J'ai jeté un œil à mon agenda quand la police de Lake Forbing m'a appris qu'un mandat à mon nom avait été émis, pour resituer où je me trouvais ce soir-là. Et il se trouve que je suis allée dîner chez un ami. Sa femme et lui venaient d'avoir un bébé et ils m'ont invitée pour que je le voie.

Le seul mensonge que je fais concerne la date de ce dîner, qui a eu lieu la semaine qui précède.

L'inspectrice West tient son stylo en suspens au-dessus de son calepin.

— Pouvez-vous nous donner le nom et le numéro de la personne chez qui vous étiez ?

— Oui, bien sûr, il s'agit de Tyron Nichols.

L'inspecteur Crofton lève la tête d'un coup.

— Tyron Nichols qui joue pour les Falcons ?

Je souris.

— Oui, c'est un vieil ami.

Encore une vérité.

— Je lui ai dit que j'avais rendez-vous avec vous aujourd'hui, dis-je en agitant mon téléphone. Il m'a dit de ne pas hésiter à l'appeler s'il fallait vérifier quoi que ce soit avec lui. Je vous le passe ? Je sais qu'il préfère que je ne donne pas son numéro privé, si on peut éviter.

L'inspecteur Crofton saute sur l'occasion de s'entretenir avec l'un des plus célèbres joueurs des Falcons d'Atlanta.

Je décide de l'appeler en FaceTime, parce que voir, c'est croire.

Tyron se matérialise à l'écran. Il est assis dans son bureau, chez lui. Sur le mur derrière lui, on peut voir des tirages et des articles encadrés ainsi que des maillots, retraçant les débuts de sa carrière de footballeur au lycée en Floride, puis plus tard à Ole Miss sous la houlette du coach Mitch Cameron, jusqu'à son ascension à la NFL. Ce petit jeune de dix-huit ans en a parcouru du chemin, lui dont le rêve était d'obtenir une bourse couvrant tous ses frais de scolarité pour jouer au football à l'université, dans l'espoir d'offrir un jour une vie meilleure à toute sa famille.

— Salut, toi, dit Tyron de sa voix retentissante.

— Salut, Tyron. Dis, tu as une minute pour parler à ces inspecteurs ? je demande en levant les yeux au ciel.

— Bien sûr, passe-les-moi.

Je tends mon téléphone à l'inspecteur Crofton, qui a l'air excité comme un gamin.

— Oui, bonjour monsieur Nichols. Inspecteur Crofton à l'appareil, de la police d'Atlanta. Nous avons besoin de vérifier où se trouvait Mlle Porter le soir du 27 août. Elle dit qu'elle était chez vous ce soir-là.

Je me cale dans mon fauteuil, sous l'œil inquisiteur de Rachel. Je lui adresse un petit sourire.

— Bien sûr, répond Tyron. Elle était chez nous ce soir-là. C'était la semaine où on jouait à domicile contre les Saints. Pendant la saison, il n'y a que le mardi où je suis à la maison pour le dîner, alors c'était le meilleur moment pour qu'elle vienne voir notre fils.

L'inspecteur Crofton semble satisfait, mais l'inspectrice West, moins éblouie, a une autre question.

— À quelle heure Mlle Porter est-elle arrivée chez vous et à quelle heure est-elle repartie ?

— Je suis allée la chercher à la fin de l'entraînement, donc je dirais vers 17 heures. Elle est restée jusqu'à tard, comme ça faisait longtemps qu'on ne s'était pas vus. Avec ma femme, elles ont mis le nez dans une bouteille de vin vers 21 heures ou 22 heures… dit-il en riant. Et puis, bien sûr, elles ont sorti le karaoké. Seigneur, et elles pensent chanter juste.

Une affaire bien ficelée.

— Merci, dit l'inspecteur Crofton. Nous avons tout ce qu'il nous faut. Merci pour votre coopération.

— Y a pas de quoi, dit Tyron.

L'inspecteur Crofton me rend mon téléphone et je regarde Tyron sur l'écran.

— Merci pour la mise au point, dis-je.

Il rit.

— Avec plaisir. Tu viens dîner ce soir puisque tu es dans le coin, hein ? Jayden a grandi, tu ne vas pas en revenir.

— Bien sûr ! Je t'appelle quand j'ai fini et on s'arrange.

Je raccroche et reporte mon attention sur les inspecteurs.

Ils me regardent, puis se regardent entre eux, échangeant en silence.

— Je crois que nous en avons fini pour aujourd'hui, dit l'inspectrice West en fermant son calepin. Si nous avons d'autres questions pour Mlle Porter, nous vous contacterons.

Ils ne mettent que quelques secondes à récupérer leurs affaires et à quitter la pièce.

Rachel et moi sommes toujours assises face à face.

— Tu ne savais pas qui était Lucca Marino la première fois que tu l'as vue au derby avec James, dit-elle.

Je secoue la tête.

— Si tu te souviens bien, j'ai dit qu'il était avec une femme. Je n'ai pas fait de commentaire sur le fait que je la connaissais ou non.

C'est pour ça que je dis la vérité le plus souvent possible.

Rachel se lève et lisse les plis de sa jupe.

— En tout cas, cette histoire est bien emballée avec un joli nœud.

Je hausse les épaules.

— Je suis soulagée que ce soit terminé.

Sauf que ce n'est pas terminé. Enfin pas pour moi. Je me suis occupée d'une des deux menaces qui pesaient sur moi, mais c'est la seconde qui constitue le plus grand danger.

Elle attrape sa sacoche et se dirige vers la porte mais ne l'ouvre pas.

— Oui, moi aussi. Je n'aimerais vraiment pas que tu sois impliquée dans le décès de cette femme.

Je la regarde droit dans les yeux et lui réponds :

— Si tu peux croire une chose, c'est que Lucca Marino était bel et bien la personne qui se trouvait dans sa chambre ce jour-là.

On se toise quelques secondes, puis elle sort sans ajouter un mot.

Si Rachel est capable de continuer son chemin sans arrière-pensée, j'affronte une situation différente. Mon départ ne sera pas aussi fluide que mon arrivée.

Je sors mon nouveau téléphone de mon sac et appelle Devon une fois que je suis dans le couloir.

— Les flics n'ont rien sur moi, dis-je dès qu'il décroche.

— Super. Passons maintenant au problème numéro deux.

— Ryan était là quand je suis arrivée. J'ai besoin qu'il s'en aille. Tu peux m'arranger ça ?

J'entends les clics familiers qui m'indiquent qu'il martèle son clavier.

— Comment il est habillé ?

Son image se forme dans ma tête.

— Jean. Chemise bleue.

— OK. J'appelle la sécurité de l'hôtel pour signaler un comportement douteux de sa part. Ça ne va pas le retenir longtemps mais ça devrait te donner le temps de sortir de l'immeuble. Mets ton oreillette Bluetooth. Je veux pouvoir te joindre si besoin.

J'extirpe l'appareil couleur chair que Devon a conçu et le connecte au téléphone. Je détache mes cheveux et le glisse au creux de mon oreille. Il est de la même couleur que ma peau et derrière l'écran de mes cheveux, on ne devrait pas le remarquer.

Je fourre le téléphone dans ma poche arrière et me mets en marche. Le fait que Devon tienne à ce que je reste en ligne tandis que je me jette dans la gueule du loup ne me dit rien qui vaille. Il prend des risques pour moi.

— Au cas où je ne pourrais pas te le dire plus tard, merci pour tout. Merci d'être mon ami.

Il s'éclaircit la voix.

— Je refuse qu'on se dise ces conneries maintenant. Jette-toi dans l'arène. Et marche dans la direction opposée si besoin. Il n'est jamais trop tard pour se tirer.

Au bout du couloir, j'appuie sur la barre en métal de la porte qui donne sur l'escalier. La cage en béton est humide et sombre, et ma voix retentit contre les murs.

— Je descends.

Arrivée au niveau du hall d'entrée, j'ouvre la porte lentement, pile au moment où deux agents de sécurité en uniforme s'approchent de Ryan. Je n'entends pas ce qu'ils lui disent. Je le vois tourner la tête à droite, à gauche. Ils lui font signe de les suivre, mais il refuse, continuant de se concentrer davantage sur les ascenseurs que sur ces deux hommes.

Ils le saisissent par les bras, chacun d'un côté, et il semble vouloir résister physiquement, avant de se détendre. Ils l'escortent je ne sais où et il jette un dernier regard derrière lui.

Dès qu'il est hors de vue, je me glisse hors de la cage d'escalier.

— Je sors, je murmure.

— Je suis branché sur la vidéosurveillance de la ville, donc tu apparaîtras sur mes écrans dès que tu seras dehors.

La sortie la plus proche donne sur la rue qui longe le côté de l'hôtel. Je ne suis plus qu'à quelques pas quand j'entends :

— Salut, Lucca.

Je fais volte-face et me fige en voyant de qui il s'agit.

— C'est marrant de te croiser ici, George.

— Amène-le dans la rue, me dit Devon. Je ne te vois pas si tu restes là-dedans.

— Ça ne devrait pas te surprendre, puisque tu m'as posé un lapin hier, répond George.

Je fais un signe de tête vers la porte pour lui faire comprendre qu'on va continuer cette discussion dehors. Il hoche la tête, comme s'il était d'accord.

— C'est bon, je te vois. Marche vers le nord en direction du carrefour, me dit Devon.

Bien que je ne voie pas les caméras, je suis soulagée que quelqu'un veille sur moi, même s'il ne peut pas faire grand-chose pour moi.

— Tu es le plan B si les inspecteurs foirent leur coup, c'est ça ?

J'ai un mal fou à garder ma voix stable et forte. George s'esclaffe.

— Je devais être le plan A. Si tu lui avais simplement donné ce qu'il demande, tu n'aurais pas eu à affronter les flics.

Je hausse les épaules et le regarde tandis que nous avançons.

— Jusqu'à ce qu'il m'ait dans le collimateur à nouveau, et qu'il dégaine encore ces images. Il n'y a pas de délai de prescription pour les meurtres.

— Tu aurais peut-être dû y penser à deux fois avant de craquer cette allumette, dit George à voix basse.

— Ryan est sorti de l'hôtel, m'informe Devon.

J'inspire profondément et expire lentement. Encore une fois.

— Je le regrette tous les jours, et je devrai vivre avec ce que j'ai fait.

Je croise son regard.

— Tu n'es pas obligé de faire ça.

On s'arrête à quelques pas du passage piéton et il me fixe, ses yeux sondant mon visage.

— Je n'en ai pas envie. Mais il faut que je récupère ce qu'il y a dans ce coffre-fort. On sait tous les deux que tu es coincée, maintenant. J'ai les mains liées, Lucca. Tu ne me laisses pas d'autre choix.

— Et après ? je murmure.

Ses mains se posent sur ses hanches et il recule d'un pas, balayant la rue du regard. Il refait le point sur moi.

— Peut-être que je serai distrait pendant que je vérifierai le contenu de ce coffre. Peut-être que je ne te verrai pas disparaître.

Il veut me faire croire qu'il me laissera partir. Et ce sera peut-être bien le cas, sauf que je ne tarderai pas à le voir sur mes talons.

Le feu piéton passe au vert et on parcourt les deux pâtés de maisons suivants en silence, jusqu'à ce qu'on arrive devant la banque.

— Si tu voulais te barrer, c'est le moment, me dit Devon. Une fois que tu seras à l'intérieur, la machine sera en marche, plus de demi-tour.

George gravit les marches de l'entrée de la banque tandis que je reste figée en bas.

— Tu viens ?

Je me secoue et le suis. Me barrer n'a jamais été une éventualité.

Pseudonyme : Regina Hale – Six mois plus tôt

L'odeur du soufre me pique le nez tandis que l'allumette prend feu. Je la tiens une seconde ou deux pour m'assurer qu'elle ne va pas s'éteindre, puis je la jette sur le lit. Alimentées par les fibres synthétiques de la couette, les flammes prennent de la vigueur, et, quand elles s'attaquent au manteau rouge vif, l'incendie se déclare vraiment.

Ayant jeté les dernières affaires d'Amy dans le sac noir, je lance un ultime regard alentour pour vérifier que j'ai tout pris, puis fourre le sac dans le chariot de ménage. Les flammes s'élèvent, une fumée noire et épaisse envahit la chambre. C'est mon signal de départ.

J'ouvre la porte, pousse le chariot dans le couloir, droit vers l'ascenseur de service, dont la cabine m'attend. Quand j'atteins le rez-de-chaussée, Devon est là. Je sors le sac, lui donne le chariot. On se sépare sans se dire un mot, lui partant vers le parking en sous-sol pour sortir de l'autre côté de l'immeuble et moi traversant les cuisines en direction de la porte qui donne dans une ruelle.

Je déverrouille ma voiture et me glisse sur le siège passager. D'une main tremblante, je sors mon téléphone et compose le numéro qu'on m'a donné en cas d'urgence.

M. Smith décroche à la première sonnerie.

— Qu'est-ce qui s'est passé, bordel ?

Il est déjà au courant pour l'incendie.

J'émets un soupir fébrile en faisant en sorte qu'il l'entende.

— Quand je suis arrivée dans la chambre, elle était déjà au lit. Elle avait beaucoup bu et elle avait une cigarette allumée au coin de la bouche. Je me suis approchée avec une seringue de Rohypnol mais elle s'est emportée dès que j'ai fait un pas vers le lit. La cigarette lui a échappé, elle est tombée sur la couette. Il y avait une bouteille de vin vide à côté d'elle, mais l'alcool avait dû se déverser sur les couvertures, parce que le lit a pris feu en quelques secondes. J'ai tendu la main vers elle mais elle… elle était déjà en feu. Ses vêtements…

Ma voix se fêle et je gémis, tremblante.

— C'était horrible. Et c'est arrivé si vite. Elle a… les flammes l'ont dévorée.

J'ai l'air dans tous mes états. Effrayée. Ma voix chevrote.

Lui se tait.

— Y avait-il quoi que ce soit d'intéressant dans sa chambre ? finit-il par me demander.

— Je n'en sais rien. J'avais prévu de fouiller la chambre après l'avoir maîtrisée, mais j'ai dû partir quand l'alarme incendie s'est déclenchée. Je n'ai pas eu le temps d'emporter quoi que ce soit.

— Tu n'as rien emporté ?

— Non. Rien du tout.

J'avais fourré le sac noir sous ma veste, donc il n'y a aucune raison que quelqu'un m'ait vu avec.

J'attends une réponse ou une autre question, mais n'ai droit qu'au silence.

— J'ai cru comprendre qu'elle t'avait menacée sur le trottoir, finit-il par lâcher. Et que ça me concernait.

— Elle était complètement ivre. Elle était comme folle, lui réponds-je, sans pour autant nier ce qu'il vient de dire.

— Ça t'arrangerait bien d'entrer en possession de données utilisables contre moi, tout en me disant que tu n'as rien récupéré.

Il y a une froideur dans sa voix que je n'ai jamais entendue. La voix tremblante, je réponds :

— J'ignore ce qu'elle avait sur vous. Je n'ai rien trouvé ni chez elle, ni dans sa voiture, ni dans cette chambre d'hôtel. Si elle avait quelque chose avec elle, il n'en reste que des cendres à l'heure qu'il est.

Un silence. Qui dure des heures.

— Nous te recontacterons, finit-il par dire après une éternité.

Il raccroche.

J'appuie ma tête contre le volant et prends une grande inspiration. Mon cœur cogne dans ma poitrine. À tâtons, ma main cherche la clé et je démarre. Il me faut quelques minutes, mais je réussis à passer la première et à partir, tandis que les camions de pompiers arrivent en pagaille.

Deux rues plus loin, je trouve une place de stationnement devant une banque Wells Fargo. Je me gare et j'y entre.

25

De nos jours

Une fois à l'intérieur de la banque, nous nous dirigeons vers le guichet où je dois m'enregistrer pour descendre à la salle des coffres.

— Bonjour, que puis-je faire pour vous ? nous demande l'hôtesse.

Je lui adresse un sourire que je ne sens même pas.

— Bonjour, j'ai besoin d'aller au coffre.

— Bien sûr ! Le numéro et le nom ?

— Regina Hale. Coffre n° 3291.

Je sors la carte d'identité dont je me servais sur ma dernière mission et la petite clé que je garde précieusement depuis des mois. La fille ouvre le registre à la page de mon coffre et je signe sous la dernière signature que j'y ai apposée – l'unique fois où j'ai accédé à ce coffre, le jour de son ouverture.

— Tu as de la compagnie dehors. Il vient d'arriver. Il se tient près des marches, me murmure Devon.

Je pousse un profond soupir tandis que je suis l'employée de banque avec George jusqu'au sous-sol, puis dans une pièce privée, où les murs sont garnis de petites portes couleur laiton et où trône une grande table. Elle glisse sa clé dans une serrure en même temps que je glisse la mienne dans l'autre. Nous la tournons en même temps.

Lorsque la porte s'ouvre, elle précise :

— N'hésitez pas à poser votre tiroir sur la table. Prenez tout votre temps.

Puis elle part en fermant la porte derrière elle. Dans le silence, on n'entend que le tic-tac de la pendule murale. J'ai l'impression que les murs se resserrent autour de moi.

George plonge une main dans l'ouverture et retire le tiroir, le contenu demeurant caché sous le couvercle fermé. Il le pose sur la table.

Il me fixe. Cinq secondes. Dix. On sait tous les deux qu'après ça, on n'aura plus moyen de revenir en arrière. Je remarque une trace de tristesse et peut-être même un peu de regret dans son regard, mais je refuse de laisser paraître mes émotions. Il reporte enfin son attention sur la boîte posée devant lui. Lentement, il soulève le couvercle.

La seule chose qui se trouve à l'intérieur est un petit cygne blanc en origami.

La confusion s'empare de son visage. S'y attarde.

Elle se transforme en colère. Une colère si dévorante qu'elle semble aspirer tout l'air disponible dans la salle. Il plisse les yeux, fronce les sourcils. Sa mâchoire se crispe.

Tic-tac.

— Je suppose que je n'ai plus besoin de vous appeler George, dis-je, ne serait-ce que pour couvrir le bruit de la pendule.

Il saisit le cygne par l'une de ses ailes et le fait tournoyer entre son pouce et son index. Puis, en prenant son temps, il l'ouvre pour vérifier qu'il n'y a rien d'écrit sur le papier. Mais évidemment, il n'y a pas la moindre information à son sujet ou celui de Victor Connolly dans cette boîte.

Je m'attendais à tout un tas de réactions, mais pas à ce qu'il fasse un blocage sur la boîte vide.

— Au début je croyais que vous aviez choisi M. Smith comme pseudo parce que vous étiez un grand fan de Matrix ou par manque d'imagination, mais vous êtes littéralement M. Smith. M. Christopher Smith. Très ingénieux, à vrai dire. Votre nom est déjà l'un des plus répandus dans ce pays.

Un rire dépourvu de tout humour lui échappe.

Il finit par se tourner vers moi, le papier déplié à la main. Un pas, puis deux. À mesure qu'il s'approche, je recule.

Le papier lui glisse des doigts et tournoie jusqu'au sol.

Un autre pas dans ma direction.

Je recule encore.

— Depuis quand le sais-tu ?

— Depuis quand je sais que mon patron et mon livreur ne sont qu'une seule et même personne ? Depuis quand je connais votre vrai nom ? Hier après-midi.

Il hoche la tête en direction du coffre ouvert.

— Mais ceci m'attend depuis plus longtemps.

J'acquiesce.

— Bien que je sois impressionné que tu aies découvert ce qui a tenu en échec bon nombre de personnes par le passé, le fait que tu connaisses mon vrai nom ne change strictement rien.

La tension dans sa voix m'indique qu'il a beaucoup de mal à garder son sang-froid.

— Où sont les informations qu'Amy Holder m'a volées ? Tu as quitté cet hôtel dès que l'incendie s'est déclaré et tu es venue directement dans cette banque. Ne me mens pas encore en disant que tu n'as rien gardé avec toi.

Son regard balaie la centaine de boîtes similaires tapissant le mur, et je sais ce qu'il se dit : j'ai une autre boîte et les données sont sûrement à sa portée.

— Oh, j'ai bien ce qu'Amy a pris, mais je ne l'ai pas laissé ici, dis-je en englobant la salle d'un geste. Cela dit, je savais que vous penseriez le contraire. C'est l'une des nombreuses leçons que vous m'avez enseignées : *On est moins susceptible d'avoir des ennuis si on n'a pas sur soi l'objet du délit au moment où on se fait prendre.*

Seuls quelques centimètres nous séparent à présent que je suis dos au mur. Les poignées en métal des coffres s'enfoncent dans ma peau. Je me sers de la douleur pour rester concentrée. Je suis peut-être à sa merci dans cette pièce, mais il y a foule de l'autre côté de cette porte. Il aura du mal à sortir d'ici sans moi, puisque la femme qui nous a fait entrer attend de refermer le coffre à clé.

— Tu as fait échouer une mission pour ton propre profit.

— C'est vous qui dites que c'est un échec. Cette mission a été couronnée de succès, seulement vous n'en avez pas compris le but ultime.

Je lui recrache ses mots à la figure, et à en croire son regard, je serais morte si nous étions n'importe où ailleurs.

— On dirait qu'on se ressemble plus que tu ne veux l'admettre, dit-il en croisant les bras. Au lieu d'accomplir la mission pour laquelle tu as été recrutée, tu as profité de la situation.

Les mots font mouche, mais je ne dois pas le laisser m'atteindre.

— J'ai… beaucoup appris grâce à vous au fil des années. Mais la leçon la plus importante, c'est peut-être celle-ci : *Il faut toujours faire le nécessaire pour te sauver, et sauver la mission.* J'ai toujours travaillé dur pour me montrer à la hauteur de ces paroles.

— Tu as fait beaucoup de chemin depuis ce mobile home en Caroline du Nord. J'avais de grands espoirs pour toi, mais quelle déception au final, dit-il avec un rictus méprisant.

— J'étais votre meilleur atout, et nous le savons tous les deux. Et je suis mieux placée que vous pour parler de déception.

Il se penche au-dessus de moi, me forçant à lever la tête pour le voir.

— Depuis quand tu prévois de me trahir ? demande-t-il.

— Quatre ans, réponds-je sans prendre la peine de mentir. Soit deux fois moins que vous.

Je le vois calculer, réfléchir, tâcher de déterminer ce qui s'est passé il y a quatre ans qui ait pu me donner envie de me retourner contre lui.

— La mission Tate, finit-il par dire.

J'acquiesce.

— La mission Tate, en effet.

Il se redresse et écarte les bras.

— Tu vas finir par m'expliquer le but de tout ça ? Car j'imagine qu'il y a une raison à cette petite combine.

— Amy vous a dit qu'elle avait des informations sur Victor Connolly et les crimes que sa famille a commis, mais ce qu'elle détenait vraiment, c'étaient des informations prouvant que vous les entubez depuis des années. Quelle mauvaise idée d'arnaquer l'une des plus grandes familles criminelles de la Côte est. Elle avait tout : virements bancaires, documents et communications indiquant que vous détournez leur argent, vendez leurs secrets et utilisez des données pour votre profit et non le leur. Vous leur faites croire que vous les protégez alors que vous êtes pour eux la pire menace. Mais ça ne me servait à rien d'avoir de quoi vous faire chanter avant de connaître votre vrai nom, Christopher.

Toute trace d'humour a déserté son visage.

— Assez de parlotes. Qu'est-ce que tu veux, Lucca ?

— Absolument rien. Et c'est mademoiselle Porter, désormais. J'ai dépensé toute l'énergie que je voulais bien vous consacrer, maintenant c'est terminé. Prenez cela comme un avertissement amical, comme on se connaît depuis longtemps. De vieux amis vous attendent dehors. On ne devrait pas les faire attendre davantage.

Je le fixe deux secondes, puis trois, avant d'ajouter :

— Vous pensiez vraiment que je n'aurais pas de plan B ?

Il arque un sourcil et me dévisage. Il a toujours été très fort pour manier le silence comme une arme.

— Contrairement à ce que tu penses, ce n'est pas fini, dit-il, le visage à quelques centimètres du mien. Je te conseille de regarder par-dessus ton épaule à la moindre occasion, parce que je te promets qu'un beau jour, je serai là, juste derrière toi.

— Vous m'avez déjà pris l'unique chose à laquelle je tenais. Lucca Marino est morte et enterrée. Vous n'avez plus de prise sur moi.

Il recule, et je fournis un effort surhumain pour ne pas m'effondrer. Il ouvre la porte d'un grand coup et elle claque contre le mur.

Juste avant qu'il ne quitte la salle des coffres, je lance :

— Allons, pas d'étalage d'émotions, ce n'est que le travail.

Il est au téléphone dès qu'il atteint le hall d'entrée de la banque. La femme qui nous a fait entrer s'approche de moi, mais je l'arrête d'un geste.

— Nous n'avons plus besoin du coffre. La clé est sur la porte.

— Entendu, madame Hale, j'ai simplement besoin de vous faire signer ceci…

Je l'ignore et suis M. Smith à l'extérieur pour assister au moment où il repérera Victor Connolly et quelques membres de sa famille venus l'attendre au pied des marches. Il hésite une poignée de secondes, raccroche et glisse son téléphone dans sa poche arrière. J'ai l'impression qu'il se redresse juste avant de sortir pour affronter l'homme à qui il a subtilisé des millions. Il ne se retourne pas vers moi une seule fois.

Ils le font monter à l'arrière d'un SUV, tandis que Victor Connolly m'adresse un signe de tête avant de s'installer sur le siège passager du même véhicule. Hier soir, nous lui avons fait parvenir directement dans sa chambre d'hôtel tous les documents qu'Amy avait recueillis, avec la promesse que nous lui livrerions aujourd'hui l'homme qui l'a trahi. Je suis persuadée que M. Smith s'est tiré de situations très délicates par le passé, mais je ne crois pas qu'il se sortira de celle-ci.

— Mince, L, j'aurais dû te fixer une GoPro aussi parce que j'aurais adoré voir sa tronche quand il a ouvert le coffre, me glisse Devon à l'oreille.

— J'ai l'impression que je vais vomir.

Maintenant que tout est terminé, l'adrénaline qui m'a fait tenir chute vertigineusement.

— J'ai du mal à me dire que le George que je connaissais est en fait M. Smith.

— Ouais, de quoi te retourner le cerveau. Bon, chope un taxi. Ton vol part dans une heure et demie.

*

Je viens d'atterrir, j'envoie par texto avant de jeter mon téléphone sur le siège passager.

J'ai encore trente minutes de route jusqu'à ma destination, et je suis épuisée. Je ne suis pas sûre de pouvoir rouler sur les derniers kilomètres sans m'endormir. Heureusement, l'allée ne tarde pas à se profiler au loin. Je m'y engage, puis descends le sinueux chemin de gravier.

La lumière extérieure est allumée, ce qui est appréciable, car il fait nuit noire. Je m'extirpe de la voiture, me hisse en haut des marches du perron. Je laisse mon doigt appuyer sur la sonnette jusqu'à ce que la porte s'ouvre en grand.

— Tu en fais un peu trop, là, non ? me dit Devon.

— Ç'a été les trois jours les plus longs de ma vie.

Je m'écroule sur le canapé et balance mes chaussures.

— Je compte dormir trois jours d'affilée.

— Il y a une chambre au bout du couloir, dit-il, mais il pose une couverture sur moi, puis éteint la lampe sur la table d'appoint parce qu'il a compris que je n'allais pas bouger d'ici.

— Je suppose que tout s'est bien passé ?

Au prix d'un gros effort, je lève la tête. Elle est en pyjama et a les cheveux en bataille, et mesquine comme je suis, je ne suis pas mécontente de l'avoir réveillée après la semaine que j'ai passée.

— Finalement, je ne ferai pas de taule pour t'avoir assassinée, dis-je.

Amy Holder s'esclaffe et mes yeux se ferment. Plus de son, plus d'image.

Lucca Marino – Quatre ans plus tôt

C'est lors de la mission Tate, au Texas, que j'ai su pour de bon que je n'étais pas la seule personne à bosser pour M. Smith. Comme Devon avait visionné les images de vidéosurveillance plusieurs jours d'affilée avant mon arrivée, il a repéré les autres personnes envoyées sur place dans le même but. Quand je lui ai demandé d'identifier toutes celles cherchant à voler le tableau, il a fait ce qu'il a pu.

Et c'est pour ça que je me retrouve dans une rue sablonneuse d'une petite ville de Floride, devant une adorable maison de plage, toute rose. Je ne vois pas l'océan mais je l'entends.

L'allée est constituée de galets de formes diverses. Si la femme qui vit là est comme moi, elle sait déjà que je suis ici.

Il ne me reste que quelques mètres à franchir mais déjà la porte s'ouvre.

— Salut, dis-je avec un grand sourire.

— Je peux vous aider ?

— Amy Holder ? Est-ce qu'on peut discuter ?

Elle est sur ses gardes, et elle a bien raison. À sa place, je ferais pareil. Un refuge, ça se protège à tout prix et on y tolère rarement les inconnus qui débarquent comme ça sans prévenir.

— Vous pouvez me dire tout ce que vous voulez en restant où vous êtes.

J'acquiesce et réfléchis à la meilleure façon de procéder.

— Il faut que je vous parle à propos de la mission Tate à Fort Worth.

Je n'obtiens que des sourcils arqués en guise de réaction.

— Nous avons le même employeur, j'ajoute.

Elle croise les bras.

— Je vous conseille de partir.

Mince. Je vois dans ses yeux qu'elle va m'échapper. Je tends les mains devant moi comme pour l'empêcher de faire une bêtise.

— Je réagirais exactement comme vous si quelqu'un se pointait chez moi comme ça. Il faut vraiment qu'on parle, mais je vous laisse choisir le lieu et le moment.

Je fouille dans mon sac et en sors un stylo et le reçu de la station-service où je viens de faire le plein, au dos duquel je griffonne mes coordonnées. En la regardant droit dans les yeux pour lui prouver ma sincérité, je précise :

— Voilà mon numéro. Et mon vrai nom. Celui que seule une poignée de gens connaissent. C'est très important qu'on se parle. Je reste à Panama City Beach jusqu'à ce que vous me contactiez.

Je regagne la rue, glisse le papier dans sa boîte aux lettres et m'en vais sans rien ajouter. Je sais que je prends un immense risque, mais je n'ai pas le choix.

Elle met cinq jours à me contacter.

Elle me laisse un quart d'heure pour la retrouver au marché fermier à côté de la plage. Il y a foule, beaucoup de bruit, exactement le genre d'endroit que j'aurais choisi à sa place.

— La seule Lucca Marino correspondant à votre âge et à votre apparence physique est celle mentionnée dans la notice nécrologique d'Angelina Marino, originaire d'Eden, en Caroline du Nord.

J'acquiesce.

— Et c'est tout ce que les gens trouveront jusqu'à ce que j'en décide autrement.

On déambule parmi les étals, jusqu'à déboucher sur une zone où sont rassemblées des tables de pique-nique. Il y en a une libre dans un coin, nous nous y installons face à face.

— Donc, je vous écoute.

Je ne me fais pas prier.

— J'ai un ami qui m'aide sur mes missions. Il s'est branché sur le système de sécurité de la propriété des Tate avant mon arrivée. Vous y étiez juste après moi. Et vous avez volé le faux que j'avais laissé.

Elle ne dit rien, puis finit par se lancer.

— Je me suis fait botter le cul pour avoir rapporté un faux sans même m'en être aperçue.

— C'était sûrement la peinture la plus moche que j'aie jamais vue. Je comprends qu'on n'imagine pas que quelqu'un puisse vouloir la dupliquer, dis-je pour détendre l'atmosphère.

Elle rit. Tout bas, brièvement, mais c'est toujours ça.

Puis mon sourire s'évanouit à la pensée de ce que je vais devoir lui annoncer.

— Vous saviez que nous n'étions pas les seules à essayer de récupérer ce tableau ?

Elle hoche la tête.

— Oui, on m'a dit que c'était un genre de test à la con. Que le gagnant touchait une prime.

— Je crois que c'était plus qu'un test, dis-je en baissant d'un ton. L'ami dont je vous ai parlé a réussi à identifier tous les autres, et je me suis lancée à leur recherche, comme je l'ai fait pour vous.

— Et ?

Je m'éclaircis la voix.

— Et il n'y a plus que nous.

Amy se redresse.

— Qu'est-ce que vous voulez dire ?

— M. Smith faisait le ménage, et cette mission lui a servi à décider qui garder et de qui se débarrasser. Et ce n'est pas comme s'il pouvait nous licencier, après tout ce qu'on a fait et vu.

J'énumère le nom des autres et la cause de leur mort, sous son regard médusé.

— Je pense que vous avez été épargnée parce que vous avez résolu l'énigme en allant dans la buanderie, même si vous êtes repartie avec un faux.

Quand j'ai demandé à Devon de localiser toutes les personnes sur les images de vidéosurveillance, c'était pour des raisons égoïstes. C'est une vie tellement solitaire, de déménager constamment et de mentir sur qui l'on est vraiment. Je n'envisageais pas les autres seulement comme des concurrents. Je voyais en eux des amis potentiels. Des personnes à même de comprendre les défis que posaient ce genre de vie et de travail. Un groupe au sein duquel on pourrait être nous-mêmes et peut-être même s'entraider, ne serait-ce qu'en émettant un avis critique sur les missions les plus délicates. Devon était plus réticent que moi, mais j'ai fini par le convaincre. Et aucun de nous deux n'était prêt à découvrir que tous sauf Amy avaient succombé à un accident grave ou à une maladie foudroyante juste après cette fameuse mission.

Amy n'a toujours pas dit un mot.

— Avant longtemps, on échouera à un de ses tests tordus. Si mon ami n'avait pas été là, je n'aurais pas compris que le tableau était dans la buanderie. Il m'a littéralement sauvé la vie.

Elle tourne la tête et son regard se perd dans la foule.

— Je ne compte pas attendre qu'il m'élimine, dis-je.

J'obtiens enfin une réaction. Elle fronce les sourcils, semblant réfléchir à la portée de ce que je viens de dire.

— Et donc, quoi ? Vous démissionnez ? J'ai essayé… Mais on ne peut pas.

Sa voix se brise, et de toute évidence, elle aurait beaucoup de choses à dire.

— Il faut que M. Smith dégage, dis-je.

Elle secoue la tête. Semble sur le point de se lever. Je lui ai flanqué la trouille. Il ne me reste plus qu'à jouer le tout pour le tout.

— Ça fait un moment que je réfléchis à tout ça. Mais je ne peux pas y arriver toute seule. Si vous m'aidez, il va falloir qu'on prenne notre temps. Qu'on récolte tout ce qu'on peut sur lui. Des choses à utiliser contre lui. Ce type a les mains sales, vous savez comme moi qu'il a dû entuber des gens. On se dégote les détails et on leur livre le coupable. Ce sont eux qui se chargeront de l'éliminer.

Son regard repart à la dérive, sa mâchoire se crispe. Je continue.

— Il faut aussi qu'on découvre qui il est vraiment. Ça ne sert pas à grand-chose de dire à quelqu'un qu'il s'est fait arnaquer si on ne peut pas lui donner l'identité du coupable.

Elle secoue la tête. Je lui ai livré beaucoup d'infos et elle ne les digère pas au rythme où je les débite.

— On se protégera coûte que coûte, dis-je. Au moment de retourner la situation, il faudra tout contrôler dans les moindres détails.

Elle se lève et fait le premier pas pour partir. Je lui demande :

— Vous avez de la famille à qui il peut s'en prendre pour vous atteindre ? Quelqu'un que vous voudriez protéger à tout prix ?

Elle se demande un long moment si elle va répondre à ma question ou non.

— Oui, il y a quelqu'un.

Elle n'en dit pas plus et je n'insiste pas.

— Alors il faut s'assurer que cette personne ne craint rien.

Elle finit par se retourner pour me regarder.

— Et vous ?

— Non. Je n'ai personne.

Elle réfléchit à ce qu'elle va dire, puis se lance.

— Ça vous est déjà arrivé de lui dire non ? De refuser une mission ou ce qu'il vous demandait ?

Je secoue la tête.

— Non. Jamais.

Elle détourne le regard, rit d'un air désabusé.

— Vous n'imaginez pas ce qu'il fera s'il découvre votre plan.

Je suis un peu déçue qu'elle n'ait pas dit *notre* plan, mais elle n'est pas partie. Pas encore.

— Il essaiera de nous détruire, mais si on prend les devants, ça pourrait ressembler à une explosion contrôlée, finis-je par dire. Comme lorsque la seule façon de se débarrasser d'une bombe est de la faire exploser. On contrôlera un maximum de paramètres, de sorte qu'au moment de la déflagration, qui est inévitable, les retombées soient les moins nocives possible.

Elle rit de nouveau, comme si elle me trouvait naïve. Et elle a peut-être raison.

— Alors vous comptez vraiment vous lancer, dit Amy au bout d'un moment.

— Je ne crois pas qu'on ait le choix.

26

Dans mon boulot, il y a les escroqueries à effet immédiat et celles au long cours, et je viens de terminer la plus longue de ma vie. Je marche un peu à côté de mes pompes maintenant que c'est terminé.

Je ne plaisantais qu'à moitié quand j'ai dit que j'allais dormir trois jours, car pendant quarante-huit heures j'ai passé le plus clair de mon temps à pioncer. Devon et Amy ont marché autour de moi sur la pointe des pieds, me laissant de quoi manger à proximité et se retenant de me poser les questions qui leur brûlaient les lèvres.

Parce que pour eux aussi ç'a été long.

— Enfin, tu te réveilles, dit Devon en se laissant tomber sur le fauteuil à côté du canapé.

— À peine. C'est comme une gueule de bois, mais sans la partie marrante.

Il rit.

— Alors il est encore trop tôt pour sabrer le champagne ?

— Il n'est jamais trop tôt pour ça, lance Amy en entrant dans la pièce pour s'installer à côté de Devon. Bonjour.

— C'est le jour ?

Au moment où je me dis que j'ai désespérément besoin d'un café, elle pose une tasse devant moi.

On se tait un instant.

— J'aurais tellement aimé voir son visage dans la salle des coffres quand il a ouvert le tien, dit Amy.

Devon s'esclaffe.

— Je lui ai dit la même chose.

Je hausse les épaules.

— J'aurais voulu qu'il se décroche la mâchoire tellement il n'en revenait pas que je l'aie doublé, mais je n'ai obtenu qu'un sourcil arqué.

Je passe la demi-heure qui suit à leur expliquer en détail l'entrevue avec les inspecteurs, puisque Devon ne m'écoutait pas encore à distance.

— Hé ben, t'as de la chance qu'il ait envoyé ton portrait craché parce que sinon t'étais fichue, dit Amy. Même avec l'alibi fourni par Tyron, ça aurait été difficile de les convaincre que ce n'était pas toi.

— On aurait toujours pu te ramener d'entre les morts si je me rapprochais dangereusement de la prison. Car je ne suis pas une meurtrière, en fin de compte.

Amy rit.

— Oui, on aurait pu.

— C'était une bonne chose qu'Amy soit déjà dans ce panier à linge quand la vidéo a commencé. J'ai vérifié tout le bâtiment avant de livrer le corps de la morgue, et la chambre en face de la sienne était vide. Je déteste qu'on me devance comme ça, ajoute-t-il en fronçant les sourcils.

Je lui donne un gentil coup de pied.

— Ne te flagelle pas. Tu nous as sauvées plus souvent qu'on ne voudrait l'admettre. On ne peut pas être parfait tout le temps.

Je pensais avoir déjà tout demandé à Devon, jusqu'au jour où je lui ai demandé un cadavre. Un cadavre spécial. Mort récente. Peau blanche. Sexe féminin. Une Mme Tout-le-monde qui ne manquerait à personne. Environ 1,73 m, les cheveux longs tirant sur le blond. Que nous avons enveloppée dans ce manteau rouge ultra-reconnaissable.

Pour que notre plan fonctionne, Amy Holder devait mourir de façon fracassante.

Quand nous nous sommes préparés à cette journée, celle où nous serions enfin délivrés de M. Smith, aucun de nous ne savait combien de temps on mettrait à y arriver.

Bien que son exécution ait pris plus de temps que ce qu'on voulait, le plan en lui-même était très simple. Tout en accomplissant nos missions, nous avons cherché des preuves qu'il arnaquait ses propres clients. Il nous fallait quelque chose d'assez gros pour qu'il craigne des ennuis si ça venait à se savoir. Et surtout, il fallait qu'on découvre sa véritable identité.

Amy avait raison, cela dit. Nous n'avions aucune idée de sa façon de réagir au moment où il remettrait en question notre loyauté.

Dès le début, il a fallu qu'on déclare ce qu'il savait sur nous pour pouvoir adapter notre plan en conséquence. Amy est tombée sur l'arnaque contre Connolly, et c'était pile ce dont on avait besoin. C'est donc Amy qui a joué le rôle de l'agneau sacrificiel : elle serait l'employée mécontente qui part en vrille en pleine mission. Si M. Smith gardait dans sa poche un élément susceptible de la mettre au pas, il serait obligé de s'en servir.

Et il ne nous a pas déçus.

Amy a mis un bout de temps avant de me parler de sa sœur, Heather. Petites, elles ont toutes les deux été placées en foyer quand leur mère est morte d'une overdose et que personne ne s'est proposé pour les adopter. On les a envoyées dans des familles d'accueil différentes et elles ont perdu le contact. Amy a retrouvé Heather après avoir commencé à travailler pour M. Smith, ayant recours aux ressources mises à notre disposition. On savait toutes les deux que si Amy l'avait retrouvée, c'était sûrement le cas de M. Smith aussi.

Et c'est par là qu'il a cherché à l'atteindre. M. Smith était prêt à divulguer des preuves qui aboutiraient à l'arrestation de Heather pour usage et revente de drogue, et au placement de sa petite fille, Sadie. Soit le pire cauchemar d'Amy et Heather.

Dès que M. Smith a émis sa première menace à leur encontre, Devon a exfiltré Heather et Sadie pour les installer dans un autre État sous des noms différents. C'était une solution temporaire, mais c'était toujours ça.

On a maîtrisé cette explosion.

Pour ne rien gâcher, Heather et Devon ont bien accroché, et il se montre très protecteur à son égard et à celui de sa fille depuis lors. Personne ne serait en mesure de les atteindre, à présent.

— Qu'est-ce que ça implique pour Heather et Sadie ? je demande. Est-ce qu'elles vont retourner à Tulsa ?

— Elle se plaît à Phoenix. Je ne serais pas étonnée qu'elles restent là-bas. Ce nouveau départ leur a fait du bien.

Avec un large sourire, Amy se tourne vers Devon.

— Il paraît que toi aussi, tu vas peut-être t'installer à Phoenix…

— Ça se pourrait, répond Devon en haussant les épaules, mais son sourire le trahit.

Une fois assurée que Heather et Sadie étaient hors de danger, Amy a emménagé à Atlanta, où elle a joué la névrosée incontrôlable. M. Smith n'avait donc plus d'autre choix que d'envoyer quelqu'un récupérer ce qu'Amy avait en sa possession.

Le plus gros risque qu'on a pris a été de supposer que cette mission me serait attribuée. On a fait coïncider le pétage de plombs d'Amy avec la fin d'une de mes missions, pour que je sois disponible. Et en toute honnêteté, j'étais l'un de ses meilleurs éléments. On avait prévu un plan B au cas où il enverrait quelqu'un d'autre, mais heureusement, c'est à moi qu'il a confié la mission.

Et bien que M. Smith ait mis en place des agents pour me surveiller tandis que je surveillais Amy, ils n'ont pas regardé d'assez près le barman qui servait Amy, ne se sont pas rendu compte que Devon ne mettait pas d'alcool dans ses verres. Ils n'ont pas non plus trouvé étrange que chaque fois qu'elle se mettait à m'agresser verbalement, faisant fuiter exprès des informations sensibles, c'était toujours dans un lieu public, ce qui nous garantissait que M. Smith serait au courant de tout.

Pas plus qu'ils ne se sont étonnés qu'Amy ait choisi Atlanta pour surmonter la crise qu'elle avait elle-même créée, ville où résidait l'un de mes plus anciens et plus célèbres amis, qui me fournirait volontiers un alibi. Tyron a bien spécifié que les mardis soir étaient ce qui marchait le mieux pour lui.

Amy a joué son rôle à la perfection. Elle a été captée par une douzaine de caméras de surveillance quand elle est sortie du bar et a traversé la rue en direction de son hôtel. En titubant tout du long. Le fait qu'elle ne fasse pas attention à sa cigarette dans cet état-là était tout à fait plausible. J'ai exfiltré Amy de cette chambre d'hôtel grâce au chariot de ménage, puis Devon a pris le relais en direction du parking en sous-sol, d'où ils sont partis en voiture. Depuis ce jour-là, elle se cache dans ce chalet.

Je voulais que M. Smith me soupçonne, mais je n'avais pas prévu qu'il ait des preuves irréfutables m'impliquant dans le meurtre d'Amy Holder.

Ça nous a tous pris de court.

Après Atlanta, la première partie de notre plan était achevée. On avait de quoi l'enterrer. Et la "mort" d'Amy la mettait à l'abri de toutes représailles.

Il ne nous restait plus qu'à découvrir le vrai nom de M. Smith.

C'était à mon tour. Il fallait que je le pousse dans ses retranchements pour qu'il me dévoile ce qu'il avait contre moi. Que je contrôle ma propre explosion.

On savait que Heather et Sadie constituaient le talon d'Achille d'Amy, mais on était un peu dans le flou sur la façon dont il chercherait à m'atteindre. Je devais donc m'adapter à la situation jusqu'à ce qu'il nous dévoile son jeu.

Le road trip, c'était ma version de la fille instable. J'étais certaine que le coach Mitch était mon meilleur atout pour découvrir la véritable identité de M. Smith, après quoi, enfin, nous pourrions abattre cette carte puisque nous avions des preuves contre lui.

Il fallait que j'asticote Mitch, et je savais que mon entrevue avec Andrew Marshall pousserait M. Smith à bout, puisqu'il a toujours soupçonné que j'avais l'homme politique dans ma poche.

J'ai allumé la mèche de la bombe qu'il avait préparée pour moi.

Ou du moins c'est ce qu'il croyait.

— On sait où se trouve Smith, actuellement ? demande Amy, m'arrachant à mes pensées.

Devon tape sur le clavier de son ordinateur portable.

— Rien de sûr. Les Connolly vont s'occuper de son cas à leur façon, ce qui signifie pour moi qu'on ne retrouvera certainement pas de parties identifiables de son corps.

Ses paroles me font frémir. Après tout ce qu'il a fait, Smith ne mérite pas mieux, mais Devon savait que j'aurais du mal à être celle qui le livrerait à son sort.

Quoi qu'il en soit, on était arrivés au point où c'était soit lui, soit nous.

— Je peux l'avouer maintenant que c'est terminé, mais à plusieurs reprises j'ai bien cru qu'il avait gagné, dis-je tout bas.

Devon émet une sorte de grognement.

— Ouais, la fausse Lucca m'a complètement déboussolé. Je ne voyais pas où il voulait en venir.

— Si seulement on avait pu exfiltrer cette fille avant qu'il ne soit trop tard, dis-je.

Amy se penche vers moi et me serre gentiment le bras.

— On l'aurait fait si on avait su qu'il prévoyait de l'éliminer. En tout cas, elle aura été sa dernière victime.

Je hoche la tête et laisse ses paroles me réconforter.

— Vous avez découvert à quel point Ryan est impliqué dans tout ça ?

Devon lève le nez de son écran. J'ai repoussé cette question autant que possible car je n'étais pas certaine de vouloir connaître la réponse. Après avoir planqué les infos incriminantes sur Amy dans la maison des parents de James, Devon s'est envolé pour la Virginie, où vit M. Smith. Et pendant que ce dernier me suivait dans la banque, Devon était en train de pirater son ordinateur personnel. Quand il a su où chercher, les vannes se sont ouvertes et il a pu découvrir toutes les facettes de son business.

— Sa seule implication est celle qu'on connaissait déjà. Smith a utilisé ses services au fil des années. Plus les affaires de Ryan ont pris de l'ampleur, plus Smith les a trouvées intéressantes. Je crois qu'il avait l'intention de faire main basse sur son entreprise, comme il te l'avait dit. D'après ce que j'ai compris jusqu'à maintenant – et je n'aurai pas fini de tout éplucher avant un bon moment –, Ryan le connaissait au travers de leurs transactions précédentes, mais il n'était pas au courant de la nature ni de la portée des activités de Smith.

Amy se redresse, nous regardant tour à tour.

— Alors pourquoi Smith lui transmettait des infos sur sa propre entreprise ?

Devon hausse les épaules.

— Je ne sais pas trop. J'imagine que Smith avait ses raisons, mais à moins de demander à Ryan, on ne le saura jamais.

— Je suppose qu'on ne le saura jamais, alors, dis-je.

Amy s'esclaffe.

— Tu es sérieuse ? Tu ne comptes pas lui poser la question ?

Je ne peux rien contre la grimace qui s'empare de mon visage.

— Mais je ne peux pas lui demander !

— Bien sûr que si, dit Devon en se concentrant à nouveau sur son écran.

— À quoi bon ? La mission est terminée. Je suis revenue dans le droit chemin et je ne compte plus en dévier. Plus d'activités illégales pour moi.

Amy lève les yeux au ciel.

— Ce n'est pas parce que tu mènes une vie respectable que tu dois tirer un trait sur lui. Il est familier des zones grises, toi aussi. En plus, il est canon et c'est sûrement un bon coup.

— Je lui laisse trois mois avant qu'elle m'appelle pour me dire, "Ouais, salut Devon, donc j'ai cette mission…"

Sa voix haut perchée qui imite la mienne me fait rire.

— Moi je lui laisse un mois, dit Amy.

Je leur lance à chacun un coussin du canapé.

On reste au chalet encore trois jours, le temps que Devon passe en revue tous les fichiers qu'il a copiés depuis l'ordinateur de M. Smith. Mais cette parenthèse loin du monde ne peut pas durer éternellement.

— Bon, mesdames, j'y vais, nous lance Devon, chargé de son sac à dos et de sa sacoche.

Son matériel est déjà dans sa voiture. C'est le premier à partir ; Amy et moi lui donnons l'accolade, mais je suis la seule à le suivre dehors.

— On a réussi, dis-je.

Un sourire fend son visage.

— Ça, tu l'as dit.

Il marque une pause avant de poursuivre.

— Quand tu auras dépassé l'étape *J'en ai fini avec cette vie*, appelle-moi.

— Mais je te jure que j'en ai fini ! dis-je, bien que ça manque de conviction. Et puis on peut se retrouver juste pour le plaisir ! On n'est pas obligés de ne se voir que pour le travail.

Devon marche jusqu'à sa voiture en riant.

— Évidemment. Quand tu seras prête, je le serai aussi.

Il lance ses affaires sur la banquette arrière et s'en va.

Amy est la suivante.

— Tu me tiens au courant quand tu es installée, d'accord ? me demande-t-elle.

— Oui. On se voit dans quinze jours de toute façon.

Je l'aide à mettre ses bagages dans sa voiture puis on se serre dans les bras et on reste comme ça un long moment.

Elle aussi s'en va.

Je reste encore un peu au chalet. Il y a des choses à prévoir, des décisions à prendre, mais pour une précieuse semaine je savoure le calme.

Pseudonyme : Evie Porter – Quatre mois plus tôt

On est jeudi et Ryan Sumner est pile à l'heure. Il s'arrête à la pompe la plus lointaine, comme toujours.

Il est plus décontracté aujourd'hui, ayant troqué sa chemise habituelle contre un polo de golf avec le logo du club local. Je me demande ce qui distingue ce jeudi des autres.

Je remonte ma jupe de quelques millimètres et passe une main dans mes cheveux pour qu'ils retombent exactement comme je le veux.

Je savais en arrivant à Lake Forbing que ce serait ma mission la plus dangereuse. M. Smith m'a envoyée ici dans le but de me détruire.

Je vais jouer selon les règles. Je ne chercherai pas à sortir du rang, à avoir un temps d'avance. Je vais laisser les choses suivre leur cours. Et attendre que M. Smith me frappe de toutes ses forces avant de pouvoir riposter.

— Bonjour, dis-je en marchant jusqu'à la voiture de Ryan Sumner.

Je le surprends, mais il se ressaisit très vite.

— Bonjour, répond-il avec un large sourire.

Il est plus mignon en vrai.

J'incline la tête en direction de ma voiture, garée un peu plus loin avec le pneu arrière gauche complètement à plat.

— Vous pourriez m'aider, à tout hasard ? Mon père m'a appris à changer une roue il y a des années, et en théorie je me souviens des bases, mais c'est carrément plus intimidant quand on se retrouve confronté au problème dans la vraie vie.

Son sourire s'agrandit et illumine tout son visage. Et c'est un visage vraiment adorable.

— Bien sûr. Je finis et je viens me garer à côté de vous.

Je lui adresse à mon tour un sourire étincelant et retourne à ma voiture.

Il arrive et me scrute en sortant de son véhicule. Je suis adossée contre la portière, en me mettant en avant juste ce qu'il faut. Ryan ouvre son coffre et sort son cric, avant de s'agenouiller devant mon pneu. Je m'accroupis à côté de lui et ses yeux s'attardent sur mes jambes comme je l'espérais.

Je sais d'après mes recherches qu'il aime jouer au golf et au tennis, bien qu'il n'excelle dans aucune de ces disciplines. Je sais qu'il a étudié à LSU, où il était responsable des animations de sa fraternité. Je sais qu'il était en couple avec une fille ses deuxième et troisième années de fac mais qu'elle a rompu avant de partir étudier à l'étranger.

— Votre tête me dit quelque chose, dis-je tandis qu'il dévisse le premier écrou de ma roue.

Il me lance un regard et répond :

— J'étais en train de me dire la même chose.

— Vous avez connu Callie Rogers ? On était amies à LSU.

Je vois à son air qu'il reconnaît ce nom mais qu'il ne remet pas la fille. J'ai passé en revue les filles qui faisaient partie de sororités à l'époque où il étudiait là-bas, qui étaient taguées dans les publications des amis de ses amis sur les réseaux, mais pas avec lui directement. Théoriquement, ce nom devrait lui dire quelque chose, mais pas au point qu'il aille se renseigner sur moi auprès de la fille en question.

— Est-ce qu'elle était amie avec Marti Brighton ?

— Mais oui !

— Je pense que je l'ai croisée une fois ou deux quand elle était en sa compagnie, dit-il avant de se remettre au travail.

Une fois ces liens établis, je ne suis plus considérée comme une inconnue et la conversation vient facilement. Bien qu'il ait fini de changer mon pneu, il s'attarde. On est tous les deux appuyés contre ma voiture, tournés l'un vers l'autre.

— Il faut que je vous offre un verre ! je m'écrie. C'est la moindre des choses vu que vous m'avez sauvée.

Il se penche légèrement vers moi.

— Je vous autorise à m'offrir un verre si je peux vous inviter à dîner.

Ryan sait y faire.

— J'ai l'impression de vous connaître, mais on ne s'est pas officiellement présentés, dis-je en tendant le bras devant moi – un effort minimum car nous sommes déjà très proches. Evie Porter.

Sa main se glisse dans la mienne.

— Ryan Sumner.

— Eh bien, Ryan, ces verres et ce dîner me semblent une très bonne idée.

— Vous me suivez ?

— Je ne vous lâche pas.

On se gare devant un petit bistro, et il se retrouve à ma portière avant que j'aie le temps de l'ouvrir. Il me tend la main pour m'aider à sortir.

En entrant dans le restaurant, il demande que nous soyons installés sur la terrasse. Il fait encore frais dehors à cette époque de l'année, bien qu'on soit en Louisiane. Ma jupe courte ne couvre pas grand-chose, mais je suis soulagée de remarquer plusieurs braseros dispersés sur le patio. Des guirlandes lumineuses relient les arbres qui nous abritent des regards. C'est un endroit de rêve pour un premier rendez-vous.

Nous commandons du vin et des amuse-bouches et parlons, parlons, parlons. Il se penche vers moi et je l'imite.

— Parle-moi davantage de toi, dit-il quand on nous sert le plat de résistance.

Des souvenirs de ma mère et de ce petit mobile home qu'on appelait la maison – que maman avait réussi à convertir en maison – me submergent, et pour la première fois, je ne veux pas dire le premier mensonge. J'ai envie de lui raconter qu'elle m'a appris à coudre, qu'on a fabriqué des robes pour toutes mes peluches. Qu'on prenait le thé en faisant comme si on était la famille royale. Je veux lui parler du planisphère punaisé au mur. On lançait une fléchette, puis on cherchait tout ce qu'il y avait à découvrir à propos de l'endroit où elle s'était plantée.

Mais je m'en tiens au scénario et lui dis que mes parents sont morts dans un accident de la route et que j'essaie de me retrouver. J'injecte plus de vérité que je ne le devrais dans mon récit. Je me livre plus que je ne l'ai jamais fait avec quiconque.

Sa main glisse en travers de la table et je me blinde parce que je sais à quel point je vais trouver ça agréable. Et je ne me trompe pas.

C'est même trop agréable.

Alors je retire légèrement ma main. Pas au point qu'il se sente rejeté. Mais juste assez pour me donner un peu d'espace. En moi-même, j'emprisonne mes émotions. Ryan Sumner est une mission. Qui ne durera pas. Il est charmé par Evie Porter, qui n'est autre que le fruit de mon imagination.

Il est temps de se rappeler exactement qui elle est et ce qu'elle fait ici.

Il est temps de se mettre au travail.

Evie Porter – De nos jours

Ryan est dans le jardin de devant, en train de pousser une tondeuse sur sa pelouse parfaite. Le soleil se couche et la lumière déclinante projette un éclat doré sur la grande maison blanche.

Il me remarque lors de son passage et coupe le moteur aussitôt. Il porte un vieux short en toile et un tee-shirt bleu pastel aux bords élimés.

Sur le trottoir, je l'observe qui m'observe. Aucun de nous ne bouge pendant de longues minutes.

Trois mois se sont écoulés depuis la dernière fois qu'on s'est vus dans cet hôtel d'Atlanta.

Il me rejoint à mi-chemin. Il a les jambes et les chaussures couvertes de brins d'herbe, et les mains salies par le cambouis.

Je scrute son visage en quête du moindre petit changement.

— J'espère que tu es toujours d'accord pour me parler, dis-je.

Il sort un chiffon de sa poche arrière et s'en sert pour s'essuyer les mains. Au bout d'un long moment, il finit par lever les yeux vers moi et fait un signe de tête en direction de la maison. Sans attendre de voir si je vais le suivre, il se met en chemin vers le jardin de derrière en contournant la maison.

Mes yeux se fixent sur les trois longs rangs de plants qui croulent sous les légumes au fond du jardin.

Ryan positionne les deux fauteuils Adirondack face à face et me fait signe d'en prendre un. Je choisis celui qui tourne le dos au jardin. Je ne peux pas voir ce potager pour l'instant.

Il attrape deux bières dans une glacière toute proche et m'en passe une.

— Je me suis dit qu'il vaudrait mieux discuter à l'abri des regards inquisiteurs des voisins. Bien que je doive te remercier, les petites vieilles de la rue se tiennent à bonne distance depuis le ballet des voitures de police, et elles ne cherchent plus à me caser avec leurs petites-filles.

— Dès que tu auras besoin de salir ta réputation, n'hésite pas à m'appeler, dis-je avant de prendre une gorgée de bière.

— Cette réputation n'a jamais été aussi étincelante que tu as pu le croire. On peut arrêter de faire semblant dès que tu seras prête.

Je prends une profonde inspiration et souffle lentement, dans l'espoir de me calmer.

— Je ne sais pas trop par où commencer. J'ai... J'ai fait semblant un bout de temps.

Ryan incline la tête sans me quitter du regard. Devon, Amy et moi aurions eu beau spéculer pendant des heures et des heures, on ne connaît pas la version de Ryan, pas plus qu'on ne sait ce qu'il savait sur moi ou M. Smith. La seule chose dont on soit sûrs, c'est que Ryan faisait affaire avec lui dans une certaine mesure, mais qu'il est le seul et unique propriétaire de l'entreprise texane depuis la mort de son grand-père.

Je sais aussi qu'il existe une histoire inachevée entre nous, et que le temps n'a pas émoussé le vif désir que j'éprouvais de le revoir.

— Je devrais te demander de te lancer la première puisque tu as pris tout ton temps avant de venir me parler.

Il pose sa bière sur la petite table d'appoint puis se cale dans son fauteuil, mains jointes derrière la tête.

— Tu as débarqué dans ma vie sans que j'y sois préparé. Est-ce que je savais que tu essayais de récupérer des informations sur mes affaires à Glenview quand j'ai changé ta roue ? Non. Avant même de te rencontrer, j'ai senti que des trucs clochaient. Au boulot, chez moi, des choses changeaient de place. Ou disparaissaient. Ça s'est aggravé une fois que je t'ai rencontrée, mais je n'ai pas fait de lien avec toi. À aucun moment.

Il me sourit d'un air désabusé, sachant qu'il devrait avoir honte, mais ce n'est pas le cas.

— Un partenaire avec qui j'ai fait affaire au fil des ans m'a parlé de rumeurs selon lesquelles il y avait un infiltré chez moi qui vendait des infos sur mes cargaisons au plus offrant.

— Un partenaire ?

Il secoue la tête.

— Je n'en dis pas plus avant d'obtenir quelque chose de toi.

Il avale une longue gorgée de bière et repose sa bouteille sur la table.

— Tu étais une cible. J'avais… j'avais des ennuis avec mon patron et il m'en voulait. Quand j'ai reçu le descriptif, je n'étais pas certaine qu'il s'agisse d'une vraie mission. Au sens habituel. Mon patron… il aimait bien mettre au point des petits jeux. Des tests pour s'assurer de ma loyauté. Inutile de dire que j'ignorais si toi aussi tu me dupais.

Ryan plisse les yeux en essayant de comprendre ce que je lui dis, car je ne suis pas aussi claire que je le devrais.

— Ça m'a l'air tordu, ton histoire. On dirait que ton patron est un incroyable connard.

Mon rire nous surprend tous les deux.

— T'as pas idée.

Faire preuve d'honnêteté est bien plus difficile que je ne le croyais.

— Si le partenaire qui t'a prévenu que quelqu'un vendait les infos sur tes cargaisons était le type à qui tu parlais dans le couloir du motel au Tennessee, alors tu as rencontré mon patron.

Il se penche vers l'avant, beaucoup moins décontracté que tout à l'heure.

— Je ne savais pas que tu nous avais entendus. C'est pour ça que tu as flippé et que tu t'es volatilisée ? Et, oui, c'était bien lui. Mais attends, c'était ton patron ?

Ses yeux se voilent tandis qu'il essaie de dissiper le malentendu.

— Il m'a dit que c'était toi qui me volais des fichiers.

— Ça ne m'étonne pas. Monter deux personnes l'une contre l'autre est son passe-temps préféré.

Enfin, *était* son passe-temps préféré, devrais-je dire.

— Il trouvait les résultats excellents. Un camp qui bosse contre l'autre, dans un climat de méfiance permanent. Pendant que lui, il observe le carnage depuis la touche.

On se sonde. On compare ce qu'on a cru à ce qu'on est en train de découvrir.

— Quand est-ce qu'il t'a dit que c'était moi ? Et pourquoi choisir de rester avec moi alors que tu venais d'apprendre que je te trahissais ?

Le fait qu'il me garde près de lui ne semblait logique que lorsque j'ai cru qu'il était M. Smith.

— Il m'a envoyé un texto juste avant qu'on revienne du poste de police. Il me demandait de le rejoindre. Il disait qu'il avait du nouveau pour moi. C'est là que je suis allé quand je t'ai déposée ici en te disant que je devais passer au bureau.

Il s'esclaffe mais son rire sonne creux. Son regard dérive vers le jardin.

— Avec le recul, je n'ai aucun mal à voir comment il m'a roulé. Il m'a raconté qu'une personne l'avait approché pour lui proposer un partenariat, car elle savait qu'il avait fait appel à mes services par le passé et qu'il serait probablement d'accord pour court-circuiter l'intermédiaire. Mais il m'a fait croire qu'il était de mon côté. Qu'il faisait tout pour empêcher cette mainmise. Il a dit que tu te servais de moi, que notre proximité était pour toi un moyen de te procurer mes comptes, mes fichiers clients, les détails de mes cargaisons. Et il m'a fourni des "preuves". Selon lui, tu avais rendez-vous avec ton contact à Atlanta pour lui fourguer le reste de ce que tu avais sur moi, en échange de quoi il t'aiderait à te dépêtrer de tes ennuis avec la police. J'ai accepté de rester avec toi. Je voulais savoir qui était derrière tout ça. Qui t'avait envoyé faire le sale boulot à sa place. J'étais remonté, t'as pas idée. Assis dans ma voiture, dans l'allée, j'ai lu tous les papiers qu'il m'a filés.

Ryan se tourne enfin pour me faire face, penché en avant, les coudes en appui sur les genoux.

— Mais là, j'ai commencé à complètement perdre les pédales, dit-il d'une voix ferme mais douce. Toutes les prétendues preuves qu'il m'avait fournies avaient été modifiées. Les dates des plus grosses livraisons étaient décalées d'une semaine. La marchandise, moins importante. Le nom des clients, modifié. Ça n'avait aucun sens. Et ça a suffi pour que je doute de ce qu'il essayait de me faire croire. Je suis rentré dans la maison. Je t'ai cherchée. Je t'ai trouvée sous la douche, et tu étais… tu étais anéantie. Tu pleurais tellement que j'ai cru que tu allais te désintégrer en mille morceaux. C'est exactement ce que je ressentais aussi. J'ai compris qu'il me manquait un morceau essentiel du puzzle.

Il m'adresse un sourire triste.

— Alors j'ai décidé d'aller jusqu'au bout et de voir où ça nous mènerait.

Son regard est si intense que je dois détourner les yeux. Je tousse pour me débarrasser de la boule que j'ai dans la gorge.

— Il n'était pas le seul à jouer un petit jeu, dis-je. J'avais besoin qu'il m'en veuille. Qu'il soit plus remonté que jamais contre moi. Je devais totalement perdre sa confiance. Mais d'un autre côté, je ne voulais pas qu'il mette la main sur ton entreprise. Je refusais qu'elle devienne un énième rouage de son organisation. Alors j'ai changé les données.

Ryan tend les bras et agrippe les pieds de mon fauteuil pour le faire glisser vers lui.

— Raconte-moi tout.

Je prends une grande inspiration et lui parle de Devon et Amy, sans révéler leur nom. Je lui parle d'Eden, en Caroline du Nord, et de mon enfance dans ce mobile home avec ma mère, jusqu'à ce qu'elle meure. Je lui parle de M. Smith et de George, dont j'ai compris presque trop tard qu'ils n'étaient qu'une seule et même personne. Je lui parle de la femme qui s'est fait passer pour moi, de la décision de M. Smith d'écourter sa vie ainsi que celle de James, juste pour l'exemple.

À un point de mon récit, pendant que je me défaisais de mon fardeau, Ryan m'a prise sur ses genoux. Et j'ai fini la tête contre son épaule, sa main caressant mes cheveux tandis qu'il écoutait attentivement tous mes secrets.

— Je suis désolée que James ait été impliqué dans cette histoire. Si j'avais su ce qui les attendait, j'aurais trouvé un moyen de les exfiltrer.

— J'en suis persuadé.

Un long silence s'installe et la nuit tombe.

*

Je devrais avoir honte de la facilité avec laquelle je suis retombée dans mon train-train quotidien avec Ryan. La seule différence, c'est que cette fois, on est honnêtes sur nos zones d'ombre.

On est jeudi et Ryan part pour l'Est du Texas.

— Je serai de retour vers six heures, dit-il en remplissant sa tasse isotherme de café.

Il porte un jean et un tee-shirt – plus besoin de faire semblant d'aller au bureau.

— Je serai là, dis-je en passant mes bras autour de lui.

Il enfouit sa tête dans mon cou et me couvre de baisers.

— Tu veux que j'achète des steaks en rentrant à la maison ?

— Hmm, bonne idée. Il y a une tonne de courges et de courgettes à manger, alors on pourra en faire griller. Les voisins s'échappent en courant dès qu'ils me voient.

Ryan s'esclaffe.

— Voilà ce qui arrive quand on consacre la moitié du jardin au potager et qu'on refourgue des légumes à tout le monde.

Un dernier baiser et il marmonne contre ma bouche.

— Tâche de ne pas faire de bêtises en mon absence.

— J'essaierai, mais je ne peux rien promettre, dis-je en riant.

Il part et je regarde sa voiture s'éloigner jusqu'à la perdre de vue.

Je me ressers un café et me dirige vers le petit bureau que je me suis aménagé dans l'une des chambres d'amis. Je mets quelques minutes à m'installer et à tout allumer. C'est Devon qui a créé cet espace, et nous sommes extrêmement prudents.

Je passe mon appel depuis la ligne sécurisée. Amy décroche à la première sonnerie.

— Salut, dit-elle, à moitié endormie.

Elle a gardé le même prénom mais se fait appeler Mlle Porter elle aussi. J'imagine que je n'étais pas la seule à vouloir établir un lien avec quelqu'un.

— Salut, dis-je en me connectant au forum des fans de King Harvest.

La boîte de notifications s'affiche, indiquant qu'il y a de nouveaux messages, tandis que les enceintes de mon ordinateur diffusent les premiers accords de *Dancing in the Moonlight*.

— Deux nouveaux messages, lui dis-je.

Je l'entends bâiller avant de me répondre.

— Ouvre-les et voyons ce qu'ils cherchent, mademoiselle Smith.

C'est le moment de la matinée que je préfère.

REMERCIEMENTS

L'écriture de ce livre a chamboulé pas mal de choses : je suis passée du marché jeunes adultes au marché adultes, et j'ai entamé une collaboration avec un nouvel agent et un nouvel éditeur. Expérience tout simplement extraordinaire !

Tout d'abord, un immense merci à mon agent, Sarah Landis. Depuis notre toute première conversation, tu as fait preuve d'un enthousiasme et d'un attachement incomparables à l'égard de *Celui qui ment le premier*. J'ai gagné non seulement une partisane farouche mais aussi une nouvelle amie. Je te suis extrêmement reconnaissante pour tes conseils et ton soutien.

Merci à toute l'équipe de Sterling Lord Literistic, en particulier à Szilvia Molnar et au département des droits étrangers. Je suis ravie que *Celui qui ment le premier* soit publié dans le monde entier !

À mes agents artistiques, Dana Spector et Berni Barta, merci d'avoir cru en ce livre et d'avoir trouvé une équipe incroyable pour l'adapter au cinéma. Vous êtes les meilleurs !

Quand un livre trouve la maison parfaite, cela tient de la magie. Pamela Dorman, Jeramie Orton, Marie Michels et Sherise Hobbs – vous êtes la dream team de l'édition et je vous suis très reconnaissante pour votre expertise et votre soutien ! Merci à tous pour votre travail intense et votre dévouement, qui ont fait de ce livre ce qu'il est aujourd'hui. Et merci également à toutes les équipes de Viking/Pamela Dorman Books et Headline, notamment Diandra Alvarado, Matthew Boezi, Jane Cavolina, Chelsea Cohen, Tricia Conley, Tess Espinoza, Cassandra Mueller, Brian Tart, Andrea Schulz, Kate Stark, Rebecca Marsh, Mary Stone, Christine Choi, Molly Fessenden, Jason Ramirez, Lynn Buckley et Claire Vaccaro. Je sais qu'il y a énormément de gens en coulisses et j'apprécie chacune et chacun d'entre vous.

Merci à Megan Liranda et Elle Cosimano d'avoir été les meilleures critiques et amies dont une fille puisse rêver. Je n'imagine pas y être arrivée sans vous.

J'ai tellement de chance d'avoir autant de gens qui m'encouragent. Merci à mon mari, Dean, et à nos fils, Miller, Ross et Archer, d'être mes plus grands supporters. Je vous aime de tout mon cœur, c'est une joie chaque jour renouvelée de vous connaître. Merci à ma mère et à Joey ainsi qu'à toute la famille, d'avoir toujours été si fiers de moi. Merci à mes amis d'être toujours là pour moi. Et un merci tout particulier à Aimee Ballard, Christy Poole et Pam Dethloff, qui ont fait en sorte que ma coiffure, mes tenues et mes arrière-plans soient parfaits sur toutes les vidéos que j'ai dû réaliser. Il en faut, du monde !

Enfin et surtout, merci à vous, lecteurs ! Que ce soit la première fois que vous me lisiez ou que vous me suiviez depuis le début, chacune et chacun d'entre vous compte beaucoup pour moi !

OUVRAGE RÉALISÉ
PAR NORD COMPO À VILLENEUVE D'ASCQ
ACHEVÉ D'IMPRIMER
SUR ROTO-PAGE
EN MAI 2025
PAR L'IMPRIMERIE FLOCH
À MAYENNE
POUR LE COMPTE DES ÉDITIONS
ACTES SUD
LE MÉJAN
PLACE NINA-BERBEROVA
13200 ARLES
contact@actes-sud.fr

DÉPÔT LÉGAL
1re ÉDITION : SEPTEMBRE 2025
N° impr. : 107161
(Imprimé en France)